本书荣获第七届茅盾文学奖

茅盾文学奖获奖作品全集

湖光山色

周大新／著

人民文学出版社

图书在版编目(CIP)数据

湖光山色/周大新著. —北京:人民文学出版社,2014
(茅盾文学奖获奖作品全集:特装本)
ISBN 978-7-02-010679-0

Ⅰ.①湖… Ⅱ.①周… Ⅲ.①长篇小说—中国—当代 Ⅳ.①I247.5

中国版本图书馆CIP数据核字(2014)第253677号

责任编辑 脚 印
装帧设计 刘 静
责任印制 任 祎

出版发行 人民文学出版社
社　　址 北京市朝内大街166号
邮政编码 100705
网　　址 http://www.rw-cn.com

印　　刷 三河市西华印务有限公司
经　　销 全国新华书店等

字　　数 330千字
开　　本 880毫米×1230毫米 1/32
印　　张 10.75 插页1
印　　数 23001—28000
版　　次 2014年1月北京第1版
印　　次 2019年2月第6次印刷

书　　号 978-7-02-010679-0
定　　价 36.00元

如有印装质量问题,请与本社图书销售中心调换。电话:010-65233595

出 版 说 明

一九八一年三月十四日，病中的中国作家协会主席茅盾致信作协书记处："亲爱的同志们，为了繁荣长篇小说的创作，我将我的稿费二十五万元捐献给作协，作为设立一个长篇小说文艺奖金的基金，以奖励每年最优秀的长篇小说。我自知病将不起，我衷心地祝愿我国社会主义文学事业繁荣昌盛！"

茅盾文学奖遂成为中国当代文学的最高奖项，自一九八一年起，迄今已历八届。获奖作品反映了一九七七年以后不同时段长篇小说创作发展的轨迹和取得的成就，是卷帙浩繁的当代长篇小说文库中的翘楚之作，在读者中产生了广泛的、持续的影响。

人民文学出版社曾于一九九八年起出版"茅盾文学奖获奖书系"，先后收入本社出版的获奖作品。二〇〇四年，在读者、作者、作者亲属和有关出版社的建议、推动与大力支持下，我们编辑出版了"茅盾文学奖获奖作品全集"，并一直努力保持全集的完整性，使其成为读者心目中"茅奖"获奖作品的权威版本。现在，我们又推出不同装帧的"茅盾文学奖获奖作品全集"，以满足广大读者和图书爱好者阅读、收藏的需求。

茅盾文学奖四年一届，获此殊荣的长篇小说层出不穷，"茅盾文学奖获奖作品全集"的规模也将不断扩大。感谢获奖作者、作者亲属和有关出版社，让我们共同努力，为当代长篇小说创作和出版做出自己的贡献，为广大读者提供更多的优秀作品。

人民文学出版社编辑部

目　　录

乾　卷

坤　卷

乾　卷

第一章　水

1

暖暖那时最大的愿望，是挣到一万元钱。存折上的数字正在缓慢地向一万靠近，有几个夜晚，暖暖已在梦中设计这一万元的用法了。没想到就在这当儿接到了娘病重的电话，其时她正在北京朝阳区的一栋高楼里，给一套新装修的房子保洁。新房里有一股浓烈的香蕉水味，熏得暖暖有些头疼，可她仍咬了牙手脚不停地忙着：刮去地板砖上的污迹、擦亮门窗上的玻璃、抹掉洁具上的污点、背走装修垃圾……保洁公司把这家的活包给她和另外两个姑娘，早干完就可以早拿到属于她的九十块钱。可能是楼高离天太近的缘故，从窗外扑进来的八月的阳光像开水一样滚烫滚烫，使得暖暖前胸后背上的衣服都湿透了，她记得自己正停了拖把抹汗时，女伴的"神州行"响了，女伴接通后把"神州行"朝她递过来：找你的。暖暖有些诧异：谁？及至看清号码是家乡的，才有些紧张起来，因为她给爹交代过，电话是同事的，没有急事不要打。果然，爹的声音里全是慌张，爹说：暖暖，我是在聚香街上的邮电所给你打的电话，你快回来，你娘病得厉害……暖暖当时的腿一软，急忙将身子倚住了就近的窗台，她对着话筒说：爹，快送乡上的医院，我立马回去……

暖暖坐火车返到南府市再换汽车赶到丹湖东岸时，已是第二天的正午了。她下了汽车就向湖岸跑，只要赶上去西岸的那艘班船，黄昏时分就能到家了。可跑到湖边一看，班船已走得没了踪影，码头上剩下的都是渔船和供游人们在近处戏水的小划子。她不死心地奔到卖船票的屋子窗口问：大叔，还有没有去西岸的船？没了，姑娘，明天走吧。那人边说边把窗上的木板拉了下去。这可咋办？暖暖站在水边向西岸望着，几十里的湖面根本望不到边，可她知道楚王庄所在的大致位置，她焦躁至极地望着那个方向。这一刻，她对丹湖不由得生出了恨意：谁让你这样子大呀？！

住在丹湖西岸的暖暖从小就觉得丹湖太大，要去南府城就得过湖，可过一趟湖真是不易。暖暖知道这全是丰阳江造出的麻烦。丰阳江在经过秦岭的长期娇惯和伏牛山的低首逢迎之后，抵达这一带时显得骄横无比，动不动就大发脾气，差不多每两年就要跟百姓捣蛋一回，仅光绪年间那回发水，就将八万多人的性命生生掠走。丹湖，便是在历次的大水之后，慢慢在一片江滩和一处阔大的凹地上形成的。不过那时的湖水面积有限，使它变得烟波浩淼一望无际的契机，是为了向北方调水在下游修起了截流江水的大坝。从那以后，它的湖水就越来越多越来越深越来越清，沿岸的百姓们也渐渐习惯了大湖的存在，只是间或的，暖暖还能听到村里老人们的感叹：过去这丹湖身个小时，从东岸到西岸，也就顿饭工夫，哪像现在，小船得摇上近一天，当年李闯王领兵由此处过湖，据说马是直接游过来的，如今水面这样宽，哪一匹马能游过湖？……

嗨，小妮子，来船上玩玩？近处的一条渔船里钻出一个赤臂的汉子，朝暖暖边喊边做了个搂抱的动作。暖暖狠狠剜了对方一眼，厉声道：回去叫你姐来跟你玩吧！那汉子一听，讪讪一笑又钻进了舱里。难道还要在这湖边住上一晚么？暖暖沮丧地扔下提包，一屁股坐到了地上。在坐下的那一刻，她的手碰到了腰间那个鼓鼓的衣袋，那里边装着她打工两年来所挣的八千多块钱。娘，你别怕，女儿如今有钱给你治病了……

就在暖暖坐在那儿直盯着水面发愁的时候，一艘摩托艇呼呼地由湖里驶来，很快到了岸边，跟着就见几个公安揪着一个带了手铐的男人由艇里跳上了岸，快步向停在不远处的一辆警车走去。这男的犯了啥事？有人在问开摩托艇的小伙。暖暖这时就也侧了耳朵去听。盗挖楚墓！楚墓？啥屎楚墓？问的人显然没有听懂。就是楚国人的墓，前不久西岸上的聚香街附近，因为打井发现了两座古墓，县上和南府市的人不让乱动，可这小子夜里去偷偷掘开了，从墓里弄到了一些锈得不成样子的铜器，这就犯了法。墓是楚国的？是呀，县上和市上的人都说，咱们丹湖这一带，古时候都归楚国……

暖暖扭过了脸。她现在可没心情没兴趣去听楚国里的事，她现在最需要一只船，一只能去西岸的船，哪怕是小划子也行。就在暖暖愁眉紧锁的时候，不远处突然响起一声喊：老黑豆，下次记住多带点辛夷花蕾来。老黑豆？她急忙扭头去看，原来被喊的人正是同村常到东岸卖药材的黑豆叔，暖暖忙起身拎了提包踉踉跄跄地跑过去叫：黑豆叔，你是摇船来的？黑瘦的矮个子中年男人哎了一声回头一看：嗨呀，暖暖，你回来了？巧，快，正好坐叔的船回去。

黑豆叔的船小得可怜，可他给船装了机器，呜呜呜的，走得挺快。今天湖里无风，浪不大，蓝莹莹的水面上，除了几只白色的水鸟在翻飞之外，还不时能看见小鱼一跳一跃。远处，有几只渔船在悠然地收着渔网。暖暖，我有好几天没见你爹下湖捕鱼了。他可能是在忙俺娘的病，俺娘的病加重了。你娘究竟得的是啥病？总见她到梅家药铺里抓药，气色也不大好。我也不知道。暖暖叹口气。暖暖，你在北京打工一月能挣多少钱？五百多吧。管不管饭？中午让吃一顿一块五的盒饭。睡的地方呐？和几个打工的姐妹在一起租。比俺家你萝萝妹妹强，她在省城打工，一个月才三百八十块，刨去吃喝，净落不到二百。萝萝妹妹也出去了？暖暖记得黑豆叔的女儿萝萝还小哩。出去了，和魏家的魏良他们几个人一起走的，出去多少能挣个活钱，比在家种地好，种地只能挣个肚圆……

船靠岸时太阳早滚到了后山的那一边，村子里已是炊烟四起了。暖暖谢了黑豆叔，下船快步向村里走，走到那个风化得很厉害的刻有“楚王庄”仨字的石柱子前，望着离开两年的村庄里那些高高低低的房屋，她突然间觉得，往日感到很大很威风的村子，变小变旧了；记忆里很高很漂亮的屋子，变低变破了；印象里很宽很平的村路，变窄变难看了；只有自家屋前的那棵老辛夷树，还是记忆中的样子，又粗又高，树冠像把巨伞；再就是那些鸟，还像过去那样，在老辛夷树的树枝上飞起落下，叽叽喳喳地进行归宿前的最后唠叨。

家里只有妹妹禾禾和奶奶。奶奶正习惯地赤着上身坐在灶前烧火，边向灶膛里填着柴草边大声地咳嗽着，胸前两只干枯的奶子在不停地左右摇晃；禾禾在向锅里砍着红薯，每一块红薯落进锅里时都能溅起一些小小的水星落到奶奶的身上。禾禾听见脚步声扭头看见姐姐进屋，停了刀，先是叫了一声：姐——跟着就流出了眼泪。暖暖的心一紧，上前喊了声：奶奶。弯下腰在奶奶那多皱的额头上亲了一下，才又回头问禾禾：爹呢？爹送娘去了聚香街乡上医院，让我和奶奶看家。病咋样？暖暖连着声问。听说今天后晌动手术。究竟定的啥病？奶子癌。奶子癌？暖暖吸了一口冷气。就是娘的一只奶子上生了癌。禾禾解释着。

暖暖扑通一声坐到了奶奶身旁的一把椅子上，双手抱住了头。都怨你爹！奶奶这时开口道：他总是在湖里逮鱼、网虾、捉蟹，鱼虾蟹是啥？鱼虾蟹不是湖神的东西？总从人家那里拿东西人家能高兴？我让他每个月敬一回湖神，他总是忘记总是不听，总说去凌岩寺烧香就行了，寺里供的是谁？是佛祖，湖神不会住那里，这路神管不了那路神，谁的香火也不能少，他就是不听，这下子好了，罚到你娘身上了，奶子癌！暖暖没应奶奶的话，半晌，才抬头问禾禾：咱家的自行车在吗？禾禾答：爹是用自行车驮娘去聚香街上的。暖暖说：那你去青葱嫂家一趟，就说我要借他们家的自行车用用。

天都黑了，这会儿借车干啥？禾禾瞪大了眼。

去医院，我要去医院看看娘，我放不下心。

那样远，你一个人——

去借车吧。暖暖扭身替奶奶抓了一把柴扔进了灶膛里，将熄的火又燃了起来。之后便起身麻利地去脸盆里洗了洗手，拿起禾禾放下的菜刀朝锅里砍起红薯来。砍完红薯盖上锅盖，暖暖转身去自己带回的提包里抽出一件短袖衬衫说：奶奶，我给你买了一件衫子，来，穿上试试。晚点再穿吧，天这样热。奶奶说。穿上好看些，北京城里的那些老奶奶再热也不打赤身。暖暖刚才进屋看见奶奶打着赤身时确实已有些不习惯。嗨，咱乡下人咋能跟人家比？奶奶有些不以为然。暖暖没容奶奶再开口，三两下就给奶奶穿上了短袖衫。咋样，合身吧？暖暖左右审视着。奶奶边扯着衣襟看边带了笑说：好，好，就是有些洋气了……

锅里的红薯还没有煮好，院门外就有了响动，伴着自行车轮胎在地上的颠动声，两个人的脚步已响进了院里。不用抬头，暖暖就知道是青葱嫂来了。

暖暖，回来了？我估摸你这两天就会回来，你长林哥去南府打工不在家，我送你去医院吧！因长年劳动显得健康结实的青葱嫂走进门说，之后又扭脸对暖暖奶问：奶奶，你还没有吃饭？

奶奶没有回答青葱嫂的问话，奶奶只是把手中的拐杖举起敲了一下青葱嫂的胳臂说：长林家的，你和暖暖都是女的，走夜路能行？万一碰上个歹人咋办？放心，哪有那样多的歹人？青葱嫂笑着。嘿，你可不敢大意，前些天老桐家的媳妇不是在路上被抢了？三十多个鸡蛋哩，全被歹人拎走了！奶奶依旧不放心。我拿把镰刀！青葱嫂这时呼地由门后墙上扯下一把雪亮的镰刀扬了扬：真要碰见歹人,我就砍了他!

吹吧,你!奶奶张开只剩两颗牙的嘴笑了,你有那胆量?只怕人家喝叫一声,你就会吓瘫到地上。

不是还有俺暖暖妹子?!

那倒是,俺暖暖是有敢砍人的胆量!奶奶有些自豪,随即又叮嘱道:天黑,你娃子骑车带暖暖可要小心,去聚香街的路都在湖边,你们走路时,不要说惹湖神不高兴的话!记住没?

记住了,奶奶。青葱嫂边应边转身去推自行车,暖暖顺手抽出了她别在背后的镰刀,握到了自己手里,随即相跟着出了院门。奶奶又追出来问:哎,长林家的,我再问一句,你没有再怀上娃儿吧?

咋?奶奶批准让我再生一胎?青葱嫂在黑暗中笑起来。

我是怕你身上有了,要是那样可不能骑车带人,出了事俺们担待不起。

放心吧,奶奶,长林不在家,种子还没有撒哩……

2

从楚王庄到聚香街有整整九里沙土路,路的右边虽然都是大山,可左边却总在丹湖岸上绕,这就使这条路还能骑自行车。暖暖坐在青葱嫂骑的自行车后座上,一边听着她粗重的喘息,一边看着四周无边的黑暗。路边的秋虫先还叫得很欢,可一听到自行车响,就紧忙停了嗓子。想起昨天傍晚还在人声喧攘灯火辉煌的北京城,今夜里却在这寂无人声黑得可怕的小路上,暖暖心里有一种不真实的感觉,这完全是两个世界呀!

青葱嫂的喘息越来越重了,暖暖心上有些不忍,轻了声说:嫂子,我来骑一会吧,你歇歇。

没事。青葱嫂腾出一只手去衣袋里掏着什么,之后刹了车,伸手过来把一个温温的纸包放到了暖暖手上:你好好坐在车后歇歇,你从北京上车时肯定心里很急，这一路上又是火车又是汽车又是船的，还不是忍饥挨饿？到家就又走，还能不累？那个饼里夹着鸡蛋，先垫一下饥，到聚香街上再买吃的。

暖暖捏着那饼，眼眶一热，有两个泪珠跟着落在了衣服前襟上。在暖暖所交的女友中，青葱嫂是最值得信赖的一个。其实青葱嫂的男人长林和暖暖家并无血缘关系，暖暖和青葱嫂好，完全是因为两个人脾气相投。青葱嫂是五年前从邻村嫁过来的，她因为脾性好乐于助人且又会绣花编筐，很快就让暖暖喜欢上了。在暖暖没去北京打工的那些日子里，她得了空就往青葱嫂家跑，啥心里话都愿给青葱嫂说。

对婶子的病你不要太焦心，我听说这种病如今已经能治好。青葱嫂劝道。

唉。暖暖叹了一句，娘的命可是真不好。

你这两年在外边，对找对象的事是咋想的？碰没碰见个合意的？青葱嫂边蹬着车子边问。

没，我在的那个保洁公司很小，没见有啥像样的小伙；再说，在外边只想着多挣钱，对这事真还没有时间去细想哩。暖暖望着路边那淡白色的湖水答。

可别骗你嫂子，甭到时候突然把一个帅小伙领到我面前，吓我一跳。

骗你是狗。

对咱村的开田，你拿没拿个主意？

他……暖暖犹豫着一时不知该怎么说。开田也是楚王庄人，姓旷，是暖暖自小的玩伴。暖暖记得最初和开田认识还是在一个秋天随娘去凌岩寺上香的时候。在楚王庄，去凌岩寺烧香最勤的，除了暖暖她娘就是开田的娘。暖暖娘烧香勤是为了让佛祖保佑暖暖爹在丹湖里打鱼不出事情。开田娘烧香勤则是为了地里的庄稼，开田家是那种一心种地的人家，为了保证地里有个好收成，开田娘不仅要在年节里去给佛祖叩头，春种、秋收、夏播前，也都要去寺里送个香火。就是在凌岩寺的大门前，暖暖第一次和开田见了面。她记得他们两个人当时都拉着自己娘的衣襟，一齐随着上香的人流向大门里进。在娘和开田他娘打招呼的时候，她看了一眼开田，那一刻开田正把一小块水果糖塞进嘴里，两只眼新奇地看着山门。你头一回来？暖暖问。开田因为当时嘴里有糖块而只是笑了一下，不过他很快又伸手从嘴里把糖块拿出来，说：俺娘说娃娃太小寺里的和尚爷爷不让进寺门。为啥？暖暖惊奇了。怕把尿撒到佛堂里。开田说完就又把糖块塞进了嘴里。暖暖笑了，说：俺跟娘来过好多回了，一次也没尿过。边说边看着开田吃糖，不自主地吞咽了一口口水。糖，甜吗？她又问，尽管她知道这样问有馋嘴的嫌疑，可是她仍然没能忍住，她已经有许久许久没吃过糖了，每次她对娘暗示她想吃糖时，娘总是说：吃糖顶啥用，有那点钱还不如买点盐哩。甜！要不你尝尝，俺娘给俺买了三块糖。开田边说边从衣袋里又掏出一块糖递到了暖暖手上。暖暖迟疑了一瞬，接下了。当她将糖块上的纸剥去填进嘴里的时候，她飞快地看了一眼娘，还好，娘没看见。这是暖暖觉得最甜的一次上香之行。也是因此，她记住了开田，记住了这个秋天。在此之前，暖暖一直不愿和娘一起到凌岩寺上香。不愿的原因就是心疼东西，每次看见娘把家里不多的一点白面蒸成供香馍送到寺里摆到佛祖像前，把家里卖鸡和鸡蛋换来的钱买成香、裱在寺里的香炉里烧掉，她就心疼得难受。就想：还不如让我吃了供香馍耐饿，给我买了糖块解馋哩。有一次，她把这想法给娘说了，一向不发火的娘啪地在她屁股上打了一巴掌。娘生气地说：不送供香馍，不烧香和裱，不去寺里祁愿，佛祖会保佑你?！为了她这话，娘那次在大殿里的佛像前多磕了几个头，边磕头还边向佛祖道歉：娃儿小，不懂事，你老可别怪罪她……从楚王庄到凌岩寺，足有三里地。每次娘拉着她走到寺里，都把她累得够呛，有时娘也背她一程，可她心疼娘，不想听娘那粗重的喘息声，总是没背多远就要下来自己走，走到寺里累不说，关键是饿。有一回，她饿得实在受不了，就趁娘摆好供香馍去别的殿里磕头时，偷偷上前拿起一个供香馍掰了一块，躲到殿外吃了起来，她正大口吞咽吃得痛快，娘过来看见了，立时吓得变脸失色，娘流着眼泪说：你个贪嘴的东西，这回佛祖是肯定要怪罪了，你这辈子里要是遇到啥不顺的事，你可不能怨娘了！暖暖当时因肚子不饿暗暗高兴，就小了声对娘说：你别叫出我的名字，佛祖就不知道我是谁，那样，他就是想怪罪也找不到我的！娘照她的头上狠敲了一记，气恨道：佛祖是那样好欺瞒的？天下哪个人的事情他不晓得？别说你的名字，就是你的命都在他手里捏着哩！……就是从这次吃糖的上香之行起，暖暖和开田平日才在一起玩了，彼此才知道原来两家都住在楚王庄里，庄子太大，开田家住庄子中间，暖暖家住庄子南头，两个人过去竟不知道对方。俩人在一起玩的时候一多，对对方的了解也就多了。开田知道暖暖她爹楚长顺平日总驾条小船在丹湖里捕鱼；暖暖知道开田他爹旷包谷是种地的老把式。暖暖还知道开田的饭量大，能吃，动不动就觉肚子饿，而且夏天是不穿衣服的，每顿饭吃完，肚子总圆得像一个大西瓜，走路都一晃一晃，大人们用指头敲敲他的肚皮，发出的声音和敲西瓜时差不多一样，他只要稍一走快，那肚子摇晃得好像就要掉下来。暖暖有时也怯生生地走上前，用指头小心地摸摸开田的肚皮。从这时起，暖暖因担心开田肚子饿，常会偷偷地从自己家里给开田拿馍吃。开田只要一看见馍，不管肚里多饱，都会毫不客气地接过来，三下五去二地全吃掉。暖暖后来上学的时候，刚好和开田分在了一个班。两个人上学时一起走，下学时一起回，关系越加地好起来。上学下学的路上，两个人玩得很开心，夏天，他们一起逮蚂蚱，评论着哪只蚂蚱蹦得远；冬天，他们一同堆雪人，商讨着用啥给雪人当眼睛；春天，他们到处摘野花，比较着哪种花朵戴在暖暖头上最好看；秋天，他们去玉米地里折甜秆，直吃得嘴上起了泡。两个人还互相关心，暖暖家里做了好吃的，总不忘给开田带一点，有时是一个熟鸡蛋，有时是一个肉包子，有时是一块炸鲤鱼，有时是一截煮玉米。开田家里更穷些，拿不出别的东西，他就总记着用一个空酒瓶装些湖水拎到手里，一当暖暖说渴，他就递过去；有时直到放学了暖暖还不渴，开田就让暖暖用瓶里的水洗手，他捏着瓶子慢慢地倒，暖暖对着细细的水流仔细的洗，直把两只小手洗得红红润润干干净净。考上初中，两个人都长高长大了，就不好意思再像过去那样亲密，上下学的路上不敢再形影不离，常常是一个在前走，一个在后跟。有时俩人离得稍近些，庄上别的学生娃就会嬉笑着叫："搞对象了——"吓得他们又赶紧分开。表面上两个人好像生分了，其实内心里仍像过去那样近。有时暖暖给开田带了吃的东西，她会用一条手绢包好，趁别人不注意，放在路边的一棵榆树树杈上，她再在树下做一个举手摘树叶的动作，走在她后边的开田就会看明白，就会很准确地去树杈上拿到东西。两个人那时经常在一起交流长大后的志愿，暖暖说她想当个教师，教一群小学生；开田说他想当一个乡长，管上个十几万人。快上高二的有天傍晚，放学回家的开田反常地走得很慢，走在后边跟他保持一定距离的暖暖估计他有事，就也放慢了步子。待其他的学生都走远之后，暖暖赶上前，开田这才哽噎着告诉他，他爹因为赶着犁地，打牛太狠，气极了的牛就回头把他的两条腿抵断了，他不能再上学，要帮爹干活了。跟着又从书包里掏出钢笔和本子塞到了暖暖手里说：这些我用不着了，你拿去用吧。暖暖当时含泪攥住开田的手，一时不知该怎么安慰他。暖暖那时暗下了决心，一定要好好读书，争取将来考上大学，然后再想法给开田些帮助。可惜，事情并没按她的心愿发展。高考时她落了榜。娘陪着她去聚香街中学门前看红榜，暖暖在榜上找了半天也没找到自己的名字，惊得她好久没有挪动步子。对此，娘倒没怪她学习不好，只说这肯定是佛祖给的报应，他老人家保准在记着你偷吃他供品的事，他生了气可不是闹着玩的，你娃子自作自受,老老实实在家跟你爹下湖打鱼吧。娘说完,第二天就提了香、裱和供香馍去寺里磕头表示甘愿受罚。暖暖原有的希望破碎之后,先是跟着爹打了一年鱼,之后,就坚决地要求出门打工了……

你这次回来,把娘的病照看好后,也该把自己的婚事想想。青葱嫂的声音又在黑暗中响起。尤其是开田那边,我看他的心还在你身上,总在打听你啥时回来,你要早拿定个主意,中就中,不中也给他明着说,免得他以后心生怨气。

行吧。暖暖望着路的另一边那黑黝黝的大山,轻轻应了一声……

到医院已是夜里十点多了。暖暖见了爹,知道下午的手术是医院请县上的医生来做的,做得挺顺利,娘眼下还在特护病房里,一切都还正常,悬着的心才算放下来,才软软坐在了医院门前的台阶上。

把心放宽吧,谁还没个病病灾灾?青葱嫂坐在一旁喘息着劝,婶子她不会有事的。

嫂子,谢谢你,累坏你了。暖暖心有不忍地攥住青葱嫂的手。

没啥,这点路还能累坏我了?青葱嫂说着站起身,我去找个饭馆让他们给你做碗面条吃……

3

暖暖在医院里整整陪了娘一个半月。那是一个吓人的手术,娘的一个奶子被全部切去,连胸脯上的肉都被剜去了一块,不过还好,经过化疗和放疗,大夫说娘的身上已经没有了癌细胞。可因了手术失血和化疗放疗的反应,娘的身体已经衰弱得不扶竟不能走路了。想想过去娘在秋收时常挑着百十斤的玉米和红薯由地里回家,娘今天的这个样子实在让暖暖心里难受。癌症,你为啥偏偏要缠上俺娘？俺娘这辈子受的苦还少么？俺们家的日子还不够艰难么？那么多有钱有势的人你都让他们结结实实的，为啥偏要难为俺们？老天爷，俺们哪点对不起你了？你这样子待人实在不公！不公！

娘住院近两个月，把暖暖从北京带回来的钱全部花完还不够，又把爹平日卖鱼积起来的一点家底也花光了。奶奶平日常说，乡下人一生就三件大事：盖房、成家和看病。暖暖这会儿才知道奶奶这话的分量，看病的确是一件大事，它能转眼间把你变成分文不剩的穷光蛋，让你一夜回到解放前。把娘从医院接回家后，因为禾禾还要上学，爹要下湖打鱼赚钱，奶奶老得已做不成啥活，家里的一应事务自然要由暖暖来做了。暖暖收起了再去北京打工的心，扑下身子一边做家务一边负责种家里的那块责任地。在忙家务忙种地的间隙里，暖暖常会想起在北京打工时和女伴们在一起玩乐的情景，每当这时，她会不由得叹口气自语道：我算是被缠在楚王庄了。

暖暖对自己出生的楚王庄早就没有了好感。

其实，楚王庄在丹湖西岸的村子里还颇有名气。楚王庄出名，缘由之一是它所处的位置好，藏在长满绿树青草的山凹里，面对着一望无边的丹湖，人站在村后的山顶，向东能看见浩浩淼淼的丹湖水面，能看见来来往往的渔船；倘是天好，还能依稀看见丹湖东岸上的景致；向南、向北、向西都能看见绵绵延延的伏牛山群峰和林海。冬天里的东北风，抵达这里时已经减弱；夏季里的酷热，来到这儿时也已经少了威风。缘由之二是它与古时候的楚国有些关系。据传，当年楚国建都丹阳时，楚王庄因为离丹阳近且地理位置好，这里是楚王常来的地方。

暖暖对楚王庄没有好感，主要是因为她厌烦种地。要说，楚王庄的田地都还不错，虽大多是坡地，可因离湖近，旱的时候有水浇，涝的时候排水快，所以旱涝都能有收成。可这年头喜欢种庄稼的年轻人能有几个？谁都知道种庄稼要遭风刮日头晒，得受苦；粮食又卖不出好价钱，会受穷。暖暖明白开田也是这样，当初他还在上学时他爹要教他种庄稼的手艺，他不屑一顾把嘴撇了撇说：不学。他爹把眼瞪大了叫：你娃子先别说硬话，你敢肯定你就能考上大学去当官？要是你命里只能种庄稼呢？你给我记住，咱乡下人只要学会了种地，通常就保了两个底，一个是不会被饿死，一个是不会打光棍……开田爹的话竟然不幸说中了。开田因他爹的腿受伤停学后，只好满腹不情愿地学起种地来了，眼下已是个像样的庄稼把式了。现在，因暖暖爹下湖捕鱼，她家的地里活忙不过来时，开田总是主动来帮着做。

暖暖注意到，开田来帮她做活时，常常会停下手一眼不眨地看着她。她有次红了脸问他：看啥？不认得了？开田笑笑，低了声说：我觉着你越来越会打扮了，比咱村里那些同龄的姑娘会穿衣裳，头发也收拾得好看，有点城里人的味道了。去！跟谁学会在嘴上抹蜜奉承人了?！这是真心话，看见你我这心里就觉得一亮，觉得畅快。暖暖听了这话心上自然高兴，可嘴上还是嗔怪着：你就给我灌迷魂汤吧！

要说暖暖这两年在北京打工的收获，除了挣那几千块钱外，就是开了眼界学会了穿戴打扮。暖暖打工时特留意城里姑娘搭配衣服佩戴首饰的巧妙处，高中毕业又极聪明的她，没有多久就在这方面有了心得。她虽然买不起高档衣裳高档首饰，可二三十块钱的衣服十来块钱的首饰，她也能穿戴得有模有样，加上她脸蛋和身材都入眼，打工的那帮姐妹中，数她收拾得最像个城里人。

对于不能再出去打工，暖暖一直心存遗憾。心气很高的暖暖想到外边打工，固然有挣钱的考虑，可还有一个很隐秘的愿望，那就是多结识一些人，包括外地和大城市里的男青年，万一能碰上个特别可心又对自己钟情的小伙子，说不定……每次一想到这里，暖暖就总觉得有点对不起开田，尽管她从未对开田承诺过什么。她承认开田一直在她心里占着一个重要的位置,可城市里的生活实在精彩,那儿对她的吸引真是太大了,一想到要成年累月地就在这楚王庄和开田在一起过日子,她的心里就有些不甘。也许以后娘的身体彻底恢复之后,自己还是可以再出去打工的。就在暖暖这样想的时候,村子里发生了一件令她大感意外的事情。

那是一个早晨,村里人刚刚起床,村南头突然响起了唢呐声,那欢快的调子分明是有人娶亲才能吹出来的。起了床正梳头的暖暖一愣:没听说村里有谁家要办喜事呀?这时鞭炮响了,跟着就有不少人的脚步声在向村头响去,暖暖便也走出来,看见了青葱嫂忙问:谁家的喜事?青葱嫂苦笑了一下:哪是喜事,是詹同方家在为儿子娶阴亲。阴亲?暖暖一怔。是呀,詹同方的儿子因为家里穷找不到合意的对象,他爹娘又不停地埋怨他没本领,去年一气之下喝农药死了,他爹娘心里有愧,一直在操心要给他娶一门阴亲,刚好陈家庄有个姑娘前几天得急病死了,詹家就托人去说好,筹借了四千元把那个姑娘娶了来,今儿个太阳升起之前,那姑娘的棺材要和詹同方的儿子合墓。哦,现在还有这事?暖暖被惊住了:女方家愿意?那有啥不愿意的,如今不是干啥都讲个钱嘛,女儿死后还能为家里挣笔钱,做爹娘的也算没白养了女儿。詹同方的儿子不是长得还挺有模样么,怎会找不着对象?暖暖又问。青葱嫂叹了口气答:唉,现如今,有模样的小伙子找个对象也不容易哩,咱们这一带,家家只盼着生儿子,女人怀了娃娃,生尽办法要去乡上医院用机器查查是不是男娃,不是的就想法流掉,结果女娃娃就少了,加上这几年姑娘们外出打工的多,咱这里的姑娘又都长得水灵,出去的姑娘就很少再回来,多是想法在外找个城里人或是外地的打工小伙,这样,咱这儿的小伙子找对象就越来越难了。詹同方的儿子原来说过一个对象,那姑娘出去打工后,见识多了,就嫌他家穷,同他断了,后来又说过几个,都没说成,他爹和娘一急,就对他又骂又埋怨,结果他没想开便寻死了……

青葱嫂的话让暖暖的心里一下子变得沉甸甸的，都啥年代了还有这种事情发生？她忍不住向村头走去，她看见了那个贴有黄色囍字的棺材，看见了吹唢呐的队伍，看见了半山坡上詹家儿子那重又被掘开的坟墓。

暖暖，你信人有魂灵吗？背后猛地响起了开田的声音。暖暖闻声身子一震，忙转过身来。信吗？开田一本正经地又问。

我不知道。暖暖摇了摇头。

我前几天搭九鼎的渔船过湖去登城，回来时从湖心迷魂区旁边经过，当时刚好有烟雾升起来，我们就停住船看那烟雾，你猜我在那烟雾上边看见了啥？

暖暖没有追问。暖暖知道在丹湖的湖心有一个三角形的区域，经常不定时地会有一股炊烟似的烟雾在水面上升起弥漫，有时甚至能闻到一股烟火味，很像是傍晚在村边闻到的那种味道。人们若站在附近的船上看那烟雾，偶尔还会在烟雾里看见一些自己心中特想要特想看的东西，或是人或是物，据说有些光棍汉在那烟雾里看见过美女，有些渔家女在那烟雾里看见过持刀行进的军人，还有人在那烟雾里看见过大堆的金子。倘是你的船不巧驶进了那烟雾里，船上的人立马就会眼发花头发晕变得糊里糊涂，不仅难辨东南西北，连自己在做啥该做啥都弄不清楚，所以进了这个区域的人和船，常会出事，故人们称其为迷魂区。那个三角区面积不大，中间部位的垂直距离也就有两华里。对这个区域为何会有这种烟雾出现，据说历代都有人想弄清原因，却到底也没得出个让人信服的结论。留下来的说法有很多，有说那里的水下住着龙王的一个女儿，她只要一生火做饭，水面上就会有烟雾生出来；有说那儿的水下有一处不定时喷发的温泉，高温的泉水一喷发，水面上就有了烟雾；也有说那是丹湖的湖神显现真身时发出的护身之物；还有人说当年的楚军被秦军打败南撤时，有许多军船在那儿倾覆沉没，这是那些怨魂在作怪；更有人说那烟雾是阴间的阎王不定时施放的，每一股烟雾里都藏着无数的幽灵。解放后县上曾组织懂科学的人来考察过，不过到最后也没有得出确切的结论，只说很可能是水温异常变化时生出来的，可有大胆的人多次去试过那儿的水温，也没发现那儿的湖水温度异于别处。县上为了防止人们误入这个区域，用三个航标把这个区域标示了出来。

你真的不想知道我看见了啥？

啥？暖暖的心情不好，也就没有好声气。

我看见了詹同方的儿子在向我招手。

瞎说！暖暖瞪了他一眼，那烟雾里的影像是光线起作用的结果，是幻视，不是真的。

是真的，詹同方死去的儿子就站在那烟雾的顶部，不停地向我招手。我当时也有些发慌，我指给九鼎看，可他说看不见。

你是故意想吓我。暖暖跺了一下脚。

我想，那大概是詹同方的儿子在要我向他靠拢。开田继续笑着：日后我要是娶不了你，我就像詹同方的儿子那样，先死，然后也娶个鬼妻凑付。

你胡说啥子？暖暖将目光朝开田狠狠砸过去，然后转身就向村里走了。这天一整天，暖暖心里就一直在揪着，早晨看到的那幅情景还有开田的那些话，太让她惊骇了，她过去从奶奶嘴里听说过娶阴亲的事，没想到自己也会亲眼看见，天呐。她不由得想到，我真要再出去打工不回来了，开田会也真的说不上媳妇吗？开田，你没了我真的会去寻死么？不，不不……

暖暖重回到楚王庄干活不仅让开田高兴，村里其他一些因故没能出外打工的小伙子也兴奋起来。内中有个叫詹石梯的，在村里开着一个代销点，是村主任詹石磴的弟弟，兴奋得更是过头，常常有意在村边等着和暖暖碰面说话。暖暖起初没有在意，因为当初都在一所中学读书，算是同学，碰了面就礼貌地站下同他说几句话，说的无非是些村里杂七杂八的事情，直到有一天詹石梯突然把一件花褂子装在塑料袋里塞给了她，她才有些明白，才慌得急忙赶上去把衣服又塞回到詹石梯手里，说：谢谢你，石梯，我有褂子。

这件事过后暖暖有些警惕，有意和詹石梯保持着距离。她对詹石梯印象不是很好，记得他上学时学习差，总是抄别人的作业；他家条件挺好，他却不愿读书，高一就停学回村开代销点了；平日仗着他哥的势力，常和村里人为点小事吵闹。暖暖把詹石梯要送她褂子的事给开田说了，开田笑道：他这是想抢我的老婆，没门！暖暖捶了开田一拳假装恼了：谁答应要做你的老婆了?！美得你！

有天早晨，暖暖做好了早饭还不见爹起床，以为爹睡过头了，就站在爹娘的睡屋门口喊，结果是瘦弱的娘出来告诉暖暖：你爹想起床，可头晕得厉害，我估摸他是累垮了。暖暖听罢就要出门去梅家药铺请大夫，爹隔着窗子叫住她：别再叫大夫乱花钱了，我这只是累的，歇几天就好了，今儿个你就驾船下湖吧，船不能闲，闲一天就等于丢了十几块钱。暖暖听了便爽快应道：中！

吃过早饭，暖暖就抱上渔网驾船下湖了。这天有风，浪被风推拥着在湖面上成排地拥来，把渔船颠得一上一下、左侧右倾的，可暖暖摇船却摇得自在从容。暖暖从小就不怕水，奶奶告诉过暖暖，说暖暖就是在湖边落生的。奶奶不止一次地对暖暖描述过她出生时的情景。奶奶说那个黄昏湖面上忽然间起了大风，浪高得有些吓人，你娘见你爹下湖捕鱼还没回来，就担心起来，就不顾我的劝阻腆着个大肚子朝湖边走去，我也只好跟着她。你娘一直站在湖边流眼泪，直到看见你爹摇着小船向岸边靠来，才高兴起来。你爹在船上看见你娘用手撑着后腰肚子一颤一颤的样子，很不高兴，问：你来干啥？你娘笑道：这不是起风了嘛，俺担心。你爹嘟嘟囔囔地把拴船的缆绳向岸上一扔，按平时的动作，他接下来要跳上岸，先把缆绳在一根石柱子上一栓，再上船把盛鱼的篓子抱下来。可那天他才把缆绳扔到岸上，你娘就吃力地弯下腰要去帮忙，你爹见状刚想制止，没想到事情可就发生了，你娘脚下踩上了一点溅上来的湖水，一滑，扑通一下便坐在了地上。我听见她哎哟了一声，上前一看，就见她裆里流出了血。你爹慌了，忙不迭地跳到了岸上，扎煞着手想去抱你娘，你娘这时朝他摇摇头说：八成是生了……我和你爹那个慌吆，我刚帮你娘把她的裤子褪掉，你的头可就伸了出来。你娘是用牙咬断你的脐带的，是我用湖水给你洗的身子，那天湖边的水还算温和，你就在湖边洗了第一个澡。因为没有东西包裹你，你娘就把你贴身抱在胸口，又因怕你洗了湖水身上冷，你娘就不停地说：暖暖，快暖暖，暖暖！也是因此，你后来就取名暖暖了。几天后凌岩寺里的天心师傅来村里办事，听说了你出生的经过，特意走到湖边你落草的地方看了看，说：这娃娃特意挑在此处入世，怕是今生要和这丹湖相依了，命里注定多水，日后，会滋润土的……

每每想起奶奶的描述暖暖就想笑，老天爷呀，幸亏是夏天，要是深秋用湖水给我洗身子我可就惨了。

暖暖把船摇进捕鱼的湖区，就停下船开始下网。她下网下得很麻利，不一刻，一架大网就算下好，尔后便坐那儿静等起网的时辰。暖暖四岁时就开始跟爹下湖，爹带她下湖一方面是为了少让她在家给娘添乱，一方面也想锻炼她的胆量，想日后把自己打鱼的本领传给她。暖暖不愧是在水边落生的，对水一点也不怯生，四岁的她上了船后，就敢不慌不忙地在船里走来走去。爹问暖暖：你晕不晕？暖暖答：不晕。爹问暖暖：你看见这湖水怕不怕？暖暖答：不怕。爹把水中的渔网拉上来，暖暖就急忙上前去按住那些活蹦乱跳的鱼，努力把鱼装到水柜里。父女俩下湖捕鱼时，正午这顿饭一向是在船上吃的。每当太阳当顶，当爹的把网撒下后稳住船说：吃饭吧。暖暖就急忙把娘早上放进船里的那个装了干粮的布袋提到爹的面前，从里边先掏出一个馍递到爹的手上，再掏出一个馍自己啃起来。约摸爹要喝水时，暖暖就拿起一个碗探身船板外舀上一碗水递到爹的手里，爹咕嘟咕嘟喝一气，把碗再还给暖暖，暖暖就再去船板外舀一点水自己喝。暖暖记得，当年天刚热，爹就开始教她学游水，打鱼的不会游水咋行？他先在船上给暖暖讲了手咋样扒水脚咋样蹬水，接着下水给女儿做了一个示范，随即就在暖暖腰上绑了一根绳子，扑通一声把她推下了船去。暖暖显然没想到爹会这样对她，吓得啊了一声，惊叫声刚刚出口，人已经在水里了。求生的本能使小暖暖手脚并用，边喝水边胡乱地扒起水来，竟使得她没有沉下去。爹在船上笑起来，伸手把女儿拉上来，待她喘几口气，又一子把她推下去。如此几番下来，暖暖在水里就不慌了。也就半个来月的调教，小暖暖在水里就游得很自如了。有天正午，来阵风把爹的草帽一下子刮到了十几丈外的水里，暖暖说：爹，我下去给你拣回来。爹看看距离，担心女儿没力气游回来，说：待我把船摇近些你再下去。他的话未落音，小暖暖已扑通下了水，爹定睛看着她，做好了飞身相救的准备，不想小暖暖在水中抓到草帽后，硬是咬着牙游了回来。爹看着爬上船的暖暖笑了，说：行，你娃子有股子劲头，像你爹！……有了游水的本领后，爹又开始教暖暖识鱼，让她记住哪是鲢鱼哪是白鱼哪是鲤鱼，让她记清鲫鱼、草鱼、鲇鱼在水中游动的模样，让她学会分别黑鱼和黄刺鳠鱼。这之后又教她识水，让她根据水的颜色判断水的深度；教她看浪，让她根据浪的大小辨别风的力道；教她看云，让她根据云的模样弄清天的脾气。六岁以后，暖暖就明白爹因为没有儿子，想把她完全调教成一个打鱼的，让她日后把楚家打鱼的这门手艺传下去。爹不止一次地对暖暖说：只要你有了这门手艺，不管将来遇见啥大灾大难，只要这丹湖还在，咱楚家人就都能活下去。可暖暖对打鱼这活儿一直兴趣不大，她很想留在村里，跟着邻居的孩子们一起去邻村的小学校读书。每每看见邻居的孩子们背了书包去学校，小暖暖的眼里就涌满了羡慕，可她不敢跟爹说，她知道爹的脾气厉害，爹发了火就会动巴掌的。细心的娘发现了这一点，便悄悄同爹商量：要不让暖暖晚点也去读几年书？免得她以后成个睁眼瞎，连自个的名字都不会写，让人看不起。爹瞪娘一眼，叫：识字能当饭吃？人活世上,吃饱肚子最重要,逮到鱼才能饱肚子!明不明白?!娘见爹这样说,也不敢再坚持自己的想法,暖暖便继续跟爹下湖打鱼。直到暖暖七岁那年发生了那桩意外,才促使爹改变了主意。那是一个秋天的午后,爹摇船带着暖暖到一个湖汊子里打鱼,刚撒了两网,他突然捂着胸脯歪倒在了船上,暖暖吃了一惊,忙上前问:爹,你咋着了?爹牙关紧咬已不能说话。暖暖明白爹是得了急病,吓得哭了起来。不过她很快又止住哭声,她懂得光哭是救不了爹的。她试着想去摇船靠岸,可那浆太沉重了,刚刚七岁的她只摇了几十丈远就没有力气了;她站在船头大声地喊救命,可其他的渔船都离得太远,根本听不见。咋着办?情急之中她忽然想到了一个主意,脱下自己的红肚兜,把它绑在鱼叉上,然后站在船头使劲地左右摇晃。她整整摇了半个时辰,才引起了远处一只渔船上打鱼人的注意,对方先是觉着奇怪,随后意识到可能是这边出了事,方将船靠了过来。待那船上的人将暖暖爹送到楚王庄上的梅家药铺,暖暖爹已是呼吸微弱了。药铺里的梅老大夫说,再要晚送来一会儿,人就没救了……暖暖爹被救过来后,从救他的船主嘴里知道了自己被救的经过,他望着站在床边的暖暖,半天没有说话。他康复那天,先是去感谢了那家打鱼的,随后把暖暖叫到了面前,用少有的温和语气说:你救了爹的命,爹要奖励你,你最想要啥东西,给爹说吧!暖暖垂下头说:俺不要东西。爹说:要吧,你不管要啥东西,爹都答应你!暖暖迟疑了一阵,说:俺想上学。暖暖爹愣了一刹,显然没想到女儿会要这个,不过他随后就点了头道:行,等秋里邻村小学开学时,你去上吧!

暖暖当时高兴得转身扑到娘的怀里,脸都羞红了……

此刻,当暖暖坐在船里想起当年自己向爹提的这个要求时,还在心里庆幸:幸亏我那时提了这个要求,要不然,我如今就是个睁眼瞎了,那到北京打工可能都打不成,保洁公司也不会要个睁眼瞎呀!……

尽管暖暖已经许久没下网了,可今天第一网拉上来还是让她很高兴,一共网住了三条鲢鱼两条草鱼外加一个火头鱼,她估了一下,加在一起至少有八九斤。看来,我的手还不生运气也不差,爹,我要让你看看我一天的收成!她把鱼收进水柜后,又紧忙着下了第二网……

4

暖暖这一干就在湖里干了一个多月,这期间爹几次提出要上船,暖暖担心他病没全好怕他出事,就坚持让他去干地里活。暖暖打鱼的这段日子,开田常会在干活的间隙,站在丹湖岸边,用目光去湖里寻找暖暖家的那条渔船,倘是那条船离岸不远,开田会长时间地盯着船看,看着那个柔韧纤长的身影在船上移动。暖暖自然也注意到了开田的盯看,傍晚,当渔船靠岸而岸边人少时,暖暖常会招手让开田过来,很快地从鱼篓里拎出条鱼猛扔到开田的脚下。逢了这时,开田会脚踩住那鱼蹲在那儿,待人们都走后再拎回家去。开田这时因为庄稼种得好,手里也积了些钱,也常常偷偷给暖暖买点礼物。那回他卖完棉花在聚香街上给暖暖买了件衬衫,用塑料袋包好又用旧牛皮纸裹了,在黄昏时夹在胳臂下去了湖边,那天暖暖爹刚好去接女儿,父女俩各提了一个鱼篓上岸,她爹在前她在后,暖暖和开田擦身而过时开田把衣服向暖暖的手里塞去,暖暖一下子没有接住,纸包掉到了地上,也是巧,那当儿暖暖她爹刚好转身要同女儿说话,暖暖急中生智,急忙蹲下身叫道:嗨,这是谁掉的东西?边说边拾起那个纸包,她爹以为女儿真是拾了东西,返回身饶有兴趣地说:我刚才竟没看见。而且小声警告着女儿:先别拆包,回家再看!到了家当爹的主动过来拆开一看,高兴得一拍女儿的肩头笑道:你娃子有福气,竟为自己捡了件衣裳!……

暖暖打鱼的那些天,开田多次叮嘱她下湖时小心别把船摇进那个迷魂区，担心暖暖被那儿的迷魂烟罩住。开田每次提醒暖暖，暖暖都笑笑说：进去了也好，我进去回不来了，你可以再给别的姑娘买衣服。气得开田扬起巴掌要打却又舍不得把手落下来。

对暖暖和开田的交往，暖暖的奶奶和爹娘全知道，却都以为他们是同村玩伴的关系，并没往做亲这件事上想。暖暖长得那样漂亮，开田家的家境又那样差，没有谁能想到暖暖愿嫁开田。眼见暖暖到了找对象的年纪而她还不慌不忙，暖暖娘就有些着急，那天，见村里当媒人的天福爷噙着根纸烟向自家门前走来，忙起身让着：她爷爷，家里坐吧。天福爷倒也没客气，当即就进了暖暖家的屋子。暖暖爹见是天福爷来家，也不敢怠慢，忙让座让烟让茶。天福爷吸了一阵烟后才慢腾腾地开口问：咱大孙女暖暖的亲事还没定吧？

没呐，你手上有没有合适的人家？奶奶先开了口问。

天福爷弹了一下烟灰说：去，把她叫来。待暖暖刚一进屋，天福爷就很是严庄地问：暖暖，你想找个啥样的婆家，给爷爷我说道说道。暖暖这才知道天福爷是来说媒的，不好意思地用脚尖蹭着地，笑着反问：你说哩？

我手上现有两个小伙子，你可以随便挑！天福爷捋了下胡子，说：第一个叫黄彪子，是西岸黄家庄的，人长得又高又大，有力气，连打麦的石滚都能抱起来，日后干活养家没得说的；而且家里富，有电视机，去年还买了辆拖拉手扶，能拉货又能犁地；年龄上和你也相当；唯一的小毛病就是左眼有点斜，可不碍大事，手扶拖拉机照样开得像狗跑一样快，一点都不影响过日子。第二个叫刘生才，长得清秀，眼睛眉毛和嘴巴，没有一样不周正；见人带笑，像个教书先生；家住刘家桥，在村里当个会计，整天吃香的喝辣的；属相上和你也不犯克；就一点点不如意，他娶过一个女人，女人去年出车祸死了，不过没有留下娃子，过去也不用当后妈。

暖暖的脸色立马就有些不好看了。暖暖爹怕女儿说出啥难听的话得罪天福爷,忙插嘴道:暖暖,咱可不能眼界太高,你要记着咱是庄户人家,没有挑三拣四的本钱!乡下姑娘找婆家,无非是看两条,一个是看这家人富不富,富了你以后不会吃苦;再一个就是看男的有没有力气,有力气日后才能把个家撑住。至于其他,都是瞎扯,光知道挑脸相长得好的,长得好就能当饭吃?

天福爷,你这是在向我推销次品呐?!暖暖没理会爹的警告,对天福爷冷了声说。

没想到天福爷听了这话倒笑了,说:行,果然和爷的判断一样,爷就料你也不会看中那两个人,爷这是故意逗你哩,咱暖暖长得人见人喜欢,又是高中毕业,还到北京见过世面,爷能忍心把你送进那种人家?告诉你,爷今天要给你送一个好夫婿,这夫婿的名字你听了准定满意!

谁家的儿子?暖暖娘脸上起了笑容,忍不住先问了一声。

咱村主任的弟弟詹石梯!那孩子已经几次找我要让我来说亲,昨天,主任也把我叫去说了这事,我今天就是专为这事来找你们的!

一家人都有些惊住,一时全没出声。暖暖没出声是因为她没想到詹石梯会这样做,三个老人没出声是因为意外:主任的弟弟会看上了暖暖?

这……当然好,主任那样的人家,能看上暖暖是她的福气。爹先表了态。

和主任家成了亲,以后咱家就不会再受人欺负了。娘看了一眼暖暖,有些小心地说。

暖暖见事情朝着对自己不利的方向发展,有些急了,只好说出了自己的心里话:天福爷,你要真心给我找对象,就去开田家说说吧!

开田是谁?天福爷一时竟没想起来。

会种地的旷家的儿子。奶奶提醒道。暖暖娘看了眼女儿,这才有些明白女儿的心事。

嗬,看上他了?你傻呀?!天福爷瞪起了眼:他家可是个穷坑,你跳进去这辈子可就别想享福了!你不知道开田他爹腿残的事?那个家如今就指着开田一个人干活哩,你要是嫁过去,立马得把你当长工使!

我想当个长工,在北京打的都是短工,老板说开你你就得走!暖暖含了笑说。

天福爷眼瞪得很大地看着暖暖,叹了口气说:这件事你可得仔细想想,终身大事,不是儿戏……

村主任家派天福爷去暖暖家说媒的消息,第二天就在村里传开了。青葱嫂听到信儿,当下就过来问暖暖可是真的,暖暖点头说:他提的是詹石磴的弟弟詹石梯,拿他和旷开田比,我更愿意的是旷开田,我如今是不能出去打工了,要在老家这儿找对象,我还是喜欢开田,嫂子,你咋看这两个人?你觉得这俩人哪个更适合我?

青葱嫂有些吞吐地说:嫂子我也看不准,要依眼下的情况看,詹石梯办事显得轻浮些,没有旷开田踏实,可要我说实话,旷开田身上有种东西我也不喜欢。

啥东西?暖暖的杏眼瞪大了。

狠劲儿。

狠劲儿?啥狠劲儿?暖暖惊奇了。

我也说不太明白,就是做事有股狠劲儿,你看他干活挑东西,一下子咬牙挑三百来斤;他家的牛啃吃了庄稼,他能把牛绑到树上打它一个时辰,直打得牛哀哀乱叫;他那回不小心把自己刚买的一个水缸碰碎了,他悔得直抽自己的耳光,把自己的嘴角都打出血了。

哦,你是说这。暖暖笑了,这叫有性格,我喜欢这样有性格的人。

嫂子我也只是随便说说，其实女人找男人，归根结底得要自己喜欢，你只有喜欢他了，你才愿意和他一年三百六十五天都睡到一张床上，才愿意和他一年三百六十五天在一口锅里吃饭，才愿意为他生娃子洗衣裳。

暖暖的脸红了，说：嫂子，谢谢你……

旷开田知道天福爷去暖暖家提亲的信儿，已是第二天的后晌了，正在往地里拉肥的他当时就放下了粪车，慌慌张张地跑到丹湖岸边，直等着暖暖的渔船靠岸。驾船靠岸的暖暖离老远就看见了开田，她猜他是听到了那个消息，就故意别了头假装没看见他。渔船一靠岸开田就跳上了船，可暖暖依旧没有理会他，他只得大声地咳了一下，暖暖这才扭头不咸不淡地问：咋，嗓子疼?!

开田脸憋得通红，半晌才说出了一句：听说有人要嫁给村主任的弟弟？

是么？能嫁到詹家那可是一种福分！家里又富又有权，嫁过去只剩享福了。暖暖直起身故意声色不动地说。

这么说，你是真想嫁到詹家了?! 开田的脸唰地变得煞白。

看见开田的那个急劲，暖暖心中一喜，脸上却依旧是那副漫不经心的样子：谁说的？

你刚才不是说了？

那是俺爹俺娘的意思。

你呢？开田越加急了。

你还关心这事？暖暖的声音里立刻露出了怨：你不是不慌不忙吗？你不是整日只记着种地么？只记着你家的玉米、红薯、小麦、绿豆，还能想起来我？我恐怕还不如你家的麦苗让你上心哩。

我以为咱俩的事你差不多已经定了。

谁定了？你啥时候给我给俺爹娘和奶奶说定了？你以为这事是买个萝卜买棵白菜，说定就定了?!

那我现在咋办？去找谁？

还问我？你那脑子在干啥？进水了？你为啥不也去找个媒人？还要我去催着你呀?！我嫁不出去了？没人要我了？要做老姑娘了？要扎老姑娘坟了？

好，好，我这就也去找天福爷。开田两步跳上岸，撒腿就向庄子里跑……

5

村主任詹石磴进到暖暖家院子里时，天还没有全黑，暖暖一家刚刚开始坐在院中吃晚饭。詹石磴推开院门时喊了一句：楚叔，吃饭呐？这声喊让暖暖爹有点受宠若惊，他记得很清，詹石磴当了十几年主任，这还是头一回走进自家的院门，更是头一回喊他楚叔，过去每回看见自己，不是不理睬就是喊他楚长顺，最尊重的时候也就是喊个老楚。暖暖爹忙不迭地放下饭碗，急急地去搬凳子，连声地让着：主任，快坐，你可是稀客！吃了没？我让暖暖给你盛一碗面条！是绿豆面的，暖暖——

不用不用，我吃过了。詹石磴摆着手。

暖暖没动，手里仍端着自己的饭碗，只是礼貌地起身站在那儿。她几乎是立刻就猜出了对方的来意，看来天福爷没能把事情回绝，事情变得麻烦了。

楚叔，我呀，说话不喜欢绕弯子，我今晚上来，不为别的，只为石梯和暖暖的婚事，这桩事天福爷来给你们说清了吧？我今晚上是来向你们表个态：我作为主任作为哥哥，实心实意支持这事，日后暖暖要是过了门，詹家不会让她吃苦，我想了，石梯眼下开的那个代销点，将来就让暖暖来经营，她会过一份风刮不着雨淋不住的好日子！……

这我信，我信。暖暖爹一边点着头一边看一眼暖暖，脸上漾满了笑容。

暖暖却在心里冷笑一声：我这边还没答应哩，你可就说到过门说到代销点了！这样有把握？

我想呀，石梯和暖暖也都到了该成家的年龄，要是你和婶子都同意的话，就择个日子让他们把喜事办了，这不也了了你们一桩心事？詹石磴说完也看了一眼暖暖，目光里有一种不容置疑的东西。

暖暖听到这儿自然急了，把手中的饭碗往小饭桌上一放说：这恐怕——

行吧。暖暖爹先于暖暖表了态，同时瞥暖暖的眼光也一下子变严厉了。暖暖吃惊地望着爹，她显然没想到爹在明知道她想嫁给开田的时候还这样做。

那我就不多坐了，你们赶紧吃饭。詹石磴没给暖暖再说话的时间，起身向门口走了，边走边又说道：楚叔，我见你老是骑个自行车去聚香街上卖鱼，以后让石梯给你买个摩托车吧，那东西跑得快，也轻便。不用不用。跟过去相送的暖暖爹连忙摆手，脸上却露出了高兴。待送走主任返回到院中时，暖暖爹显然有些激动，不停地搓着手自语着：没想到没想到。这当儿暖暖啪的一声把手中的筷子扔到了碗沿上，怒冲冲地说：我的婚事我自己定！现在是啥年头了，你们还想包办我的婚事？

这是啥话？爹的声音也冷起来了，我和你娘还能坑你？还不是为了你好？

违着我的心意，这还叫为了我好？暖暖的眼也瞪了起来：告诉你们，我可是去过北京的，我见过的事情多了，我的婚事我一定要自己拿主意！别人休想替我做主。

暖暖，有话跟你爹慢慢说。娘劝慰着。

还咋着慢慢说？我已经给你们说过我要嫁给开田，可爹竟答应了詹家，我咋着办？

奶奶这时开了腔，奶奶说：暖儿，我当初也从你这个年岁上经过，也是想找个可自己心意的人，可日子得一天一天地过，哪一天没钱没吃的都不好打发，开田那小伙子是不错，只是他家的日子确实过得紧巴，你过了门想再反悔就有些晚了。人年轻时都想讲个情呀爱呀的，其实你成了婚后就会明白，那些东西并不长久，真正长久的是日子。再说，那个开田有一点我不大放心，就是总见他低着头走路，俗话说，男怕仰脸老婆女怕低头汉子，这低头汉子都心事重，我怕你日后会吃他的亏。还有，我昨天让你老榆树爷爷给你和开田算了一卦，你猜那卦文是咋说的？

咋说的？暖暖娘着急了。

说暖暖要是和开田成婚，暖暖八成要吃两井水。

啥意思？暖暖瞪着奶奶，眉梢扬了起来，她确实没听明白。

就是说，你还要另嫁一处，再吃另一眼井里的水。

奶奶，你说的这是啥陈谷子烂芝麻的见识？什么乱七八糟的讲头？男人整天仰着头就好了？人只吃一眼井里的水就好了？城市里的人吃的是好多眼井里的水，那里的女人就要不停地再嫁么？暖暖不想再听奶奶啰嗦，嘟着嘴拉开门就走了出去。忙碌了一天的村子这会儿显得很安静，有些人家还在刷锅洗碗，大多数人家已经灭灯睡了，邻家养的那条狗听到她的脚步响，先是扑过来低叫了一声，随后大约是看清了她，又摇着尾巴扭头踱开了。暖暖沿着门前的路慢慢向湖边走着，天已经变得很黑，可远处湖水的反光能让人看清脚下的路，其实这路就是闭了眼暖暖也知道它哪儿高哪儿低，从小到大，这路她已经走了多少回？谁呀？前边猛地传来一声问。暖暖这才意识到已经走到了天福爷的院门口，忙应了声：是我，天福爷，你还没睡？

是暖暖呀。嗨，开田那小子缠得我睡不成。他一定要让我再上你家提亲，你说我敢么？我刚为詹家提了咋好再为他提？我给他说，你娃子早在干啥哩？暖暖已经让主任的弟弟看中，两家正在议亲，你这会儿再插一杠子，主任知道了那还得了？他要整治起人来还不容易？你娃子还是趁早罢手，天下姑娘多的是，干吗要一棵树上吊死？你说我讲这在不在理？

他人呢？

走了，气哼哼的。唉，瞧我这媒人当的，早知道你俩有意，我何必去答应主任说这个媒？插这一杠子？天福爷边嘟囔着边向院里走去。

暖暖默站了一会，转回身，径向村中的开田家走去。还没进院，就听见了开田娘的声音：婚姻的事，预先都是神灵们定好的，该是你的人，想跑她也跑不了；不该是你的人，想拉你也拉不住，咱得想开些，没了暖暖，你就不娶媳妇了？随后是开田爹的声音：要我说呀，男人娶老婆就是为了生娃子，娶谁都行，只要她能生。接下来是开田娘不高兴的声音：你这都是屁话，娶谁都行？你当初为啥不去娶个瘸子？！开田爹的声音低了下去：这不是在劝开田么。去，去！没有你这样劝的……暖暖不想再听下去，抬手敲了门。

是开田来开的门。老两口一看是暖暖，都愣在那儿，连话都忘了说，俩老人还没反应过来，开田已上前拉起暖暖的手向自己的睡屋走去。进了房，开田就满脸绝望地说：天福爷说他不敢再搅缠这事，说主任的弟弟流着眼泪给他哥说想要你，说主任给他娘表态一定要让你当他的弟媳，说你爹娘和奶奶都已经同意了这门亲事。

真是笑话！暖暖冷笑了一声。

啥是笑话？开田没听明白。

主任让我当他的弟媳我就当了？！

那依你说？开田的眼睛睁大了，他这才注意到暖暖的脸上有泪痕，两只眼睛发红。

这件事能做主的只有我俩！暖暖的两眼灼灼地盯着开田。

我俩咋整？开田摊了摊手。

你不会想想！

想想？开田直直地看着暖暖，忽然激动地一拍自己的头：咱们跑！跑得远远的，要么到郑州、要么到北京、要么到广州去打工，让他们找不着。

不跑。暖暖立刻否定道,咱们跑了,老人们就要受罪,主任不会不动怒的;再说,咱两个家都需要咱们,俺娘有病,你爹的腿也残了,离不了你。

那……

再想想!

去给你家送礼,把我家去年收的几百斤黄豆都送过去。让你爹娘和奶奶先回心转意。

你送不过主任家的,他们已经给我爹说要送给他一辆摩托车,好让他骑上去聚香街上卖鱼。

啊?! 开田后退了一步。

再想想!

去找你爹娘和主任詹石磴论理,就说是咱俩先好上的。

论啥理? 这种事有多少理可讲? 我爹娘不会听你的理,詹石磴更不会听你的!

那——

再想想!

我想不出了。开田摸着自己的头,眼里满是无奈。

我在北京打工时,听说有一种婚姻叫事实婚姻。暖暖的声音忽然间变得很低很低。

事实婚姻? 开田没明白,眼珠子定在那儿。

就是两个人还没登记,也没经父母允许,就先住在一起成了夫妻,别的人就只好当他们是夫妻了。暖暖的脸红得厉害,头也低了下去。

哦,你是说——开田惊住,上下牙咬住了舌头。

你明天就悄悄去聚香街上买两挂鞭炮,再买些红囍字。

开田惊看着暖暖没有出声,不过眼珠子在飞快地转着。

我后天吃过早饭就偷偷过来,一过来你就放响鞭炮,然后再把那些囍字往院门上一贴，村里人来看热闹，你就对外人说你已经把我娶了来，看主任他们家还有啥办法？

主任会不会来硬的，派人来——开田的声音里满是迟疑。

咋？还敢来抢不成?！如今可不是过去，不是还有妇联会，有警察，有法院？

他要用其他法子整咱们——

你要怕这怕那就算了，好，我走了，你就等着詹家来把我娶走吧。暖暖说着转身就要走，慌得开田急忙扯住了她，满脸歉意地笑着：我是想把事情想透彻，还有，咱们这样做了，你爹娘和奶奶他们——

没办法，只好让他们生点气了，谁让他们执意不听我的。暖暖叹了口气。

开田一把拉过暖暖抱在怀里，感动地说：暖暖，你这样做真不知让我说啥好，我以后会报答你的，我一定要让你过上好日子，我一定要对你好，我这辈子只爱你一个女人，再不会看一眼别的女人……

暖暖走后，开田就赶紧去爹娘那边给他们说了暖暖的主意。开田的爹娘听罢，也都被惊在那儿。半晌，娘才颤了声道：老天爷，要是暖暖他爹和主任的弟弟来闹，那可咋办？那倒也没啥不得了的，开田爹说，又不是咱去抢了暖暖来，是人家暖暖自己来的，他们有啥说的？开田娘捂住自己的胸口道：可我还是害怕，我长这样大，可从没经过这样的事。开田沉了声说：娘，这是我能把暖暖娶到家的唯一办法，暖暖作为女方都不怕，咱怕啥？再说，我听从广州打工回来的铁闩讲，城市里这种没结婚先住在一起的人多的是，这不算犯法，他们叫未婚先同居，你只管把屋里收拾好就行……

6

第二天晚饭后人静时分,暖暖找了个借口去了丹湖边的巴茅丛里。开田正在那里等着,一见暖暖来,开田就忙低声述说了他所做的各样准备:今早一吃过饭,俺娘开始收拾屋子,爹塞给了我一卷钱,我就骑车向聚香街上去。先买了两挂五千响的鞭炮,后买了六个大红的囍字,又买了几斤羊肉和猪肉,还去商店里给你挑了一身衣服,最后还买了一条新床单和两个枕头。我把这些东西全放在背篓里,用我的一件褂子盖好,在上边又放了几斤青菜,才向咱村里骑,没有谁看明白我在干啥。俺爹今儿个也没下地,在家帮着俺娘收拾屋子。他俩把个家彻底打扫了一遍,尤其把预备给咱们当新房的那间屋子拾掇得清清爽爽,将床上铺的高粱箔换成了新的,换上了新的褥子和被子,把一个盛水的瓦罐换成红的提绳改成尿罐放到了床底下。因为事情太急,来不及准备新的床头桌,娘就在那张旧床头桌上蒙了一张塑料单子,看上去也不错——

行吧。暖暖叹了口气,打断了开田的述说。

你生气了?开田攥住了暖暖的手。

暖暖无声地摇了摇头。

你看还有啥要我做的?开田问得很小心。

没了,你回吧。暖暖朝开田挥了挥手。开田手上用了点力,想把暖暖拉到怀里,可见暖暖没有要靠近他的样子,只好放弃了那种努力,一步三回头地走了。

倒映在湖水中的星星很密,它们不停地在水里晃动着身子,像一些在渔网里挣扎着的小鱼。暖暖在湖边站着,默望着湖水和水里的星星,在心里叫道:丹湖里的神灵,你该是能看明白我的,你说我这样做行吗?算不算太过分?是违了楚王庄多少年的规矩吧?会遭人唾骂了?不是一个正派姑娘该做的事?你也会怪罪么?

罢,罢,罢,我觉得开田能给我幸福,我就要去争,我管不了许多了……过了许久许久,暖暖才又走到水边,撩起水洗了洗脸,然后一步一步地向村里走去。

暖暖这天晚上久久未能入睡,一想到明天自己就成了开田的女人,要和他同吃同住,可以随时去摸摸他的头发,亲亲他的额头,撩开他的衣服去看她一直想看的地方,做那些过去一直在想可又不敢细想的事,她的心就忽悠一下向高处荡去,体验到一种醉人的甜蜜。可再一想这件事给爹娘和奶奶带来的打击,她的心又忍不住疼起来:爹、娘,我这算不算不孝?奶奶,你会骂我丢了楚家的脸吗?……

天还没亮,暖暖就起床了。她在灶膛里生了火,开始做早饭。爹、娘、奶奶,这是我以未嫁女儿的身份给你们做的最后一顿饭了。饭做好,安排去上学的禾禾先吃了,暖暖又去打扫院子,收拾猪圈。爹起床后埋怨了一句:起这样早干啥?醒得早,就起了。她含混地答。她把洗脸水给娘端到了床前,娘有些诧异,说:我已经能四处走动了,还用你端水?端来不是方便些么。暖暖脸上在笑,心却一酸,娘,以后你就是想让我把水给你端到床前,我怕是也没那个时间了。奶奶起床后正要梳头,暖暖跑过去抢过梳子说:奶,我来给你梳。奶奶有些意外,张嘴笑问:嗬,今儿个咋想起给奶奶梳头了?暖暖一笑:日头从西边出来了呗。梳着奶奶稀疏的白发,想起以后不能再每日侍候奶奶,暖暖的眼泪就想流下来……

吃过早饭,爹下地走后,娘开始喂鸡,奶奶在缠着一个线团,暖暖这才穿着她那身旧衣裳向院门口走去,在门口,她停步又回望了一眼熟悉的院子,方迟迟疑疑地迈过了门槛。

村子里一如往常那样,刚吃过早饭的人们正在做下地的准备,牛在摇着脖子上的铃铛,犁、锄在丁当作响,羊在叫,驴在吼,狗在撒着欢地吠。暖暖默然向开田家走着,她知道自己今天做的这件事在村里具有爆炸性,眼下没有谁能想到暖暖要干什么,人们像往日那样在和她打着招呼，可一旦知道后他们会有啥样的反应？

近了，近了，开田家的院子。看见了，开田穿着簇新的衣服正站在门口。暖暖加快了步子，就在这当儿，开田家的邻居麻老四看见了开田，高声地叫道：嗬呀，老弟穿这样支棱可是少见，八成是去相亲吧？快告诉哥哥，你要去相哪个小娇娘？咱庄的还是外村的？开田显然被吓了一跳，忙转身进了屋。暖暖这边见状只好慢下了步子，直到麻老四离开后才又走了过去。

一直候在院门里侧的开田看见暖暖走近，忙跑出来将她拉进了院门，那样子像是怕被别人再拉走似的。开田急急地问：你爹娘他们还不知道你出来干啥吧？暖暖点点头。开田的爹娘这时也迎到院子里让着：快进屋吧，孩子。暖暖刚一进屋，开田就拿出昨天在街上为她买的那身衣服说：快换上。衣服的样式还行，就是暖暖穿上身显得大了点。先这样穿着吧，以后再买新的。开田说着就要去端糨糊贴囍字，这时他才看见，家里养的那条狗正在偷舔他煮好的糨糊，已差不多把糨糊舔光了。这个狗日的！开田气得一脚把狗踢翻了两个滚，狗叫着跑出了院门。娘忙说不碍事，锅里剩下的稀饭也可当糨糊。六个囍字分贴在院门、堂屋门和灶屋门两侧之后，开田就想去点燃那两挂五千响的鞭炮，可他的手抖得厉害，连划了三根火柴都没点着炮引子，他不好意思地朝暖暖笑笑，最后，还是暖暖上前，擦着火柴点着了药引。清脆的鞭炮刚一炸响，全庄的狗可就一齐叫开了，在鞭炮声和狗叫声里，暖暖和开田听见邻居们都在开关着院门，先跑来的是一些娃娃们，很快，年轻的媳妇们和小伙子们也来了，麻老四的女人一看见院门两侧的大红囍字，就惊叫开了：嗨啊，你个狗开田，你要办喜事咋不预先说一声？俺们总得送份礼吧？是不是怕俺们抢走了你的花老婆？也常下湖打鱼的九鼎笑道：开田哥真是粪缸当米库，密保得好呀，老婆都接回来了，俺们这些当邻居的还不知道她是谁哩！劁猪的詹大同的老婆更是高腔大嗓地笑喊着：开田，快把你的小娘子拉出来让俺们瞅瞅她的肚子，是不是你小子提前下了种，而且已经发了芽，没办法了才匆匆把人家娶来。一群人说笑着进了旷家院门，开田娘这当儿就急忙把自己炒的花生、瓜子还有开田买的糖块往娃娃们和众人手里塞，大伙欢闹着直涌进堂屋门，及至看见开田拉着暖暖的手站在那儿，又一下子都惊得住了声，来看热闹的人中没有一个想到新娘会是本庄的暖暖，谁都知道暖暖家境较旷家富裕，她又是庄上的人尖子，还被主任家看中了，怎么会又成了开田的新娘子?!倒是暖暖先打破了这由惊讶而来的静寂，温婉地笑着让道：快请坐呀，不认识我了？四嫂和九鼎是吸烟的，开田，快给他们点上烟呐！人们这才又活跃了起来，九鼎感叹着：我个天呀，一点点都没想到！麻四嫂说：开田，你个该日的东西，你是存心要让你嫂子受惊吓啊！詹大同的女人笑着：开田，你小子办事，真是七月正午的高粱地，纹风不透呀！开田只是站那儿一脸幸福地笑着，说不出更多的话。拿了糖块和花生、瓜子的娃娃们，这当儿就跑了出去，边跑边叫着：快来看暖暖啦，成新娘子了——开田娘这时进来说：今中午大伙儿都不能走，就在这儿喝喜酒！麻四嫂说：我身上连一份礼钱都没带，你说我咋好意思喝?!暖暖就紧忙接口道：大伙可别说礼钱的话，你们只要能在这儿喝这顿喜酒，我和开田就非常高兴。这时刚挤进来的麻老四叫道：喝，喝，有喜酒不喝，那才是憨瓜哩，只是开田能不能给俺们讲讲你弄到暖暖的经过，好让俺也学学，日后也去悄悄弄来一个花姑娘！开田还没回话，麻老四的女人就朝自己男人的肩上捶了一拳骂：花你娘那个脚，没瞧瞧你那个鳖样，还想着再弄个花姑娘呐?!众人就轰地一声笑了。大家正笑闹着，却听院门那儿嗵地响了一声，人们扭脸看时，只见暖暖他爹黑青着脸走进了院门，九鼎没看出问题，以为老人这是来亲家商量事情，就继续笑闹着叫：开田哥，快来见过岳父大人！未料到那老人猛朝九鼎吼道：放屁，谁是他岳父?!

一句话吼得众人傻了眼，就都去看开田，开田对这一幕早有准备，并不意外，而是笑着上前亲热地叫：爹，你来了，快进屋——话没说完，只见暖暖她爹猛抬手啪地照开田脸上就是一巴掌，同时骂道：狗东西，你竟敢拐我的女儿！

众人都惊在那儿，一时竟无人想到上前去劝。

爹，你打开田干啥？这是我愿意的，又不怨他！暖暖这时走上前说。

你……你——楚长顺手哆嗦着指着女儿，你这个败坏门风的东西，你把你爹和老楚家的脸都丢净了！

爹，我以后会对暖暖好的！开田这时继续含了笑说，我也会帮你去湖里打鱼，照顾好你和娘还有奶奶，保准——

滚——暖暖爹怒吼了一句，转过身踉踉跄跄地向院门外走去。众人见这景况，自觉再站下去不好，便都轻步向外走了，刚才还被欢声笑语充满的院子，转眼间变得一片冷寂。开田转对暖暖说：你去屋里歇着吧，这都是咱预料到的，没啥，自己的爹，骂一句打一下没啥不得了的。暖暖苦笑了一下：这不是我最担心的，我就怕主任家——她刚说到这儿，只听院门外突然响起几个人腾腾的脚步声，开田立时明白是谁来了，低喊了一句：娘，你来和暖暖坐在一处，爹也不要乱动，我去跟他们说话。他的话音刚落，就听院门外传来一声喝叫：旷开田，你小子出来！

开田佯装不知来人干啥，边向院门走边高声说：是来贺喜的吧？礼就不要送了，中午只管来喝酒就行。到了门口一看，果然是主任的弟弟詹石梯带着几个堂兄堂弟一脸怒色地站在那儿，倒是没见主任。来，先吸根喜烟！开田刚掏出烟要去散，只听詹石梯吼了一句：给我打！他那几个堂兄堂弟呼啦一下就扑了上来，尽管开田奋力挣扎，可终是寡不抵众，很快便被他们摁倒在地。你们这是干啥？这可是光天化日呀！开田叫着。

暖暖自然听见了这些声音，她要起身出去，可肩膀被开田娘死死摁住：你不能去，别让他们伤住了你！

你还知道光天化日呀？你他娘的光天化日之下把我的女人抢走，老子今天就让你知道我的厉害！詹石梯边叫边扑上去照着开田又踢又踹，无法还手的开田只能尽力捂住头脸夹紧裆部，不让对方伤住自己的要害处，他现在只能寄希望于站在远处围观的村人，但愿他们能过来拉一拉，可是，一个人也没有过来，人们显然不想得罪主任的弟弟，不想惹恼姓詹的这个大户人家。开田在疼痛中脑子里闪过一丝后悔，不过很快那丝后悔又被气恨挤走，在心中怒道：看来我刚才应该拎把刀出来！他此时最担心爹和娘，万一这些家伙朝他们动手，那可就糟了。正这样想着，却忽听院门口响起一声暖暖的断喝：詹石梯，你们凭啥打人?!

詹石梯被这声喝叫弄得一愣，停了手。

你说旷开田把你的女人抢走，我楚暖暖啥时候答应做你的女人了?！告诉你，来旷家是我自己愿意的，你打旷开田属于犯法！你要再胡来，我会跟你拼命！日后警察也不会饶过你！

詹石梯没料到暖暖敢出来，更没料到她会当着站在不远处那么多的村里人高声说出这番话，一时竟无言应对，呆在了那儿。这当儿，从附近的一家院墙后忽地传来一个威严的声音：石梯，快给我滚！众人扭头去看时，原来是主任詹石磴冷着脸迈着大步走过来。大天白日的打架，无法无天了?！滚，都给我滚！詹石磴边走边吼着。詹石梯和他的那几个堂兄堂弟只好悻悻地向远处退去。詹石磴走到倒地的开田身边，弯下腰把开田扶起来，含了歉意说：对不住，我弟弟那个犟驴不懂道理，别跟他一般见识，快去继续张罗婚礼吧，如今讲自由恋爱结婚，谁也不能干涉！开田抹了一把嘴角流出的血，沉了声说：谢谢主任！

给，这是我的一份贺礼，不多，只是表示一个心意。詹石磴就势把二十块钱塞到了开田手里。不，不用。开田刚一抬手想把钱还给对方，胳臂上的伤就疼得他吸了口冷气。

我上午要去乡上开会，你们的喜酒我是喝不成了，抱歉。詹石磴说罢朝开田和暖暖眯眼笑了一下，便迅速地走开了。站在四下里看热闹的村人这时也很快散去，旷家门前又恢复了安静。暖暖这时忙过来搀住开田，心疼地问：都伤了哪些地方？开田努力一笑：估计没伤住骨头，罢，罢，该来的总算都来过了。暖暖把开田搀到院里，开田的爹娘急急过来脱下儿子的衣裳察看伤情，还好，都只是些皮肉伤。

这天中午的婚宴和暖暖、开田原来估计的一样，没有别人来参加，亲戚们是因为没有得到请帖不知道消息，村里人是怕让主任家不高兴没敢来。不过旷家四口人围坐在桌前倒是很高兴。老两口高兴是因为意外地没花钱就娶到了一个可心可意的儿媳妇，小两口高兴是因为尽管出现了不快但终于如愿以偿做了夫妻。四口人正要动筷，院门口忽然响起了青葱嫂的声音：开田、暖暖，喜酒杯子给我摆上了么？暖暖和开田一家闻声赶紧迎了出去。站在院里的青葱嫂这时将两块花布和一个脸盆朝开田递过来说：我是刚刚知道你们要办喜事的，慌慌张张去陈家代销点里买了点小礼物。暖暖扑过去抱住青葱嫂，流着泪说：原谅我没有提前告诉你。青葱嫂拍拍暖暖的后背道：嫂子刚听到消息时是吃了一惊，可我还是为你高兴，人自已看准了的事就要敢去做！走，让嫂子进屋喝你们的喜酒！青葱嫂平日并不沾酒，可那天她喝了个脸和脖子通红，她端起最后一杯酒时两腿已有些摇晃，她抓住开田的肩膀说：开田，我是女人，我知道暖暖走出今天这一步是多么不易，她要不是对你动了真心有了真情她是不会这样办的，你今后可要对她好点！我明给你说，我和暖暖虽无血缘关系，可我把她看成我最亲的妹妹，你今后若要对她不好，可别怪我对你不客气！开田当即笑着举手保证：嫂子放心，我这一辈子都会拿暖暖当心肝宝贝……

晚饭后自然也没人前来闹房，这也都在开田和暖暖的意料之中。不来了咱还安宁。开田怕暖暖心里难受，笑着低声宽慰。跟着就去铺床，准备过他盼望已久的新婚之夜了。

暖暖虽然在自己的婚姻对象选择上做出了大胆的举动，但在床上却异常羞怯，开田把她抱上床之后，她一直用双手捂着脸，开田费了很大的劲才算把她的上衣脱下来，当那两个雪白的奶子呼啦一下出现在开田眼前时，他像怕它们飞走了一样的扑上去急忙用两手摁住。他把脸贴住它们欢喜至极地说：我多少个夜里都梦见了它们，现在终于看见它们的样子了，天呐，我平日一看见它们在你胸前摇晃我这身子就欢喜得打颤颤，你知道你的胸脯多让人着迷么？暖暖羞得忙伸手拉灭了灯。开田在黑暗中攥紧暖暖的奶子说：一定是凌岩寺里的佛祖在全力保佑，才让我得到了你！暖暖，你说对吗？暖暖捏了一下开田的耳朵轻声道：小点声，看叫人听了去……

这是一个叫暖暖和开田都心醉神迷的时刻，就在他们激动而慌乱地忙碌时，窗前突然响起了咚的一声巨响，惊得两个人一下子僵在了那儿。是有人在扔砖头。暖暖拍拍开田的后背判断着。两个人起身穿衣，开田拿了根木棍领着狗出门去看，四下里都是黑暗，院子里一片静寂。开田找到了那块扔到窗上的砖头，捏在手里让暖暖看，暖暖吸了口冷气，开田拍拍她的手转身对着院墙外低声笑道：詹石梯，你扔吧，你也只能这样撒撒气了，反正暖暖已是我的老婆，你就干瞪眼生气吧！

暖暖叹了口气……

7

开田和暖暖是半月后才去乡里办理结婚登记手续的。办完手续走出婚姻登记处的大门，开田举着那个红色的结婚证叫道：现在我的婚姻才算有了真正的保证，再不用担心别人来夺走我的老婆了！暖暖拍一下他的胳臂含笑嗔道：疯了?！开田也笑着：实话给你说，在没有领到这结婚证之前，我心里还真的一直害怕主任动手整治咱们,强行把咱们拆开,如今有了这个证,我才算放下了心。

甭自己吓唬自己,他一个主任没有那样大的本领,他怎样整治咱?咱们自己种地自己收获自己吃饭,又不像老辈人那样靠主任给记工分分粮食分布票,他就是想整治也整治不了咱,再说,这主任也是几年一选,他敢保证他就一直能当下去?

你倒是想得开。开田感叹着抱住暖暖亲了一口,跟着又道:啥时候我要能当了主任,哼!我一定要——

要什么?你要真当了主任,你会干啥?暖暖笑问。

还是先别吹牛吧,有谁会让咱当主任?开田摇着头……

开田接下来想到的第一件事是买点礼物去看望岳父岳母。这些天,他几次想去,都被暖暖劝止了。暖暖说:眼下他们正在气头上,咱去了他们未必会见,还不如等到咱们把结婚手续办完再说。如今,结婚证已经装到了口袋里,这件事应该去做了。他和暖暖一起在聚香街上挑了几样礼物,除了寻常的猪肉礼吊、羊腿、点心果子和花布四色礼外,给暖暖的爹、娘、奶奶和禾禾每个人又都买了件衣裳。

第二天快晌午时,开田拎着礼物向岳父家走去,暖暖跟在后边,两个人都心怀忐忑,不知道会遭到怎样的对待。还好,院门在开着,暖暖的妹妹禾禾正在院里洗衣服,看见他俩进院,高兴地站起身转朝灶屋里叫:娘,姐和姐夫他们来了。娘手上沾着面从灶屋里出来,先看了他们一眼,又不安地朝堂屋里看了一下,刚开口说了两个字:进屋——堂屋里就响起了暖暖爹愤怒的吼叫:滚——

开田不知所措地看着暖暖,一时不知咋着办好。暖暖镇静地拿过开田手上的礼物放到了灶屋门口,对娘轻声说:俺们走了,你和爹还有奶奶多保重。娘的泪流了下来,点点头低声道:待你爹气消了再……暖暖和开田刚走到院门外,不防爹又从堂屋里冲出来叫道:把东西也给我拿走,老子不稀罕,我跟你们没有任何关系!见开田和暖暖没动,便弯腰拿起他们的礼物呼一下扔到了院门外。

最后是奶奶出面解的围，奶奶拄着拐杖从里屋出来对着暖暖爹沉沉叫了一声：长顺，那是我孙女给我带的礼物，你敢把它们扔了？禾禾，给我拣回来。叫完，对着暖暖和开田挥了挥手，示意他们走……

两个人虽然遭了这冷待，倒也没有怎么生气。这场面也是他们曾预料到的，暖暖怕开田伤心，劝道：老人对咱们先斩后奏的做法不可能马上想得通，咱慢慢等吧。开田说：总有一天，我会让你爹明白，找我这样一个女婿是多么应该。暖暖被他说笑了：吹吧，你！

暖暖和开田这样办婚事在村里自然引起了巨大的震动。老人们纷纷摇头，说这真是胆大包天，从来没见谁敢这样做的！一些当爹妈的唯恐自己的儿女以后跟暖暖和开田学，警告儿女们别再和暖暖、开田接触来往。天福爷知道后也惊得目瞪口呆，感叹说这都是因为暖暖去北京打过工，以后没结过婚的姑娘最好别出去打工，要不然胆子会大得没了边！当然，也有年轻人对暖暖和开田这样结婚抱有同情，说他们敢整而且整得好，找男人娶老婆，就得是可心的！一时间，各种议论在村里来回飘荡，但日子一久，也就淡下去了。既是木已成舟，村里人也就慢慢认可了这件事，无人再说啥了。开田和暖暖没理会那些议论，只每日下地干活，一心要把自家的庄稼种好，使家境富裕起来。

日子变得平静而安宁，两个人都对对方爱不够，生活过得自是和美。俩人白天一同在田地里忙活，晚上一同在床上快活。都是青春勃发，快活起来有时就有些不管不顾，乡下的床又不比城里的席梦思，褥子下边铺的是高粱秆箔，那东西摇晃起来响动大，两个人有时忙起来，床就响得有点惊天动地。有天邻院的麻四嫂碰见暖暖，悄了声笑着说：你们犁地撒种时动静可是真大，我隔着院墙都听到了！啥时候犁地撒种了？暖暖一时没听明白。夜里呀！你家开田把耧摇得哗哩哗啦——麻四嫂边说还边做着动作，暖暖一下子明白过来，羞得连脖子都红了。她那天回到家，立刻让开田把床上的高粱秆箔用绳子在床撑上仔细固定了一遍……

8

心里快活往往就不知道日子过得快，那天北风一吹雪花飘起来，暖暖才意识到自己结婚已两个月了。早上她起床去柴垛上抱柴，瞥见青葱嫂正去湖边挑水，方记起自从结婚后，自己还一次没去过青葱嫂家呢，过去，她可是三天两头地往青葱嫂家跑。吃过早饭，看看雪变大了干不成别的，暖暖就对开田说：我去青葱嫂家坐坐。

青葱嫂的一儿一女大明小明正在院子里扫雪玩闹，见暖暖进来，一人叫一声姑，就又去玩了；青葱嫂则在屋里忙着给孩子做衣服，看见暖暖进来，就开玩笑道：吆，今儿个咋舍得来看我了？这样大好的下雪天，还不赶紧钻到开田怀里让他把你抱到床上?！暖暖举拳上前捶了青葱嫂一下嗔道：让你胡说！

一结了婚，可就把嫂子忘了个一干二净，这年头呀，友情看来是抵不过爱情。青葱嫂还在笑着揶揄。

谁忘了你？天天都在想你哩，这不一得空就来看你了?！暖暖想想这些天一次没来，甚至想都没想起过青葱嫂，满脑子里全是开田，心里确实生了愧意。

天天想我？骗鬼去吧。天天想的都是开田倒是真的，实话给我说，他一夜忙几回？

啥几回？暖暖被问愣了。

忙着——青葱嫂意味深长地笑看着暖暖，暖暖霍然间明白了她指的什么，脸立时羞得红艳艳的，上前又捶了青葱嫂一拳叫：你要再没正经，我立马就走！

好，好，不开玩笑，快请坐。我正有事要跟你说哩。

说啥？暖暖拿起了针线，和青葱嫂一起缝起了不知是大明还是小明的衣服。她过去来，也经常帮着青葱嫂做些针线活。

你是想早要娃娃还是想晚要娃娃？青葱嫂笑看住暖暖。

暖暖的脸又是一热，讷讷道：这事我和开田还真没商量过，你说哩？

要是想晚要的话，可得把关口把好，得去梅家药铺里把有些东西买回去，开田每动你一回，你都要逼他戴上，要不然怀上了再去流，那人可是要遭罪；而且，弄不好还会影响以后的生育，等你真想怀时，又怀不上了。

是么？暖暖吃了一惊，那依你说——

早要，反正女人是要生娃娃的，早生晚不生，早生早安生，况且，女人越年轻，生娃娃越省力，需要使劲时，也有劲来使，你不知道，娃娃下生那一刻，你没劲那可是不行。

暖暖听得瞪大了眼睛……

当天晚上一上床，暖暖就把青葱嫂的话对开田说了，末后问道：你是想早要娃娃还是想晚要娃娃？开田一边亲着暖暖的胸脯一边笑答：我想现在就要……

暖暖是第三个月怀上娃娃的。自从知道自己有了身孕后，一种安恬和幸福的感觉就充满了她的心胸。她常常在心里庆幸，多亏我在婚事上来了一次抗争，要不然，今天的这份日子就不是我的了。不过，每当她想起当初在北京打工的那段日子，想起在北京打工时看到的城里人的那种生活，又感到了一点不满足，于是有天晚上当开田又伸手过来要揽她入怀时，她按住了开田的手说：咱们得定个目标！啥目标？开田被弄得一怔。

咱俩这辈子就说在这楚王庄过了，可咱们的孩子不能再像咱们，让他们就在这丹湖边上种庄稼，既不懂得啥叫美发、美容、美体，也不知道啥叫咖啡、剧院、公园，我不甘心！

那你说咋整？

得让他们将来到城里上学到城里过日子去！

行呀！开田摊了摊手：连我都想去城里过日子哩！能让娃娃们去城里过日子我还能不愿意？

这不是愿不愿的事，要实现这个目标，可不会很容易，咱们得先挣钱，先富起来，我在北京时已经看明白了，你只要有了钱，你就能够在城市里为孩子买到房子，你才能让孩子在城市里落下脚。

明白了，我应该抓紧挣钱，当初，你爹不愿你嫁给我，不也是因为我没钱？开田话音里有点不高兴。钱那个狗东西它老不来俺们旷家，我有啥办法？你光催是没有用的。

你想到哪儿去了？暖暖有些诧异：我这哪是催你？我是在说一个道理。

好，好，我明白！……

看着暖暖的肚子一天天大起来，开田开始高兴，他再不让暖暖干一点点活，想办法让娘给暖暖做好吃的，暖暖常常笑着抗议：你是存心要把我变成一个好吃懒做的婆娘啦?!

端午节到来时，暖暖的肚子已经大得连走路都有些困难了。婆婆替她算了一下日子，说娃娃就要在这几天出生，要她格外小心些。可暖暖闲不住，一早就起来忙着包粽子、蒸大蒜、煮鸡蛋和鸭蛋，预备着全家的节日吃食。不想她把吃食做好正要和全家一起坐下来吃时，肚子却疼开了，婆婆一见她疼得汗如雨下，就让开田赶紧去把庄上的接生婆麦叶婶请来，青葱嫂闻讯也赶了来。麦叶婶看罢笑道：没啥，不过是娃娃不愿在娘肚里呆，急着出来过端午节了。青葱嫂便攥住暖暖的手宽慰她：甭怕，熟了的瓜，早摘一天没有啥；至于疼，你可得忍住，想当妈的女人都要尝这个滋味，这是老天爷专为咱女人设的一个关口，过了这个关口，就是一马平川了；我当初经过这个关口时，眼一闭牙一咬劲一使，也就过来了；老天爷把一个活生生的娃娃给你，你不付点代价哪能行？麦叶婶一边吃着开田为她剥去壳的鸡蛋一边看着暖暖咬了牙呻唤着在床上扭动，笑着说：瞧这动静就不像是一个丫头。待暖暖开始高叫时，麦叶婶不慌不忙地去摸了摸婴儿刚露出的头顶，然后断言说：是个带把的。果然，随后从血水里游出的是一个男婴，当那小子嘹亮的哭声在旷家院子响起时，开田一拍屁股欢喜得跳了起来。

旷家在端午节喜得儿子的消息引来了不少邻居，人们围在院子里给开田道喜，开田眉开眼笑地给人们散烟。麻老四吸一口烟后笑道：这小子倒是会选出生的日子，今后过生日不会缺少好吃的，粽子、鸡蛋、鸭蛋和熟大蒜，样样都有，来得早不如来得巧！九鼎接口道：屈原知道了也会高兴。屈原是谁？麻老四没听明白。连屈原都不知道你还过端午节？这节日就是为纪念他而设的！九鼎对麻老四有些鄙夷。九鼎你别在我面前装有学问，俺不知道屈原是谁俺照样过端午节！屎，谁也不敢把俺隔在端午节那边；再说了，你九鼎有学问你为啥不到北京的大学里去教那些漂亮的女学生？为啥不去当知识分子天天站在台子上做报告？为啥不去拿工资？你为啥还要在楚家庄划船逮鱼外加种小麦栽红薯？麻老四不服气地叫起来。青葱嫂这时笑着从暖暖的睡屋里出来说：四哥，你甭不服气九鼎，你读书还真没有他多，九鼎，你就给大伙解释解释屈原。见有人夸奖和支持自己，九鼎有些高兴，捋了捋衣袖讲道：人家屈原是楚国的大官，经常和皇帝在一起喝酒吃馍，有时也一起看女人跳舞，后来为一些事和皇帝闹了别扭，加上奸臣挑拨，就不受皇帝待见，不让他在朝里做事了；之后他就在楚国里四处走，据说还来过咱们楚王庄一带。胡屎吹！麻老四打断了九鼎的话，屈原既然是楚国的大官，他来咱这偏远的楚王庄干啥？是渴了想喝咱丹湖水？是他脑子里有了病？九鼎正色道：这话可不是我说的，这是那一年县文化局的光头局长来看古墓时在咱村头说的，那光头局长不是头上只剩一绺头发了吗？他那天一边捋着他那绺头发一边说，咱这一带是当年楚国的发源地哩。麻老四还想争下去，不防屋子里那刚落草的小子不知为何又哇哇大哭起来，慌得开田和青葱嫂急忙又跑了进去。众人见没了主人照应,便失了站下去的兴致,相继走了。

第二天,开田给儿子起了个名字:丹根。暖暖听罢想了一阵,点头说:也行。

暖暖娘是在丹根满月的前一天晚上,悄悄来看暖暖和外孙的。她提来了挂面、鸡蛋、红布外加两身婴儿衣裳。老人对女儿和女婿说:这些东西都是我偷偷准备的,我虽不能过来,可离远处一看暖暖的身子,就知道该办这些东西了。老人边说边亲着丹根的小脸蛋,流下了欢喜的眼泪。暖暖那刻也把头拱到娘的怀里,哽咽起来。娘赶紧劝着暖暖:你这会儿可不敢伤心,月子里伤心就会落下病的……

9

有了儿子,开田自然觉出肩上的担子重了,他就常对暖暖感叹:只靠种地挣钱太少,老天爷啥时能睁睁眼,让我也能弄个小官当当,哪怕是当个主任也行,好弄来钱养活你们娘俩。暖暖笑着:钱光靠做梦是到不了手的,要紧的是去想切实的办法。开田因此就在种地之余,到处寻找发财赚钱的路子,那天听说村主任詹石磴从乡上带回了一张载有致富办法的报纸,他明知主任一家对自己有气,还是硬着头皮去了村委会的办公室,找到主任要来报纸看,可惜那报上登的致富办法都不是开田这样没有资金的人能学着办的。当他把报纸还给主任时,主任眯了眼笑着说:好,好,你只要想发财就好。

暖暖满月不久,就把孩子交给婆婆照看,自己也下地干活了。那天,两口子正在丹湖边的一块责任田里整地,忽见一辆摩托车停到了他们的地头,一个和开田年纪相仿的年轻小伙从摩托车上跳下来朝开田喊:大哥,要不要大叶庄稼的锄草剂?是从美国原装进口的,我进来三吨,卖得只剩三箱了,我不想再走村串户地跑着销了,你若要,我就便宜些全批发给你,你可再拿去零售赚些钱！开田当时略有些意外地看着对方,他知道锄草剂是一种好东西,自家村子里的人从去年秋天开始在绿豆地使用锄草剂,结果绿豆地再不用锄草了,啥野草也不生,只有绿豆苗长得精精神神,一下子省去了很多力气。他和暖暖对视了一眼,然后转向那人问:真是从美国进口的?

那还有假？那小伙转身去车后的纸箱子里拿出一袋锄草剂递到开田手里:你看看商标,全他娘的英文！这是我的名片,中国国际农用品有限公司驻聚香街特派员,上边有我的电话号码,你买去只要发现有一丁点问题,就可以打这个电话找到我,本人保证全额赔偿！你知道美国的农民为啥有时间跳舞唱歌看电影,还去城里的红灯区玩女人？就是因为他娘的他们有这锄草剂,他们把庄稼种子在田里播完,再把这锄草剂一撒,就再不用管了,剩下的时间就是玩！你说咱中国农民凭啥不用这锄草剂？咱傻吗?!

多少钱一袋？开田被他说笑了,朝暖暖看了一眼。暖暖这时也走了过来,接过袋子去看。

南府和省城的市场上全卖三块五或四块钱一袋,我因为急着有事,批发给你,一块五一袋,你再零售,每袋稳赚两块到两块五,咋样？兄弟我这是让利销售,为的是交你这个朋友,地里这么多人我为啥不在他们面前停车？因为我一眼就看出你是个实在人！

开田点头表示满意,去年他从一家零售店里买的是四块钱一袋,价钱比去年便宜不少,有挺大的赚头。这三箱总共有多少袋?

每箱三十袋,总共九十袋,每袋稀释后够撒一亩地,总共可锄去九十亩地里的草;价钱嘛,你只需给我一百三十五块就行。那人算得很是麻利。

买吧？开田征求着暖暖的意见。

明摆着是赚钱的事情咋能不做？暖暖说:买。富人们的钱不都是一笔一笔赚来的？赚一点是一点。

开田和暖暖喜滋滋地让对方跟着他俩来到家门口，暖暖进家拿钱。她一张一张地把钱递到对方手里，递到一百三十块时，那人挥挥手叫：罢了，那五块钱不要了，咱们交易一场，干吗算那样清？这让暖暖很高兴，就含笑看着那人骑上摩托车走了。

开田那天重回地里干活时是哼着歌儿的，去地里的路凸凹不平，他的脚步也高高低低的，可他嘴里的歌声一直没停。九十袋，每瓶赚两块，稳稳地把一百多块钱拿到手里了，不费力气，转眼之间钱就到手了，你说他能不高兴？跟在后边的暖暖交代他：留下两袋咱自己用，其余的早出手吧。开田当然点头说行。他那天收工时站在院门前喊：卖大叶庄稼锄草剂了，美国原装进口的，三块五一袋。村里人因用过这锄草剂，知道它的好处，又听说是美国进口的，价钱比去年还便宜一点，立马就围了上来，不一会就把八十六袋卖了出去。要不是暖暖预先给自家和青葱嫂家各留下两袋，就会全卖光了。那晚开田因为高兴，不仅晚饭连吃了四大碗面条，上了床还一二再再二三地要上暖暖的身子，暖暖后来捏住他的鼻子嗔道：没有明天了?! ……

这年秋天种绿豆时，村里从开田手上买了锄草剂的人家，就都用到了地里。那锄草剂果然厉害，地里不见一棵野草出来，可不料那锄草剂竟然连绿豆苗也杀，凡用了这锄草剂的绿豆地，绿豆苗的叶子也渐渐枯了，到最后，满地的绿豆别说结绿豆角了，连豆叶也没有了，都只剩下了一根茎。

这可把所有从开田手里买锄草剂的人家惊呆了。天哪，好好的绿豆全毁了！连开田家的绿豆地算上，一共是九十亩呐，全都没了苗，楚王庄啥时候经见过这样的事？你说这不是天大的事儿吗？还没待人们来找，开田和暖暖就慌得忙去村委会，按那个卖锄草剂的人留下的电话号码打去电话询问，可电话里回说没有这个号码。两口子这才明白是遇到了骗子。种庄稼的人一季子收入没了，那还得了？当初从开田手上买锄草剂的人家，先是把开田拉到自家地里让他看庄稼被毁的惨状，随后就都围到了开田家门前。开田早被这从没见过的事儿吓住了，暖暖也呆了，扶住门框大气也不敢出。围在门前的人们当然要气要恼要骂人了，麻老四高了声叫：日他个姐，兔子还不吃窝边草哩，你旷开田可真是黑了心，你连自家庄里的人都敢坑了！五十一岁的磨豆腐的詹同方踏了开田家的门槛骂：你个小杂种，为赚那点钱敢把这么多地里的庄稼毁了，还有没有点良心？你叫俺们喝西北风呀！平日劁猪的詹大同更是伸拳捋袖地鼓动众人：咱们揍死这个王八羔子，要不就把他的蛋子挤出来，劁了他！旷家在这楚王庄是外姓人，原本就单门独户没有势力，遇到这惹犯众怒的事更是没人站出来替他们说话。开田知道自己现在不说话是不行的，就低了声对大家道歉说：我上当了，我轻信了别人，我对不起大伙！我是一个混蛋！可人们还是愤愤着不散。最后还是开田他爹架着拐杖出来给众人跪下说：众位乡亲，开田这狗小子受人欺骗，做下了伤天害理的事，是我教子不严呐！我给大伙跪下认错，求大伙容他去找那个当初骗他的人，只要找到那个骗子，一定给大伙赔偿损失……

人们这才算是暂时散了开去。一直站在远处默然看着的青葱嫂这时走过来说：暖暖，你和开田赶紧去找那个卖锄草剂的坏蛋，让他来陪大伙的损失。暖暖满含歉疚地说：嫂子，对不起，让你也跟着受了害。青葱嫂摇摇头道：嫂子根本不相信你们会来害乡亲。

开田忙骑车带上暖暖去聚香街上寻找那个骗子，可去哪里找？名片上的名字和地址都是假的，根本没人知道有这个人，当初又没有问他家住哪里，更没记住他的摩托车车号。开田和暖暖把聚香街跑了个遍，一户一户地查问，没有任何人知道有个中国国际农用品有限公司驻聚香街特派员，也许，他根本就不在这街上住？夫妻俩于是又跑到邻近的两个乡镇上寻，那更是大海里捞针，瞎忙。三天后的黄昏，又渴又饿的开田和暖暖只好空手而归，走到村头，开田一屁股坐到了地上，他实在害怕进村，进了村该怎样向那些遭了害的人家交代呀？他双手捂了脸叫：骗子呀，我日你个八辈祖宗，我哪一点得罪了你，你害我害得这样狠哪?！……

暖暖那一刻身靠在一棵树上，两眼发直地望着正沉入夜暗里的湖水，半晌才说：走吧，事情已经出了，躲是躲不掉的，除非咱跳进这湖里，可要为这点事就跳湖，也太不值了！咱先给大伙解释清楚。

暖暖拉着开田的手刚进家，把寻不到骗子的事给开田的爹娘刚说了一遍，还没有来得及端上饭碗，可就有人知道他们回来了，遭了锄草剂祸害的人家便都又相继挤进了院子，把开田围在了中间。开田小心地给大家让了座，尔后结结巴巴地说着寻找过程，人们阴沉着脸听着，麻老四没听完就叫开了：甭鸡巴啰嗦了，俺们不管你找不找到骗子，你只说咋办吧，说不出个办法俺们今天可是不会饶你！……

众人正说着，只听院门外突然响起一阵摩托车声，随即就见几个警察冲了进来。警察们进屋问清了开田的身份后，不由分说咔嚓一声，就把一副手铐戴在了开田手腕子上。其中一个警察亮了亮一张纸说：鉴于你贩卖假锄草剂，蓄意破坏农业生产，我们奉命拘留你！说罢，拉上他就向屋外走。开田他爹娘和丹根立马就被吓哭了。暖暖哭着上前去护开田，被警察猛地推开了。开田哪见过这阵势？边走边含了泪叫：我不是故意的……可连他的叫声也很快被摩托车拖走了。

大伙都先回吧，没见人都被抓走了？钱要紧还是人要紧？青葱嫂不知啥时进了屋，对围在门口的人们说。众人一听这话，身子不由一震，相互看了一眼，就都无言地相继走了。

嫂子——暖暖扑到青葱嫂怀里，放声哭了起来。

青葱嫂拍拍暖暖的后背，叹口气问：事情咋会闹得这样大？连警察也惊动了？

可能是谁家上告了。暖暖哽咽着答。你说我的眼为啥就瞎成那样,连骗子都认不出来?开田那天问我要不要那锄草剂,我竟连想都没想就点了头了,我后悔呀!

光哭不行,得想个法子。青葱嫂说,恐怕得找找村干部,老支书常年卧病在床,帮不上忙,只有去找詹石磴,他当村主任,应该能出面保保开田。暖暖点点头,抹了抹眼泪,把怀里的丹根交到婆婆手上说:爹,娘,你们在家,我这就去找詹主任。

在去主任詹石磴家的路上,暖暖几次停下了步,在经过了那次拒婚之后,她实在不好意思再去见詹石磴,可不去开田咋办?只有去求主任出面了……

10

主任家的房子是一座两层楼,这是楚王庄最好最气派的房子了。暖暖去的时候,主任詹石磴已吃过晚饭,正坐在自家楼房二层晒台的一把椅子上,一边吸着烟一边默望着沉在夜色里的村子。暖暖和主任的老婆打过招呼,按他老婆的指点,轻脚沿着外楼梯向上走去。詹石磴好像在想啥子事情,坐在那儿一动不动。暖暖在晒台边站了一刹,发现坐在这晒台上能看清全村的景致,那高低错落的房子,那丹湖岸边的小码头,那通往聚香街上的小路,那微露白光的湖水,那隐隐约约的山影,都收在眼里。暖暖就着朦胧的月光看清,詹石磴所坐的椅子是一把木质的大圈椅,上边还带有一个伞状的木遮蓬。这让她有些惊奇:还有这种椅子?她过去听说过詹石磴没当主任时是个木匠,看来,这个奇怪的椅子应该是他自己做的。

主任。暖暖喊了一声。

詹石磴闻唤慢慢转过脸来,仿佛是眼睛不好,在月光里足足看了暖暖有一袋烟功夫,才哦了一声,说:吆,是开田家的?有事?

暖暖的眼圈立刻红了,声音中带了哽咽说:俺家里出了祸事,来求主任帮忙了。

是吗?出啥事了?詹石磴说着站起了身,月光下他的身影显得又高又大。

暖暖于是就急急地说着家里发生的事情,胸脯因为伤心,急剧地起伏着,一双丰硕的奶子也在一上一下地颤动。詹石磴眯了眼默然听着,细细的一线目光始终停在暖暖的胸上。

主任,俺只能来求你了。

警察们真的来把开田抓走了?詹石磴似乎很吃惊。

是呀,来了两辆摩托车。

怎么可以这样?事情还没弄清楚嘛,干吗急着抓人?

月牙儿就在这时沉到了山后,晒台上一下子暗了下来,暖暖看不见詹石磴的脸色,可对方的这些话却让她心里一热。起风了,风由村前的丹湖湖面上过来,踏着村里的树梢,向村后的山林跑去,将一股浓浓的水腥味送进了暖暖的鼻孔。詹石磴打了个响亮的喷嚏,他弯腰将手中的烟头去地上摁灭。他爹,该睡了!院子里传来他女人没好气的一声喊。暖暖知道这是在催她走。睡你的!詹石磴不耐烦地回了他女人一句。

主任,这件事你得管管呐,开田他确实是受骗,他咋能会蓄意去害村里人?这事不能当违法治他呀!

詹石磴叹了口气,淡了声说:锄草剂的事开田的确做得有些不近人情,坑了自己庄里的人,大家都是抬头不见低头见的,能不落骂名?是不想在这庄里住了?用这个法子赚钱那可是蠢到家了!

主任,俺们实在是上别人的当了,你看开田平日是个骗人的主吗?那天我也在场,听着那人说得那样好,又是美国原装的,价钱又那样便宜,俺们就没有多想,就动心了……暖暖低声辩解着。

那你要我咋办?詹石磴看定暖暖仍旧眯了眼问。

去给乡上派出所的领导说说,把开田给放回来……

詹石磴没再去听暖暖的恳求,只是无声地舒了一口气。旷开田被抓走了!楚暖暖哭起来了!当初,旷开田和楚暖暖悄悄结婚时多得意呀!詹石磴这会儿还清楚记得那天上午发生的事情,当几个孩子把旷开田和楚暖暖正办喜事的消息带到院里时,他是怎样的震惊啊!他压根就没想到在楚王庄会发生这种公开欺侮他的事情,竟敢有人把我们詹家看中的女人生生抢走?!他被惊愣在那儿许久没有动弹,他的第一个反映是不相信,肯定是孩子们弄错了,在我的地盘上怎么可能出这事?待看见天福爷黑了脸带着气急败坏的弟弟来到院里,他才吸了口冷气,才知道事情是真的发生了;他的第二个反映是怒气冲天,这是反了,是真真要反了,自从他十几年前当上主任以来,从无人敢如此公然和他作对,真是反了天了!这不是明摆着朝我头上撒尿吗?是执意要打我们詹家人的脸么?旷开田,你他娘的是真吃了豹子胆了!以他当时心里的那股怒气,他是真想立马领人去彻底砸了旷开田家,把那个自己作主要嫁旷开田的贱货楚暖暖再抢回来,可他最终没敢那样做,他常在乡上开会,他知道那样办是犯法的,前不久,赵家庄的主任就因为打了一个村民而被派出所抓走了。奶奶的,现在动不动人们就跟你论法了,好,好,那咱们就论法吧!他后来能出面去旷家门前制止弟弟闹事并送了二十元礼钱,是对心里的怒气压了多次才做到的,他就是想让人们看看他是多么照法办事,这个狗日的法呀!

詹石磴对暖暖是在她从北京打工回来才开始留意的,过去,他还真没拿眼细看过暖暖。俗话说,山窝里出凤凰,这楚王庄位于伏牛山里,加上又临着中原上最大的丹湖,是个山清水秀的地方,所以出美女就多,庄上的姑娘们一个个都长得身材修长唇红齿白,有些当爹娘的看上去形体貌相都十分平常,可生出的女儿却一个个水灵标致。传说当年楚国国君后宫里的许多嫔妃都出自这一带。庄上长得好看的姑娘原本就多,再加上村人娶来的媳妇里也有好多美貌女子,所以身为主任的詹石磴看女人就有些挑剔,不是特别动心的,他很少去细看她们,更别说跟她们拉扯了。他留意到暖暖是在一个后晌,他按乡上渔政部门的要求,去丹湖边把庄上几家打鱼的人集中起来,给大伙讲不许用小眼渔网捕鱼以保存湖里鱼苗的事,他正讲着,只见一个乳胸高隆体态匀称穿得像城里人的俊俏姑娘向人群走来。他一怔,以为是从别处来的,不由得停住话很恭敬地问:请问,你是找人吗?人群里轰地发出了笑声,坐在那儿听他讲话的楚长顺这时急忙站起来说:主任,这是俺家的大丫头暖暖,来听你讲话的。詹石磴这才哦了一声,才暗暗惊叹:真是女大十八变,他印象中她还是一个不起眼的丫头,怎么转眼间就变得这样惹眼了?看来楚家祖坟是占了好风水,能养出这样漂亮的女子!也就是从那天起,他的眼睛开始经常在村里的年轻女子中寻找暖暖的身影了。瞧那脸蛋,那奶子,那屁股,多勾人呀!他有时看着看着就流了口水,有几天,他已经在琢磨着怎样接近暖暖了,可就在这时,他自己的娘找他来了,说他弟弟石梯看中了楚长顺的大丫头暖暖,想娶她做媳妇,要他找人去把这件事办下来。他听罢半晌没有做声,他当然不敢对娘说自己也看上了暖暖,他已经是两个孩子的爹了。他最后叹了口气带着无限的遗憾对娘说:弟弟的眼睛也挺尖的,行吧,我去办。就是自此,他又让暖暖远离了自己的视线。弟弟看中的女人,他不能再有非分之想。

那天过后没有多久,他就把天福爷找了来,让他去提亲,没想到天福爷回来说暖暖不愿意,这让他有些生气,就自己亲自去了一趟楚家,他自信这件事他一开口说就准会成的。果然,楚长顺答应得挺干脆。有了楚长顺的应允,詹石磴便以为这桩亲事是板上钉钉,不会再变了。就给自己的娘回了话,让弟弟做好娶亲的各样准备,包括刷房子,定喜期,做家具等等事情。娘和弟弟听了都很高兴。詹石磴根本没有想到事情还会起变化,没有想到村里那个不起眼的旷开田敢在他的头上动土,把他们詹家要娶的女人生生夺走了。你他娘的真是胆大包天,连我也敢欺负了!你是活得不耐烦了！更令他生气的是暖暖，竟然主动去往旷开田的怀里扑，真是个该打的贱货，我们做官的老詹家难道比种地的旷家还没有吸引力？我会让你知道詹家的厉害的！……

其实今天晚上暖暖刚一走到他家的院子门口，他就在晒台上看见了。贱货，你到底来了，我估计你也该来了。你当初不是坚决不进我詹家的大门吗？你竟敢强行和那个旷开田结婚，玩我和我们詹家的难堪，让我们在全村人面前丢脸，好嘛，那我们就来比试比试本领，我就不信你不会老老实实地躺在我们詹家男人的身子下边！我就不信你能躲得开！现在你的声音挺柔软的嘛，不像那天对我石梯弟弟说话时那样凶了。詹石磴仍站在原处，只在脸上露一丝冷笑。

求主任去给乡上派出所的领导说说真情，开田确实是冤枉……

惊动了警察就是碰住了法，这年头法可是厉害，恐怕我这个主任是管不了了。

你是主任，他们应该能信你的话。暖暖的声音中带了哀求，至于村里受锄草剂祸害的人家，俺们以后想法赔他们的损失。

恐怕不会那么简单吧？詹石磴的两只眼眯得更小了。贱东西，现在你知道来求我了?！当初你急着嫁给旷开田的时候，怎么没想起我们詹家？

主任，现在只有你出面最好，你和乡上的人熟，求你救救开田。暖暖终于没忍住眼泪，任凭它们流了下来。

詹石磴又点着了一根烟，深深吸了一口。哭了？这会儿知道哭了？泪珠子流得还真不少。当初你拒婚时可是没哭过，你那时多么得意，你做得多么大胆，先把婚礼办了，先做了旷开田的媳妇，然后看你们詹家有啥办法？婚姻自由。按法办事。你当时说得多么理直气壮，现在怎么哭了？流泪了？你应该笑呀，笑我们这些人多么容易就被你捉弄了，你多么聪明呐！

主任,开田是你的村民,你不能不管啊!

在这楚王庄,谁家有事我这个当主任的都不会不管。好吧,我明天去乡上给人家说说试试。詹石磴把烟头扔到地上,拿脚在烟头上狠劲地搓着。随后才慢腾腾地说:我明天去若是能说通,那自然好,要是说不通,你可不要抱怨我,这毕竟是事关法的事呀!

那当然,先谢谢你了,主任。暖暖连忙鞠着躬……

11

主任的态度让暖暖略略有些放心,可她知道这年头办事光凭嘴说不行,于是第二天早晨一起床就又去代销店里买了两条烟两瓶酒装到一个布兜里,赶到詹石磴家院门前等,看见詹石磴推上自行车出来,暖暖忙上前把那个装烟酒的布袋挂在了他的车把上,说:主任,这点东西你带上,不好让你去空口说话,要是需要请人家吃饭,你就请吧,回来了我再把钱给你送过来。詹石磴叹了口气说:不应再花钱的,好吧,既是你已经买了,我就带上,给警察们做个见面礼。

詹石磴那天出了村骑上自行车后,脸上是漾满了笑意的。楚暖暖,你到底知道求我了,总算懂些事了,以后我还会让你更懂事的!……

到了乡政府所在的聚香街上,詹石磴倒没去别处,而是径直进了乡派出所的大门。乡上的警察和各村的头们都熟悉,所长和几个警察看见他,都热情地过来招呼着:詹主任来了!詹石磴就从暖暖给的布兜子里掏出一盒香烟给大家散着,边散边说:我今儿个来,是专程为了慰劳诸位弟兄的,你们能把那个用假锄草剂坑农害农的旷开田抓起来,可真是为俺楚王庄人除了一害,老百姓都高兴呐,这不,大家专门凑钱买了烟酒让我送来,向你们这些人民警察表示俺们的谢意。说着,就把那些烟酒都掏了出来。所长有些不好意思，阻止道：詹主任，这样不好，抓坏人是我们的本职工作，不应该说什么谢不谢的。詹石磴就装了生气说：这是村民们的一点心意，又不是贿赂，你要不收可是会伤全村老百姓的心。所长见他如此说，只好挥手让一个警察收下，然后领着詹石磴进了自己的办公室。

所长把一杯茶水递到詹石磴手上，说：詹主任，自从接了你的报案电话后，我们就开始了紧张的查证取证工作，眼下旷开田毁田的全部证据已拿到手，他本人对自己卖假锄草剂的事也供认不讳，照说我们已经可以移送检察院起诉，但还有一个疑点没有弄清，就是他坚持说这锄草剂是别人批发给他的，他并不知道这些锄草剂是假的，可让他说清卖给他锄草剂的人的情况，他又说不清楚，不过据我们观察判断，他很可能也是个受害者，这就让我下不了决心。

詹石磴喝了一大口茶水，慢慢地咽下之后才开口说：根据我这些年同这些祸害农民的家伙打交道的经验，他们没有一个不是能言善辩会滑的，他们一旦被抓住，总会找各种借口为自己开脱，这旷开田平日在村里就是一个操蛋货色，什么坏事都敢干，所长你可一定不能心慈手软！

眼下这件事有两种处理办法，所长看着詹石磴说，其一，让他写出保证不再重犯，并答应慢慢赔偿当初买他的锄草剂的人家的损失，然后放出；其二，继续拘押并找到他单独犯罪的证据，然后起诉。我想听听你的想法。

詹石磴闻言猛地站起叫道：所长，你可不能把这个祸害人的坏蛋放了！我今天来就是想告诉你，受旷开田祸害的那些人家，都气恨难忍，一直在商议着要集体到乡里上访，坚决要求严惩旷开田，只是因我在压着他们才没有来，一旦他们知道上边要放旷开田，那些人八成就会拿着镢头斧子涌到乡上来！

所长显然有些紧张，忙说：你可要继续做好那些人的工作，一定不能集体到乡上闹事，我这边抓紧调查，只要他是坏人，我是决不会饶过他的……

那天的正午时分，詹石磴走进了聚香街上最有名的八仙酒馆，一人要了红烧鸡块、酱牛肉、香炸湖虾和丹湖鱼头四个菜，外加一瓶卧龙黄酒，轻酌慢饮起来。直喝到太阳偏西，才晃出酒馆骑上自行车悠然地离开聚香街。

离着村子很远，他就看见了暖暖站在村头等他，他让一个得意的笑在眼中一飞而过，把一副愁容拉上脸孔，这才向暖暖骑了过去。

主任，让你辛苦跑了一趟。暖暖满含希望地迎过来：他们答应放人了吧？

他下了车，先叹了口气，用充满同情的语调说：暖暖，你可要挺住，情况很不好，我找派出所的领导求了半天，人家死咬住这是坑农害农的大案，不仅不能放，还一定要严办。这件事你要看开些，别太伤心，也许，这是开田命里该有的一难吧。

暖暖的脸刷一下可就白了，声音中立时带了哭腔：他们要咋着严办？

可能是要判刑，不过像这种事情，即使判，我想也超不过五年，几年之后，开田不是又回来了嘛。詹石磴的声音显得十分轻松。

暖暖哇的一声就哭开了。她怎么也没想到还要判刑，天呀，几年时间，人要受多少罪呐！再说，人一判刑，日后即使释放了，也成了刑满释放分子，是犯过法的人，那可怎么能行？

詹石磴这时把眼移向不远处的丹湖，去看在薄暮的水面上飞翔着的一对白鹭，以此来遮掩他眼中涌出来的大团快意。哈哈，你也尝尝难受的滋味吧，甭总让别人去难受，你当初和旷开田欢欢喜喜上床去过新婚之夜时，想没想过我的弟弟他心里的滋味？

主任，还有没有别的啥救人的办法？暖暖抽泣着问。

我这里是没有了，我今儿个在街上碰见乡长，也求了他，可人家都是一样的口气,严办,你说我还有啥办法?这年头国家讲究法律,一讲法律,事情就不好办了!要我说,你就想开点,在家把孩子和公公、婆婆照顾好,等着开田服完刑回来,照样过日子,你们不是都还年轻?人这一生谁敢担保不遇点灾遇点难?有啥不得了的?一忍也就过去了。

不,不……暖暖捂了脸哭着跑开了……

詹石磴那天是哼着小曲进家的,进家就让女人去炒下酒菜。女人闻闻他的身上,不高兴地嘟囔道:酒气还没散,可又要喝了?喝!为啥不喝?今天是最值得喝的一天,詹石磴快活地叫着:我要来一个庆贺,庆贺那些胆敢和我詹家做对的人得了他们该得的下场!我会让楚王庄的人都知道,谁敢与我作对,谁就甭想活得安生!……

第二天半晌午的时候,詹石磴才出了村子优哉游哉地向自家承包种树的那面山坡走去。自从当了主任,他很少有起早上山下地的时候,他家山上和地里的活,多是村里巴结他的年轻人主动来帮他干的。他常常是站在山脚和地头,用手指点指点就行,偶尔,也会掏出口袋里的香烟,给帮忙的人散一遍。承包山坡种树,是劳力多的人家才能干的事情,比较费力劳神,詹石磴所以坚持要承包在这个山坡,是因为这面坡上的树原本就长得很好,他只需在个别空处加种一些辛夷树就行了,而且过几年他就可借口树太密,伐一些卖钱。

今天的活路是给新栽的辛夷树根部施肥,妻子已先他上了山坡,正和前来帮忙的弟弟詹石梯一起把运上山坡的土肥向筐子里铲。弟弟前不久已经和邻村的一个姑娘结婚,且已分开另过,照说自己的责任山上和责任地里也有活干,可他知道哥家的活得靠人帮着做,就赶了过来。

怎么没有别人来?詹石磴站在山脚问妻子,我昨日不是让你找几个人吗?

这个时候家家都忙，再说，村子里出去打工的人也多，没有几个壮劳力了。妻子说。咱自己干吧，甭惊动别人了。

嗨，你这个女人！詹石磴脸上现出了愠色，出去打工的再多，村里总有做活的人吧？自己干？这得干到啥时候？娘的，逢到要宅基地盖房子，要计划指标生娃子，要减少摊派款子时，都来找我了，帮我干点活倒没人了？石梯，你去村里给我把麻老四、同方、九鼎他们几个喊过来。石梯应了一声就跑走了。妻子白他一眼，说：屁大一点活，都要去惊动别人，你不会学着干一点？万一你以后不当主任了，咋办？

你说这是啥球话？詹石磴不满地瞪了一眼女人，不当主任了？谁能不让我当主任？老子当了十几年主任，在楚王庄谁能顶替了我？

我听别人说，主任都是要选的。女人边说边提上装了土肥的筐子，自己开始干了起来。詹石磴见状也只好上前相帮着把筐子提上，他边随着女人向前走边很不高兴地说：你这个女人，说你傻还真是不能，靠选还能把我选下来？咱们村不是都选过几回了？都选住谁了？不还是我吗？告诉你，这楚王庄能把我扳倒的人只怕还没生出来！

俺这不是替你担着心嘛。女人叹了口气，俺是怕你有些事做得太过，惹下麻烦出来。

把你的心放到肚里吧，啥事该咋着办我清清楚楚，你只管把孩子们和家里的事张罗好就成，我的事用不着你来操心——话音未落，麻老四、詹同方、九鼎和石梯几个人就跑了上来，麻老四边跑边喘吁吁地叫：哎呀主任，这些粗活怎好劳你动手？快给我们吧。嫂子也真是的，为啥不提前给俺们打个招呼，这些活咋能让你们亲自干？跟俺们还讲客气？说着，已夺下詹石磴手上盛土肥的筐子，动手干了起来。詹同方也笑道：主任没明没夜地为咱楚王庄人操劳，俺们要再不相帮着干点粗活，心上能过得去？詹石磴这时叹口气说:行,你们几个还算有良心,知道心疼我这个主任,实话给你们说,我每天可真是忙得晕头转向,全村几千号子人,啥球事都来找我,啥球事都得我来操心,就说你们几个被旷开田祸害的事吧,你们的绿豆地没了苗,我比你们还急,不停地往乡上跑,希望乡上严肃处理那个狗小子,保证让他赔偿你们的损失,不说别的,单是我的屁股,都让自行车的座子磨疼了!

那是那是。同方附和着,跟了又问:乡上最后会咋样处理开田?

现在还不清楚,詹石磴说,反正不严办他我想你们是不会答应的,对吧?

对,对。狗日的心太狠,连村里人都敢坑——詹同方话到这儿,嘎然而停,而且眼直盯着不远处的山脚,詹石磴扭头一看,才知道是暖暖红着眼站在那儿。有事,暖暖?詹石磴的脸冷了下来,高了声问。

俺想求你领俺再去乡上一趟……暖暖的眼泪又流下来了。

没有用的!詹石磴边说边向暖暖走过去:我昨儿个不是已经给你说清了?这种坑农害农的事情,上边不会轻办的!你可能没看过报纸,报纸上一直都在要求严查严办坑农害农的人!

可这事情俺们实在是冤枉呀!

要不你自己去试试?!詹石磴眯起了眼睛。

我?乡上的人我一个也不认识。

我说的你不相信,你自己又不敢去,你让我咋着办?

暖暖的嘴张了张,却没有出来声音……

12

暖暖又是一夜没有睡觉,前半夜是在慌乱后悔地哭,当初真是不该鼓励开田买那些锄草剂呀!后半夜是在费尽心思的想。咋办？去求谁才能救了开田？暖暖把自己的亲友们想了一遍，除了种田的就是打鱼的，没有谁能帮得了这样的忙。那就自己去乡上找人吧，也许能在乡上找到一个好心肠的官，能听自己倾诉冤情，会把开田放了。

暖暖拿定了主意，早上起床就把丹根给婆婆抱了过去，然后自己换了衣服，拿了些钱便要出门。婆婆知道她要去乡上找人救开田，跟过来流着泪交代：见人多说软话，千万别同人家吵，可不能再让人家把你也扣下了。青葱嫂听说暖暖要去乡上，忙拿了三盒黄金叶牌香烟过来说：这是你长林哥上次卖猪时人家奖励的好烟，我没舍得让他吸，今儿个你带上，到乡里见着当官的给人家散散……

暖暖过去多次来过这聚香街，可并未留意派出所在啥地方，今儿个走到乡街上，问了几次才算找到派出所。但到了派出所门口，拦住几个出门的警察探问开田的情况，那几个警察不是说不知道就是说案子还没结，眼下不让见面。没办法，暖暖只好转而去乡政府，直接找乡长吧，他是一乡之长，管着派出所，也许他能让派出所把人放了。

暖暖虽然在北京住过，但进乡政府大院却是第一回，加上又是求人，不免心里有些发怯，于是走得有些迟迟疑疑，正是这迟疑让看门的男子留意到了她，过来把她拦住了：干啥？你想干啥？

我想见见乡长。暖暖的回答里满是怯意。

见乡长干啥？

我有冤枉。

乡长不在，走开。那人很干脆地挥着手。

大哥，我确实有冤要向乡长说。暖暖掏出青葱嫂给的黄金叶烟，抽出一支递过去，那人挡开她的手：不吸，不吸，快走开！暖暖一时不知该咋办，眼圈便红了，带了哭音求道：大哥，俺娃他爹被派出所抓了来，他是冤枉的，求你让俺见见乡长。说着，就把手里的那支烟又强着塞到了那人的手上，那人的面色此时和缓了些，接过烟夹在了耳朵后边,压低了声音道:这政府大院是不让上访的人进的,你要实在想见乡长,就站在大门外,他待会儿要出去,到时候我给你丢个眼色,你拦住他抓紧时间说你的事。谢谢,谢谢大哥。暖暖急忙朝那人鞠了一躬。

暖暖于是便站在乡政府大门外,睁大眼看着进出的人,不大时辰,当两个中年男人向大门走过来时,那看门人轻咳了一声,朝暖暖使了个眼色,暖暖就急忙迎上去叫:乡长,我有冤枉呀——

络腮胡子的乡长愣了一下,停住脚问:哪个村的?啥冤枉?

暖暖就急急地答道:楚王庄的,俺叫楚暖暖,俺们娃他爹叫旷开田。

旷开田——?乡长截住暖暖的话头,拍着额头想了一阵,皱起了眉头问:是那个卖假锄草剂坑害乡亲的旷开田吧?

是的,可那锄草剂俺们是从别人手上买的,根本不是故意要害乡亲们——

你们村主任来汇报过这桩事,说村里近百亩的绿豆地都没了苗,这后果可是很严重,你们是农民,还不知道农民种地的那份艰难么?怎么能做下这事?眼下事情正由派出所调查,我帮不上你什么忙,咱们只有一起来等待结果,好吗?

能不能先把人放了?俺娃儿小,一家就指着他干活哩,娃他爷爷还有病,也受不了惊吓。

那得由派出所根据调查情况来定,我不能下命令,好了,再见,我还有事要出去办。乡长急匆匆地绕开她,向远处走了。

暖暖绝望地呆立在那儿,看来见了乡长也是白搭,开田不可能被放出来。这可怎么办好?暖暖的眼泪便又流了下来。

哎,大妹子,别着急,那看门人这时走过来,低了声说:你男人叫啥名字?犯了啥事?我来替你向派出所问问情况,光哭可是没有用的。

暖暖于是又把名字和事情说了一遍,那人说:你站在这儿等等,我去传达室里打个电话给你问问事情到了哪一步。说罢就又进了传达室。暖暖就站在那儿心乱如麻地等,大约有顿饭功夫,那看门人果然又走了过来,小了声说:大妹子,给你问清了,眼下能不能放了你男人,关键不在派出所,而在于你们的村主任,只要他同意放,这边就会放,赶紧回去找你们主任吧!

哦?暖暖吃了一惊。

派出所基本上判定你男人是属于上当受骗后又害人的,这样的事,只要当事者答应赔偿受害者的损失,一般都可以放,可你们村主任咬定不能放,这就麻烦了,明白?

暖暖的身子打了个冷颤,她一边向那人鞠躬一边说:谢谢你大哥,你可帮了我大忙,让我知道了船究竟是在哪儿弯着……

暖暖骑上自行车没命地踏着脚蹬,几乎是飞回楚王庄的。进庄时,太阳刚刚沉到后山的那边,鸡和鸭们刚刚准备进笼歇宿。她没有先回家,而是径直去了村委会办公的小院子,还好,詹石磴还坐在他的办公桌后眯了眼抽烟,老支书常年有病,詹石磴是这院子里的实际主人。

听说你今天去乡上了,我就坐这儿等你,咋样,带没带回好消息?詹石磴看见气喘吁吁的暖暖,平静地指指一旁的一把椅子,示意她坐下。

主任,你不能这样对待开田!暖暖没坐,径直说。

这是啥意思?詹石磴声色不动,我该咋样对待开田?奖励他?给他带上大红花?陪他喝一瓶老白干?

我已经问过了,我都明白了,开田现在能不能放出来,全在你!是你不让放的。

是吗?詹石磴笑了一下,真的问清楚了?

当然。

那就好,我以为他们不会告诉你,看来你还是有些办法的,你找的谁?

主任，求你让他们放了开田吧，开田确实不是存心做坏事，他是上当受骗又害了别人，俺们自己的二亩绿豆不是也绝了收？俺们真要知道那是假锄草剂还能朝自己的地里使吗？

那恐怕不行，他毁了村里的庄稼，祸害了我的村民，我身为主任，理当为民伸张正义，因此，他必须受到惩罚！詹石磴声音虽然不高，但说得斩钉截铁。

这恐怕只是借口吧？你要惩罚他的真正原因是因为他娶了我，是因为我没有嫁给你的弟弟。暖暖直盯着詹石磴的眼睛。

随你怎么说吧。詹石磴又接上了一根烟，长长地吸了一口，很悠然地弹了一下烟灰。最好别把私事和公事搅到一起，好吗？

主任，你要为当初的事生气就把气撒到我身上吧，那不怨开田，是我不愿嫁给你弟弟的，我和你弟弟平日没有接触没有感情基础，我不爱他。尽管我自认为我没有做错什么，可我还是愿为那件事给你们一家造成的伤害给你赔个不是，也许，我当初应该换另外一种做法更好。暖暖的声音里满是歉意。

仅仅是赔个不是？詹石磴一直眯着的眼睁开了。

那你要我咋着做？

詹石磴又把眼眯了起来，让一束若有若无的光在暖暖的胸前晃。

赔钱？也行，你可以先说个数，待俺家从这回的灾难中缓过劲来，一定赔你！我先给你写个保证，行吗？

我从来就不缺钱。詹石磴吐了个好看的烟圈。

那我给你赔礼。暖暖说着，扑通一声朝詹石磴跪了下去。

这恐怕没有啥意思。詹石磴一副无动于衷的样子。你和旷开田当初把我们老詹家的脸踩到地上，现在一跪就算完事了？有那样便宜的事？

你说要我咋办？暖暖脸涨红着站起身，显然在强忍着心里的气愤。你说个办法，行吧？我按你说的做。

这种事你还能不明白？詹石磴的眼眯得更小了，吸了一口烟，定定地看着烟头上的火吞食着烟丝。

我确实不明白，你说吧，是以后常让开田去帮你家种地？你知道他种地的手艺还行。

地我倒是想种的，你有那么好的地……詹石磴没有说下去，一双眼也扭向了墙角。

暖暖在短暂的一怔之后脸刷地红了，她听明白了，她知道詹石磴嘴里的“地”是啥意思，嗷，你这个狗东西！原先压抑在眼底的气愤转眼间都涌了出来，只听她怒极地低吼道：你这个下流的东西！我没想到你会这样下作！我过去还是高看了你，把你当成了主任，原来你是个畜生！畜生！

骂完了吧？詹石磴不气不恼地站起身子，挥了挥手中的钥匙道：我们都该回家吃晚饭了，你的公公婆婆还在等着你的消息哩，走吧，咱们别在这儿闲磨牙了。

狗！猪！暖暖怒不可遏地骂着，边骂边转身跑出了门……

13

暖暖一脸怒色的推着自行车进院门时，家里养的那条黑狗欢喜地摇着尾巴迎过来，仍在暴怒中的暖暖嗵地朝狗踢了一脚，同时骂道：死狗！不要脸的东西！黑狗被这无故而突然的袭击弄得委屈地叫着跑向远处。婆婆抱着丹根过来，一看暖暖的脸色和举动，就知道没有好消息，老人没有再问什么，只是把丹根放到暖暖怀里，自己去倒了一碗开水，用小勺舀了一勺白糖放进开水碗里搅搅，递到儿媳手上。

暖暖的嘴唇刚挨住糖水碗，眼泪就流了出来。詹石磴，你个狗东西，你竟敢这样要挟人？！说得多么冠冕堂皇，为村民伸张正义，原来肚里藏着这样肮脏的东西。你睁眼看看我是谁，我会顺了你的心意?! 懵懂无知的丹根哪晓得妈妈心里的难受,手抓着妈的胸衣摇晃着身子哼哼着要去吃奶。暖暖匆匆喝了几口水,忙把上衣解开,将奶头塞到了儿子嘴里,一边听着儿子吞咽奶水的声音,一边任眼泪向衣襟上滴答。

现在咋着办? 詹石磴起了如此歹意,你再求他也不会动心了,难道真要等着开田被判刑? 去告詹石磴? 可咋告他? 他说他要为村民伸张正义,他错在哪里? 他的理由光明正大。开田呐,咱们当初真真是眼瞎了,怎么会买了假锄草剂,把整我们的把柄送到了詹石磴手里,我后悔呀……暖暖那天晚上躺到床上,根本不可能睡着,脑子里想的全是这些事情。天快亮的时候,婆婆拍响了她的睡屋门,婆婆隔了门缝小声说:暖暖,开田他爹刚才让肚子疼给疼醒了,非要问清开田啥时能回来不可,我骗他说后天回来,可他不信,一定要见你,要不你就去他床前给他说一句,先宽宽他的心。暖暖闻言心被揪了一下,忙起来穿衣,赶到公公的病床前说:爹,我昨儿个去了乡上,人家派出所已经答应过几天放开田出来。你骗我的吧? 躺在那儿的老人在灯光下将两只眼直盯着儿媳:要真有这好消息,你昨晚回来时会过来给我说的。暖暖的心又起了一阵揪疼,她真想把实情说出来,可怎么开口? 爹,我昨晚回来时身子太累,所以没过来,娘给你说的信儿是真的,开田后天能回来。老人苍白的脸上泛出一片红晕,显然是信了儿媳的话,眼里露出欢喜说:能回来我就放心了……

安慰罢公公回到自己屋里,暖暖呆坐在床上许久没动,直到天色大亮婆婆拉动风箱开始做饭,才下床出来。不答应了詹石磴的要求,怎么可能让开田很快回家? 要不,今儿个再去派出所一趟,再想法子求求人?

那天上午,暖暖又骑自行车去了乡上,可到了派出所门口,看门的警察又拦住了她,她恳求再三,但那警察坚持说旷开田的案子还没结,她进去也没用,始终不让进。无法,她只好又去乡政府门前找了那个看门人，看门人摇摇头说：不是让你去求求你们村主任嘛，怎么又来了？暖暖不好说出真情，只能流着泪说：主任不答应，他坚持要让判俺娃他爹的刑。看门人听了，忙又拿起电话拨起号码来，片刻后，那人放下电话说：你们村当初买了假锄草剂的几十户人家，今儿个又联名写了信，刚刚送来，要求严惩你男人，事情更麻烦了。暖暖无言，自然明白这事是谁促成的，知道自己再在乡上呆着也无用，就起身对那看门人说：大哥，谢谢你帮忙，俺回了。看门人追出门外好心地交代：一定要多求求主任，让他把村民的火气消消，要争取不判刑，一旦判了刑，日后就是释放了，也成了刑满释放者，对你们儿女今后的前途不好……

看门人的最后一句话像石头一样地砸在了暖暖心上，使她陡然明白，如果开田真的被判了刑，除了开田受罪、家里名誉受损之外，还会给儿子丹根带来影响，天呐，丹根，我决不能让你受连累！你要真成了刑满释放者的儿子，说不定就断了你日后上学、当兵、做官、进城市的路，不！可咋样才能让詹石磴发发善心呢？詹石磴，你不能仅仅因为我当初没跟你弟弟结婚，就对我们一家下手。咋着办？赔钱，他不收；赔礼，他不要；难道真要顺了他的心思不成？狗东西，天下竟有你这样的男人?!

暖暖推着自行车，几乎是一步一挪向楚王庄走的，边走边在问自己：咋着办？咋着办？可眼见到了村边的那个刻有楚王庄仨字的石柱子下，还是没有想出一丁点办法来。她把自行车支好，将身子靠在石柱子上，两眼发呆地望着正向暮色里沉去的村子，渐渐地，就又有泪珠子从脸上滚了下去，不知过了多久，只见她抬手抹了一下眼泪，推起自行车径向村委会的小院走去。

夜色已经浓起来，喧闹了一天的村子正在沉入安静，各种响动包括羊叫声都在降低，村委办公的房子四周，除了詹石磴正在锁门弄出的声音之外，没有了别的动静。暖暖径直走到詹石磴身后，咳了一声。

詹石磴闻声扭过脸来，夸张地叫道：嗬，是暖暖，回来了？听说你今天又去了乡上，见到了哪个当官的？有没有带回好消息——

在哪儿做？暖暖截住了他的话，冷冷问。

做啥子？詹石磴有一刹没听明白，愣在那儿，不过他只看了一眼暖暖那冷若冰霜一副豁出去的样子就全明白了，一丝得意随之浮上了嘴角，他什么也没说，只是转身又打开了门，走了进去。

暖暖回望了一下四周，没有别人，也没有别的声音，她将含满不甘和屈辱的双眼闭了一瞬，才挪开了步。她刚迈过门坎，门就在她身后一下子关死了。屋里黑得很，她模糊看见屋角放着一张床，她再一次将眼闭上。她听到了他的呼吸声，感觉到他走到了自己身边。

俺丹根他爹明儿个必须回来！

行。

如果你敢食言，我就舍命跟你——她的话音未落，就觉得自己的身子一下子离了地，跟着便被扔到了床上，她本能地去捂自己的胸脯。

捂啥子？又不是我强迫你，自己脱！

暖暖呼地坐了起来瞪住詹石磴，不过片刻之后，她又慢慢抬手，咬了牙去解衣扣。

这身子是不错，瞧瞧，多白多嫩多暄和，我以为我们詹家人是没有资格碰的，原来也是可以——

詹石磴——暖暖愤恨地刚要张嘴骂，不防一双奶子倏地被抓起，她立时疼得吸了一口冷气。

多好的庄稼地呀！詹石磴边说边猛地掰开了暖暖那雪白的双腿……

第二章　土

14

暖暖走到拘留室门前时,身子还因为对詹石磴的气恨在发着抖,看见开田之后,她心里的气恨才被对开田的疼惜压下去。仅仅几天时间,开田的外貌就发生了如此大的变化,已满身都是委顿和惊悸了。当初开田做梦也没想到自己还会被戴上手铐关起来,刚进来时他在惊慌中不停地喊着:我冤枉啊……警察被他喊烦了,用指头敲着他的脑袋问:你们村的九十亩绿豆是不是让你弄得颗粒无收?开田只好点头说是。既然是了你还叫啥子?警察朝他的屁股上踢了一脚。可那锄草剂是别人卖给我的。别人在哪?你找出他呀,自己干了还往别人身上推?警察又在他的头上狠敲了一下。我冤枉呀——开田只好再次喊……

初看到暖暖时,开田似乎有点不相信,抬手抹了抹自己的眼睛。直到一个警察打开了他手上的铐子说:看在你们村詹主任的面子上,饶你这一次,回去就想法把各家受的损失赔上!开田才一边喏喏应着:中,中,一边向暖暖走过来,猛地扑到了暖暖的身上。暖暖没说别的,也没有流泪,暖暖只是拍拍他的后背低声说:咱们回吧……

当天晚上,楚王庄因锄草剂被毁了庄稼的人家,男主人都被喊到了村委会门前。开田低了头站在人群正中,暖暖则站在墙角的阴影里。人们看见被放回来的开田,自然又是一阵低声议论和叫骂，直到詹石磴威威武武地走过来，吵吵骂骂的人群才静了下来。詹石磴威严地咳了一声，高腔大嗓地说：开田做下这事，丢脸！可大家伙又吵又骂，也丢脸，一个村的人，有事不会慢慢说吗？各家因锄草剂而来的损失，由开田来赔，可从今以后，谁也不许再去旷家吵闹！怎么个赔法？正常年景，一亩地绿豆的亩产在四百斤左右，咱按四百斤赔；一斤绿豆照市价一元二角钱算，就是四百八十元。各家毁了多少亩地，开田就按这个数额来赔偿，只是你们也知道他的家底，他无力一次给大家赔清，他一年给每家赔一点，直到赔清为止，咋样？

众人见主任如此说，就都没再说别的。麻子老四后来表态道：行，就照主任说的数额赔吧，大伙也不是有意要跟开田过不去，实在是都要过日子，承受不起这个损失哪……

人们散走后，暖暖走过去要拉开田回家，不想开田一屁股坐到了地上，双手抱住了头呜咽道：天呐，扣掉自家毁去的二亩绿豆地，还有八十八亩要赔，按一亩四百八十元算，整整要赔出四万二千多元，家里的全部存款只有一千二百多块，还有那样多的赔款去哪里弄呀?！暖暖低声说了一句：人没有过不去的坎！走，先回家吧。青葱嫂这时走过来说：俺家那二亩绿豆地的损失，你们就不必再操心赔了。暖暖感动地叫了一声：嫂子……

暖暖扶开田进了家，开田娘过来抱着儿子哭了起来，开田爹也架了拐杖过来看着儿子流泪，只有暖暖默默端水过来给开田洗着手脚。

开田当晚躺到床上，两眼一直在睁着。暖暖把丹根哄睡放下之后，翻过身伸手把开田的头揽到自己怀里，低了声附耳宽慰他：别急，只要你人回来了就好，钱的事咱慢慢想办法还。开田那一刻一下子呜呜哭了起来，把眼泪鼻涕抹满了暖暖的胸口和奶子。暖暖一边拍着开田的后背一边说：我算了算，去掉青葱嫂家，咱要赔的总共是四十一家，每家先赔他们一百元，就会把事情先稳住。咱家存有一千多元，把咱们的自行车、地板车、电视机还有我在北京买的那块手表先折价卖了，我明早再回娘家去，从我爹手上先借点钱，把每家一百元赔上再说。开田哽咽着说：岳父还没原谅咱们哩，咋能再去向他借钱。暖暖说：你别担心，我去求他，他要实在不借，我再想别的办法……

暖暖第二天吃了早饭，就向娘家走。她知道爹还在气她，可这个时候，也只有回娘家求助了。她还没有进院门，娘就看见了她，忙急步迎出来拉她到院门一侧说：你爹在家里，你先给我说说你们赔人家钱的事，究竟要赔人家多少？暖暖就细说了情况。娘一听说要赔那样大的数额，也惊呆在那儿，半晌才说：开田这孩子办事还真是差池，捅下这样大的漏子，这可咋办？暖暖说：这事是我让他干的，不能怨他。母女俩正这样低声说着，暖暖爹这时走出了院门，娘怕男人再骂女儿，急忙把女儿遮到身后说：是我让暖暖回来的，你要骂就骂我吧。不想当爹的倒轻了声道：有话进屋去说，站这儿干啥？娘一听这话，忙拉了暖暖向院子里走。进了屋，娘就先替女儿说了当下遇到的难处。楚长顺听罢好长时间没有吭声。暖暖已经拿定主意，若爹借这机会再骂一句，自己立马就走。不想爹停了半晌只开口问：需要多少钱？暖暖一愣，忙答：千把块钱就行。爹不再说话，进里间摸索了一阵，出来把一卷钱递向女儿：这是一千六，你们手上总得有点零用钱。暖暖的眼泪一下子流了出来，哽着声说：爹，不用这么多。当爹的把眼一瞪：叫你拿你就拿住，啰嗦啥？你们总还得吃穿吧！暖暖接过钱转身要走时，爹忽然又开口道：记住，遇见难处时不能光流眼泪，要想法子，尤其不能埋怨，这个时候你们俩要齐心协力，不能埋怨开田，这个时辰埋怨人最伤感情，懂么?！暖暖急忙点头。回去吧，记住多宽宽开田的心，别让他闷下病！爹说完挥了一下手。

暖暖刚要走，奶奶拄着拐杖从屋里出来说：人哪，没遇见灾时，胆要放小，别以为灾难就落不到你身上；人遇到了灾时，胆要放大，要信这世上没有闯不过去的灾难！你和开田这会儿就要把胆放大，要想着总有一天会翻身，甭总往绝处想。

暖暖把头点点，抹了一把眼泪，出了娘家的门。

有了这一千多块钱，加上原来屋里的存款和自行车、地板车、电视机、手表折价卖的钱，暖暖和开田给几户闹得最凶的人家每家赔了二百块，给剩下那些受锄草剂祸害的人家除青葱嫂家外，每户赔了一百块钱。这一来，算是把人们的激愤情绪暂时平息了下去……

15

就在暖暖和开田暂时松口气想着怎样继续挣钱还账时，没想到开田爹忽然躺倒了。老人原来只是腿不能动，不过架上拐杖总还能在屋里院里走走，现在则是完全卧床了，整夜地咳嗽并且说胸口憋着疼。开田知道爹的病与自己办的错事有关系，老人受不了这样大的惊吓，所以心里很难受。他找来梅家药铺的梅老大夫给爹号了脉，梅老大夫说先吃几剂药看看，可不想病越来越重，到最后连呼吸都困难了。开田和娘及暖暖都慌了。开田和暖暖便忙借了辆地板车拉着老人去了聚香街上的乡医院，医生一检查说是肺气肿，得住院治疗，两口子惊得半天出不了声，跟着就为老人办理住院手续。暖暖不是第一次和医院打交道，可也没想到治这病竟要花如此多的钱，只是那么几天时间，来时带的三百来块钱可就没了。她让开田赶回家借钱，开田哪有脸回村里借钱？就去找外村的几家亲戚借，可人家都知道他家亏空太大，不愿多借。开田把嘴皮磨破，也才算借到一百多块，这点钱如何够用？没法，暖暖做主让把家里的那头母牛卖了，开田慌道：牛卖了以后犁地咋办？这头牛干活可是又老实又不惜力气。走一步说一步吧，先把眼前的这道坎迈过去再说，以后有钱了再买。暖暖做了决定。那是一个早饭时分,暖暖趁村里人都在院门前吃饭的当儿,让开田把那头牛拉到了院门外,暖暖站在那儿喊:卖牛了,谁想要谁就来。人们闻声,相继端了饭碗走过来看。麻老四最先问价钱,暖暖说:这头牛你们应该都知道的,干活从不会偷懒耍滑,俺们实在舍不得出手,眼下因急等钱用,只好卖了,它要在牛市上,少说也能卖一千五,可眼下你给一千三就卖。麻老四撇了嘴道:要这价码就没谱了,你这头牛已经生过两胎牛娃了,母牛一生娃,力气就减半,更别说生两胎了,给你七百二十块钱,行,我就要了。暖暖一听这个价,心疼得一揪,开田也急忙摇头说:四哥,你这一刀砍得太狠,哪能给压这样低?这可不是卖猪。麻老四知道暖暖和开田急等用钱,压低了也只有卖,所以并不松口,说:七百二已经够高了,这年头,去聚香街上的牛市上一走,啥样的牛买不到?我这个价买你的牛也是为了救你的急!站在人群中的九鼎对麻老四这趁火打劫的做法有些看不过去,说:这样吧,一千块我买了!暖暖和开田还没来得及开口,麻老四已气急败坏地叫起来:九鼎,你个狗儿子有钱是吧?想显你富有是吧?想显富你为啥不去买一百张膏药贴到身上?那不是人人都知道你富了?!为何偏偏要来你四哥面前显摆?存心来坏我的生意?!九鼎带了讨饶的笑容道:四哥,一头牛大家都想买,你出你的价,我出我的价,这咋能算坏你的生意?!麻老四其实早看上了这头牛,知道日后把它拉到牛市上,卖上一千六完全没问题,哪能让九鼎买去?于是就黑着脸说:我出一千零五十。九鼎又开口道:我出一千一。麻老四气得鼻子都歪了,只好忍疼再抬一次价:一千一百五。九鼎又道:我出一千二。麻老四气得跺了一下脚叫:好,好,你小子有钱,你的腰比老子的球粗,俺们穷,俺们争不过你。说罢气哼哼地甩手走了,边走边怒冲冲地骂:九鼎,但愿你明早出门就摔跟头,把你的两个门牙全磕掉!但愿会有土匪去你家抢一回,把你的老婆都抢走,叫你显摆!暖暖这时就忙对九鼎说:那你就把牛拉回去吧。九鼎摇头道:先拉回你们院里,晚点我再来拉。围观的人们这才散了。九鼎牵着缰绳把那头母牛又拉回到旷家院里，才又说：我知道你们家舍不得这牛，庄户人家没牛做地里活也不方便，就别贱卖了，仍留在你们家用。我给你们一千二百块钱，算我借给你们的，待你们有钱了就还我。暖暖一听眼泪就下来了，开田也感动地说：九鼎，老哥我日后有钱了，会回报你这救难之恩！九鼎摆着手说：啥回报？日后我有难了，你帮帮我就行了……

有了九鼎这一千二百块钱，暖暖才算把公公住院的事应付了过去。

开田爹出院的那天，暖暖和开田借了个地板车把老人拉回了村，刚走到村口的小码头前，忽见青葱嫂扶着男人长林正从黑豆叔的小船上下来，长林的一只胳臂上缠满了绷带。暖暖吃了一惊，忙上前问：长林哥这是咋着回事？青葱嫂抹了下眼泪说：咱两家可是都交了背运，你长林哥在南府一家建筑队打工，不小心从架子上摔下来，把右胳臂摔了个粉碎性骨折。暖暖当时惊得半晌说不出话，青葱嫂有两个孩子还有公公婆婆，长林哥这一伤，青葱嫂一个人可咋能应付？

你甭担心我。青葱嫂看见了暖暖脸上对自己的担忧，故作轻松地说：这点事吓不倒你嫂子，啥日子我都能对付过去，倒是你和开田得放宽心，你们可是一个灾连一个灾……

老人的病的确把暖暖和开田又向难境里推了一步。着急加上劳累，使得开田的嘴角和嘴唇上起满了水泡。暖暖一边忙着给开田熬去火的茅草根茶喝，一边劝他把心放宽些。开田叹口气说：等秋庄稼一收完，我就也出去打工，得赶紧想法子挣钱呐！

暖暖点头说：行，到时候我在家里照顾老人和丹根，你出去找个挣钱的门路。

说话之间，紧张的秋收就开始了，割谷子，摘绿豆，掰玉米，收棉花，楚王庄的家家人就都忙了起来。在锄草剂的事没出现前，开田因心疼暖暖，想她要给孩子喂奶，又要帮娘做家务，便把地里的活都揽了下来，很少让她下地干活。现在暖暖知道开田身心都累，就坚持要下地，说孩子已经离开怀了，他奶奶能照料，爹吃的汤药我也会提前煎好，我去帮你干点活心里还畅快些。那天午后开田要去地里掰玉米，暖暖执意要一同去，开田只好答应。开田家的玉米地在村子西北的山坡上，爬上去得两顿饭功夫，临到要出院门时，开田看见暖暖衣服前襟上没干的饭迹，想到她一大早就爬起来忙碌，一阵心疼又起，就说：算了，你别去掰玉米了，去那块地里要爬高下低，累，你去湖边咱那半亩谷地里把谷子割了吧，来回都是平路，割多少算多少，待我回来后再去接你。暖暖道：怕啥，我又不是泥捏的，爬个山坡就能累坏了？可开田假装生气把眼一瞪：少啰嗦！就扭头走了。

暖暖知道开田这是心疼自己，也就没有再犟，便担上两个筐子去割谷子。今年的谷子长得不错，穗大粒饱，谷杆子都被压弯了。暖暖到了地头放下担子，立刻挥镰干了起来，她估摸，以她割谷的速度，今天后晌加上明天前晌割完应该没有问题。

午后的湖边田里一片安静，四周除了草丛里和谷棵里偶尔响起几下蝈蝈的叫声外，再无其他的响动。暖暖弯腰麻利地割着，小棒槌似的谷穗碰撞着暖暖的小臂，谷叶子的尖棱不客气地在她的手腕子上划出道道血痕，谷杆在她的镰刀下嚓嚓地倒下。汗珠慢慢从她的额上和鬓上渗出来，向颊上流去，每过一阵，她得直起身，用手背去把颊上的汗珠抹去。不知道是第几次直腰去抹汗时，她突然瞥见詹石磴骑着自行车从地头经过，便忙又弯下腰去割谷杆，假装没看见他。狗，猪！她立时在心里骂着。自从有了那个屈辱的傍晚之后，她再也不想看见詹石磴的身影，甚至一听别人提到他的名字，她就感到恶心，就觉得有一股恨意从心里升起。她从不让自己去回想那个傍晚，每当那个傍晚的情景一在她的脑子里出现，她要么急令自己去想别的事，要么急忙去找一件事做，好把思缕岔开。她决定永远把这桩屈辱埋在心底，不让它再见任何人，当然包括开田，甚至也包括自己。她多么希望自己永远都不再想起它，可刚才只看了詹石磴一眼，那晚的情景就又翻腾着向她的眼前涌了过来。她发狠地用牙咬紧下唇，让自己的目光集中在豆杆子上，企望把那些涌到眼前的情景再推回到内心里。——嗨，那不是暖暖吗？她听到了詹石磴的一声喊。她浑身的肌肉立时紧绷了起来：狗东西，你竟还敢喊我？！以她内心的那股冲动，她是真想抬头朝他骂上一串话的，可她最后决定不理他，就当这世界上再没有他这个人了，理他倒会引来他更多的话。

嘀，暖暖，离这样近我喊你咋不应声？

暖暖听见他在向自己身边走来，可依旧没有直腰，仍在割着谷秆。

我去乡上开会回来，刚好看见你在这儿，唉，咱俩有多长时间没见面了？詹石磴边走边说着，自从那个傍晚后，你就——

滚！暖暖猛地抬头吼了一句。她看见詹石磴就站在离她几步远的地方，看见他一脸笑容，看清了他刮得铁青的胡茬，也看见他的鼻子上沁满了汗珠。

咋了，这样大的火气？詹石磴依旧笑着：俗话说，一日夫妻百日恩，咱俩也可说是做过一夜夫妻——

暖暖猛把手中的一把谷秆朝詹石磴的脸上砸过去，跟着弯腰去地上抓起了一块土坷垃叫道：你快滚！

詹石磴没有吃惊，而是依旧笑道：你这样可不好，好像我俩是仇人似的，其实我俩有过最亲密的关系，实话给你说，自那次以后，我天天都在想你，你那身子真是——

呼的一声，暖暖把手中的那块坷垃朝詹石磴扔去，可惜，扔偏了。那块坷垃在詹石磴身后的地上摔得粉碎。

詹石磴仍旧没生气，而是压低了声音说：你看，这会儿四周没有一个人影，咱俩为啥不能再亲热一回，就在这湖边青草地上，肯定是另一番滋味——

因为气恼也因为羞辱，暖暖的眼中涌出了泪，她知道，如果再在这儿停下去，就会听到詹石磴更多不堪入耳的话，她弯腰拿起勾担，挑上筐子就走……

16

暖暖坐在家里生气流泪，可一听见开田的脚步声，她又急忙抬手把眼泪抹去。开田这天后晌在玉米地里干得很顺利，太阳刚斜到村后的山顶，他就差不多掰完了。当他挑着从地里新掰的两大筐子玉米穗子进院，看见暖暖已经坐在堂屋里，不由得有些惊奇：回来了？他放下担子，走进灶屋从锅台上拿起一个碗，去水缸里舀了一碗凉水，咕咚咕咚喝到了肚里，这才边向堂屋里走边心疼地问暖暖：割了多少？你自己挑回来的？

暖暖没有回话。

他一愣，定睛看去，才发现暖暖眼角有泪痕。

咋了？累？还是出了啥事情？他有些着慌，他知道暖暖心性刚强，不是那种动不动就抹泪的人。

暖暖依旧没有答话，只是双手捂脸抽咽起来了。

究竟出了啥事？他走到暖暖身边弯了腰急切地问。是担的谷子溜了担子，散了？他环顾了一下屋里院中，发现装谷子的筐里是空的。

暖暖哭得越发伤心了，要不是她手捂了嘴，那就是放声号啕了。

开田的心在往下沉：一定是出了大事情！是岳父家出了啥意外的事？岳父得了急病？前几天他还去了一趟岳父家，那老人的身体还行呀?！是不是爹下湖——

不，不是，是那个狗……

狗？开田惊问，狗咋了？哪条狗？

以暖暖内心里的那份委屈和气恨,她是真想把詹石磴的所作所为全给开田说出来,让开田去狠揍詹石磴一顿,可话到嘴边她又强咽了下去,她知道开田的脾气其实也厉害,万一说出后他一怒之下闹出大事,那这个家就又要不安生了,她实在不想看到家里再出事,于是就改了口说:也不知是哪家养的狗,在我干活时老绕着咱家的地块在那里叫,把我气得吓得再也无心干活了……

开田一听笑起来:嗨呀,我以为是出了啥大事,原来是因为一条狗,罢,罢,你不要再去地里了,那点活我明儿个抽空就去干了……

也是从这天起,暖暖不敢再要求去地里干活,只在家做些家务,她实在是怕再遇到詹石磴了。

原来说收罢秋要让开田去城里打工,谷地里的事一出,暖暖也不敢让开田走了。他要一走,家里只剩下两个老人和丹根,詹石磴要再朝自己动手动脚可咋办?同他闹开?太丢人!带上丹根和开田一块去城里打工?家里两个老人谁照应?再说开田到城里都没有着落,可怎么安排她和丹根?思前想后,暖暖没让开田走。

在家也要想办法挣钱,总不能窝在楚王庄空耗日子,村里有那么多人家在催着还钱哩。一开始暖暖先让开田把春天收的一筐子大蒜和秋天收的一筐子南瓜挑到几里外的一个采石场,卖给了他们的伙房,可也就是卖得了几十块钱而已,这点钱和他们的需要相差太远。后来又想搓麻绳卖钱,可那东西卖得的钱也少得可怜,暖暖这时就想到了爹的渔船,让开田和爹一起下湖捕鱼,不也是一个挣钱的路子?暖暖把这想法和开田说了,开田点头道:这当然好,只是不知爹愿不愿让我去帮他。暖暖说,反正爹下湖捕鱼需要帮手,眼下是禾禾在当帮手,你去肯定比她强,明早我就带你去见爹。

第二天早上,约摸是到了暖暖爹该摇船下湖的时候,暖暖和开田来到了湖边小码头上,暖暖朝船上的禾禾说:我有些针线活想让你去帮我做,让你姐夫今儿个替你下湖吧。暖暖爹这时自然不会说什么,便朝禾禾挥手:去吧。

开田这是第一次上岳父的渔船,一心想表现表现,上船就抓起了浆要去摇,可那船竟滴溜溜转着不向前走。岳父笑了,岳父于是坐在他的对面,仔细给他讲划船的要领。开田是聪明人,很快就记在了心中,没有多大时辰,就划得自如了。加上他有劲,划得船呼呼地向前走,很快就到了下网的地方。开田用心地看着岳父下网,虚心地问着下网的诀窍,暖暖爹没有儿子,也愿意把诀窍说给女婿,这样一个想学,一个愿教,船上的气氛就很好。到了正午,开田又抢着用煤油炉子下面条,面条下好后,浇了蒜汁,先恭恭敬敬给岳父盛一碗递过去,老人坐在船头吃时就很满意。这是开田和暖暖结婚后首次单独和岳父相对,所以做一切事都很小心。

这天捕到的鱼虽然不多,但开田留给岳父的印象不错。傍晚靠岸时,开田就装着不经意地说:爹,跟你下湖这一天我可是学了不少东西,我还真想继续跟你学学捕鱼哩。老人一听便说:你要想学明儿个就再来吧,让禾禾在家做家务行了。开田巴不能有这句话,当下就急忙点头说:好,好。

就是自此开始,开田上了岳父的渔船学了打鱼。没有多久,他就能独自下网起网了。每天很早,他就上船做下湖的各样准备,一待岳父上船,就立马启行。傍晚收船,他总是在岳父去和收鱼的讲价过秤时,耐心细致的清洗船舱。一来二去,岳父喜欢上了他,再不说让禾禾上船的事,一直让他做着帮手。关于每天打鱼的收入,开田问都不问,他估计岳父不会让他白干,果然,没过多少日子,岳父每晚卖了鱼都要把钱分成两半,让开田拿走一半。这样,开田每天大约有十几元的收入,在这没有农活可干的日子,有这份收入让开田很是满足。

然而好景不长,随着天气的逐渐变冷,每天捕的鱼在日见减少,到雪花一飘,就基本上捕不到鱼了。那天傍晚收船时,岳父说:时令到了,咱们该歇船了,明儿个不用下湖了。开田听罢在心里叹道:唉,这个挣钱的法子也不行了。

开田一脸愁容地进院后,暖暖就明白是爹停船了,忙安慰道:别愁眉不展的,咱再想别的挣钱法子。

第二天是开田娘去凌岩寺烧香的日子,暖暖见婆婆走路一摇一晃,担心她受不了,就说:娘,你年纪大了,到寺里的路又那样远,我和开田替你去,你在家歇着吧。老人没再坚持,说:也好,我的腿脚一年不如一年,以后上香的事真得你和开田去办了。说罢,便把盛了香裱和供香馍的篮子递给了她。开田没事干心里烦,也乐得跟暖暖去寺里走一趟。

这是暖暖和开田结婚后第一次进寺烧香。暖暖走到寺院门口,在心里无声地说:佛祖,你这段日子可是没保佑我们旷家,是嫌我过去冲撞过你么?是的话,我今儿个来给你赔罪了!她在大雄宝殿摆上供香馍,烧罢香裱磕完头之后,又在心里许愿道:佛祖,你老人家既是主张善有善报恶有恶报,你就该让那个卖锄草剂的小子和詹石磴得到报应,要么丢财要么丢官,他们做的事可是太下作!许罢愿,恰逢天心师傅进殿有事,她忍不住上前朝对方鞠了一躬说:师傅,我能不能问你几句话?

施主请讲。天心师傅回了一礼。

佛祖对于香客所求的事,是否都能答应?

只要所求之事不逾天理人情,应该能应。

许愿人太多,他不会忘了吧?

佛光普照,焉有遗忘之理?!

他所应许的事,一定能落到实处?

信则灵。

暖暖那天临出寺门时笑了一声:卖锄草剂的,还有詹石磴,你们等着吧,你们的报应就会来了!……

17

飘了两场小雪之后，丹湖上就变得安静无比，湖面上除了偶尔有一条载人的小船驶过外，便只有波浪在寂寞地涌动着。湖边的楚王庄这时也安静了许多，只有狗和鸡们仍在村中乱跑，人们大都躲在屋里暖和，很少有人到屋外走动。可在旷家，没有热劲的太阳刚一升起，暖暖就把织了一半的一张大渔网挂在了门前的老辛夷树上，忙着织起来。织了渔网去卖，是她最近想出的挣钱的新法子。得想办法赶紧弄钱呵，近几日，又有几家人来催要欠款，已经把开田吓得躲到他舅家了，这个家，是太需要钱了！暖暖边织边想，但愿这张网能多卖点钱。半晌午时，丹根由他奶奶抱着出来，扎煞着手喊着要吃奶，暖暖只好停下手，把丹根接过来抱在怀里，撩起前襟把奶头塞进儿子的嘴里，趁这当儿，她抬头向丹湖看去，目光跟着一只鸟在天上飞。天呐，快点暖和起来，好让俺们下湖捕鱼挣钱吧。她正这样想着，忽见一条小船由湖里划过来，她认出那是村里黑豆叔的那只小船。平日里由东岸来的人很少，偶尔来一两个，也多是到凌岩寺烧香的香客，可今儿个从船里下来的，是一个城里打扮的男子，不大像香客，既没带香裱也没带供品，倒是背着一个鼓鼓囊囊的帆布大包。那人从船上跳下，付了黑豆叔钱后，大约是看见这边有人，就径直向旷家门前走过来。通常，由城里来的人多是找村主任詹石磴的，心情不好的暖暖此时不愿多话，便把目光又扭到了网上。

嗨，老乡，你好。

听到人家的问候，暖暖只好扭过脸，应了声：好。她这才注意到，来者差不多是一个老头了，身子精瘦精瘦的。老伯，是要去凌岩寺里烧香？她礼貌地问。

不是。老人摇着头。

那是——？

随便转转，听说你们这儿的后山上有一道用石头砌起来的长长的墙，绵延了许多山头，可是真的？那人喘吁吁地问。

有是有，可那墙早就东倒西歪的，没有一点用处了。暖暖想了一下答道。她为这城里老头关心后山上那道不起眼的石墙感到了一点惊奇。

我是在丹湖东岸碰到你们村里那位叫黑豆的船主的，他告诉我说你们这儿的后山上有道长墙。那人还在喘息着说。

那墙真的没有用处了。暖暖又耐心地解释了一遍。

你或者你们家里人能不能带我去看看？老头却依旧笑看着她问。

没啥看头，就是一些石头块子。暖暖可没有心绪领他上山看石头。

当然不是让你们无偿领我去，我会付报酬的。

尽管暖暖心绪不好，可她闻言还是笑了：要啥子报酬，你要实在想去，我领你去一趟就是，走点路还能要钱？

这样吧，你领我去，我给你二十块钱。

暖暖一愣：二十块钱？真的？

那还有假？老者也笑了，要不，你现在就把钱拿住。说着，竟真的掏出两张拾元的票子递过来。

暖暖有些不好意思地推开对方的手，说：我还没有帮你忙哩，哪好意思就收你的钱？你等一下，我把娃娃放到屋里就领你去。说着，就扭身朝院里走。进院门时，心里就涌出了一份真正的高兴：二十块钱，就是四十斤麦子的价钱呐，我正为钱发愁，竟真有人来帮忙了，是不是佛祖他老人家看我去送了香火，又见我可怜，就派了这个人来？

暖暖进屋把丹根交给婆婆，顺手拿了一把砍柴的镰刀和一根捆柴的绳子，出来就领着那老头向后山走了。后山上的那道石砌长墙暖暖去的次数多了，小时候跟爹上后山打柴，长大了上后山割喂猪喂羊的草，都要经过它的身边，有时还坐在坍塌的墙上边歇脚边吃过干粮。上山的那条小路，她闭了眼也能摸到。她和老人互通了姓名，知道老人姓谭，叫谭文博，是从北京来的。老伯，你住北京啥地方？暖暖因为对方来自自己当初打工的地方而感到了一丝亲切。海淀，北大附近，北京大学你去过么？暖暖摇着头，跟了又问：你大老远的跑到俺们这个又偏又穷的小地方干啥？总不会是就为了看一道石头墙？

我呀，从一本书上知道你们这个地域过去曾建有一道石墙，不知道是否真有其事，就特地来看看是否还有遗迹。山路难行，老人又背着东西，边走边说，没走出多远，就喘开了，暖暖见状有些心疼，不由分说从他背上把他的背囊拎了过来说：我替你背吧。老人没多推辞，只笑道：真谢谢你了，小楚。

午饭两人是边走边吃的，老人从自己的背囊里拿出了面包和火腿肠，同暖暖分着吃了。暖暖虽然在北京打过工，可从没舍得买火腿肠解馋，这还是第一次吃，咬了一口，暗暗称奇：真是香！就舍不得吃完，趁老人没有注意时，把半截火腿肠塞到了裤子兜里，预备着晚上拿给丹根尝尝。

由于老人走得慢，他们爬到那道石砌长墙边时，已是后半晌了。暖暖估摸那老人会失望，就指着那长墙怀了点歉意说：你看，就是这个倒塌的样子，确实没啥用了。没想到那老人却异常激动，脚步踉跄地扑到长墙旁，急急地掏出眼镜、放大镜、笔、锤子和一些暖暖看不明白的工具，在墙上仔细地察看、敲砸、丈量、记录起来。暖暖先坐在一旁歇息了一阵，之后就在附近砍起了柴，偶尔回头看一眼忙碌的老人，心里觉着好笑：对这道老辈子就有的无用的石墙，值当这样认真？

那老人一直忙到暮色升上来，连他自己带来的水壶都忘了摸，更不用说喝水了。

走吧。老伯,再不走就天黑了。暖暖提醒道。老人这才抬起头看了看天,说:好,好,走。目光中仍有些恋恋不舍的味道。

当两人往回返时,老人满心高兴地说:小楚,很感谢你带我上来,你知道我今天发现了什么? 一道长城呵!

长城?

对呀,这道石墙初步可以判定是楚国在其中后期时修的长城,目的是抵御秦国入侵。

楚国人修的? 暖暖一脸茫然。

是的,你们今天生活的这块地方,历史上属于楚国,楚国最早的首都就在离你们楚王庄不远的地方。

暖暖恍然记起村里九鼎说的有关楚国屈原的那些话,笑笑:我……听说过楚国的一些事,可不大晓得这石墙是……

你当然不知道,这些离你今天的生活已经太远,我过去只是从一本史书上知道,在楚国和秦国多次发生战事之后,为防秦兵入侵,楚国在这一带的山上筑有长城,我这次出来,并不敢抱真能找到的希望,没想到在老黑豆和你的帮助下,竟一下子就找到了。你不知我有多高兴啊!

它已经没有任何用处了。暖暖觉得有必要再次提醒一下。

是的,它已经没有任何使用价值了,可它有研究价值! 懂吗,孩子?! ……

老人在回来的路上兴奋地说了一路话,大部分暖暖都听不太懂,暖暖几次想问他晚上住在啥地方,是不是有人在等着接他,可一直插不上嘴,直到走到村边时,老人望着已经完全变黑了的天空,才猛地停步说:小楚,我今晚是要住到你们村了,能不能在你家借住一宿,我付你钱行吗?

暖暖有些迟疑道:住当然可以,只是俺家的屋子不像城里的屋子那样宽大亮堂,床也是老式的,只怕你住着不合意。

没事,只要有个睡觉的地方就行,我经常外出,什么艰苦的地方都住过。这样吧，咱们预先说定，我在你们家借住一晚付你五十块钱，我跟着你们一家吃一顿晚饭和早饭，再另付三十块钱，加上你给我带路应得的二十元报酬，总共一百元，行吗？

暖暖笑了：借个宿，吃顿饭，在我们这儿是不收钱的，谁没有个出门求人的时候？你只要不嫌弃俺们乡下人就行了。

钱一定要给，这也是你应该得的！老人边说边就把一张百元的票子塞到了暖暖手上。暖暖有些吃惊，我就这么轻易地得了一百元？二百斤小麦的价钱哩！她把票子捏了一阵，想推辞，又不舍得，迟迟疑疑犹犹豫豫地装进了衣袋。

到了家，公公婆婆见暖暖把一个城里老人带到家里，都有些意外。暖暖一面礼让客人坐下，一面就把和老人相识的过程说了一遍，婆婆听罢忙去做饭。婆婆向灶屋走时，暖暖跟了过来小声交代：娘，把你做饭的手艺拿出来，这老人家可是已经为今天的晚饭和明天的早饭付了三十元钱。婆婆就小声抱怨她不该收人家的钱，出门人谁没有个借宿的时候？暖暖说并不是我要收的，是他坚持要给的，你把饭做好让他吃饱咱不亏心就行。

婆婆那天晚上可是把平日练出的做饭手艺都拿了出来，炒了四个菜：一个油煎干南瓜花，一个辣椒炒干豆角，一个韭菜炒鸡蛋，一个蒸马齿菜。饭是暖暖自己和面擀的长面条。饭菜端上小饭桌，暖暖满含歉意地说：家里没有肉，只好让你吃素了。老人高兴地尝着菜，叫道：好吃好吃，我喜欢，吃素对人身体好。老人一连吃了两大碗面。放下碗后他对暖暖笑道：我好久没有吃过这么饱了。他还笑着对暖暖说：我要有你这擀长面的本领，早开农家面馆了。暖暖被夸赞得脸都红了。这是暖暖许久以来最高兴的一个晚上。

安顿老人在空屋里睡下，暖暖回到了自己的睡屋，那当儿丹根已经让婆婆脱了衣裳躺下了，暖暖脱衣上床后，忽然想起放在裤兜里的那半截火腿肠，忙掏出来朝丹根嘴边递去，说：尝尝！啥？丹根有些惊奇。北京那个老爷爷给的，是用肉做的，香得厉害。丹根咬了一口嚼着,点了点头说:妈,好吃。别吃完,留一点让你爹回来后尝尝。暖暖悄了声给儿子交代……

第二天早上起来,那老人对暖暖说:我还想在这儿再工作几天,你能不能继续陪我上山?如果可以,我每天再给你加三十块钱报酬,算上吃住费用,每天一百五十元,如何?暖暖当然急忙点头,织渔网哪有这事挣钱快呀?有这样一个挣钱的机会送到面前,还有不答应的道理?早饭前,暖暖先是回了一趟娘家,让妹妹禾禾快去开田舅家把开田叫回来,让他不要躲了,然后就准备了两份干粮,预备带了中午在山上吃。

早饭后,暖暖替老人背上背囊,又领他上了山,陪他沿着那倒塌的石墙一点一点向前察看、测量、计算、记录。当晚返回时,开田已从舅家回来了,暖暖先给开田说了认识老人的经过,然后把老人给的钱放到了开田手上。开田又惊奇又高兴,说:这真是从天上掉下了个挣钱机会。之后,暖暖就把开田向谭老伯做了介绍,老人笑着对开田说:那明天就麻烦你陪我上山了。

从第三天开始,就由开田陪着老人上山。开田对那道石墙当然也熟悉。那老人在开田的陪伴下,又一连忙了九天。那些天里,开田和暖暖从老人那里知道了很多事情。老人告诉他们,这条长城最早是楚国人修的,后来倾废了;到南宋时,金兵南犯,南宋的军民又把这条长城加以修整,作为抗金的一道屏障。从城墙上所砌石头的断茬可以看出,有的石头由山体上取来得早,有的由山体上取来得晚。老人还告诉他们,城墙后边留下的那些石头房基,能看出是当年守卫城墙的军士们的营房,那些营房中大间的是供军官住的,小间的是供士兵住的。老人还告诉他们,城墙后那片被石块隔成格子的开阔地,是当年的演兵场,在没有战事的时候,军士们就在这片场地上练兵。开田和暖暖听得很有兴趣,他们没想到这些已被他们看过无数次的石头,竟可以做出这样多的解释……

老人临走那天握住开田的手说:谢谢你们两口子这些天给我

的帮助,以后有机会,我可能还会再来。

来了我们还陪你。暖暖真诚地说道。她对老人心存一份感激,那天她和开田一直把老人送到湖边坐上黑豆叔那条摇去东岸的小船,她内心里真希望老人以后还能再来。这十一天里,让旷家有了一千六百元的收入。这些收入对于开田和暖暖来说,是太宝贵太及时了。开田就是用这些钱,给索要最急的几家还了些款,继续给爹抓药治病,把一个冬天的开销对付了过去……

18

春节,就在这桩意外的事过去没有多久,一步一步地走来了。尽管家里钱紧得要命,想着家里有老有小,暖暖还是坚持让开田去称了几斤花生油,在腊月二十九后晌下锅炸了些油饼、藕盒和麻叶,预备过节。炸完吃食之后,暖暖用筛子把各样炸品拣了一些,端上向青葱嫂家走去。

因为要应付自家的穷日子,暖暖又是好久没来青葱嫂家了,进屋一看,才知因了长林哥的断胳臂,青葱嫂也把家里的一点积蓄花光了,过年连花生油也没舍得买,剁的饺子馅也都是素的。大明小明一见暖暖端来了油炸的吃食,哪还客气?慌慌地先叫声姑,跟着就上前抓起来吃。看着两个孩子的吃相,暖暖的眼泪下来了,说:嫂子,欠你们的赔款一分都没还,让你们过这样艰难的日子,真是抱歉。青葱嫂笑了说:快别说赔款的事,咱两家眼下是都遇见了鬼,不过鬼拦路是拦不了多久的,说不定过段时间,咱的日子就又好过了;老辈人不是常说嘛,三十年河东三十年河西,保不准以后咱们还会富起来哩。暖暖抓住青葱嫂的手道:嫂子,每回见你,你总是让我心里生起一股劲……

一开了春,开田和暖暖就又忙活开了:给麦地里施肥,育红薯苗,打红薯梗,种南瓜、豆角,栽韭菜、茄子、辣椒,一个家要应付的活儿实在太多。这天,两口子正在地里栽辣椒,开田娘抱着丹根来了,说:他爹,家里来了一男一女两个城里人找你们,快回去看看。开田一愣:城里人?咱在城里哪有熟人?暖暖担心地说:别不是又为那些锄草剂的事来找你麻烦?开田拍拍手上的土,吐口唾沫说:球,是福不是祸,是祸躲不过,走,回去看看。暖暖放不下心,就也相跟着回去了。

开田进院看见两个城里穿戴的年轻人坐在那儿,心里有些忐忑地问:你们没有找错人吧?两人中的那个男的起身,先看了一眼手上的一张报纸,又看了一眼开田,笑道:找的就是你!我们是看了谭文博先生发在报纸上的这篇文章和照片后,特意来找你和楚暖暖女士的。谭文博?哦,谭老伯。开田和暖暖一下子放了心,开田上前接过对方递过来的报纸一看,嗬,上边不仅有山上那道石墙的照片,还有一张他和暖暖与谭老伯的合影。我的天,我们还上了报纸了?!你看你看,丹根他妈!开田高兴地把报纸递到了暖暖手上。

我们是天津大学历史系的研究生,他叫晓景,我叫小婧,看了谭先生的文章后,就生了来看看楚长城顺便来拜访你们的心,想麻烦你们也给我们当回向导,如何?那女的这时也走近来说。

就是去看山上那石墙吧?行!你们跑这样远来,陪你们上趟山还不容易?!开田痛快地答应着。

顺便问一下,你们怎么收费?那男的问。

收啥费?开田被问愣了。

就是陪我们去看一趟楚长城的费用。

开田差一点就要笑开了,怎么会收费?!他差一点就要说出根本不收费的话了,可就在这时,暖暖开口了,暖暖说:三十块。她说得一脸平静。开田有些吃惊地看定暖暖。

加上在你家吃住的费用呢?女的问。

一人一天再加六十。暖暖答。上次谭老伯来时俺们也是这样收的。

行,咱们说定了,先付你两天的。那男的痛快地由衣袋里掏出钱包,抽出三百元的票子就塞到了开田的手里。

捏住票子的开田那个高兴哟,这差不多够赔一亩绿豆的款了。开田问:咱们啥时上山?两个学生说:你觉得啥时好?开田当然希望他们能在这儿多停一天,可他还没有开口,暖暖已经说了:明天吧,你们今天后晌先歇一歇,今晚饱饱地吃顿我们农家的饭,明天好轻轻松松上山去。两个人就点头说好。开田于是就和暖暖去收拾那间原先的仓房也就是原来给谭文博老伯住的屋子,让两个研究生放下行李歇息。因为就一间房一张床,开田先是怕他们不是两口子要分开睡,后见他们没有提出再要床,才放了心,才明白他们是两口子。开田问他们晚上愿意吃啥饭,有玉米糁红薯稀饭加白馍,有放绿豆的小米稀饭加菜包子,有芝麻叶豆面条,有放山野菜的白面条,我老婆都能做,你们愿吃啥都中。晓景和小婧商量了一阵,说愿吃放绿豆的小米稀饭加菜包子,开田就对暖暖点头说:中,就做这个,再炒四个菜。交代完,开田说我地里还有点辣椒没栽完,我得去继续栽。那个小婧听了,很新奇地说:栽辣椒这活儿我还没干过,我们能不能跟你一起去看看?行呐,那还不容易?走!开田就一脸喜兴地领着两个城里学生去了栽辣椒的地里。

开田多少天来都没有这样高兴了,有两个城里的大学研究生一脸新奇地看着你干活,过去哪有过这事?他麻利地用手扒窝,栽苗,浇水,封窝,边干边向他们讲着窝距行距多大最好,哪一种苗结辣椒最多,哪是菜椒苗哪是尖椒苗。两个大学研究生听着看着,后来就跃跃欲试地说:我们可以帮你干吗?开田求之不得地说:行呀,把袖子挽起来干吧,庄稼活,最好学!两个人于是就下田干了起来,开田便停下手,指点着他们怎么干。麻老四这当儿从地边经过,看见这场景,很是惊异,走到开田身边悄声问:这哪来的城里人来帮你干活？开田对麻老四在锄草剂的问题上死死相逼一直耿耿于怀，这会儿就故意淡然地低声说：两个城里的亲戚来看我，见我在忙着，就非要帮忙不可。麻老四一愣：你还有城里的亲戚？咋？因为俺们穷，就不能有个城里亲戚了？开田装出很不高兴的样子，告诉你，我表姑表舅他们都在天津，天津，知道吧？就是出大麻花的地方，明白？我当初一下子赔你们那么多钱，有些就是他们给的。我日，这个我过去还真不知道，要是早知道，当初为锄草剂的事我也不会那样着急。麻老四赔着笑脸说。开田听见这话，差一点就要笑出声来了……

第二天早上，开田陪着晓景、小婧两个学生上山去看楚长城。路上，开田看着他们两个人高兴的样子，在心里嘀咕道：真是鬼迷了心窍，花这么多的钱跑这样远的路来看一道倒塌了的石墙，有他娘的啥用处？放着那些钱在城里下馆子吃油条喝胡辣汤看电影多好！不过，也幸亏他们来了，要不然我们可怎么挣钱？

旷先生，你夫人做的饭可真是好吃。小婧这时说。开田有一刹没有应声，后见她一直看着自己，才明白那个旷先生是指自己，夫人是指暖暖，于是就有些受惊地说：农村媳妇，只会做个粗茶淡饭，只要你们不嫌弃就行了，哎，以后你们还是别叫我先生的好，我总觉得那不是和我说话，你们要么叫我开田，要么叫我大哥，咋样？中，中！小婧学着开田的话音，把清脆的笑声撒得满山满岭都是。

看着他俩兴致勃勃的样子，开田就担心他们到了石墙边会失望，因为那毕竟只是一道倒塌了的石头墙，他暗暗琢磨着，如果他们真是失望了，就领他们去看几个山洞，开田过去上山放羊砍柴，最愿去的地方就是那些山洞，山洞里的石头奇形怪状，他觉着那才是值得一看的地方。可没想到，两个人看见石墙之后都惊得啊了一声，长久地不动，随后才又向墙边奔去，默默地摸着看着测着量着说着记着。开田见他们没有失望，就放了心，悄声地跟在他们后边，慢慢地沿墙向远处走着……

太阳当顶的时候，开田找了一块平坦的地方，把带来的干粮摆出来，把晓景、小婧喊过来吃饭。干粮是煮玉米棒子和素菜包子，外加几个咸鸡蛋，晓景边吃边说：开田大哥，你帮助谭文博先生发现这道楚长城，可是一桩大功劳。开田一笑：这东西老辈子都在这山上，除了你俩和谭老伯，没谁觉着它还有用处，也不会有人留意它。小婧说：这道长城的发现，验证了许多史书上的东西，对研究楚国的历史会很有帮助，人们会越来越觉出它的重要，也许它将来会成为一个热闹的旅游景点。开田听不甚明白，他也不想去问明白，石头砌的墙就是石头墙罢了，实在看不出它能有啥真正的用处？历史上楚国的事于我有何关系？过去的楚国的事再重要，也没有我眼下挣钱还债重要，只要你们在这儿多住几天，每天给我一百五十元就行了。

晓景和小婧那天一直看到天黑才下山，而且说可能还要再看几天。开田一听当然高兴啦，他们多看一天，自己就可以多挣一天的钱，他当即就表态说：你们只管放心去看，我一直陪着你们就是。那天到家，吃过晚饭晓景、小婧去歇息之后，开田高兴地对暖暖说：明天你去杀猪的门宽家，割上一斤猪肉，明晚炒两个荤菜，好让他们吃了高兴，他们多住一天，咱就可以多弄一百五十块钱哩。开田照料爹吃过药，又过来帮助暖暖蒸第二天准备带到山上吃的素包子，两口子在灶屋里收拾完，出来经过那间早先的仓房如今的客房时，见屋里的灯已经灭了，知道客人已经睡下，不由得放轻了脚步，忽然间，两个人几乎同时听到了哗啦哗啦床上高粱杆的响动，开田和暖暖就相视一笑，开田还要听下去，暖暖忙在暗中拉起他的手扯着他走了。进了自家的睡屋，开田笑着低声说：没想到城里人和咱一样，办起这种事儿，响动也这样大。暖暖没接腔，脸已经红了，开田跟着就过来抱住暖暖说：咱也向他们看齐，弄一场。暖暖依旧没说话，只是含羞脱着自己的衣服。这晚开田上了暖暖的身子，就有些放肆起来，而且边做还边说：咱跟他们城里人比比，看谁有力气，看谁弄出的响动大。吓得暖暖慌忙抬起一只手去抱紧了开田的腰，另一只手去捂了开田的嘴……

晓景和小婧一连在山上看了五天，后来那几天，开田陪了他们上山后，就没再跟在他们身后，而是趁机去山坡上拾些干树枝砍些干树根，晚上下山时背回家当柴，开田想，这也叫一身两用吧。最后一天下山时，晓景对背柴的开田说：开田大哥，我和小婧经过考察，认为这道长城很可能是楚国在公元前312年左右修的，这时，楚国衰落的迹象已开始出现，只是楚国的当权者尚未意识到。楚国是在这一年进攻韩国的雍氏的，秦借救韩攻楚，秦军在丹阳也就是今天的河南西峡县丹水以北地区大败楚军，斩首八万，俘掳了楚将屈丐等七十多人，攻占了楚的大片土地。这样，楚国的这一带就成了与秦军对峙的前线，大约为了反攻也为了防止秦军的进一步南侵，开始在这一带征召民夫修筑了这道长城。

那离如今有多少年了？开田听得懵懵懂懂，问。

两千三百多年。

嗬，这样久？！我老爷的老爷都还没生下来哩，那你们还看它干啥？

最直接的目的是为了了解那个时代军事工事的构筑情况，研究那个时代的防御与进攻思想，当然，还有许多别的。小婧说。

能不能为你们挣点钱？

两个研究生都笑了，晓景说：恐怕不能。

那我就劝你们一句，不能挣钱的事还是别干，白忙活一场，咱傻呀！要说，我不该说这话，你们来不是还给了我钱嘛？

两个研究生就都笑了……

晓景和小婧临走时与开田、暖暖有点依依不舍，除与他们照了合影、留了电话和地址外，小婧还执意要把自己的一件褂子送给暖暖，暖暖哪好意思收？两个人推了好长时间，后来暖暖见推辞不过，只得把自己结婚时青葱嫂送她的一块花布给了小婧。小婧抱了暖暖的脖子说:大嫂,你要是在俺们天津城里住,照城里的样子一打扮,肯定会有好多男人来追你。说得暖暖脸又红了。小婧又说:你做的农家饭可真是好吃,我会记住你,你以后若有了去天津旅游的机会,请一定到我家做客。暖暖笑着说:俺手笨,家里又穷,这几天慢待了你们,以后你们要有空儿,再来玩。暖暖给两个人带了些核桃,还煮了咸鸡蛋。开田和暖暖一直把晓景和小婧送到湖边,看着他们上了黑豆叔那条摇向东岸的小船。

这五天时间,开田又挣了七百五十块的现金,他给催要欠款的七家人,一家又还了一百,暂时算解了急。暖暖叹口气说:以后要是经常能有人来看这楚长城,全吃住在咱家,那可就好了。开田笑道:哪会有那样的好事?做梦吧。

19

晓景、小婧走后的第二天,开田吃过早饭下地干活走到村边,刚巧和主任詹石磴走了个对面。自从出了锄草剂的事后,开田见詹石磴总有点不自在,觉着给人家添了麻烦,可这时已经无法再躲,他只好硬着头皮迎上去。开田呐,听说你来了城里的亲戚?是天津的?詹石磴先开口招呼。哦,是的,主任。开田答着,想擦身过去。没向他们借点钱,把那些欠账都还上?借了一点,这年头大家过日子都不容易。开田可不想同主任聊这个话题,他含糊地说罢,就急忙走开了。

开田现在就盼爹的病能早点好,只要爹的病好了,娘能侍候他,他就想带了暖暖和孩子一起去广东打工,再不在这楚王庄看人的白眼。

可爹的病总不见好。

这天午后,他去乡上医院给爹买了几味梅家药铺没有的中药回来,经过村口码头时,只见几个城里来的青年男女正从黑豆叔的小船上下来，并且在问去旷开田和楚暖暖家怎么走，因为有了前次天津那两个研究生的来访，他就没有惊奇，便迎过去说：我就是旷开田，几位可是找我？那几个人便都叫：对，对，就是找你！其中一个人还打开手里的一张报纸，让开田看上边登着的一张照片，那是他和晓景与小婧在楚长城上的合影。我们是湖南的大学生，祖先都是楚国人，看了这篇文章后，特意想来看看楚长城，我们也想食宿在你家，也请你当向导，如何？开田知道这又是一个赚钱的机会，忙笑着应道：中，中，请跟我来。

开田领着四个有说有笑的年轻人进到院里，高声叫：丹根他妈，来客人了。暖暖因为有了接待天津那两个研究生的经验，出来一看，就明白了是怎么回事，忙给几个学生一人倒了一碗白开水，又倒了两盆凉水让他们洗脸洗手。之后才把开田拉到屋里说：咱家就那一间空屋子，如今一下子来了两男两女四个人，咋着住？总不能让人家四个人挤一间屋子吧？开田想了一刹，说：要不，让他们中的两个人去邻居家借住？暖暖嗔怪地瞪他一眼：净出馊主意，去别人家借住，那住宿费不就要让人家得了？这样，把咱俩的睡屋腾出来，让他们住，咱夜里到灶屋打地铺。开田点点头道：行，就照你说的办。之后，暖暖又上前给学生们讲价钱，说：上次天津的晓景他们来，连当向导带吃住，俺们一天一人收他们一百五十块，你们来，还是这个价，不知你们愿不愿意？那些学生听了后都说：行，行，就一百五十块吧。当下就有个领头的便把第一天的六百块钱递到了开田手上。开田捏住钱顿觉一阵畅快，又是一笔钱到手了。天呐，保准是凌岩寺的佛祖在保佑俺们！

暖暖原本想延长他们在家里住的时间，就像上次劝晓景两人那样劝他们也先住下歇歇，可这些学生们年轻，想跳想蹦的样子，一点也不想歇，当下就提出要上山，开田只好说：中，中。随即去院里把埋在那儿的白萝卜扒出了四个，用水一洗，每人递了一个说：俺们这儿没有水果，给你们一人一个萝卜，吃下去又解渴又耐饿。

四个人都笑了,就边啃着萝卜边出了门。开田临出门时悄声问暖暖:晚饭加四个人吃,你能不能忙过来?要不,去找禾禾来帮忙?暖暖摇头说:你去吧,把客人陪好就行,家里的事你不用操心。开田就把刚收的六百元塞进暖暖胸口的衣袋里说:保存好,要像护你奶子那样保护好钱。边说边拍拍暖暖的两个奶子。放心吧你,哪一回给你丢了钱?暖暖白他一眼,自打两人结婚后,开田就总是把家里积下的一点钱都装在了暖暖胸口的衣袋里,他知道暖暖对自己那个地方看得最紧,当初暖暖没过门时,他几次想摸摸她那个地方都没有如愿。

等日后咱们富了,我会好好地让你享福!到那时也像戏里唱的那样,给你配几个丫鬟!

吹吧,你!暖暖笑了……

这四个人上山见了长城后,也一样的高兴冲动,也是又量又记又拍照。其中一个男的,还仰靠在城墙上,大声地叫着:褐色的石头呀,你躺有多少年?你可曾记得我的祖先?可曾听过他的呐喊?可曾见过他手挥利剑?可曾看到他鲜血飞溅?可曾知道他为了楚国命赴黄泉?……开田估计他这是在做诗,可其他几个人却都笑了,其中一个女的笑道:我的牙都被酸倒了,晚上怕是吃不成饭了!那做诗的男的就朝那女的追过去,直追到远远的长城拐弯处,把女的扑倒在了地上……

四个学生在这里玩了三天,每天都是早饭后上去,沿长城走着看着说着,有时还坐下写着,晚饭前再下山。开田领着他们,按谭老伯当初的说法,给学生们指点着哪是屯兵的地方,哪是练兵的地方,哪是出击的地方,说得一本正经,俨然像一个专家。四个学生走累了歇息时,开田就去山坡上采一些野花给两个女学生玩,找一些奇形怪状的石头给两个男学生看,几个人就都夸开田这向导当得好。最后那天临下山时,其中一个学生站在城墙上,面向西北高声叫着:日月忽其不掩兮,春与秋其代序。惟草木之零落兮,恐美人之迟暮。不抚壮而弃秽兮,何不改乎此度。乘骐骥以驰骋兮,来吾道夫先路……

其他三个人听了就都鼓掌。开田听得糊里糊涂,不明白那人在叫些什么,问那三个人:他这是在喊叫啥子?其中一个女的笑道:他这是在背屈原写的《离骚》中的句子。

屈原……开田努力回忆着九鼎当初说过的那些话。

屈原就是当年的楚国人,是楚怀王也就是楚王槐的大臣。那女的仔细地给开田解释:他为了楚国的利益,坚持合纵政策,可遭上官大夫等人反对,楚王槐信上官大夫而不信屈原,致使楚军在丹淅遭到大败。这长城离丹淅古战场可是不远哩!

开田听不明白,叹口气说:你们呐,还是心闲,要像我,整天操心着挣钱还债养家,哪有心去管老辈子楚国人的事?

几个学生听罢都笑了,其中一个说:你不是也在关心着楚国人的事,替他们守着这长城吗?按你们楚王庄这位置,当年肯定隶属楚国,你其实也是楚国人的后裔,好好守着吧……

这批学生的到来,让开田和暖暖的手里又多了一千八百元。学生们走后的那天晚上,两口子上了床后,开田因为挣了钱高兴,刚想上暖暖的身子,暖暖止住他,攥住他的手一本正经地说:你该想想了!

想啥?开田一愣。

想想这几拨人来看石墙的事。

这事有啥想的?明摆着是好事嘛,他们来一趟,咱就赚一趟的钱。

就这?暖暖瞪住开田。

开田抬手摸摸脑袋,嘟囔着:还能有啥别的?

你呀,不动脑子!暖暖用手指在开田的鼻子上点点。你想没想过,随着报纸上有关这石墙的文章的增多,以后还会有人来的事?想没想过靠这个老辈子就有可谁也不在意的石头长墙,咱真有可能大赚一笔钱?

真的?开田攥紧了暖暖的手。

现在看来,这道石墙对咱们这些种庄稼的农民虽无用处也无看头,可对那些文化水平高的人,对城市里那些爱看古东西的人,却很有吸引力。因此,以后来看它的人,决不会只有一批两批。

哦?你这样看?开田的眼放光了:那咱们该咋着办?

现在最要紧地,是要给来看石墙的人们准备好住处,眼下让四个人在咱家里住已很勉强,得赶紧想办法扩建房子,要不,一批来上五个人家里就住不下了,那就得让来人去别家借宿,吃住的钱就要让别人赚了。

对,对。开田高兴地在暖暖的一只奶子上拍了一下,可转眼间就又皱起了眉:要盖房子就得有宅基地,眼下咱自家的小院,已让三间正屋,一间灶屋、一间仓房和猪圈、鸡圈占得满满的,哪里有可供盖房子的地方?咋办?

你去找找主任詹石磴,好像村民盖房子,他点一下头就行了,咱院门前不是有好大一片空地?我听娘说是咱家没用完的宅基地,应该归咱用。再说了,咱丹根生下来后,村里也还没给宅基地哩。一说到詹石磴,一想起他的那张脸,暖暖就一阵恶心,可这事是绕不开他的。

开田显然也不愿去见詹石磴,一脸难色地:去求他?

暖暖叹了口气,说:要想不求他,除非不让他当主任,可眼下咱有这本领?只要他还在当着主任,不求他是不行的。

罢,罢,咱先不说他。开田边说边抱住了暖暖的奶子,将嘴凑了上去……

中秋节的前一天晚饭后,开田正坐在自家屋里为盖房子的宅基地发愁时,邻院的麻老四叼着旱烟袋走进了院子,进院就高腔大嗓地叫:开田呐,我闻见你家院里好像圈着些喜气,这些日子总见你家不断有城里客人来,而且来了你就领他们上山,莫不是有啥子好事?

哪会有啥子好事?开田忙警惕地站起身来。暖暖这时笑着开口说:四哥,城里有几家远亲的孩子们忽然记起了有俺这门穷亲戚,就来乡下看看,来了只有领他们去山上玩玩,城里娃喜欢上山看个野花野草。暖暖和开田都知道,可不敢让这个麻老四知道真相,一旦他知道领着城里人去山上看石墙可以挣钱,他立马就会把这好事抢走。

嗨,咱生在这背僻地方,真他娘的又受穷又憋气。麻老四蹲在院里,一边吧嗒着旱烟袋一边感叹,咱啥时能像人家城里人,也四处走走看看,见识见识别地方的女人长得啥样子多好。

开田闻言笑了:你口袋里那样多的票子,放那里让他们生娃呀?你不会坐上黑豆叔的船,到东岸上买张车票,一下子坐到南府城,在那里美美地玩几天?听说那里的女人可是长得入眼极了。

嗨,咱袋子里的那点钱还敢去南府折腾?不过日子了?麻老四站起身伸了个懒腰:下辈子吧,下辈子咱也脱生成城里人,也找个又白又嫩的城里女人做老婆!哎,开田,你手头现在活泛不?要是活泛了,你就再还我一点欠款,我打算去买头牛娃子来养。

开田的脸立时阴了下来,这个麻老四,整天的催债,生怕不还欠他的那些赔款了。狗日的,一点情面也不讲。开田进屋从暖暖手里拿了二百块钱出来说:眼下我手上只剩这二百了,都先给你。麻老四接过钱,眯了眼笑笑:老弟,我敢断定你发了外财,要不然,你衣袋子里是不会装有这样大的票子的。记着,咱可是邻居,有好事别忘了你麻四哥……

送走了麻老四,开田心里生了一种紧迫感,看样子,靠让城里人在家吃住靠当向导赚钱这事,是瞒不了太久的,总有一天村里人会弄明白,到那时,你如果没有宽敞的房子让人们住,别人肯定就会把客人拉走。得赶紧把住人的房子盖起来!可要盖房,就必须去求詹石磴给批宅基地,其实,我娶了老婆生了儿子,家里添了两口人,村里也应该给我再批一块宅基地。罢,罢,就去求一回。他对正弯腰刷锅的暖暖说:根他娘,我这就去求主任。

暖暖回头看着丈夫,半晌才说了一句:总有一天,咱们不需要再去求他!

第三章　木

20

开田左手提了后晌给丹根买的几个月饼，右手抱着一坛黄酒，不愿而又无奈地向詹石磴家走。他听说詹石磴爱喝黄酒，因此就忍疼把家里酿的一小坛黄酒抱在了手上。

楚王庄中秋的夜晚，已有了几分凉意，从伏牛山深处刮过来的风，吹到人身上，有点冷飕飕的感觉，可开田却走得满头是汗。他知道自己当初和暖暖结婚，让主任很不高兴，现在求他办事，恐怕不会那么容易。他几次都想停下步子扭身回家，可赚钱还债的巨大引力还是让他朝前走了。

将圆的月亮悬在丹湖上空，发出清亮清亮的光，将詹石磴家的新房新院照得清清楚楚，主任家的新房新院盖好后，开田这还是第一次进来。狗日的房子盖得可真是又宽又高又大又气派，这房子要是我的，够我接待多少客人呀！开田提着月饼抱着酒坛进了院子，詹家的狗叫了起来，正坐在堂屋当间饭桌前吃饭的詹石磴闻声扭过头，在看见开田的第一眼时他分明是吃了一惊，他显然也没想到开田还会再到他家来。吆，是开田，快进屋来。他显出少有的热情，起身让着。开田满脸尴尬地把月饼和酒坛放到詹家的饭桌上，装作很随意地说：要过中秋节了，我给侄儿侄女们带几个月饼；家里酿了点酒，味道不错，给主任带一坛尝尝。嗬，这可不敢当。主任客气着，把一个椅子递到了开田手里，问：是有事？

开田也不再拖延，忙一口气说出了自己想要点宅基地盖房子的来意，当然不能说出盖房子的真正目的，只说爹的病久不见好，需要找亲戚们来住下照应。詹石磴听完，沉吟了一刹，说：开田，你老弟平日很少向我开口，今儿个你开了口，照说我应该答应，可你知道，宅基地的事乡上让按人头标准从严把关，不能随便增加，再加上村里的人都在睁眼看着，我要给你家多批了，别的人家也来要可咋办？这样吧，咱们先不说定，让我试着办办看能不能行。开田知道他这是在找托辞，可脸上还是勉强笑着说：主任还能有办不成的事？你多操操心吧。中，中，我一定想法子，你可以先准备盖房子的材料，听到我的消息再动手吧。

开田见对方收了酒和月饼，就估摸着这事能办成，再说自己院门前就有很大的一块空地，是自家上回盖房省下来的，他詹石磴只要点下头就行了。村里批宅基地从来都没有啥子手续，都是詹石磴点个头哼一声就成，不费吹灰之力。既然詹石磴让开田先准备盖房的材料，开田从第二天起他就开始去筹办木料和砖、瓦、沙子、水泥了。木料基本上不用花钱买，开田前几年把院子前后种的树砍有十来棵，一直堆放在院子里，早已经干透，这会儿刚好拿来派用场；沙子也不用花钱，他自己去湖边拉，每天傍晚拉几车，几天时间就拉了一大堆；砖和瓦要花钱买，开田没有那么多钱，他就去附近的刘家窑上同相熟的窑主磨缠，让对方答应先佘账，秋后卖了粮食再还，那窑主让开田写下字据，想他有房子在，也赖不到哪里去，大不了把他的房子占了就是，便答应了他佘账的要求；开田把手上的钱主要用来买水泥，待水泥买齐，给村里几个泥水匠和木匠说好帮忙盖房的事后，筹备的事就算做完了，剩下的就是静等詹石磴把宅基地批下来。

开田和暖暖一边收拾地里没干完的活儿一边等着消息，可一等二等，没等来詹石磴的一句话。眼看就到深秋了，再不动手干，就只有等到明年春天再盖了。开田正焦急着，有天忽然乡上的邮递员给他送了一封挂号信，是从北京寄来的，这在旷家可算是一件新鲜事，旷家因没人在外边做事，故从未和邮局打过交道。开田有些莫名其妙地把信拆开去看，原来是北京的那个谭老伯寄来的，谭老伯在信上说，他可能要在大学放寒假之后，带上七八个学生再来楚王庄的后山上考察楚长城，希望开田和暖暖能提前帮他把吃住的事情安排好。开田读完信当然高兴，这就是说，又可以赚到一笔钱了。同时，他也越加焦急，若房子在这之前盖不成，那谭老伯他们来了就只能住到别人家里了。收到信的当天中午，开田就再次去了詹石磴家。他进了詹家院子还没有开口，詹石磴就笑着说：开田，是来问宅基地的事吧？我也就说去找你哩，我为你这事还专门去乡上跑了一趟，难办哪！

咋样难办？开田的心一下子凉了。

不让批呀！乡上说你家的宅地已经达标了，现在上头让严格控制建筑占地。詹石磴笑得温和诚挚。

㞞，实在不批，我就直接在我家门前上回省下的那块空地上先盖。开田有些急了。

那恐怕不行，到时候我可能会带人去扒你的房子！詹石磴的话也冷了起来，而且语气干硬带着压力。开田不敢再说什么，他明白弄僵了吃亏的只会是自己。

开田那天中午是面带苦笑心怀怒气回家的。詹石磴，你他娘的喝了我的黄酒吃了我的月饼不给办事，还有没有点良心？暖暖一看他的脸色就明白了结果，也就没有再问，只咬了牙默然喂丹根吃饭。对这种结果，她是想到过的，她原来还指望詹石磴能看点乡情，看在送他黄酒、月饼的分上把头点了，现在看来不行。

老天呀，这可咋办？开田望着院中自己备下的那些建筑材料喃喃着。不盖了？眼见可以到手的钱不挣了？

我再去求他一次。暖暖忽然说。

能行？开田看着暖暖：他恐怕为当初咱俩结婚的事也还在记

恨着你。

试试吧。暖暖假装平静地说。其实一想到要去见詹石磴，暖暖就感到恶心。可不去见他这房子就盖不成，料已经备下了，不盖不是还要赔钱？她估摸詹石磴拖着不批是在等着她出面，等着她低头，罢罢，就再低一回头，再去求他一回。他会不会再起坏心？谅他不敢当着他家里人的面朝我撒野，我找个他们全家人吃饭的时候去……

虽说了要去，可一连两天，暖暖都没有动身。她心里实在是不想再去求詹石磴，可拖着终不是办法，暖暖最后把牙一咬，在心里叫：詹石磴，你个狗东西，我就去求你一回！老天爷在看着，我们总有不求你的一天！

暖暖是选在第三天的早饭时分去詹石磴家的。她想，这个时候他女人和孩子肯定在家，他即使想动坏心，估计他也不敢太放肆。她手提着十几个咸鸡蛋硬着头皮向詹石磴家走，又硬着头皮拍响了詹家的门。和暖暖的估计一样，詹石磴当着他老婆孩子的面，跟她一本正经地说话，客气地说她不该拿咸鸡蛋来，还问着要宅基地的原因，问着盖房材料准备的情况，问着预备盖房的日期，最后说：这样吧，现在乡上要求村里办事都要正规，批宅基地要先填一张表，你在这里等着，我去村委会给你拿张表来，你填填再说。暖暖点头说行，就看着他出门，自己坐下边同他妻子说话边等他回来。没想到一等二等不见詹石磴回来，直到村里人都吃过饭下地干活时辰，詹石磴才进了院，进院就解释说刚才顺便处理了几件事，所以耽误了时间。这当儿，他的女儿、儿子已吃完饭上学走了，妻子也提上篮子要上山去自家的辛夷林子里干活，暖暖心里暗暗着急，可也不敢走，丢掉这个机会太可惜。眼见得詹石磴的妻子出了院门，暖暖的心中立时紧张起来，问詹石磴：表呢？

詹石磴就笑笑，从兜里掏出一张纸来，指着桌子说：你坐那儿，在这张纸上写写你们盖房子的理由，写写你们想盖几间房，写写想啥时盖,然后我给你盖章。你在这儿写,我去院里忙点事,你一写完就喊我。

这是表格?暖暖看了一眼那张空白纸说。

我说的表格就是这个。

暖暖迟迟疑疑地坐到了桌子前。这时节,詹石磴走了出去。

暖暖舒了一口气,开始放下心来去拿桌上的笔,同时去想存在脑子里的那些字,自从结婚成家之后,因为要忙家务忙还债忙照料病人,暖暖写字的机会实在不多,许多字都得想想才能记起它们的模样。就在她皱眉去想的时候,隔墙上的一个小门突然打开,詹石磴几步就从隔壁走了进来。暖暖惊得扭头去看,她还没有来得及做出任何反应,詹石磴已扑到她面前一下子抱住了她。她这时才意识到,她的警惕性还是低了。她拼命的反抗,使劲张嘴想去喊叫,可詹石磴的手一直把她的嘴捂得紧紧的。她在失去抗拒气力倒地的那一瞬间,在心里绝望地叫了句:开田——

暖暖的眼泪无声地流了出来。

好了,起来吧。发泄完的詹石磴站起身子去穿衣服,同时把暖暖的衣服扔到了她的身上。

呜——暖暖捂着脸压抑着声音哭了起来。

回去告诉开田,让他盖房子吧,就在你们现在的院子前盖,想盖多大就盖多大,没人会拦你们。实话跟你说,没有啥子表格,也不需要填啥子表格,只需要我说一句“行”,你们就可以盖房子了!

暖暖依旧在哭。

有啥哭的?咱们也不是第一回,你又不是个大姑娘,担心我弄了嫁不出去?你娃娃都生过了嘛,多我这一回就不得了了?别给我装正经!我早就给你说过,在楚王庄,凡我想睡的女人,还没有我睡不成的!这下你信了吧?!你一次次地躲我,躲开了吗?

……狗……猪……暖暖呜咽着骂道。

回去吧,开田还在等着你的消息哩。当然,你要一直想在这儿哭也行,想喊人还行,想去乡上告我更行!你只要不想要自己的名声,不想在这楚王庄住下去,不想一家人安安稳稳地过日子,你干啥都行!

呸!暖暖把一口唾沫吐到了詹石磴的身上。

好了,消消气,门后的盆子里有水,把你的脸洗洗。詹石磴声色不动地说。咱是一回生二回熟,越弄越有滋味,哭啥?这种事有啥不得了的?!能难受得要死要活?比得了伤风发烧比受了凉拉肚子还难受?我就不信!

猪……狗!暖暖嘶声叫着……

暖暖那天走出詹石磴的院子时,去丹湖湖边站了好久好久,那种受了奇耻大辱的感觉使得她真想立刻就跳进湖里去死,死,死了就再不用去操心还账,再不用去操心给公公买药治病,再不用去操心盖房子,再不用去看开田那张忧愁的脸,再不用去想世上的任何事情,也再不会去受这样的侮辱……可她舍不得的东西也太多了,开田和儿子,爹、娘和妹妹,公公和婆婆,特别是儿子,一想到儿子从此将失去她的照顾,她的心就疼得受不了了……

她冷静下来后在湖边蹲下洗了洗脸,她把水捧起浸在脸上,在心里叫:老天爷,凌岩寺里的佛祖,还有湖神爷,你们该看见詹石磴对我做了什么,你们要是还能显灵,就治一治他吧……

暖暖勉强装出正常的神色向家里走,刚迈进自家的院门,开田就迫不及待地迎上来问:咋样?他答应了么?

盖吧,就在院门前的空地上,咋盖都行。暖暖淡声说。

真的?开田脸上露出了喜色。

还能有假?!暖暖的声音一下子带了怒气。

好,好,可你的眼咋有些发红?

进了灰揉的,丹根,快过来让妈亲亲。暖暖赶紧转移话题,她怕再有一刹她就会因忍不住委屈而流出眼泪。所幸开田也没再细问,他已经高兴地出门去叫泥水匠了。

在开田盖房子的那些天，暖暖一次也没有走出院门……

21

开田沉浸在盖房子的忙碌之中。在乡下，盖房子对任何一家来说都是大事，对开田更是这样，这三间房子几乎把他家里所有能投的东西全投了进去，还不说赊的那些砖和瓦。还好，房子盖得颇为顺利，开田请来的泥水匠、木匠和漆匠都很尽力，质量也还不错。完工的那天，尽管家里除了一点粮食再无别的任何东西，开田还是觉到了高兴，他把儿子丹根高高地举过头顶笑道：我们旷家办成一件大事了！暖暖当时啥也没说，只是背转脸抹了下眼睛。

楚王庄的人对开田盖起三间新房子多是不解，觉着他家的房子又不是不够住，家里有病人，外边又欠了一屁股债，不想着还账倒先去盖房子，真他娘的不会谋划着过日子。个别当初买他锄草剂的人家，还走到开田的新房门前说：开田，你敢盖这房子，就证明你小子手里还有票子，为啥不还了欠我的那点钱？逢了这时，开田就紧忙抱拳作揖道：还，还，我在记着呢，手上一宽裕保证马上还！

房子收拾好不久，冬天就到了。开田用剩下的碎木料又打了八张简易床，在新房的东西套间里各放了四张；又用家里过去积下的高粱秆织了八领箔，去舅家表哥那儿又借了点钱买了八床褥子，让暖暖和娘缝好了八床被子。当这一切收拾好后，开田和暖暖开始焦急地等着北京谭老伯的消息，他们现在最怕的就是谭老伯改变主意，天哪，你可是一定要来，你要不来，我们这日子怕是都过不成了，投入的东西太多了！快到学校放寒假那些天，开田和暖暖吃不下睡不好，一天几遍地跑到丹湖边的小码头上去看，只怕谭老伯不来了。

还好，谭老伯说话算数。在一场小雪过后的一个后晌，开田正在院子里用垛起的干草喂羊，就听见谭老伯在院门外喊：开田、暖暖在家吧？开田闻声高兴得一蹦好高地跑到门外去迎，好家伙，他果然是带了一帮青年学生来，开田一数，连谭老伯一共是十一个人，四女七男。谭老伯笑着：我信上说只带七八个人，临时又加了名额，你这里怕是住不下了吧？

住得下，住得下！暖暖也在脸上露了笑意，她已经许久都没笑了。她让开田在新房子里安排住八个人，四男四女，让谭老伯一个人住在原来的仓房里，让另两个男的住她和开田的睡屋，她和开田、丹根仍搬到灶屋里打地铺。谭老伯看着旷家的新屋直夸奖：好，好，我原来还以为你们帮我去邻居家找了房子，得分散住，这下好了，大家晚上也能聚在一起讨论问题，这三间房子已有了客栈的味道，怎么样，我给你这新房子起个名字行吧？

中，中。开田笑着。

谭老伯转对他的一个学生问：我走时让你带几支毛笔和一筒红漆以备考察时做记号，带了吗？那学生一边答着带了带了一边就去背包里掏出了毛笔和红漆，谭老伯拿过笔，蘸了漆，在新房的门楣上刷刷就写下了三个字：楚地居。学生们都拍手说好，开田和暖暖虽看不出好在哪里，可也拍了手。把人们安顿下来后，暖暖就紧忙问自己最关心的问题：谭老伯，这每人每天的费用您说个数，我们好去操办！

咱们之间好商量，我先说个数，你们嫌少了就再添些，连吃带住加上你们其中一人当向导，每人每天付你一百块，如何？

中，中。开田不敢让自己笑出声，天呀，这一天都是一千一百块哩！咱啥时做梦一天挣过这么多的钱？

先给你六天的钱，你抓紧去买米买面买菜买肉，顺便再买十一个枕头，你既然开了这楚地居客栈，就要给每个客人配个枕头。谭老伯边笑着说话边给开田数出了六千六百块钱。开田捏着那些钱手都有点哆嗦了，长这样大，他的双手可是从来没有一次拿过这样多的票子。他回到灶屋，摸出那些钱先让暖暖看看，然后抽出二百块钱装进自己兜里，把剩下的钱一张一张仔细地全塞进暖暖胸前的贴身衣袋，直塞得暖暖的胸脯鼓起好高。暖暖说：还不如把钱放家里，你看我这胸脯子，高得像刚生了丹根时那样，多难看。开田说：还是塞到你胸口我放心，难看就难看吧。接下来，暖暖开始为谭老伯他们准备晚饭，开田自己骑上从麻老四那里借来的一辆破自行车，赶紧去聚香街上买了枕头买了几斤猪肉几斤羊肉几只鸡和一些青菜，外带一瓶三块六毛钱的白干酒。回来时顺便拐到岳父家，要暖暖的妹妹禾禾明天过来帮忙做饭，并且声明：每天给禾禾开六块的工钱。岳父一听有些不高兴：说啥工钱？该帮忙就帮忙，哪有一家人办事先说钱的？

当天的晚饭就在新房的当间吃，没有可供十一个人围坐的大桌子，开田就把灶屋的两扇门板卸下，并排放在地上，把饭菜摆在门板上。因为是头一顿饭，暖暖做得很丰盛，肉块子切得也很大，好让他们有嚼头，又把那瓶酒分倒在两个大碗里，让大家轮着喝。谭老伯和他的学生们在城里显然没有按这样的方式就过餐，一个个都觉得新鲜，吃喝得十分兴奋。村里的小孩子们见一下子来了这样多的城里人，也都感新奇，便围在门前看热闹。开田去赶开那些孩子们时，忽听麻老四站在近处的暗影里问：开田，来这样多的城里人是要干啥？亲戚，都是亲戚，来看看我爹娘。开田答，他可不想让麻老四知道真相。球亲戚，你以我是傻瓜？我刚才问过两个城里的学生娃，他们说他们过去根本不认识你。是，是，他们中只有几个是咱亲戚，剩下的是这几个亲戚带来玩的学生。开田又紧忙遮掩。你驴日的肯定在玩名堂！你玩吧，老子早晚会弄明白！麻老四使劲朝地上吐了口痰。你看你看，四哥，我给你说瞎话弄啥？开田有些着慌，他怕麻老四弄明白了真相，会抢走他赚钱的机会。谁家不会让人留宿吃饭？谁家不会带人上山去看那石头堆的长墙？

第二天吃早饭时，暖暖的妹妹禾禾来了，开田说：你姐昨晚熬夜蒸包子预备我们今天带上山，累得够呛，你今儿个多辛苦点，让你姐歇歇。暖暖挥手让他快走：家里的事不用你操心。开田于是就带着谭老伯他们一行人上了后山。

到了山上见了长城，那些学生们自然又是一阵惊叹。这时他看见有个小伙子从一个小箱子里抱出了一架机器，对着楚长城就嘤嘤响了起来，他很感新奇地问这是啥家伙？那小伙子说：摄像机，拍电视片子用的，你看过电视吧？那里边的东西都是用它拍的。开田惊奇地上前摸摸，有些不相信地问：你能把这楚长城拍到电视里去？那下伙子笑着点头：当然。这当儿，就有一个女学生拿了个玉米棒子似的话筒，站在那摄像机前一本正经地说：我现在就站在丹湖西岸的楚王庄后山上，我的身后这条用石头砌成的石墙，就是前不久经谭文博先生考察，认为是楚时修的长城的一段……开田看着那女学生，觉得她的声音很好听，脸也长得耐看，可奶子不大，胸脯没啥看头，屁股也小，没有让人想摸的感觉，要是暖暖穿上新衣服站在那儿，准定比她好看比她让人心动。正这样想着，那嘤嘤响的摄像机忽然朝他对了过来，他吃了一惊，忙向在一旁测量着啥的谭老伯跑过去叫道：老伯，你看你看，他咋会对着我了？谭老伯笑道：你对这楚长城的考察也出过力，拍拍你也是应该的，你也可以把你对这长城的了解说说。说啥？这东西老辈子就撂在这儿，我爹小时候就在这儿放羊，我小时候也经常来山上砍柴，累了，就在长城上睡一阵，有时也在上边撒尿，没有谁知道它的金贵，自打谭老伯你来了一趟，才让人想起它了……

开田那天还跟谭老伯说了好多话，没想到拿机器的小伙子都把他和他的话弄到机器里了。傍晚下山的时候，那小伙子就放给开田看，开田一见自己出现在一个小电视机里，又是挥胳臂又是跺脚的不停说话，吃惊之余又十分欢喜，连声叫着：我日，我日，我日！

就是从这天起，谭老伯他们开始了他们的考察活动，他们从长城的起始处开始，又是用眼观察，又是用钢尺测量，又是用锤子敲打，又是用钢笔记录，又是用摄像机和照相机拍照，上上下下，跑左跑右，忙得不亦乐乎。开田的任务就是给他们说出周围的山、谷、川、河、村、坳的名字，说出大树、灌木、野草、石头的叫法，指出上山下山的路径，判断天是阴是晴有风没风风大风小，再就是提着两暖瓶开水，背着中午吃的肉包子和咸菜。天很冷，山上的风比山下的风还要扎人，吹得人脸生疼生疼，开田看着他们嘴上哈着白汽在石砌的城墙上下忙碌，心里直想笑：这划得着吗？可他却希望他们能长期这样忙下去，他们忙一天就要给他一千多块钱哩！

有一天谭老伯他们正在忙，开田放下身上的东西去一个山凹里撒尿，忽然看见麻老四在那个山凹里趴着，开田吃了一惊叫：你在这干啥?！麻老四冷笑着：干啥？弄明白你小子玩的把戏！开田故作听不懂：啥把戏？我能有啥把戏可玩？麻老四道：你不是说你这些亲戚是来看你爹娘的吗？那他们跑到这山上干屎？开田笑着：城里人到了乡下不是觉得新鲜嘛，总想四处走走看看，这山上他们没来过，就上来了。麻老四瞪起了眼：你他娘的去骗傻瓜吧，我这双眼又没瞎，他们明明在量那条石头墙，你以为我没看见？你老实说吧，他们是不是想买这石墙上的石头？开田一听，差点大笑起来，狗日的麻老四，咋能往这上边想?！不过开田觉得，让他这样想也可以，只要他不来干扰自己挣钱就行，于是就故作神秘地说：他们是有这个意愿，不过眼下还没说要多少。麻老四一听这话，扑过来抓住开田的手恳求道：一旦他们定下来要，你可一定要给我通个信，让你老哥我也挣点钱，这石墙上的石头从来没人管，扒着又十分容易，我一天就能给他们扒下来五六方石头，他们真要买，可是咱赚钱的一个好机会，我们兄弟虽不同姓，可平日也是亲如手足，咱俩一定要共同富裕呀！开田连忙点头，心中却冷笑道：亲如手足？当初因为锄草剂的事，你差点就对老子动手了。共同富裕？你做梦去吧！……

麻老四的跟踪让开田再次意识到，事情的真相早晚要被村里人知道，靠留人吃住和当向导赚钱的事，别人早晚会跟他争着做。自己必须继续做准备，好让将来别人来争着做这事时自己处于更好的位置。

谭老伯他们的考察活动，一共持续了十二天。十二天里，开田和暖暖一直在紧张地忙着，不过收益也的确很大，谭老伯给的总钱数是一万三千二百元，买吃喝用品只花去了一千五百多块，剩下的都装进了暖暖胸前的那个口袋。谭老伯临走那天，拉着开田和暖暖的手说：我们这次回去，会将在这儿拍的电视片交给电视台播放，那样，知道这楚长城的人就会更多，也许，以后来这儿看长城的人也会越来越多，你们这楚地居客栈都会盛不下的。开田嘴上没说啥，心里却在欢喜：但愿但愿，人越多越好……

谭老伯他们走后，开田先把盖房子时欠窑上的砖瓦钱全部还上，又给当初被锄草剂毁田的人家每亩还了一百块钱。剩下的那些钱开田让暖暖用针线缝死在她胸口的衣袋里，那是一个夜晚，开田手捏住衣袋口让暖暖缝，暖暖穿针走线时开田说：真没想到咱这小家小户也会有这样大一笔款子，有了这笔钱和那三间新房子，我这心里就不慌了。暖暖没有说话，只是默默地缝着，缝完，低头咬断线，就脱衣躺下了。开田看了眼暖暖那丰腴白嫩的身子，一下子又来了劲，俯过身就亲起暖暖来，待亲到暖暖的脸颊时，嘴唇忽然触到了水，他始是一愣，后来才明白那是暖暖在流泪，不由一惊：咋了？哭啥？暖暖抽咽着越发哭开了。开田慌了，问：究竟是为啥？咱这会儿应该高兴呀！他哪里知道，暖暖是因为忽然想起自己为盖房子所受的那些屈辱才伤心的。见开田愣在那儿，暖暖只好说：我是为咱赚了钱高兴。开田一听，才又笑了起来，说：咱们高兴的时候还在后头，谭老伯不是说了，以后来看这楚长城的人，还会更多。

要真是来看长城的游客更多了，咱楚地居客栈能盛下？这次接待十一个人咱一家三口就得打地铺，要是一次来十三个人呢？

住哪儿？暖暖看定开田问。

还能一次真来十三个人？

不是没有可能，万一真来了呢？

那依你的意思咱该咋办？

再盖几间房，把咱这楚地居客栈弄大。

还要盖房子？把咱刚赚的一点钱再扔出去？开田吃惊了。

不是扔，电视上说这叫投资。咱乡下人不是也说，舍不得娃子套不住狼吗？

詹主任让盖么？

暖暖的脸上现出了一股恨意：我当初去见詹石磴要宅基地时，他说过我们可以随便盖，想盖多大就盖多大。

那……就盖？

盖！大不了我们盖完之后没人来住，就再卖了它！

22

没有再对任何人说，旷家就又盖起了房子。因为兜里装有钱，两口子这回扩建房子时就容易多了。木料、石灰是买的，砖和瓦还是到窑上赊的。窑主这时对开田已有了信任，他说赊多少窑主就给多少。暖暖大着胆子，说既是又动工盖一回，就干脆多盖几间，在楚地居客栈的东西两边各盖三间厢房，在南边垒了一道院墙起了一个门楼，这样，楚地居客栈就成了一个很规整的院子。

村里人这时就越加惊奇：开田的儿子还小，娶儿媳妇还遥遥无期，干吗要花如此多的钱来盖房子？麻老四笑着：开田，你是不是打算盖了房子好在里边像驴一样打滚玩？开田笑笑，并不答话。詹石磴也有些意外，专门来到旷家盖房子的工地上满眼狐疑地看着，不解地问开田：你是准备盖了房子卖么？开田不置可否地笑笑，更不敢说出真正的用意。暖暖她爹楚长顺觉得女儿家一次盖这样多的房子是不会过日子,就过来对开田和暖暖说:干啥事都要量力而行,你们外边还欠着别人的钱,这样大兴土木不怕破产么?暖暖把爹让到屋里小声说:俺们这是打算盖好后接待客人用。楚长顺更是不高兴道:咱这个偏僻地方,哪有外人来当你的客人?你以为这是南府城呀?开田站在一旁也不解释,只笑着说:爹你放心,没有八成把握我们是不会干的。老人叹了口气道:你们可别再像上次买锄草剂那样上了当!

没想到暖暖爹的担心还真应验了,房子盖好几个月,也没见一个人来看楚长城,没有人来看楚长城,自然也没有人来楚地居吃住。这样多的房子空在那儿没有用处,可让开田着急了,他夜里唉声叹气地说:咱的好运莫不是就那么一点点?已经过去了?也许当初不该贸然把钱都扔到这房子上,如今手里没有一个活钱,可怎么好?暖暖拍拍他的后背说:别慌,沉住气静等,我不信对这楚长城感兴趣的只有那么几个城里人。可等来等去,依旧不见一个人影。暖暖的心里就也慌了,当初赊窑上的砖瓦其实是有利息的,赊一千块砖一月的利息是五十元;赊一千片瓦一月的利息是六十元。若房子一直这样空着不挣钱,这利息就有些背不起。于是她便对开田说:你在村里放放口风,就说咱的房子想卖,看看有没有人愿买。开田一边后悔地捶着腿,一边忍疼点着头。

开田想卖房的口风放出去很久,才有一个长年在西岸山坡上放蜂的外地养蜂人来问价钱,开田让他实心实意地出个价,那人说:我一个养蜂的能有多少钱?给你五千块顶住天了。暖暖一听这个价,还不够还欠人家砖瓦窑主的钱,急忙把头摇着说:不卖,不卖!楚长顺听说了开田和暖暖要卖房的事,当下跑过来埋怨道:你们这不叫过日子,这叫瞎倒腾,都是二十几岁的人了,怎么连划算着过日子都不会?俗话说,吃不穷,穿不穷,划算不到会受穷,你们这样个干法还能不受穷?开田是原本就不敢在岳父面前说话的,这时只能吞吞吐吐地回口:这个…不怨……我……暖暖笑着说:

爹,这的确不怨开田,盖房的主意是我出的……

一天晚上,暖暖和开田正坐在新房屋里发着愁,青葱嫂忽然兴冲冲地跑进来叫:开田,快去看,电视上播你了!开田和暖暖闻声一愣,开田最先明白过来,丢下抱在手上的丹根就跑了出去。可待他和暖暖跑到青葱嫂家里,电视屏幕上已经没有开田了,只有谭老伯还在上边,老人正笑着介绍楚长城的长度、宽度和高度以及石块的砌法。开田惊奇地看着电视里的画面,我的天,照得这样清楚,谭老伯脸上的那根白胡子都看得见,他脚下的那丛茅草也看得那样明白,还有城墙,石块与石块之间的缝隙也看得很清。狗开田,你只顾着你一个人上电视,为啥当时不告诉大家一声,让俺们也跟你一起去沾点光!青葱嫂笑着骂道。开田只是一个劲地傻笑着说:天,真没想到,真没想到。

开田和后山上的石墙上电视的事第二天就在村里传开了,人们都觉得惊奇和意外,可没有一个人理解这件事的真正意义。人们都只在议论开田凭啥能上电视,麻老四带了几分鄙夷对开田说:当初那些城里人来,你小子跑前跑后,原来就为上一回电视呀,球,这事老子不眼气!詹石磴也只是不屑地笑笑:上一回电视有啥不得了的?我们这些主任在乡上开会,南府电视台的人来拍过几回哩,只是在电视里放时你们没看到罢了。开田也只是觉着高兴,并没想别的,只有暖暖心里知道,他们扩建楚地居这事是办对了,赚大钱的机会就要来了。

开田上电视这事过去没有多久,一天正午时分,楚王庄的村边码头上忽然一下子靠上了几条像黑豆叔家小船那样的运人船,从船上呼啦啦下来了二十几个年轻大学生。学生们嘻嘻哈哈地下船之后,就径问旷开田家的住处,直向旷开田家走。开田那阵子正在自己的老院子里吃饭,猛见这样一大群城里学生站到院门口,一时有些发怔,不知发生了啥事。暖暖立时明白是自己盼望已久的生意来了,忙站起身说:是来看楚长城的吧?欢迎欢迎。这时学生中的一个领队自我介绍说他们是河北大学历史系的学生，就是来游览楚长城的。开田这才急忙放下饭碗，领了这群学生向新盖好的楚地居客栈走。开田数了数，一共是二十二个人，七女十五男，完全住得下。只是新盖的东西厢房只安了床，还没来得及买被褥、枕头，开田把女学生安排在正房里住，让男学生们分住东西厢房。学生们见房子和床都是新的，院子里很干净，就很满意。开田先说被褥晚饭时可以铺好，然后就同那个领队的谈食宿价钱。领队问：过去谭先生他们来住宿是多少钱一天？开田说：他们连吃带住加上当向导，每人每天一百二十块钱，你们人多，可以少交点，每人每天一百一十块咋样？那人略一思索点头说行吧，就掏出了一叠钱数出四千八百四十块交到开田手上道：先给你两天的费用，两天若不走，就再付你。开田喜滋滋拿了这钱，先去给暖暖看了看，然后让她把其中的两千元先缝进她胸口处的袋子里，之后又交给她几百块钱，让她准备晚上的饭。接下来他去找了岳父，给了他一千多块钱，请他再找个邻居帮忙，拉上地板车去聚香街上买十四床被子和褥子另加十四个枕头，务必在天黑之前回到村里，两个人的工钱是五十元。楚长顺听罢瞪了一眼女婿：跟我你还讲钱?！开田就急忙说：好，好，不讲钱。之后开田又对暖暖的妹妹禾禾说：你还得过去帮你姐姐做饭，把这拨客人送走后给你买一条裙子外加一件衬衫。禾禾笑着说：姐夫的空口许诺最大方！开田忙笑着保证：一定说到做到！

那些学生们洗了手脸，歇了一阵后，就提出要上山看长城。暖暖想延长他们住宿的时间，多住一天就是两千多块钱哩，便说：这个时候上山太晚了，还不如让俺们娃他爹现在领你们去丹湖湖边玩玩，明天一早再上山。领队的说：好，就去湖边玩玩吧。暖暖便把开田叫到一边，给他做了些交代，让他带着那些学生去湖边了。

村里人一见来了这样一大群城里学生，都觉得新鲜，便纷纷出门看着开田领了他们向湖边走，互相探问着这些人是来干啥。詹石磴也觉着十分惊奇：娘的，这些人来村里怎么会不找我倒先去找了旷开田？村里的娃娃们都欢喜地围上去，新奇地看着那些大学生们。詹大同家开的小杂货铺就在湖边，里边摆着些晒干的葵花盘，那些学生一见，争着上前，转眼间就把几十个葵花盘子买光了，詹大同大喜过望，平时他一年也卖不出这么多。他拍拍开田的肩小声说：谢你了，这是你小子办的唯一一件好事！

湖边除了一些青草、芭茅、柳树和地上的一些野花之外，并没有多少惹眼的东西，那些学生们照了一阵相之后，就问开田还有什么可看的地方，开田心里着急起来，眼看离天黑还早，要是没有可看可玩的，这些学生们肯定会不高兴。急切中他想起了谭老伯上回说过，当年秦兵追赶楚兵时，曾在这丹湖边有过一次大战，于是便一本正经地说：你们要仔细沿着这湖边走走看看，这里其实是一处古战场。当年，楚军和秦军在丹阳大战之后，败退的几万楚军来到了这里，准备歇息歇息再战，没想到十万秦军紧跟着追到了这儿，两下就在这湖边再次摆开了战场。楚军是惊魂未定，秦军是乘胜追击，战争打得十分惨烈，结果几万楚军将士大部战死，据说当时这湖岸上全是尸体。

哦？学生们顿时都安静下来，凝望着湖岸旁的草地和湖里清澈的湖水。

也许，我们还有可能在这儿找到当年战死者留下的兵器。一个学生说罢，众人便都沿着湖边向前走了，边走边留心地看着脚下的草丛。开田松了一口气，跟在他们身后走。但愿他们能真的找到一件旧时的兵器，他们总算有了事做，只要能拖到天黑就行，他们多住一天我们就可以多赚一天的钱呐。

我过去读屈原作品的时候，领队的人这时忽然开口道：曾看过一则史料，说屈原的《国殇》那首诗歌，是在这一带写的，是屈原为在一场大战中死去的将士写的祭祀乐歌，会不会就是为这场战事而写？

不是没有可能。一个学生接口。

另一个学生紧跟着背诵道：

操吴戈兮被犀甲，车错毂兮短兵接。
旌蔽日兮敌若云，矢交坠兮士争先。
凌余阵兮躐余行，左骖殪兮右刃伤。
霾两轮兮絷四马，援玉枹兮击鸣鼓……

开田默默地听着，他听不太懂，可他看见学生们都在认真地听着，心里也高兴：以后再来人，也要把他们领到这湖边，让他们在这里消磨一段时间……

第二天吃过早饭，开田就领着他们上了山。看到长城，学生们欢呼起来，人很快四散开，有的拍照，有的坐在石头上画起来，有的边看边在本子上记着什么。开田正要给几个学生讲讲当初谭老伯给他说的那些东西，忽听麻老四在背后高声叫道：旷开田，你过来！开田闻声一怔，扭身走过去问：四哥，有事？麻老四冷笑道：我这会儿才明白，你小子是借领这些人来看这道石墙，让他们食宿在你家，你好赚钱！狗日的，我问你几次，你都不说真话，一心要吃独食！你他娘的跟我还是邻居，你还有没有点邻居味？开田见他这样说，知道已瞒不过去，就笑道：四哥，你知道我因为锄草剂的事欠了大伙的钱，不想法子能行？你家产万贯的，伸出个指头比我的腰都粗，还在乎这点小钱？麻老四气哼哼地叫：明给你说，老子也要这样做，你别想再吃独食！说罢，扭身就走。开田心里暗道：只怕你小子这会儿动手已经晚了。

这批学生总共在楚王庄停了四天。开田和暖暖得了将近一万块钱，扣去各项开支，剩有七千来元，这使他们迅速还上了因盖房子而欠下的那部分款。这次接待，金钱上的收入固然重要，更重要的是让他们坚信了自己扩大楚地居客栈是对的。更让他们高兴和意外的是，那批学生走后的第三天，又有十六个山东的年轻大学生来了。山东的大学生刚走,河北保定又来了十二个学生。保定的学生还没走,开封又来了十一个学生。开封的那些学生那天由湖边上岸时,麻老四上前拦住说:我家也可以食宿,欢迎到我家去住。那几个学生先到了他家,原已准备住下,可一看旁边有家楚地居客栈,进去一看,房子是新的,地面、床、被褥和桌子都很干净,立马就又出来要住到楚地居客栈里来。直把麻老四气得吹胡子瞪眼睛,可终究也不敢拦。

这几批客人走后的一个晚上,暖暖对开田说:咱们该做一件事了。开田一愣,问:啥事?暖暖道:好好想想。开田搔着头发想了一阵,也终是没想出来。暖暖叹口气说:该去帮帮青葱嫂了,咱们当初欠人家的赔款,人家可是一分没要,咱现在手上宽裕了,不能忘了人家。

咋着帮?多给他们一点钱?

多给钱他们不会要,青葱嫂是多要强的人,能无故多要你的钱?我看这样,咱把青葱嫂雇到楚地居来,让她帮咱为客人们做饭,现在游客一多,做饭我已经忙不过来,她做饭的手艺比我还好,她一来,加上禾禾,饭菜上咱俩就不用再操心,我也能从厨房里腾出身子,好和你一起来忙接待、导游的事。她来做饭,咱管吃之外,每月给她开四百块工钱,她也好补贴家用。

四百块的工钱是不是太高?开田皱了皱眉头。

高啥?再说,咱不是想用这个法子来帮帮她吗?长林哥的断胳臂已经残废,他们家的日子比咱们前段日子好不到哪里去。

行吧,就依你说的办。

暖暖于是就找到青葱嫂,不说还钱不说帮助的话,只说请她来帮忙做饭的因由和条件,青葱嫂当然高兴,很爽快地答应了,责任田里的活原本就不够她做,她正想找个挣钱的门路哩。青葱嫂答应的第二天,就来上班了。暖暖一给她说完做啥饭炒啥菜烧啥汤,她手脚麻利地就去忙了。

暖暖知道麻老四没拉住客人对她和开田怀着怨气，心想都是邻居，为这事结下怨气不好，应该把挣钱的机会给他一个，于是就找到他说：你替我们带一批客人上山看石墙，我们一天给你二十五块，愿不愿干？麻老四拉不住客人，只好退而求其次，想一天挣二十五块也成，总比一块不挣好些。便心有不甘地说：行吧，你们旷家挣大钱我挣小钱，老天爷倘是看见，他会知道这不太公平！……

一连几批游客走后，开田有天晚上锁好客栈门回到后院，和暖暖一起去数挣得的钱，天哪，一沓一沓的，除了可把外欠的钱全部还完，还剩有几千元。开田高兴得手舞足蹈，在屋里翻了一个跟头。暖暖也觉得肩上和心里一下子轻松了，自从锄草剂的事出来之后，她从没有这样轻松过。她高兴地仰头向天道：钱呐，从今以后，俺们可不用去受你的欺压了！……

23

春天是越来越向深处走了，楚王庄的村边、湖畔、山坡和田埂上，青草绿得格外喜人，各样野花开得也越加惹眼了。提着竹篮拉着丹根去菜地里割头茬韭菜的暖暖，走在田埂上看着满眼的野花，心情越加好起来。好日子还在后头！她对自己说。我们现在已有了楚地居这份资产，还能赚不来钱？妈，这是啥？在前边摇摇晃晃跑着的丹根，在田埂边揪了一串花问。喇叭花，孩子，这叫喇叭花。它可以干啥用？丹根瞪大了眼睛。它是让咱种庄稼人看的。种庄稼的人看了能有啥用处？看了就能心情好，小宝贝。心情好了能干啥？丹根瞪住妈妈继续问。心情好了就能——暖暖被儿子问得没了词，于是就弯下腰低了头，猛朝儿子的脸蛋上亲了一口道：心情好了就想亲你呀！边说边就咯吱起儿子的痒处来，母子俩于是就抱在一起笑成了一团……

由于要不断接待来看楚长城的游客，需要大量的青菜，所以暖暖就说服开田把湖边的这块庄稼地改成了菜地，种上了茄子、韭菜、西红柿、菜豆角、苋菜、芹菜、小白菜、菠菜、黄瓜等十几种蔬菜。开田种菜的本领虽没有种粮高，但因了这湖边的土地特肥，各样蔬菜的长势倒也喜人。暖暖今天就是来割头茬韭菜的，昨天又来了一伙山东的游客，游客们提出吃韭菜鸡蛋大包子，暖暖想前晌割了韭菜收拾好馅，后晌就让青葱嫂她们给客人蒸包子。

进了菜地，暖暖交代丹根站在田埂上玩，自己就下了菜畦割起韭菜来。头刀春韭异常鲜嫩，镰刀刃割断韭菜杆后，一股略带一点辣味的青鲜之气立时沁满了暖暖的鼻孔，她麻利地从割下的韭菜里抽出一棵最嫩的，掐去根和梢，转朝儿子叫道：丹根，来，尝尝。丹根闻唤跑到妈的身前，张大了嘴朝妈妈伸去。丹根嚼了几下，辣得他伸出了粘满青色汁液的舌头，惹得暖暖立时笑了起来，紧忙伸嘴将儿子舌上的韭菜汁吸到了自己嘴里。

太阳正在悠然地向高处走，天蓝得和清澈的湖水近似，几只鸟儿从地头的草丛里腾起，欢叫着直朝湖边的芭茅棵里飞去。暖暖把天上的鸟儿指给儿子看，自己随即又转身麻利地割起韭菜来，今天，是她许久以来脸上笑纹最多的一天。

割完一畦韭菜暖暖折回身时，忽然看见詹石磴站在自家地头，脸上的笑容顿时像受惊的鸟一样飞走了。她装着没有看见他，低了头继续去割韭菜，但手上的动作显然变迟钝了。嘿，见面怎么连个招呼也不打呀?！詹石磴这时带了笑开口道。暖暖听了依旧没有抬头，只照样割着自己的韭菜。倒是丹根这时走到暖暖的身边叫道：妈，有人喊你。暖暖这才停下镰刀，抬头朝詹石磴冷冷道：站这儿干啥?

到底是有钱了，口气大多了！詹石磴煞有介事地感叹道。暖暖呐，你过去见我时说话可不是这个样子。

暖暖恨恨地瞪他一眼：你要没事就赶紧走开，我可没有功夫跟你闲磨牙,我要干活了。

事情嘛,倒也没有大事,就是想来告诉你两桩事,一个,是想你,特别是——

你要再胡说我可敢用镰刀砍你!暖暖立了眉猛把镰刀砍到了面前的土里。

好,好,咱不说这个。詹石磴眯眼笑了一下,咱说另一桩事,你家靠着让去看石墙的城里人住宿,已经赚了不少钱,我打算对今后来到咱楚王庄的游客,实行分配住宿制,把他们分去各家住,好让其他人家也来赚点钱,实现共同富裕,如何?

暖暖的心里一沉,带了恨意说:你又想主意来难为俺们了!俺们赚这点钱容易吗?俺们要不这样做,欠人家的钱啥时能还上?

唉,谁让我是主任呢,当主任就得为全村人着想呀,上边不是说让所有人都富起来么?好事不能都让你一家去干呐。

那你也不能强着把游客分到各户食宿呀,人家游客愿住谁家就住谁家才对。

这道理你应该早给我讲讲,说实话,我是天天盼着见你哩。詹石磴眉眼都笑到了一起:在这楚王庄,我天天想见的人其实只有你,你那双奶子让我——

丹根,咱们走!暖暖知道他接下来还会说什么,拉起丹根的手,提了菜篮就怒冲冲地走了。走出好远之后,她才发现自己一只手里还紧攥着镰刀。狗东西,真想一刀砍了你!砍死你才解气!老天爷呀,你要是有眼,你就让这个做了坏事的人掉到湖里去!

施主忙呐。一声招呼猛在一旁响起,暖暖闻声抬起脸来,才见是凌岩寺里的天心师傅提一只小桶站在路边。暖暖忙鞠躬问候道:师傅好,你这是——

去丹湖放生。天心师傅指了指手中的小桶:每年寺里都要做几回放生的事,这是本寺先辈师傅们传下的规矩。

我帮你提桶吧。暖暖按下心中的不快,松开丹根的手上前要去帮忙。天心师傅忙摇头说:不用,就到湖边了,让老衲把事情做到底,心里才安生。说着,就头前走了。因为前边回村的路紧靠着湖岸,暖暖就拉着丹根跟在天心师傅身后走。到了湖边,只见天心师傅双膝朝着湖水跪下,双手合十放在胸前默念了一阵什么经文,然后伸手去小桶里捞起几尾不大的草鱼和一只小甲鱼放进了水里。

鱼,是鱼,妈!丹根这时欢喜地喊着跑到了天心师傅身边。

暖暖慌得想去拉住儿子,不想天心师傅已转身抱住了丹根,边看着那些放生的鱼儿在水中游远边轻拍着丹根的肩说:孩子,它们是鱼,可在佛家人的眼里,它们也和咱们人一样,是活物,是生灵,我们无权去取走他们的生命。丹根哪能听懂这些话,只是说:我外爷会捉住它们的,我外爷会下网逮鱼。暖暖听了这话脸上有些尴尬,天心师傅在起身时注意到了暖暖的神色,淡淡笑道:人入佛家和人在俗界,要求是不一样的,我们出家人做我们该做的事,你们可以做你们该做的事,两界中人可以互不相扰,你不必心中不安。

暖暖有些感动,忙把丹根拉到身边说:快给爷爷鞠躬。小丹根照妈的吩咐,胡乱地鞠了一躬。天心师傅笑着拍拍小丹根的头,尔后抱拳道:老衲告辞回寺了。就在天心师傅转身的那一刻,暖暖忽然冲动地叫道:老师傅,有一句话不知当不当问?

佛家人主张,有疑即问,方能渐趋明朗之境。

你说人要是生出了憎恨之心可咋着办呢?

佛家人讲的是慈悲为怀,很少去说到憎恨,不过你今天既是问了,我就随便说说。天心师傅捻着手中的佛珠,声音缓慢:人的心里,在平常日子,是没有恨意这种东西的,有的只是对生活的某种期盼。可只要自己的身子、名誉和利益受到了别人的伤害,尤其是自己无错而对方有意的伤害,恨意就会生出来。在人心里的恨意中,憎恨是最重的一种,它通常是人感到自己受到了最厉害的伤害之后才会滋生。人心里的恨意,不管是哪一种,都会随着日子的来去慢慢变淡，可这种憎恨，变淡的速度很慢很慢。而且它常常会促使人去动手。

动手？暖暖的眼瞪大了。

对，就是报复，被伤害的人要让伤害自己的人也生出痛苦，报复不了伤害者本人，就报复他的家人亲友，甚至他的邻居和完全无辜的人。天下很多让人痛心的事，就是在憎恨的驱使下生出来的。正是因为这样，佛界中人把憎恨看作很可怕的东西，看作尔等俗世中人的最大威胁。我等僧众常念的经文中，就有祈求佛祖驱除世人心中憎恨的内容。

佛祖能么？暖暖问。

佛祖肯定会尽力，不过佛家讲的是人人可以修行，可以动手拔除自己心中的憎恨。施主何以忽然问起这个来？

我只是随便问问。暖暖努力一笑。请师傅随我去家里吃午饭吧。

谢了，老衲回寺了。天心师傅抱拳一揖，就转身走了。直到天心师傅走出很远，暖暖还拉着丹根站在原地。佛祖，我感到我的心中已生出了憎恨，请帮我把它拔除吧……

24

暖暖知道詹石磴一向说话算话，怕他真的把来看楚长城的人都强行分到各户，所以当晚就忙把詹石磴的话说给了开田。开田听罢也是一惊，忙问暖暖：咱们咋办？暖暖沉吟了一阵之后，说：我估计他这是在变着法子催咱给他进供哩，听说村里的胡大头每酿出一缸黄酒，都要先给他送一壶；詹国立每杀一头牛都要给他送十来斤牛肉；黑豆叔每卖出一批中药材都要给他送几条烟。咱接待了这么多客人，不给他上供他能心里高兴？罢罢，咱破钱消灾，就也去给他送点钱吧。送多少？开田有些心疼。五百吧，他那胃口，送少了恐怕不行。开田只好用写春联的红纸包了五百块钱,另外又抱了一箱原准备卖给游客们喝的卧龙白酒,去了詹石磴家。

詹石磴那阵刚吃过晚饭,正坐在饭桌旁剔牙,看见开田抱着酒箱子进来,一点也没意外,只是起身笑道:开田你可是稀客,快坐快坐,你抱这些酒来干啥?跟我还见外?你家如今客人多,让客人喝才对。开田自然心疼这些东西,可脸上还得摆满了笑说:主任你当初支持我盖客栈,让我赚了点钱,你说我能忘记你的恩德?你这里我早就说要来的,只是几拨游客连着到,弄得我手忙脚乱的,就耽搁到今天。呶,这几个零钱给孩子们买件衣裳,也算我这个当叔的一点心意。说着,就把那个红包塞到了詹石磴的衣袋里。詹石磴也没有推让,只是递给了开田一支烟说:吸,娃他舅前几天捎过来的,红塔山,云南的烟,云南知道吧?在大西南,那个地方雾多,烟叶就滋润,味道正,做出的烟比咱们这儿的烟吸起来又平和又香。

开田把烟凑到鼻子下闻着,夸张地吸溜着鼻子赞道:香,这烟是香,可惜我不会吸!跟着又说:主任,来看石墙的游客,他们要真想去别家住宿,咱没话说,可因为我有了那个楚地居客栈,你就别强着分配,还是让我来做吧,日后真要赚了钱,还能没有主任你一份?我又不是傻瓜,还不知道这都是你关照我的结果?还能不知道谢你?!

詹石磴长长地吸一口烟,笑道:开田你说这话还算讲良心,当初,不是我救你,乡派出所能放你出来?当初,不是我让你盖房子,你能有这个楚地居客栈?只要你还在记着我这份情,那你就照旧做下去,至于村里人都想揽客赚钱的事,我替你挡住!只是你可不要一个月不照我一回面哟!

开田心里一惊:娘的,一个月都让给你送一回?不过嘴上还是紧忙应承着:那是那是……

和詹石磴有了这个约定之后,暖暖和开田的心算暂时安定了,接下来最让暖暖操心的,就是咋样才能让来看楚长城的人在自己的客栈里住的时间长一些。眼下来的游客,多不是对楚长城有研究兴趣的人,他们一般是后晌到,在客栈住下,第二天上山看一天长城,晚上下山再住一晚,第三天早饭后就走了,一共是两个晚上五顿饭。要是让每拨客人都能住上四个晚上,那赚的钱就能翻一倍了。暖暖于是就苦想留客的办法,她最先想出的点子是让游客们去看凌岩寺。凌岩寺离楚王庄不远,建筑规模又很大,除了寺内的殿堂壁画及和尚们念经做佛事的场面可看之外,还有为圆寂的大德高僧们建的塔林,有双珠山泉,有千亩竹林,如果游客们去游览一遍,也差不多得用一天时间。开田却有些担心,说:寺院到处都有,人家未必就愿去看。暖暖道:这就要靠咱的嘴了,咱得把游客们的心说动。开田摆手道:我可没这个本领。暖暖说:那我就来试试。

不久,就有一拨游客来看楚长城,客人们看罢长城回到楚地居吃饭时,暖暖就向他们说道:俺们这儿还有一处地方值得一看,那就是建于唐代的凌岩寺,离我们楚王庄也就三里远,这座寺是公元七百年间修的,距离楚长城的修建已经是千余年了,看罢楚长城再看凌岩寺,你会觉得我们的先祖真是不得了,修公事一修修出一条长城,修寺庙一修修出那样多的殿宇。看楚长城你看的是一种气魄;看凌岩寺你会看出一种精致来。这寺院一千多年来几毁几建,但只要它在,香火就一直很盛,在这儿拜佛祈愿最灵,丹湖西岸的人有句话叫:凌岩寺里烧灶香,家财人丁两兴旺……游客们被暖暖说得心动了,都表示愿去寺里看看。连站在一旁听的开田也有些意外,低声对暖暖道:没想到你的嘴变厉害了,说起来头头是道。暖暖笑着说:咱如今既是干了这一行,就得学着练练嘴,告诉你,为了说这些话,我可是看了几本书哩。

第二天早饭后,暖暖就带着那帮游客往寺里去了。在寺院门口,刚好碰见天心师傅,暖暖就忙上前鞠了一躬说:师傅,有一帮游客想进寺里看看,不会打扰你们吧?那天心师傅回了一礼说:哪能说到打扰？佛祖要超度众生，正期望着人们都能来到他的面前，快请进吧……那天，游客们先是被寺院里的恢弘建筑和精美壁画吸引住，后又新奇地看着僧人们做佛事的肃穆场景，最后又在寺院四周的参天古木、千顷修竹、百座塔林间饶有兴味地穿行，听蝉鸣鸟啼、泉水丁冬，直玩到头黑才回返。

这是一个很好的开头。

但遗憾的是，来去寺里看一趟也就一天时间，并不能使游客们停留太久。要继续想法子才好。那天，游客们走空后，暖暖正边打扫院子边琢磨这事时，只见自己的爹提着两条鲤鱼来了，老人进院就对丹根喊：根呀，姥爷给你送鱼来了。暖暖忙迎上去接了鱼给爹让座，说：这鱼留下你和娘吃吧，丹根还能没好吃的？老人笑道：我昨天下湖，因是顺风下网，不知不觉中竟把船摇进了湖心三角迷魂区，我一看航标，慌得急忙向外摇，没想到就在这当儿，那带烟火味的烟雾出来了，罩得我的俩眼连船头都看不清，我就闭上眼不变方向直劲摇船，还好，没出意外，很快就把船摇了出来。这两条鱼就是我从烟雾里摇出船后打到的，我想，这鱼和我往日打到的鱼不太一样，就带来让咱丹根尝尝吧。暖暖一听爹这话，心头不由一动：烟雾？三角迷魂区？对，可以带游客们去湖中里看看那奇怪的烟雾，管它是什么原因造成的，只要能延长游客们在咱家的居住时间就成！暖暖给爹把自己的想法说了，老人一听也来了兴趣，说，对呀，到湖中看看那烟雾，来回走慢点差不多得一天哩。老人自然明白客人们在楚地居客栈住的时间越长，女儿女婿赚的钱才会越多。

暖暖喊来在后院忙活的开田，眉飞色舞地说：待游客们看完楚长城和凌岩寺要走时，再告诉他们丹湖里有个迷魂区，能看见一种奇怪的烟雾，并且在这烟雾里能看见自己想要想看的东西。我想，游客们听了这话，没有几个人不愿去看看。

这倒是一个留客的法子，只是坐谁家的船去？咱哪有船？开田搔着头发。

就坐爹的船吧，把爹的渔船改做游船。暖暖说得很干脆。

啥？老人一怔：我不打鱼了？

打鱼能赚多少钱？一天累得要死，最多也就是二十来斤鱼，咱要是载人去游湖中三角区，每人每次最少要他十块钱，咱那船收拾一下坐十二个人没有问题，十二个人一趟就是一百二十元呐！游客多时，一天跑两趟你说能赚多少钱？

这……倒也在理。老人点着头：你们看着办吧。

咱说干就干，明天开田就去聚香街上买点漆，把船重漆一遍，弄得新崭崭的，再在船上固定十二个小凳子，把舱盖也再换成新的，待下一拨游客来，咱就试一回，行吧？

老人犹豫了一阵，算是把头点了。站在一旁的开田还是有些担心，说：万一没人去看呢？

干啥事不冒点险能成？咱当初盖楚地居客栈时不是也冒着险？暖暖拍拍开田的肩膀算是把事情定了。第二天她就催开田去买漆买其他什物收拾自家的那条渔船。十来天之后，那条原来看上去破破烂烂的渔船，便被开田油漆一新，改造成了一条颇像样的游船，船上固定了十二个凳子，每个凳子上还有一条安全带。

大约半月之后，从徐州来了一伙看楚长城的游客，总共二十一个人。暖暖照过去的办法，先安排他们在客栈住了一夜，第二天带他们上山看长城，第三天领他们看凌岩寺，第三天的傍晚，暖暖给他们说了看湖中迷魂区烟雾的事，为了引起客人们看迷魂区的兴致，暖暖说得极有诱惑力：俺们这儿还有一景，你们要是不看那可是遗憾，在我们的丹湖里，有个不大的三角区，在那儿经常可以看到一种奇怪的烟雾，坐船去近处看那烟雾，能在那烟雾里看见自己心里想要的东西；倘是不小心进入了那烟雾里，会晕眩会迷魂会有危险降临……那些人先上来多不相信会有这样一个地方，后见暖暖说得认真，就都半信半疑地表示愿去看看。第四天早饭后，暖暖和开田便带他们到了湖边。每人自动交了十元钱。之后，暖暖就带着十二个人先上了船。

那一天湖里风平浪静，天上的太阳也晶光澄亮，水面上的能见度很好。暖暖爹坐在船尾，稳稳地驾着游船。暖暖站在船头，一边给游人们介绍着四周小岛的名字，一边禁不住有些担心：游人们会感兴趣？

船到了湖心三角区外停下，暖暖刚说了一句：我们前两天看的楚长城和凌岩寺，是人造奇观，我们今天请大家看的是一种自然奇观——她的话音未落，面前原本平静的湖水上突然就有一股白色的烟雾生起并弥漫开来，游客们都瞪大眼惊叫起来：吆……

这烟雾暖暖过去看见过不止一次，可此刻见它毫无豫兆地突然升起，心里还是感到了有一种被震慑的惊诧生出来，她的眼睛一眨不眨地盯着看那烟雾变浓升高体积变大，最后，她在那翻腾着的烟雾顶部看到了一大片房子……

房子，这说明我心里还想要房子。暖暖喃声道……

当楚家的这条被改装的游船向岸边返回的时候，船上的游客们一直在议论纷纷，每个人的脸上都满是惊异和兴奋。船靠岸那刻，岸上的游客忙走到水边，大声地问着船上的人：喂，看到了吗？船上就有人应道：看到了！那烟雾真是奇了，硬是从水面上一股一股生起，而且能看见烟雾里还有各种景致……

开田朝岳父走过去，岳父正坐在船头默默地吸烟，开田轻叫了一声：爹，还行吗？老人点点头：还好，客人们都很高兴。开田把一卷钱塞到岳父的衣袋里：这是刚才收的那一百二十块船票钱。老人把钱又掏出来放到了开田手上：放你身上吧，万一我下湖出了事，不是扔到水里了？

那天剩下的一趟三角迷魂区之行也很顺利，游客们都为有这新的经历和见识而兴奋不已。直到晚上，客人们还在议论这次湖心之游，还在惊奇丹湖里竟还有如此神奇的地方，还在猜测造成那烟雾的缘由。因为有了游凌岩寺和湖心迷魂区这两个项目，客人们在楚王庄就又多停了两天和两个晚上，开田和暖暖赚取的食宿费又多了不少。那天晚饭后，开田把二十一个客人交的二百一十块船票钱全塞到了岳父手里，老人有些不好意思，红着脸把钱又塞到了丹根衣兜里，说：咋能都给我？开田笑道：待下次我给船上安了机器后，赚的钱咱再对半分。说完朝暖暖使个眼色，暖暖就上前又把钱放到了爹的手里：让你拿你就拿住吧，放你那里和放俺这儿还不是一样？

25

湖中迷魂区之游很快吸引了游客，来游楚长城的人几乎都要再游一趟迷魂区。游客一多，只有暖暖爹那条装了机器的船就不够了，暖暖于是找到九鼎，说服他把他的渔船做番改装，改装费由旷家出，之后来替楚地居拉游客去迷魂区，每往返一趟给他六十元钱。九鼎觉着这比打鱼轻松多了，且收入有保证，就痛快地答应了。

旷家如今每天的收入已很可观，客栈里的食宿费，楚长城和凌岩寺的导游费，再加上去迷魂区的船票费，大小票子每天都够暖暖和开田数上一阵子了。但他们渐渐发现，有些游客由东岸过来，为了省钱，并不进他们的客栈找他们的导游，而是直接去看楚长城和凌岩寺，有的看完就支个小帐篷在山上露宿。这些人的钱也必须要赚，你既然来到了楚王庄，就得留下点钱来。暖暖想了一宿，想出了一个主意，第二天一大早，她让开田去找到庄里有名的两个懒汉赤肚和大嘴，问他们愿不愿做不干活却能挣钱的事儿。两个家伙说那当然干。暖暖于是就让他俩各扛一根木头跟着她和开田走。两个人边走边嘟囔着：不是不干就能挣钱嘛，为啥还要扛木头？暖暖也不理会他们，只与开田拎着斧头和锯在前边走，一直走到后山脚下通往楚长城的那个路口。这路口宽不过五米，两边都是陡崖,上后山看楚长城仅有这一个路口可以过去。暖暖就和开田动手在这路口树了个简易木栅门,在旁边又搭了个很小的卖票棚子,让赤肚和大头两个人守在木栅门两旁,交代他们凡由此上山的人,只要不是楚王庄里的乡亲,一律得到卖票棚子里买一张十元的门票,不然,谁也不许上山。

暖暖说:你俩每守一天,给你们一人十元钱。这事儿的确既轻闲又能挣钱,赤肚和大嘴眉开眼笑地答应:中,中,中!开田在一沓白纸条上写了个“楚”字,盖上自己的私章,就算是上山门票了。他亲自卖票,外地来的游客以为这规矩是政府立的,就老老实实地买票上山,一天下来,开田竟弄了二百三十块钱,扣掉给赤肚和大嘴的,净落二百一十块。娘的,这可是白赚呐!开田高兴得几乎要跳起来,同时在心上后悔早没想起这个主意来,要是从一开始有游人来就卖票,那如今已经多赚了多少钱哟!

天在一天天地变暖,由东岸载游客过来的大小船只也在一天天地增多,终于,五一劳动节到了。开田长这么大,还从未关心过这个劳动节,更没有体验过这个节日的好处,可现在,他忽然知道了这个节日对于自己的重要。因为就在这一天,来楚王庄旅游的城里人第一次达到了一百九十七人。这么多穿得花花绿绿的城里人一下子都在楚王庄的湖边下了船,让楚王庄的人吃惊不小。大人小孩都涌出来看热闹,男人们新奇地看着游客们手上拎着的照相机、摄录机和奇形怪状的水壶,女人们则羡慕地看着女游客们的穿戴。麻老四的女人惊叹着:看看人家那裙子,敢把大腿都露一截,要在咱村里,不招惹得男人们去摸才怪哩!青葱嫂悄声说:瞧瞧那个女人穿的裤子,把屁股蛋子绷得那个紧吆,连屁股沟多宽都一清二楚,都不怕蹲下身时把裤子绷开了?九鼎的女人听罢笑了,说:裤子绷开了才能勾引男人哩,人家这才真叫浪,哪像咱们,就会躺到自己男人怀里哼几声!……詹石磴也意外地走过来看了一阵,他以为有人会问谁是村主任,没想到一个问的人也没有,谁也没有理会他，只有人在叫：谁是楚暖暖？哪位是旷开田？詹石磴只好在心里骂了一句：傻逼城里人，有钱没处花了，跑到这儿来看烂石墙！暖暖和开田真是又惊喜又慌张，我的娘吆，竟然一下子来了这样多的游客?！暖暖一边让妹妹禾禾去上山的路口替开田卖门票，一边喊来麻老四和另外几个预先雇好的导游，把游客们分批领上后山去看楚长城，随后才又交代青葱嫂去把九鼎的老婆惠玉雇来，赶紧蒸馒头轧面条，预备给下山的游客们吃。可住怎么住呢？把游客们分到各家去住？一旦开了这个头以后就再难独干这一行了。一定要想个法子！暖暖拍着自己的额头在那里苦想，开田则揪着自己的头发在院子里来回转圈，暖暖想了一阵说：有一个法子不知能不能用？

啥？开田瞪住暖暖急切地问。

用高粱秆搭窝棚子，在湖边一下子搭它几十个不就成了？过去庄上有些人家办喜事，来的客人多了，就用的是这个法子，眼下天又不冷，我想能行。

中，是个法子。开田高兴地一拍手，我这就去办。随即便雇了两拨人，一拨人拉上地板车去聚香街上买被褥；一拨人拿上现钱去村里各家收购高粱秆。然后用高粱秆在湖边的空地上搭了近七十个简易窝棚，每个窝棚可住两到三人，窝棚的地面上一律铺上麦草和苇席，然后再放上被褥。由于窝棚的门口都对着湖面，每个窝棚一夜只收五十元，满是山野味道，看完楚长城下山的游客们见了都很喜欢这种住处，不到一顿饭功夫，窝棚就全都租了出去。

这一天，暖暖和开田可真是赚大了，仅上北山看楚长城的门票就卖出了一千九百七十元，禾禾这天奉姐姐之命卖门票，晚饭前来给姐夫交钱时，开田笑得嘴都合不拢了。晚饭时，青葱嫂和九鼎的老婆还有另外几个临时雇来的女邻居手脚不停地下面条、蒸包子，一碗面条卖到六块钱，一个包子卖到一块钱，还是供不应求。加上客栈里的收入和游凌岩寺的导游费，再加上去迷魂区的船票钱，开田这一天的收入接近万元。我的天爷爷呀,咱啥时一天挣过这样多的钱?!那天临睡时开田坐在床上数完当天的全部收入后感叹着,激动得连声拍着盖在腿上的被子。

暖暖那阵子正在解着衬衣的扣子,边脱边笑道:看把你高兴的。

五一节真他娘的好,最好能连着过!开田搓着手说。

要我说呀,一天赚多了也不一定就是好事。

这是啥话?开田瞪住暖暖,脸上满是不高兴,暖暖这时刚好已把衬衣脱去,两只饱满的奶子从小背心里呼啦一下挤了出来,落进了开田的眼里,开田脸上的不快随之淡了,只见他伸手便捉住了它们。

我有些累,今天……暖暖的话没能说下去,开田那时已压了过来。

得小心有人眼红……

暖暖只来得及又说了一句,床就惊天动地地摇晃了起来……

26

暖暖的担心还真是有理,五一、五二两天刚过,游客们才走完,先是乡上的税务所来人让开田交税,开田有了上次被抓的经历,一见戴大盖帽的就有些害怕,自然不敢犟,老老实实地把所得税交了。紧跟着,詹石磴就派詹大同来喊开田过去。那是傍黑时分,开田正和暖暖在客栈里叠放游客们用的被褥,听到大同的声音走到门口问:他叫我过去干啥?

说是要和你商量事情。

知道是商量啥么?开田先朝大同扔了一根烟,然后又倒了一盅酒递到他手上。馋酒的大同没有客气,仰脖吸溜一下把酒吸到了肚里。酒一下肚,大同就低了声说:听他的口气,好像是对你搭窝棚、卖门票的事不满意，说你胆子太大。

拿上点钱吧。暖暖小声交代。

开田送大同走远后呸了一口，低声骂道：啥尿主任，这不是催着要钱了?！骂完，在一个口袋里装了五百元，对暖暖说：我去他家一趟。暖暖叹口气道：少了。啥少了？开田没听明白。钱拿少了！暖暖说，你五百块打发不了他的。那你说再拿多少？一千吧。暖暖说。一千？开田心疼地瞪大了眼，他不动不摇地就要拿走一千五？见暖暖点头，开田只好又拿了一千元装进另一只口袋。

詹石磴就站在自己的大门口，看见开田便满脸愠色地问：我要不派人去喊你，你就不照我的面了？

哪里会呢。开田赔着笑脸跟进院子，我昨天就在想着，一把游客们送走，我就要赶紧来给你说说这些日子的情况，顺便把钱给你送过来。说着，掏出了一边口袋里装着的五百块钱要往詹石磴手上递。詹石磴瞥了一眼那叠钱就打开开田的手道：我不是叫花子，你也不必破费钱来打发我，我今天是以村主任的身份正式就两件事跟你打招呼，一件，是外边人上北山看石墙买票的事，要由村上来办，不能让钱都落你一个人的腰包里，那山是公家的山，石墙也不是你们旷家修的，明白?！另一件，是你用高粱秆搭窝棚的事，你那些窝棚占用的是公家的地盘，而且容易造成火灾，所以必须立马拆掉！

开田一听就明白詹石磴是嫌给的钱少了，忙又从另一只口袋里掏出了那一千块钱说：你瞧我，办事不知道先说明白，我今天带来的是两笔钱，这五百块，是人们上山看石墙门票收入的一半；这一千块，是供游客们吃住玩所得净利的一半。我给自己立了个规矩，不管赚多少钱，自己都只能留下一半，剩下的那一半得给主任，是主任你给了我赚钱的方便，我要忘记了我就是没良心，就不是人了！说着，把两笔钱全塞到了詹石磴的衣袋里。詹石磴的脸色这才有些转暖，不再掏出钱来推拒，而是指了一下院中的凳子对开田说：坐吧，我刚才给你说那两件事，是因为村里人已有反映，我也是不得已给你打个招呼，罢，咱不理它，既是你愿意干下去，你就继续干，我睁一只眼闭一只眼装没看见就行。开田又急忙道谢，边道着谢边在心疼那一千五百元钱，天哪，他不动不摇就把一千五百块钱拿走了，他拿走了你的钱你还得向他道谢，这可真是天下少见。也是实在心有不甘，他便又提出了一个要求：主任，我怕以后游客多了现有的房子住不下，想在门前的空地上再盖几间房子，你看行吗？

随你的便吧，想盖你就盖。詹石磴挥挥手，算是送客。

回到家，开田给暖暖说了见詹石磴的经过，气哼哼地骂：王八蛋，他一不投钱二不出力，轻轻松松就把钱拿走了！暖暖早料到会是这样，半晌无语，最后才说了一句：你要不想受他的气，你就要争取去当主任！开田闻言吃了一惊，说：谁会让我当主任？詹石磴会把他的主任让给我当？暖暖冷冷道：没有谁说过楚王庄的主任就一定是他詹石磴当，主任不是过三年就要选一回吗？开田笑了：你做梦吧，谁会选我？咱一没权二没势，咱老老实实接待游客赚咱的钱吧，我刚才给詹石磴说了，他答应让咱们再盖几间给游客住的房子。暖暖点头说：房子是该添盖了，这窝棚应付一次行，不可能总让客人住窝棚。

接下来那些天，开田就又开始跑着买砖买瓦买水泥，家里由暖暖领着青葱嫂接待些零散游客。这天后晌，暖暖正和青葱嫂在客栈里收拾东西，看见几个城里人走进了院子，她以为又是来看楚长城的，就招呼他们进屋，告诉他们先住下，明天再上山。那几个人听罢一愣，说：上山干什么？我们不上山，我们来是为了看湖。暖暖又以为他们是来看湖心迷魂区烟雾的，忙说：这个时辰去湖心迷魂区也嫌晚了，等为你们找到船驶到湖心，差不多天就黑了。那几个人又一怔，问：什么迷魂区？我们不看。暖暖这才感到意外，问：那你们来是为了啥？其中一人答：我们来是专门为了看湖水。暖暖很惊奇：那湖水有啥看头？再说，你们从湖东岸坐船来时，不是就在湖水上走吗？还能没看过？那人笑了，说：我们用肉眼是已经看过湖水了，我们的任务不仅仅是用肉眼看，还要用各种仪器，把湖中各个水域的水都仔细检测一遍。暖暖这才注意到，他们的行李中有几个大箱子。暖暖更惊奇了，不过也不好再问他们仔细检测水是为了什么，只问需要她替他们做什么。其中一个头头说：我们在湖东岸打听了，知道你们这楚地居是西岸离湖最近收拾得也最干净的客栈，我们准备把你们的客栈包下来用十天，作为我们食宿和办公的地方，费用就按你们原来的标准交。顺便请为我们雇一条船，每天随我们下湖检测。暖暖一听这是好事，忙连连点头应道：行，行……

傍晚开田回来，暖暖给他说了新来客人的情况，开田也觉意外，自语道：专为了来检测湖水？莫不是咱这丹湖里的水出了啥毛病？开田决定弄清这件事情，第二天早饭后，讲好了租船的价钱，他就驾着改装后的岳父的那条小游船载着那些人下了湖。

那些人在船上摊开了一张地图，开田一看，上边写着“丹湖全图”，人们在上边指指划划，随后交代开田行船的路线：先沿着湖岸走一圈，再分别去湖的东南西北中五个水域。开田心中既吃惊又高兴，吃惊的是湖岸线好长好长，走一圈可不是简单的，得好几天时间，他们这是要干啥？高兴的是，他们租用船的时间越长，自己赚的钱就越多。接下来几天开田就驾船按他们的要求走，每到一处，那些人就忙着取水，用架在船上的机器观察着那些水，这让开田觉着好笑：湖水有啥子看头？这样走走停停，直走了一个多星期。一个多星期以后，船才回到楚王庄。和那些人已经混熟了的开田，拉住其中一个年轻人问他们这趟丹湖之行究竟是要干啥，那年轻人说：我们是来全面检测丹湖水质的，如果水质合格，一项调水工程可能很快就会开始。哦？开田瞪大了眼睛，他小时候听说过这大湖里的水要调往北方，可后来一直不见动静，以为是大人们在吹牛，如此说这是真的了？那你们检测后觉得这湖水合格吗？

那人笑答:最后一组数据刚刚出来,这湖水不仅合格,而且是和矿泉水近似的优质水,不经任何净化就可以直接饮用,尤其湖心有烟雾的那片水域,水质比最好的矿泉水还棒,你们住在这湖边的人,有福气,常喝这湖水可是会活大岁数的！开田也笑了:俺们庄上的人和牲畜,平日真的是直接喝这湖水的,你这一说,俺记起了,俺们庄上活到九十岁以上的人还真是多,有个老六奶奶已经一百零二岁了,牙还能嚼吃炒黄豆哩！那年轻人大笑起来,说:这丹湖里的水日后调到北方了,我要天天喝,也争取能在一百零二岁时嚼吃炒黄豆！开田呐,这调水工程开工后,你们这岸边的村子,说不定会热闹起来。

热闹？咋样热闹？开田没听明白。

来看这湖这水的人肯定会多。

真的？开田的心里一动:要真是那样,自己赚钱的机会就会更多了。

当然是真的,北方的人们喝着丹湖里的水,自然会生出到水源地看看的心思,那个时候,只天津和北京两市,来的人就不会少了……

当天夜里上床睡觉时,开田把自己这些天看到听到和问到的情况给暖暖说了,暖暖躺在那儿沉吟了一阵,说:看来这又是个机会,咱得做好游客增多的准备。你不是要盖房子吗？这一回该把房子盖得像样点,好接待那些大地方来的人。开田点头道:有道理,咱在房子的前后墙上都安上玻璃窗,把屋里的地坪弄成砖铺的,在屋顶下糊一层花纸顶棚,再请几个会做细活的好木匠,把床和桌子、椅子都做得有模有样,让人一进屋就不想走了。暖暖听到这儿笑起来:你吹吧,再好的房子,人也不会一进屋就不想走了,你看见过世上有这样的房子？有呀！开田笑着:咱家的房子就是这样的,我每回一进屋,一看见你脱了衣服躺在床上,我就真的不想再走了！去！暖暖的脸红了,猛把身子扭过去,把白嫩的脊背露到了开田的眼前……

27

旷家这次扩建楚地居,和前两次已大不一样,因为庄上谁都知道开田和暖暖手上有钱,所以啥事办起来就格外方便,人们也愿意来帮忙。说拉砖瓦,庄上的几个小伙拉上地板车就跟开田走了;说找木匠,庄上的几个木匠就提着工具赶了来;说要小工,九鼎他们几个小伙子就来到门前说:开田哥,暖暖嫂子,你们只管给俺们派活!暖暖和开田都有些意外,过去办事一向是他们去求别人,没想到如今是别人主动想来帮自家办事。两口子自然知道这是金钱的力量,别人晓得他们有钱了才这样做的。这让暖暖更感到了赚钱的重要,如果我们将来赚了更多的钱,我们办起任何事来可能都会更容易,詹石磴,总有一天,你会不敢再欺负俺们!

算上开田和暖暖他们自己住的旧院子,这回旷家是第四次大兴土木。扩建楚地居扩多大好,开田一时没有拿定主意。暖暖说:既是盖了,就盖大点。两口子最后商定:总共新盖十三间:正房五间,其中中间的那间房子变成连接老楚地居的通道;两间东厢房两间西厢房;大门两边各两间。四间正房和厢房日后当客房,大门东边的两间将来当厨房,大门西边的两间日后当餐厅。由于料备得足,请的匠人多,开工后也没遇坏天气,房子盖得很顺利,也就十几天时间,十几间新房就立了起来。一色的青砖、灰瓦、白墙,看上去真是赏心悦目。在楚王庄,像扩建后的楚地居这样两进的大院子还没有过。院子扩建好的那天,村里好多人都跑过来看,黑豆叔同开田开着玩笑说:一看这院子就知道你小子发了,老叔我要是刀客,今晚就来你家抢了!开田也笑道:我的钱都投到这房子上了,你来抢至多是抢几条破被子,我要去你家里抢,抢来的可是卖中药的票子哩!……詹石磴那些天去湖东岸到南府城里办事,回来一看开田家的新楚地居，也瞪大了眼许久没有说话。开田要扩建房子是经他允许的，可他没想到开田能一下子盖出这么多新房子，这一来，不仅房子的数量大大超过了自家，而且房子的漂亮程度也和自己的房子不相上下，看来这小子是真赚住钱了！他心里暗暗吃惊，一种受到威胁的感觉第一次在他心里生了出来。娘的，这两口子真要成气候了?！该杀杀他们的气势了！

旷家的楚地居扩建好后，暖暖对开田说：这么大的接待游客的院子，光靠咱俩来收拾打扫已经忙不过来了，咱得从村里的姑娘中雇三个人来，让她们专干这事，要不的话，就可能慢待了客人们。开田问：得给人家开多少工钱？暖暖沉吟了一下：管吃，工钱二百……

楚地居的扩建使楚王庄的人都看到了旷家的实力，听说暖暖和开田要招三个姑娘做楚地居里的帮工，每月管吃之外再开二百元钱，村里有十几家人都把自己的女儿领了来，求着暖暖和开田把孩子留下。暖暖和开田原以为招姑娘们来做这种侍候人的事会很不容易，根本没想到会出现这种场面，开田怕弄不好会得罪人，就悄了声问暖暖：咋着办好？暖暖那一刻心里很是激动，这是她嫁到旷家后，第一次有人来求自己。她笑着对那些姑娘和她们的爹娘说：你们愿来俺家帮忙，是你们看得起俺们，我眼下虽然只能用三个人，可我会记下你们的名字，我以后还会用人，凡今天没有留下的，我以后一定会去找你们。她那天挑了三个姑娘留下，剩下的走时也都还怀着希望。

楚地居扩建后没有多久，新房里边的床、桌和椅子刚刚做完，被褥还没来得及买，第一批来看南水北调水源地的客人可就来了。那是一个午后，暖暖正在屋里和开田商量着买啥样的被褥，忽听门外响起了闹嚷嚷的人声，两人出来一看，原来是一个全由城里老头老太太组成的旅游团，足有五十多人，每个人胸前都挂着一个大红的塑料牌。领队的是一个小伙子，看见暖暖和开田就走过来问：你们这楚地居能不能住下五十二个人？能住，我们就在这西岸停一晚，不能住，我们简单在西岸转一下就再坐船回东岸。能，当然能！暖暖急忙答。她心里飞快地算了一下，楚地居总共是二十一间房，准备当厨房和餐厅的房里也可先摆上床，其中十间房子里摆三张床，另十一间房每间摆两张，刚好可以全部住下。房价怎么算？那人又问。三人住一间，每人连吃带住一天一百元；两人住一间的，连吃带住每人一天一百一十元。好，那就住下了。那人挥一下旗子，下了决心。你们是想现在就进房歇息还是到傍晚再进房间？暖暖问时心里就在打鼓，新房子里的每张床上都还没有被褥哩，怎么让人进房歇息？还好，那领队的摇头说：现在不进，大伙先要沿着湖岸看一看水，你知道吗，我们这个旅游团全是由北京的老干部组成的，他们为了弄清这即将调往北京的水是否干净，特意借旅游的机会来个实地考察……

那天下午剩下的时间，暖暖让开田雇了一辆手扶拖拉机即刻去聚香街上买被褥，交代青葱嫂和所雇的九鼎的媳妇惠玉准备饭菜，安排雇来的那三个姑娘摆床收拾屋子，自己则自告奋勇陪着那些旅游的北京人沿着湖岸走，先让他们看岸边固堤的芭茅，看岸上种的葛麻草，看山坡上种的花椒、油桐和辛夷林子；然后鼓动他们分两批上游船看近岸清澈如镜的湖水；待他们对水质都放心之后，开始告诉他们此地有三个值得一看的景致：楚长城、凌岩寺和湖心的迷魂烟雾，不看你们就会遗憾终生……

暖暖用了她能记起的所有好听的词语，把楚长城、凌岩寺和湖心三角区介绍了一遍，最终把那些原本只是来看湖水的北京人的游兴挑了起来，他们纷纷向领队要求，延长在西岸的停留时间，把三个景点全部看完。暖暖见状心中暗喜：又要赚一笔钱了！

这些老人因为已退休有的是时间，干啥都不慌不忙，加上腿脚不灵便，行动迟缓，所以看三个景点整整用去了四天。这让暖暖喜不自禁：可真是财神爷送钱来了！四天里食宿费、导游费加上船费和上山的门票费总共收入近两万元，扣去买粮买菜买肉的两千多元，剩下的都装到了暖暖的衣袋里。这是楚地居扩建好后接待的第一批客人，也是用客房接待客人最多的一次。这批客人临走的时候，旅游团的头头特意走到暖暖面前说：你这楚地居在乡间接待游客的场所里，算是很不错的一家，尤其你们的饭菜，有乡间村野风味，让吃惯了大鱼大肉的城里人很觉新鲜，大家都很满意，我所在的旅行社以后肯定还会组团来这丹湖游览，我想和你先口头约定，你这楚地居作为我们的定点旅店，如何？

啥叫定点旅店？暖暖不甚明白。

就是我每次带团来都住在你的楚地居里，即使有别的团要住，你也要先尽我的人住。

暖暖一听是这个，忙笑着答说：行，行，我就怕我的楚地居里住不满人哩……

这次待客的成功让暖暖对今后的日子更有把握，看来下决心扩建楚地居是对的，照这回的收入，要不了几次就能把当初的投资全部收回来。客人走后的那天晚上，暖暖高兴地对开田说：今晚咱们把做饭的青葱嫂和惠玉，把导游的麻四哥、摇船的九鼎还有那三个帮工的姑娘都叫过来，温点黄酒让他们喝，也算庆祝咱新扩建的楚地居首次待客成功。开田分明有些舍不得，摸着后脑勺吞吐着说：都已经给他们开过工钱了，还用再花钱请他们喝酒？暖暖生气道：这样抠门？我这不是想图个喜兴?！开田见暖暖生气了，才忙点头应道：好，好，我这就去给他们说。

下酒菜做好，黄酒温热端上来后，暖暖举起酒碗说：这回咱扩建后的楚地居开张成功，全仗几位哥哥嫂嫂弟弟妹妹的全力帮忙，来，我和开田敬你们喝一碗！麻老四喝下碗中的酒后笑道：开田，暖暖，你们是咋样烧香拜佛弄出了这份福气？给四哥我说道说道，好让我也学学，日后也发它一回，也像你们一样盖上它几十间房子。青葱嫂闻言没待暖暖和开田说话，先开口笑道：咋样烧香拜佛？就是你三百六十五天别和俺四嫂同房亲热，然后再去凌岩寺里烧香磕头，保准能求来一份福气！为啥不准和老婆同房亲热？麻老四涎了脸笑问。身子不净心不纯嘛！青葱嫂说。麻老四嬉笑着转向开田：这经验是真的么？你们两口子真的是一年都不在一起睡一回么？暖暖羞得脸蛋红透，朝麻老四呸了一口……

喝罢酒送走麻老四和青葱嫂他们，村里人早已入睡，四周一片安静。暖暖和开田去楚地居里检查门窗是否关好，两个人由大门分开一左一右摸着黑分头逐间检查，检查到最后一间屋，开田忽然抓住了暖暖的手。咋了？暖暖一下子没明白开田的意思。嘿嘿。开田笑了，这院子扩建好咱还没在这儿睡过呢，咱得尝尝在这新屋里睡觉的味道。你呀！暖暖用手指在开田鼻子上点了一下，就随他进了屋。开田关上门后，一边把暖暖抱放到床上一边说：今黑哩你别再拦我，我要完完全全放开做一回，平日里在老屋里做，既怕惊动老人又怕惊着丹根，总是小心翼翼的，不过瘾！暖暖在黑暗中笑了一下，捏了一下开田的脸颊轻了声说：没羞！

这是自从有了丹根后开田最放肆最用劲的一回，弄出的声响惊天动地，可暖暖知道，这样的大院子，这点声音根本传不出去，她自始至终没去制止开田，只是闭了眼睛任他尽兴，到最后，她自己也不由得叫出了声……

28

因为没有客人要接待心里放松，加上两口子夜里做那事太用力，第二天早上开田和暖暖都没有按时起床，太阳都升起一杆高了，两个人都还在蒙头大睡。开田是因为太累就睡在了楚地居里，暖暖因为要照看丹根坚持回到了老院，可那阵子丹根早已熟睡在了奶奶床上，暖暖也就没再去惊动奶孙俩，独自睡了。到了平日吃早饭的时候，早已起床的丹根就嚷嚷着要去叫醒爹和娘，说他们平日总讲不能睡懒觉,凭啥自己睡懒觉？奶奶笑着拦住了他:往日有客人住在咱家,你爹你娘总是早起晚睡,难得有这样的歇息机会,让他们睡吧,咱们先吃,把饭给他们留在锅里,他们啥时起床就啥时吃。不想奶孙俩的对话声刚落,院门外忽然响起了村主任詹石磴的喊声:开田在吧？跟着,就见詹石磴站在了院门口。

开田娘见状忙上前让着:吆,是主任来了,快进院里坐,开田他还没起床,我这就去叫他。说罢,将院里的一把椅子朝主任手里一递,就忙不迭地向开田和暖暖的睡屋走。暖暖那时已被詹石磴的喊声惊醒,正满脸厌恶地披衣起身,看见婆婆进来,忙轻了声说:我不见他,你去楚地居里叫开田,他昨夜在那儿睡着。婆婆点头后又急忙出去向詹石磴道歉:让你等了,开田昨夜睡在前院,我这就去叫他。

暖暖这时已经穿好衣服下了床,隔了窗户看着坐在院里悠闲吸烟的詹石磴,一看见他,当初所受的那些侮辱就又在脑子里翻腾了出来,一股恨意便立刻从心里生出。狗东西,你来我家是要干啥？又想要钱？不是刚给了你一笔钱么？把人家用汗水换来的钱拿去自己花,你心里就那样安宁?! 以为我们的钱是拣来的,可以随意来要?! 暖暖的两只手不由得攥成了拳头……

主任,对不住,我睡过头了。开田这时边扣着衣扣边慌慌地跑进了院子。来,吸！跟着就掏出香烟朝詹石磴递过去。

不吸了,开田,你如今是楚王庄的富人,应该高枕无忧地睡大觉了。

哪里哪里,主任,你有事？开田赔着小心问。

是呀,没事哪敢登你这三宝殿?

有事你派个人来喊一声,我过去就是了,还劳你跑过来?

今天这事呀,是大事,所以我得过来亲口跟你说一声。

啥大事？有关俺家的？开田有些意外。

对。根据上边的规定,为了保证丹湖的水质,你们家的楚地居要停止接待游客,以免污染湖水,另外,后山上的石墙是老辈子就有的东西,你家也无权卖票和领人参观。还有凌岩寺,那是人家和尚们的地方,你也没必要总领着人去游览,谁愿看谁就自己去看,你们不要多管闲事。从今往后,你该种地还种地,你岳父该打鱼还打鱼,不要再瞎折腾了!

这——开田惊在那儿。

我这是正式代表上边和村委会通知你,你要敢违背,可要小心——

开田急了,脸通红地说:咱们不是说好了嘛,俺们收入的一半给你吗?

我可不愿再让你来搪塞我!詹石磴冷冷一笑:给我一半?你说我会信吗?你盖了这样大的一座院子,你给我的钱够我盖半个院子么?算了,咱们还是公事公办,停止,停止你们的全部活动!咱们大家都还像过去那样过日子!

那恐怕不行!暖暖这时冷着脸从屋里走了出来。

詹石磴闻声转过身子,眯细了眼不阴不阳地笑道:嗬,我还以为内当家的不在哩,怎么个不行呀?

我看过电视,电视上说在丹湖沿岸不准建工厂,以免污染水源,没有说不准在现有的不再后迁的村庄里建房接待客人,客人不就是解个大小便吗?大小便咱最后又都作为农家费施到了庄稼地里变成了庄稼,这咋能会污染湖水?就是没有游人来,咱村里人不是照样大小便吗?你是主任,你还能不懂,正是因为有了农家肥,这湖岸上的庄稼、草木才长得欢实,湖水也才变得更清。

你还挺能讲的嘛!詹石磴的眼依旧眯着,你有你的理,上边有上边的规定,咱得照着上边的规定办,我既然告诉了你们不要再接待游客,你们就必须照着办!

上边的规定错了,也得允许俺们百姓讲讲理吧?暖暖的眼也瞪了起来:你说俺们盖了这么多的房子,不让搞接待,那干啥用?

那我就管不着了。詹石磴幸灾乐祸地笑着:你们可以当仓房嘛,把各样粮食都分开放在里边,把柴火啥的也都堆进去,还有猪和鸡,都可以圈进去。

暖暖的牙咬了起来,她真想骂出一句:说的全是混账话!可她最后还是压下了火气,让声音平和下来:明明有很多游人需要房子住,你就眼睁睁看着他们为没地方住宿作难?

这咱们就管不了了,詹石磴摊摊手:谁叫他们大老远地跑到咱们这儿来看水看石墙?水有啥球看头?用石头堆的一道石墙值当来看?哪里没有寺院,值得跑到咱们这儿看凌岩寺?还有湖心区那股烟雾,我不信它就比城里那些五颜六色的灯光还好看?!我看他们是吃饱了撑得没事干才乱球跑的,他们没地方住是自己找的,咱们没必要为他们操心!

我反正不能让我楚地居里的房子闲着!暖暖到底没能压着心里的那股火,话里带着怒气。

看来你们是身上有钱说话也硬气了,好,咱们就等着瞧!詹石磴冷冷地扔下这句话,起身就出了院门。

开田见状有些慌了,走到暖暖身边悄声说:他狗日的也火了,他肯定要对咱下绊子,咱接下来咋整?

啥子咋整?暖暖瞪他一眼,惹火了他他还能把人吃了?我就不信上边是那样规定的!咱们不能再像过去那样忍气吞声。

那天剩下的时间,一股怒气一直在暖暖的心里翻:詹石磴,你这会儿还想让老子去你面前乞求,不行了!

这件事过去的第三天午后,暖暖听见小码头上人声嚷嚷,就估计是又有游览的人来了,出门一看,果然,几十个城里男女正由小码头那儿向这边走,暖暖急忙喊出开田,两人快步向游客们迎过去,心想,我先把他们安排住下,看你詹石磴有啥子办法阻拦。没想到她和开田还没走几步,码头上就传来了詹石磴用铁皮喇叭筒喊着的声音:各位游客,根据上边要求,本庄上的所有人家不再接待游客,请你们务必在天黑前向东岸返,以免无处住宿!

暖暖和开田惊愣在那儿:詹石磴竟使出了这一招?!暖暖恨而无奈地盯住詹石磴的身影,在心里骂道:狗东西,你倒是先下手为强,心可真狠!游客们一听说西岸不能食宿,就有些慌了,上岸匆匆看了一阵,连后山上的楚长城也没敢去看,就又回到了送他们来的一艘船上,开始向东岸返。平日被开田雇来当导游的麻老四不知发生了啥事,奇怪地跑过来问暖暖:嗨,大妹子,主任为啥不让你们接游客了?

主任怕俺们累坏了,想让俺们歇息几天。暖暖咬了牙答。

嗬,他倒是管得细,他这一管,老子就要少挣钱了。麻老四嘟嘟囔囔地走开了。

一直站在码头上的詹石磴,这时带着得意的笑容向暖暖和开田走过来,一本正经地说:两位多担待些,本人也是执行公务,上边的指示,没有办法,谁让我是主任哩。

我们要去告你!暖暖恨声道。

告吧!去乡上告,去县上告,都随你!詹石磴眯了眼笑道,我奉陪!我知道你楚暖暖现在手里有了些钱,敢跟我说硬话打别扭了,要是三年前,你敢跟我说这话么?

三年前我也相信你终有一手遮不了天的时候!

那咱们就走着瞧!

走着瞧!暖暖猛地扭转身,没让对方看见自己因气愤而流出的眼泪……

29

夜月早沉到湖里了,楚王庄的狗们也都已睡熟,村子里一片静谧,只有暖暖还坐在楚地居正房前边的台阶上,眼直直地瞪住院门楼的顶脊。心里还在恨着疼着:要不是詹石磴作梗,今天这座院子又会挣来不少钱。这么多房子,闲一天就是多大的浪费呀！院门吱扭一声,开田由院外走了进来。睡吧。他说。睡不着。她叹了口气。咱,能告赢吗？开田低了声问。一定要告赢,难道就眼睁睁看着这些房子闲在这儿？

他个娘！开田在黑暗中骂了一句,也在暖暖的身边坐下了。

家里还有多少钱？暖暖问。

一万九千多！

明儿个带上一万,咱们先去乡上,乡里不行再去县上,县上不行就去市里！

中！

给青葱嫂和咱雇的那几个姑娘交代一声,让她们夜里就睡在楚地居里,替咱们看着门。给禾禾交代,让她来陪着咱娘,照看好俩老人和丹根。

中！……

暖暖和开田是第二天中午赶到聚香街乡政府的,暖暖让开田买了两瓶丹湖白酒和两条丰阳烟,径直去了乡政府的传达室,进门就对老传达叫道:大哥,你这一向可好？俺和俺娃他爹来街上赶集,顺道来看看你。说着就把烟酒放下了。那老传达有点受宠若惊,忙给暖暖和开田让座,同时推让道:带烟酒干啥？咋能让你们破费！暖暖脸上早无了上次来见老传达的那份惶恐,只朗声笑道:好久不见你了,带点小礼物算个啥？要不是你上回帮忙,俺这个家还不定成啥样子了！

一番寒暄过后,暖暖才说:大哥,俺有桩小事想顺便到乡上问问,像俺们楚王庄那地方,要是家里房子宽敞,又刚好有些来看丹湖的游客要住,俺们该不该留他们住下,也好额外挣点钱？

这还用问吗？你有房子,人家又愿掏钱住下,让他住就是了。老传达说得很肯定。可听人说,乡上有规定,不让住,说是怕客人们的大小便污染了湖水。老传达吃惊了:这不是说的屁话吗？你们楚王庄我去过，离着湖还有老大一段距离，人的大小便不是都在茅房里，然后又肥田了么，咋能污染水？暖暖听了这话，心里就越加有底了，便说：大哥，能不能麻烦你替俺们去问一下管这事的领导，让俺们得个准信！行，行，我这就去找陈乡长。老传达说罢就推门向政府大院里走去，片刻后回来说：刚好，你们楚王庄的詹主任也在陈乡长那儿，陈乡长让你们过去，他要亲自给你们说说这事。暖暖闻言心倏地一沉，本能地知道：完了。果然，到了陈乡长的办公室后，詹石磴正含笑坐在一边，陈乡长当着詹石磴的面和言乐色地说：你们的情况你们主任已经给我说了，丹湖的水因为要向北方调，对质量要求很高，你们的楚地居既是容易污染湖水，就不要再接待游客了，咱们从大局出来，把房子改做他用，如何？暖暖争辩了一阵，可乡长依旧坚持自己的说法，暖暖就明白再说下去也是白搭，乡长只会信主任的，就闭了嘴起身走了出来。

咱们下一步咋整？开田脸也气得发青。

去县上！

真去？

还能假去?！暖暖火了。

到第三天的正午，暖暖和开田才从县汽车站的大门里走出来。县城大街的汹涌人流和喧哗热闹让开田吃了一惊，他是第一次进县城，县城的阔大和热闹让他感到意外。咱们去哪儿？开田没了把握。在北京打过工的暖暖见过大世面，不慌不忙地说：先找县政府！

两个人边走边问，七拐八绕，总算找到了县政府。可这时人家已经下班，见官只好等到第二天了。两个人便去找旅店，城里的旅店可是真贵，一连问了几家，不管吃喝和导游还收到一百多块。开田心疼钱，说去尿了，住一夜花的钱够咱买十几斤猪肉了，咱别吃这亏，干脆去汽车站的候车大厅蹲一夜算了。暖暖说：住，就在这一百多块的旅店里住下，咱现在也开着旅店，咱得看看城里的旅店是个啥样儿,日后也好向人家学习。开田见暖暖下了决心,就只好进到一家旅店里去登记交钱,这当儿,暖暖便在店中边走边看,先看门口的保安,边看边问他的收入;又看店堂里摆着的沙发,和在沙发上闲坐的一个男人拉起呱来;随后去看总台墙上贴着的收费规定;跟着又去看店里小卖部柜台上摆着的商品;进到客房里,又把房间里的各样摆设都一一记在了一张纸上。开田看着不解,说:你还有心管球这些闲事?暖暖道:这可不是闲事,咱难得进一趟县城,得抓紧时间看看人家城里人是咋样办旅店的,这是咱长进的一个机会,咱那楚地居虽没法和这旅店比,可咱那也是旅店,应该朝人家学着点。现在还不知道人家让不让咱办下去哩,学这有啥用?开田嘟囔着。你这就是没主见,自己心里先想认输,我就不信上边会这样混头,明明对人好的事会不让咱们办,你只管把心放宽!好,放宽放宽,赶明儿告不赢看你咋办!开田嘟嘟囔囔地去卫生间里撒尿,洗手时无意中碰到了热水管,一摸水是热的,高兴地跑出来对暖暖叫:他个娘哎,这里边还有热水哩!明明有暖水瓶供应开水,还要热水干啥?暖暖笑道:洗澡呀!放些冷水再放些热水,一掺,就可以洗澡了。边说边过来给开田做了示范。开田就紧忙放起了水。天哪,到底还是城里人会享受,洗澡还用热水。开田放好水先脱了衣服跳进澡盆里,边往身上撩水边叫道:冷热正好,比咱夏天在丹湖里洗澡还好受哩,你也快脱了衣服进来吧!暖暖却站在那儿感叹着:啥时咱能在楚地居里也给客人们装上这洗澡盆,该多好啊……

第二天早上,他们天刚亮就起了床,在一家蒸馍店里买了几个馍,边吃边往县政府赶,到那里问了半天,才知道这种事应该找接待上访者的地方去说,待找来找去的找到那个地方,已经是半晌午了。两个人急急地走了进去,正要向坐在桌后的干部倾诉冤情,忽见詹石磴坐在一旁的沙发上吸烟,两只眼微眯了看着他俩。暖暖的心扑通一响,和开田对望了一眼,俩人脸上原有的希冀就都一下子没了，知道事情在这儿怕是告不赢了。果然，暖暖没说几句，那干部就说：这事情已听你们主任说过，保证丹湖水质是大事，希望你们能理解，把房子改作他用，继续种地和打鱼吧。暖暖听罢没有多说啥，她知道这种情况下再多说也是白搭，就朝开田点头：咱们走吧。

两个人来到门外，开田叹口气说：看来咱是斗不过詹石磴的，他当了这么多年的主任，到处都有门路都有熟人。开田的话音未落，詹石磴已站到了他们身后，只听他冷笑着说：二位下一步是去市里还是去省上，我愿意自费陪你们，省得你们找不到告状的地方。暖暖没看他，只对开田说：走，去车站，买去省上的票，我不信就没有我们诉冤的地方！说罢，拉上开田就走。待走到一个没人的地方，开田才又问：咱还真去省上？那来回得好多天，得给家里交代一声才行呀！暖暖说：我那是说给詹石磴听的，省上咱不去，市里咱也不去了，刚才我想了一遍，詹石磴官场有人，咱这样个告法是很难告赢的，咱去法院，法院是讲法的。我当初强着嫁到你们家，詹石磴为啥没敢阻拦？是因为他们要阻拦就是违反婚姻法。他不怕咱可他怕法！走，咱去县法院。

两个人来到法院，对一个接待他们的老年法官说了事情的前后经过，那法官说：你们既是想告主任，就该去找个律师，他会帮助你们。暖暖问，找律师要不要钱？法官说：律师是收费的，不过像这种案子，你们花不了多少钱。暖暖当即决定：走，请律师。他们在那法官的指点下找到一家律师事务所，一个姓孙的中年律师接待了他们，在听了暖暖的诉说后，那律师找出一本丹湖沿岸的拆迁管理规定和一本丹湖沿岸环保管理规定翻了一阵，又找来一张丹湖全图，在图上找到楚王庄比量了一阵，然后说：你们楚王庄不属于后迁的村庄，凡不后迁的村庄，除了不准建工厂外，没有规定说不准盖房子接待游人。如果你们说的属实，你们主任不准你们在自己盖的房子里接待游人，他就是在侵犯公民的合法商业经营权利，是违法行为。这样吧，我先向法院申请立案，我们有胜诉的把握，待有进一步的消息后我会很快去楚王庄里找你们。

暖暖怔怔地看着那律师，眼泪慢慢流了出来，她抹了一下眼泪说：俺们到底找到了一个讲理的地方，找到了一个讲理的人，谢谢你了，你可一定要去俺们楚王庄哟！那律师连说：这你放心，我既然接了这个案子，我就一定负责到底，不然，以后还会有人找我办案吗？……

暖暖和开田走出法院时已是傍晚时分，两个人找到一家小饭馆，开田说，咱今晚高兴，别只吃馍了，咱一人要它一大碗羊肉烩面，也解解馋，庆贺庆贺。暖暖笑了，转对小饭馆的老板说：再给俺炒个辣椒肉片，来瓶啤酒，俺两口子遇到了贵人搭救，要痛痛快快地吃他一顿……

30

暖暖和开田回到楚王庄时，詹石磴没在村里，暖暖估计他是去了市里或是省里，在那里找人应对他们的上告呢。暖暖心中一笑：姓詹的，这一回你是算计错了。第四天，詹石磴才风尘仆仆地回到村上。那天开田正在打扫楚地居门前的空地，詹石磴看见后便拎着提包径直走过来讥讽地问：我在市里和省里上访办等着你们，你们咋不去了？开田刚想开口说话，暖暖已几步从院里赶出来接口道：俺们服你了，你是官，俺是民，俺告不赢你，俺们认输，俺们这房子不接待游客了，俺们准备养蝎子，上边没规定不让养蝎子吧？詹石磴听罢得意地一笑，说：养蝎子倒是可以的，记住，少跟我打别劲，在这楚王庄，说了算的是我，不是你们！

那当然。暖暖拖了长腔附和着……

这期间，又来过一帮旅游的人，那些人刚上岸，詹石磴就上前像上次那样喊：楚王庄不接待游人食宿，请诸位天黑前务必向东岸返。眼睁睁看着要到手的钱又飞走了，暖暖真是急得双脚乱跺，她只能在心里叫：孙律师，你可要快点来呀！

不能接待客人，暖暖和开田只得去地里找活做，开田做农活有一套，所以地里那点活路根本不够两个人干。这天，两个人正在没活找活地修地埂，禾禾急慌慌地跑了来，说村里来了个姓孙的人，还有几个戴大檐帽的官，要找你们。暖暖一听，知道是孙律师来了，扔下工具就向村里跑。果然，到家时，孙律师正领着两个法官在看楚地居里的房子，见她回来，孙律师说：今天，法院的巡回法庭来你们这一带的村子办案，我请法官们顺便来了解了解你们的案情……暖暖因为奔跑也因为激动，半天没说出一句话来。

詹石磴根本没想到暖暖和开田会把他告到了法院，法官们派人把他叫到村委会后，他还以为是上边的例行检查，直到法官让他说说不准旷家接待游人的理由时，他才有些明白，才真的慌了，才结结巴巴吞吞吐吐胡乱地找着理由。法官后来正式宣布：……楚王庄村主任詹石磴阻止旷开田一家用自己的房子接待游人，属于干涉公民商业经营权利的行为，应立即中止，并向旷开田一家赔礼道歉……

詹石磴惊得目瞪口呆。一旁的暖暖先是泪流满面，随后因为极度激动，突然眼冒金星身子一歪向地上倒去。

暖暖看到詹石磴在法官督促下写的那封赔礼道歉信已是第二天了。她从昏迷中醒过来后，开田怕她再受刺激，一直没有提案子的事，直到她身体完全恢复正常了，才拿出了那封赔礼道歉信让她看。暖暖看完不但没有脸露欢喜，反而将眉头皱得更紧了。咋？你不高兴？开田疑惑地问，这可是詹石磴当了主任后第一回向别人赔礼道歉。

正因为这样，他才不会同咱们善罢甘休！暖暖微声说。咱们让他丢脸了，而他是不能丢脸的。

你说这话倒是真的，那咱咋办？

不管他，咱要怕他就不同他打这一场官司了，咱只管让咱的楚地居重新开业，挣咱的钱。你只有有钱了，你的腰杆才能硬起来！

楚地居当天就敞开了大门，雇来当接待员的几个姑娘也开始晾晒被褥擦拭门窗，青葱嫂和惠玉也忙着刷洗碗筷收拾锅灶，九鼎和旷家雇的另一个船工也开始冲洗游船做下湖的准备。村里人这时也都知道了旷家同主任打官司打赢的事，种花椒的大埂伯在门口悄声对开田说：中，你小子有种，敢跟咱这儿的皇帝爷上公堂论理，老伯我佩服！石匠汪铁锤对暖暖伸出大拇指低声说：行，你这个女子胆可真大，敢跟他较较劲，也算替你老汪哥我解了恨，我过去可是有点小看你了。青葱嫂把暖暖拉到一边，轻声说：村里好多女人都在说，法院应该罚詹石磴吃泡屎才好，才能解了大伙的气！暖暖看着和善的青葱嫂也这样说，料定她家过去也受过詹石磴的欺负。一旁的惠玉听见了青葱嫂的话，接口道：要我说，法院应该罚他把两腿中间那个乱摆动的东西割掉！青葱嫂在一边扑哧笑了，说：那还咋叫人家撒尿？暖暖听得心中一惊，以为惠玉是知道了詹石磴对自己做的事才要这样说，后看惠玉咬牙切齿的样子，才倏然猜到，詹石磴可能对惠玉也凌辱过，詹石磴不是多次说过，他愿睡哪个女人就一定要睡了她么?!

第二天早晨起床后，暖暖发现丹根在流清鼻涕，她怕儿子是伤风了，就去梅家药铺里为儿子拿了点药，拿了药出药铺门不远，忽然看见詹石磴迎面走过来，她本能地想躲开，可那会儿身边已没有巷道可闪身，就只好迎着他走了过去。吆，这不是那个楚地居的老板娘嘛?!詹石磴故意夸张地大声叫着。暖暖知道他是因了被法院判输心里生气，就装着没听见，只照直向前走。站住！詹石磴这时又喊。暖暖闻声停了脚，扭过头瞪住詹石磴，故意问：是叫我？是叫你！詹石磴咽了一口唾沫：我是想告诉你，你这一状告得不错！是么？暖暖装出快活的样子：能受到主任的夸奖可不易呀。只是别高兴得太早！詹石磴咬了牙说。暖暖照旧笑着：对，对，我会记住主任的叮嘱,以后再高兴。詹石磴腮帮子上的肉都打起颤来,分明是被暖暖气坏了。暖暖那天转身向家走时,在心中叫:詹石磴,为啥就不该你生生气?气死你!

吃早饭时,暖暖故意让自己笑声朗朗,先是为儿子鼻子上粘的饭粒大笑,后是为开田放了个屁大笑,再是为家里养的那条狗啃一根没肉的骨头大笑。开田狐疑地盯住暖暖说:你笑得可是有点反常,又没吃笑药,干吗笑成这个样子?

暖暖的眼立时瞪了起来:咋?我笑笑有啥不对?凭啥不让俺笑?别人不让我笑,你旷开田也不让俺笑?老子遇了喜事,我就是要笑你能怎么着?嘀嘀嘀……

开田不敢再说什么,只是有些发呆地看定暖暖,不知她今早喜怒无常是咋着回事。暖暖笑着笑着,眼泪可就出来了,只见她一边抹着眼泪一边叫:老子就是要笑!我看看谁能阻止我笑?!……

早饭后,开田拿上锄头想下地看看,刚出门就被暖暖叫住了:你这个死人,地里那点活不是早做完了吗?还去干啥?开田说:又没有游客来,家里也没活做,还不如到地里看看去。暖暖就嘟起嘴说:真是个死脑子,没有游人来,咱不会去找?

找?去哪里找?开田愣住了:那些旅游的人都住城里,咱知道哪些城市里的人想来咱这丹湖西岸看景致?

咱到东岸去!暖暖挥了一下手,我估摸东岸会有游人的,只是因为前段日子詹石磴不停地对游人们说楚王庄不让游人吃住,才使他们不来了。咱今天就主动到东岸去接游人,咱不能就在家里死等。

能行?

咋不行?

那好吧。开田便放下锄头,给娘做了番交代,就和暖暖向湖畔的码头走去。两个人刚上了自家的那条游船解开缆绳,码头上的鱼贩子马午就笑着跑过来叫:我的好哥哥好嫂子,二位今儿个是要用游船下湖捕鱼吧？咱先说定了，你们网上来的鱼，一定要批到我马午手上卖，托哥哥嫂嫂你们这对富人的福，让我马午也发它一回。

行呀，你就耐心等着吧！暖暖边答边发动了机器。

今日无风，船犁开平静的湖面，飞快地向东岸驶去。已经有多少日子没去东岸了？暖暖边看着飞速后退的水浪边在心里想。因为家里的用物大都能在西岸的聚香街上买到，所以暖暖自从由北京回来后，就再没去过东岸。

船靠东岸的码头时已是正午，码头上的热闹景象令暖暖吃惊，和几年前她看到的情景已全然不同。到处都是船，除了渔船和客船之外，就是各色的游船。开往湖北省几座城市的客船，又大又漂亮，上下船的客人熙熙攘攘。上得岸来，只见卖各种吃食、饮料和小件纪念品的小贩到处都是。开田看得饶有兴味，在一处卖羊肉烩面的摊子前站住，先闻了闻摊主切好的羊肉的味道，然后说：来两碗。暖暖听见，忙扯住开田的手瞪他一眼：先记着吃?！饿死鬼托生的？开田笑笑：日头都偏西了嘛！你肚里不叫唤？暖暖说：走，先去那些长途汽车前看看有没有要去西岸的游人，然后再吃。开田便只好跟了暖暖走。

在岸上公路边的一个停车场上，停有一片大客车小轿车，从车牌子可以看明白，这些车有从省城和附近几个地级城市开来的，有从北京、河北开来的，也有从南府各县开来的。有两辆由省城开来的大客车大约刚到，客人们正从车上走下来。暖暖扯着开田紧走几步刚想上前询问有没有愿到西岸游览的人，忽听一个熟悉的声音在人群中喊道：诸位游客，丹湖西岸不接待游人，特此通知，请妥善安排自己的行程！暖暖和开田闻声相视一愣，急忙向人群里挤去。挤近了才看清，喊话的竟是村里那个到处混吃混喝的懒汉詹小耳。开田恼了，上前一把抓住他的脖领子，照他的脸上就是一巴掌：你狗东西在这胡咧咧啥？谁说西岸不接待游人了?！那詹小耳突然被打了耳光十分光火,正要发作,可待看清了是开田和暖暖后又一下子焉了,吞吞吐吐地叫了一句:是…是开田哥……嫂子?

我说我的楚地居开了几天门咋一直不见有客人来,原来是你小子在这儿捣乱!开田扯住小耳的耳朵咬了牙叫。你他娘的故意坏我的生意,走,咱们到公安局说理去!

别,别,我的开田哥。詹小耳吓得急忙后退着。

老子跟你无冤无仇,说,为啥要坏我的生意?!开田从衣兜里摸出一个削萝卜的小刀,做出一个要割对方耳朵的样子,恶狠狠地叫:今儿个不说清楚,我非把你这对小耳朵削下来喂狗不可!

我……我……

是有人指使你吧?一直站在一旁看着的暖暖这时开腔道。

是……不是……

你这样做,詹主任一天给你多少钱?暖暖声音平静地问。

你……你咋知道是主任叫我来的?詹小耳一惊。

说吧,他一天给你多少钱?暖暖瞪住小耳问。

三块,够我喝糊辣汤吃锅盔馍了。詹小耳很感满足地说,这东岸上的糊辣汤是六毛钱一碗,再有四毛钱买锅盔馍,能吃饱了。

你狗日的为了吃饱肚子就来害我们?!开田气得又举起了刀。

暖暖推开了开田的手,看定了小耳问:现在有桩活,干一天能挣六块钱,你干不干?

干啥?累不累?小耳来了兴趣。

还在这儿干,和你现在干的活路差不多一样,只是你喊的话和过去不同。

喊叫些啥?

欢迎诸位到西岸去游览,那儿有楚长城,有凌岩寺,有湖心三角迷魂区,更欢迎你们食宿在楚王庄的楚地居里,我们将会为你们提供一切游览方便!

就这些?小耳瞪大了眼。

就这些。暖暖肯定地点点头。

中,我干！小耳表了态。

他爹,给小耳先发三天的工钱。暖暖转对开田说。

开田看定暖暖,有些吃惊地:这就给他钱?

对。暖暖说得毫不犹豫。

开田迟迟疑疑地掏出十八块钱递到了小耳手上。

你每三天要保证有一批客人去西岸游览,人数可多可少,但必须有。暖暖望定小耳又说道,当然,天天有更好。我每过三天会专门派船来拉客人,不来船的日子,你可让客人坐别家的船过湖去。每去楚地居一个客人,奖励你一元钱;如果一批客人超过了二十位,再另奖你十块！

可是当真?小耳有些喜出望外。

刚才给你的钱是假的?我啥时说话不算话了?暖暖瞪住小耳。

行,你等着看咱的本领吧！小耳显得很激动。

当然,你要是偷懒耍滑的话,我们也不是没法子治你！头一个法子,断你的工钱,你继续过饥一顿饱一顿的日子;二一个法子,我们会告诉詹石磴说你主动提出为俺们办事,他可是最恨反水的人,他不会轻饶了你;三一个法子,俺娃他爹在这东岸有个表叔,那表叔家有六个儿子,六弟兄都是打架不怕死的角色,他们会——

别,别,我为啥要偷懒耍滑?小耳吓慌了……

离开了詹小耳两人去吃烩面时,开田骂开了:娘的,没想到詹石磴会使出这一招,真阴损！幸亏今天来一趟,要不,咱还一直蒙在鼓里,以为没人愿去西岸哩。

我当初就给你说过,詹石磴不会跟咱善罢甘休的。

我明儿个得找他说说。

说啥?暖暖瞪开田一眼,说了他就会不治你了?就会帮你忙了?甭理他,看他还有啥招数,让他都使出来！从明天起,咱家的那只游船每天来这东岸跑一趟,接游客,有人没人都来,变成班船,让这东岸的人都知道,每天都有一趟去西岸楚王庄的班船。再就是回去找个会写大字的人,在一块大木板上写上西岸几处可看的景致,包括楚长城、凌岩寺和湖心迷魂区;还要写上咱那儿好吃的东西:绿豆面芝麻叶面条、地菌菜炒柴鸡蛋、野山菌炖土鸡、红烧丹湖鲤鱼、用酒米和甜曲 做的黄酒等等,然后把那木牌子用船拉过来就竖立在这东岸的空地上,好招惹人的眼睛,好引起人们去西岸看看的兴致。

中。

再就是要多长个心眼,防着詹石磴些,别让他给咱使绊子。

中!……

31

从东岸返家的第三天傍黑,旷家的班船和其他的客船就一下子拉来了二十几个游客。这些客人中,有些是听了小耳的宣传,有些是看了开田竖在东岸上的那个大木牌,有的是看了报纸上刊载的有关楚长城的文章。这是楚地居重新开张后来的第一批客人,是一个新的开始,暖暖心里着实高兴,一边忙着给客人们安排房间,一边喊青葱嫂快给客人们做饭。开田也急忙去找麻老四和另外一个导游还有所雇的船工九鼎,交代第二天接待游客的事。两口子待游客们吃罢饭都进了房间歇息,才想到自己也该吃晚饭了,两个人刚要向灶屋里走,忽听不远处的暗影里响起了詹石磴的声音:恭喜你们呐,又来游客了!暖暖和开田闻声都一惊,一齐扭脸看过去,只见詹石磴不慌不忙从近处的暗影里走过来,一副面带笑容要贺喜的样子。暖暖的双眉唰地竖了起来,只听她冷声回道:谢你了主任,这还不是托你的福?!

呵呵。詹石磴干笑了一声,转向开田:你又该数钱了,有福哇,开田！

开田想起詹石磴让詹小耳在东岸做的那事，也只冷冷地哼了一声。

我这会儿来，是有件事要通知你们。詹石磴继续带了笑说：从明天起，咱村通后山的那条小路封了，我想派人把那条小路修修，待修好了再开放。

咋能封路？开田急了：在俺家住着的这些游客，明天是要上山游览楚长城的！

所以嘛，我要早来通知你们，你可以对他们说，让他们下次再来看，时间不是多的是？

你？！开田气得一时不知说啥了。

暖暖冷笑着看定詹石磴，她当然知道他封路是要干啥，以她心里的那股怒气，她自然想立刻同他大吵一顿：狗东西，哪有如此欺负人的？可她明白，现在公开吵闹，不但不会让他收手，只会更刺激他利用手中的权力来与自家做对。罢，再咽下一口气。她以尽量平和的语气说：谢你了主任，你这样摸着黑来通知俺们，处处为俺们着想，俺们会记住这份情的……

看着詹石磴得意洋洋地消失在远处后，暖暖才呸地吐了口唾沫在地上，咬了牙说：开田，日后你只要有一点点办法，你就一定要去当主任！

说疯话吧？谁会让我去当主任？俺老旷家的祖坟上有那棵草么？

这主任快该重选了，选的时候你一定要想法把他挤下去！

做梦吧你！上边会提咱的名？詹家在楚王庄也是个大姓，他们姓詹的会投咱的票？老老实实当咱的百姓吧。

我咽不下这口气。暖暖跺了一下脚。

还是说说明天咋办吧，游客们真要上不了后山看不了楚长城，肯定会吵闹，因为咱竖在东岸的木牌子上写得清清楚楚是能看楚长城的,内中的不少人也是奔着这个来的。

看,凭啥不看?他詹石磴不让走那条路咱走别的路!

别的路?别处都是立陡立陡的,上得去?

前些年不是不让上山砍柴吗?我和爹为了弄柴做饭,偷摸着上山,算是找着了一条小路,就在老范家那块玉米地的顶头处,拨开树丛和茅草,能够隐约看见。不过那小路上也有一处一丈来高的陡坡,得竖个梯子才成。

能行?开田显然不放心。

行,明天我来带路,你记着背个梯子跟上就成……

第二天早上吃了早饭,暖暖把丹根交给婆婆照看,又给青葱嫂和惠玉交代了做晚饭的事,开田也对其它的事做了些安排,两口子就领着游客们出了村。在村口,刚好碰见詹石磴,詹石磴得意地笑着高声问:开田、暖暖,你俩今儿个带客人们去看啥呀?凌岩寺?咋还扛架梯子?暖暖没理他,暖暖只是含混地哦了一声算是应答。

快走到山跟那条小路前时,暖暖高声对游客们说:为了增加大家看楚长城的兴致,咱们今天故意走一条险路上山,体验一下楚地山路之险。游客们听了不仅没有生气,相反都很兴奋,一个个摩拳擦掌地叫:好呀!……

那天上山的速度虽然很慢,可也算顺利,众游客在出了几身大汗后猛然看见横卧山顶的石砌长城时,一齐嗷一声快活地叫了起来……

天傍黑时,暖暖和开田又领着游客们下山回到了村里。两人正要洗脸吃饭,麻老四喜滋滋地进院说:天呐,你们今天可是把詹主任快气死了!

为了啥?开田一时没有反应过来,暖暖却已经听明白了,问:他咋个气法?

他在后山那个上山的路口,把两个负责把门卖票的小伙子骂了个狗血喷头,说他们憨蛋,没给他提个醒,说早知道你们可以从别的路上山看楚长城,还不如把票卖给你们,赚它二百多块钱哩!他气得直捶屁股,连说便宜了你们。

暖暖听了,冷了一天的脸上第一次有了笑意,她大声地转对青葱嫂说:嫂子,快热几碗黄酒,我也要喝他个痛快,要跟麻四哥碰一碗酒喝!……

第二批游客是两天后来的,这一批有十几个人。当这批游客再上山看楚长城时,詹石磴没有再说要修路封路的话,而是让买了门票上去。这批游客是让麻老四带上山的,暖暖只把他们送到路口,看着他们买了票进了栅栏门后就转了身。詹石磴,认输了吧?你还有啥子招数?!暖暖刚在心里这样高兴,忽听背后传来了詹石磴的声音:那是楚地居的女老板吗?暖暖闻声扭头,看见詹石磴正从售票的棚子里走出来,便故意平静了声音问:有事?

也没有什么大事。詹石磴干笑着:就是想告诉你,为了保护楚长城,也为了育林保持水土,这整座后山很快就要封了,封山之后,若有人再上山,不管他走的哪条路,都要受到惩处!暖暖脸上的那丝笑意倏然间飞走,身子不自主地一抖,她知道一旦上边真的下了封山令,那游客们就确实看不成楚长城了。詹石磴,你下手可是真够狠的!

以后再有游客们来,就领他们去看看凌岩寺和湖心的烟雾吧。詹石磴幸灾乐祸却又替对方着想似的说。

那倒也是。暖暖让自己的声音努力保持平静,可她的心已经一片纷乱,她明白,一旦没有了楚长城这个景点,游客势必会大幅减少。她转身往回走时,两条腿分明地有些摇晃起来……

暖暖到家就把开田叫过来商量对策,两个人商量到最后也没个主意,封山育林符合上边的政策,你提出来反对没有道理。最后是开田说:要不,咱给北京的谭老伯去个信,让他帮咱想个主意?暖暖想了想后把头点点:行,你这就去写信,把咱遇到的这事写仔细,后晌你就去聚香街上把信发出去!

信发出去十来天没见动静，暖暖真是心急如焚。这期间，詹石磴已派人做好了十几块木板放在村委会大门前，每块木板上都用红漆写了大大的四个字“封山育林”，一旦这些木板在后山跟一竖，这后山就算封了。快一点，谭老伯，你还没收到信么？你不是有了病吧？

这天旷家人正吃午饭，门外忽然响起了一个熟悉的声音：开田和暖暖在吗？暖暖和开田闻声扭头时，只见是谭文博老人领着两个干部模样的男子走进了院子。谭老伯！暖暖和开田高兴至极地迎上前去。

嗬，你们家可是大变样了，又添了这么多的房子，能干，真是能干！谭老伯笑看着楚地居里的新房子，连声赞道。

这还不是你教给俺们的法子，从游客那儿挣点钱。暖暖边笑边让着座。

我来介绍一下，谭老伯指着随他来的那两个男子：这是省文化厅的老曹，这位是县文化局的小赵，他们过去都悄悄来看过楚长城，对我的考察工作也给了不少支持；随后又指着暖暖和开田对老曹他们说：这就是我给你们说过的那小两口，我几次来，都是住在他们这儿。

那两个人就同开田和暖暖客气地握手。那个老曹坐下后说：你们写给谭老的信我和小赵都看了，我们这次陪着谭老来，就是想就保护楚长城的事同你们商量。眼下，国家还没钱对楚长城进行修复，但保护的事应该现在就做。怎么保护？封山不准人上去是一种法子，但是个笨法子。游人们听说这儿有一座楚长城，来看看，不是坏事，石头砌的城墙，看是看不坏的。再说，人们看了后，会加深对楚文化的理解，会增进对我们古老国家的热爱，有什么不好？

对呀，可俺们村主任詹石磴坚持着要封山。暖暖气极地说。

但游览楚长城的事若完全放任，没有人管，任由人们在长城上爬上爬下，造成石块掉下和城墙倒塌，那就不行了。老曹又紧跟着说，必须想一个两全其美的法子。

我倒有一个想法，谭老伯开口道，最好是成立一个旅游公司，把楚长城旅游的事管起来，谁看谁买门票，收入一分为二，一半归公司，一半交县上文化局以积累起来做将来的修复和保护经费。这个公司里应该有经理，有导游员，有看护长城的保安人员，有保洁工，有卖门票的。

好主意。一直沉默着的小赵点头。

谁来办这样一个公司？老曹问。这楚王庄的村委会愿成立这样一个公司么？

村里要不愿办，俺们办！暖暖这时急忙接口，跟着朝开田使了个眼色。开田见状也赶紧表态说：对，俺们办。好，你们有这态度就行了。老曹站起身，我们这就去见你们的支书和主任。

俺们支书有病卧床，不管事，只有主任说一不二。暖暖介绍道。

那就见见你们的主任。

是暖暖领着谭老伯和老曹及小赵去村委会的，她预感到这是一个机会，如果詹石磴不愿办那样一个公司，自己就干。如果他愿干，咱就只挣食宿费。

和暖暖的猜想一致，詹石磴一听说不让他封山他就很不高兴，只是碍着老曹和小赵的身份他才没有发作，及至听到要他办旅游公司还要交一半门票钱的事，脸拉得就更长了。他冷冷地回绝道：办个公司是容易的？收入就那点门票钱，你们还要拿走一半，我们能落下几个钱？来这西岸的游客能有多少？要是一个月只来一百人咋办？一张门票十块钱，总收入也就一千块，扣掉给导游员、保洁工、卖票员和看护长城的人发的工钱，你们再拿走一半，我们村委会不是白干了?!

干这件事不能仅仅着眼钱，还要想到这是保护先人的文化遗产。谭老伯这时接口道。

你是站着说话不腰疼,没有钱赚俺们农民咋样吃饭?国家要不给你发退休金你还能这样悠闲?还能从北京跑到俺们这儿来研究长城?!詹石磴知道对方只是个退休的研究员,所以说话就特别不客气。

你们村委会要是干着觉得困难,就罢了,让别人干吧。老曹斩截地挥了一下手,他对詹石磴的态度显然不满意。

谁会去干?谁有那样傻?!詹石磴不屑地看定老曹。俺,俺们老旷家愿干!暖暖突然开口。詹石磴转眼恨恨地瞪住暖暖,半晌无声,之后才冷笑道:你愿干就去干吧。

小赵,这件事就这样定了,老曹转对小赵说:你以县文化局的名义先和暖暖家签一个意向合同,待她家的公司正式成立后,你们双方再签一份正式合同!

行……

暖暖那天往回走时,心里满是欢喜。她当然知道,光靠卖游览楚长城的门票,自己是赚不了钱的,可有了这项经营的权利,詹石磴就不能再为难自己,就可以引来更多的游客,就能依靠楚地居来赚钱,加上领游客看凌岩寺和湖心三角区这些游览项目,收入应该是不错的。当天晚上,暖暖温了黄酒,做了一桌子菜来款待谭老伯、老曹和小赵。谭老伯端起酒碗之后,肃穆地说:开田、暖暖,今天小赵和你们把这意向合同一签,就等于把这座尚未引起世人注意的楚长城交由你们保护了,尽管这长城的建起年代目前在考古界还有争执,但它是我们先人留下的一份遗产这事,已确凿无疑。这就使你们这个地方具有了让他人来看的价值。你们两口子可要记住,在靠它吸引游客来赚钱的时候,一定要保护好它,不能让它再被损坏,不然,你们可就是先人的不肖子孙了!

这你放心,谭老伯。暖暖把手上的酒碗在桌上放下,也庄重地表态:俺家的日子能够转好,和这先人留下的楚长城也有好大关系，俺们对它，还真有点感情，我和开田准定会全力保护好它……

老曹和小赵是第二天走的，谭老伯在楚王庄又住了五天。五天里，老人天天都上山去看长城。暖暖想让开田一直陪着老人，可老人不让，老人说上山的路我都已熟悉，每天又都有上山看长城的人，我跟着他们走就是，你们抓紧去办你们的公司。暖暖那些天就抓紧办公司注册的事。老人临走的那天，暖暖说：谭老伯，俺们这几天在乡上和县里跑了一遍，公司注册的事办得快有眉目了。当初这楚地居是你给起的名，你再给俺们的公司起个名吧。老人想了一阵，拿起笔在一张纸上刷刷写道：南水美景旅游公司。开田看不甚明白，问：南水是啥意思？暖暖急忙笑着接口：咱丹湖水要调往北方，北方人自然把这水叫南水了。开田这才点头说：对，对，咱的公司就是管南水美景的游览事的，叫这个名字最贴切！

老人回东岸坐的船是开田亲自驾的，暖暖直送到岸边。在岸边告别时，老人对暖暖说：河北省里有个村子叫守陵村，很多年里，那个村里没有一个人能说出他们的村子为何起这样一个名字，直到有一天在他们的村后发现了汉朝刘胜的陵墓之后，人们才明白了原因。你们的村子为何起名为楚王庄，也没人说得清楚，是因为村里有姓楚姓王的人家？似乎不像，你们村里的老人回忆说，一直没听说过村里住过姓王的人家。这就让我也产生了一些联想。

暖暖听得糊里糊涂，不知谭老伯这是想说啥。

也许，还有一些有关楚国的秘密就藏在你们的村里。

是么？暖暖惊奇了：会有一些什么秘密？

老人笑起来：这只是我的一点猜测，我要是知道了，还能不告诉你？……

暖暖那天先是看着老人所坐的船渐行渐远，随后扭头去看湖岸、村子和后山，在心里默然自语着：真的会有关于楚国的秘密藏在俺的村子里？……

32

旷家的南水美景旅游公司是半个月后正式成立的。公司的标牌就挂在楚地居的门前,挂牌的那天早上,暖暖对开田说:为了图个喜兴也为了有个动静,你去买它几挂鞭炮,待会儿在门前放了。开田忙点头说:中!

鞭炮声把楚王庄不少大人娃娃引了过来。人们都很稀奇地看着那个白底红字的标牌,不识字的五奶奶拄着拐杖不解地问开田:你狗日的在门前挂个牌牌是玩啥名堂?开田急忙解释:我是在办公司。办公司有啥好处?挣钱呐。开田答。办母司就不能挣钱了?五奶奶很不高兴,没有你娘能有你么?!嗨,不是说的这个!开田急得脸都红了,众人都笑起来,暖暖赶忙上前把五奶奶搀进了院里……

公司注册时经理写的是开田的名,但实际上公司里的一应事务,都是暖暖在办着。公司成立的那天晚上,暖暖上床后一本正经地对开田说:你现在已是南水美景旅游公司的经理了,你说说咱公司下一步该办些啥事?开田手攥住暖暖的奶子嬉笑着说:我是个不愿操心的人,除了夜里咱俩在床上的事由我说了算,其他的事都还由你说了算,咱听你的。暖暖用手指捣了一开田的额头,嗔道:没羞!

暖暖把公司里的事分成四摊,一摊是管导游,让麻老四当头,负责带着客人去看楚长城、看湖水、看湖心区、看凌岩寺;一摊是管船,让九鼎当头,负责去东岸接送客人,负责用船送客人去游览的地方;一摊是管客人吃住,由青葱嫂当头,负责做饭烧水安排住宿;一摊是管钱,由开田亲自管,包括出售楚长城的门票、游览船票、导游费和收缴食宿费等等。暖暖同麻老四、九鼎和青葱嫂讲定,眼下每人每月的工钱是四百五十块,以后根据成绩再决定升降。由于分工明确,待遇不错,三个人都干得很起劲,公司很快就运转了起来。

暖暖让村里的木匠新做了一块大木牌,刷上白漆后找人在上边用红漆写了一行大字:南水美景旅游公司欢迎你去西岸看美景!然后让驾船去东岸接客人的九鼎和黑豆叔,把牌子运到东岸竖了起来。看到有正规的旅游公司接待,更多的游客愿意到西岸来,楚地居里几乎每天都住得满满的。游客一多,公司挣的钱自然就多了,开田每天晚上数钱时都是眉开眼笑的。他有时会边数边高兴地叫起来:天爷呀,根他娘,照这样子挣法,咱们晚点得专门盖一间装钱的屋子了!暖暖也忍不住笑了:要盖你就盖两间,一间装拾块钱以上的大票子,一间装拾块钱以下的小票子……

秋收的日子在楚地居热闹的迎来送往中,悄然间来到了丹湖西岸。楚王庄的人们早晨下地一看,只见湖畔地里的玉米棒子撑开了苞叶,绿豆角也大都变黑,大个的红薯拱出了地皮,棉桃也猛然间白了一地,辣椒田里的辣椒全变得红艳艳的,这一切都在提醒人们,又该秋收了。暖暖知道来公司打工的村里人家里都种着庄稼,便安排人们轮流着错开时间回家秋收。这天早晨,家里住着的游客们刚刚起床,开田和暖暖就吃了饭下地了,两口子想在午饭前把湖畔那块地里的玉米棒子全掰完。两个人正干着,麻老四领着二十几个吃过早饭的游客去凌岩寺游览经过地头,麻老四站住脚同开田开着玩笑:老弟,掰棒子时可得小心,甭让上边的棒子砸住了你下边的棒子,那可划算不着!开田闻言,抡起一个棒子就朝麻老四的裤裆里扔去,边扔边叫:我这就让两个棒子碰碰。麻老四急忙闪开身子。他俩这一闹,让游客们认出了原来是公司里的老板和老板娘在掰玉米,人们也都停下了步子。这伙游客是北京中关村一家电脑公司的人,平日里难得见掰玉米的劳动场面,这时见了就感觉新鲜,就有人提出照一张掰玉米的照片,暖暖高兴地答应道:照呗,怎么照都行!于是人们纷纷下到地里,一个人掰着一个人照，只听相机咔咔地响，玉米噗噗地被掰着。跟着又有人提出：我们掰下的玉米可以带走留个纪念吗？暖暖心里一动，忙点头说：行，谁掰的愿拿走就拿走，只是每个棒子收一块钱！成！游人们高兴起来，大家都不在乎几块钱，就连续掰着，想找那种最大的棒子留做纪念，最后，差不多每个人都带了两个棒子走，最多的一下子带走了六个。这样，光卖棒子，开田这个早晨就卖出了近百块钱。待游客们离开玉米地向凌岩寺走时，开田高兴地对暖暖说：我现在相信了那句话，人越有钱赚钱越容易，想当初咱要赚个一块钱都难，如今一个早上不动不摇就把百十块钱弄到手了！暖暖那阵子沉思着说：你从这件事里看出了别的东西没有？啥？还能看出啥？开田没听明白。

咱们还可以开展一个旅游项目！

哦？

观光秋收。暖暖笑着拍了一下腿：咱们楚王庄的人年年秋收只觉到了累，可这些大城市里的人见了秋收却觉着新鲜，咱们就带他们到绿豆地里摘绿豆，到辣椒地里摘辣椒，到红薯地里挖红薯，到棉花地里摘棉花，到花椒地里采花椒，愿干多少时间都成，愿带走多少只要交钱都行。这样一来，就可以延长游客们在咱家食宿的时间，咱赚的钱就会更多。

好呀，又是一条赚钱的路子！我老婆可是真聪明！开田高兴得上前就朝暖暖亲了一口。暖暖急忙把他推开瞪他一眼：让别人看见?！随后又沉思着说：这让我想起了我在北京打工时听到的采摘园的事。

采摘园？啥叫采摘园？

就是园子里种的东西，全是为了让城里的游客来采摘，是北京郊区的农村人赚城里游客钱的一个法子。

嗬，还有这种赚钱的点子？开田惊奇了，园子里都种些啥？

我也没去看过，打工的哪有心去看这个？不过这猜也猜得出来，无非是些蔬菜和水果，蔬菜类的有茄子、黄瓜、南瓜、西红柿等等；水果类的有葡萄、蜜桃、鸭梨、苹果等等。整天圈在城里的人，到园子里采摘这些东西会觉着新鲜。我想着，日后咱们楚王庄要也能有这样的采摘园，就又是一个吸引游客的法子。

那咱们明年春天在自家的责任地里，先弄一个这样的园子试试。开田捋了捋袖子。

中！试试……

第二天从东岸新来了一个旅游团，是由天津来的，有几十个人，暖暖和青葱嫂直迎到了码头上。暖暖正和下船的游人们打着招呼，忽听背后响起了一个阴阳怪气的声音：老板娘很忙吆！暖暖扭头一看，脸上的笑容顿时飞走，沉了声问：主任有事？！

看见你生意这么兴隆，知道你赚的钱很多，我今儿个是特意来问问，你们家需不需要雇个数钱的，我数钱可是又快又准！

回你们家数自己的吧！暖暖厉声说罢，转身就往岸上走了。等等！詹石磴又在背后喊。暖暖停住脚转过身瞪住詹石磴：有话快说！

要选主任了。詹石磴的声音突然柔和起来：我照乡上的要求，通知到每一户人，以后乡上的人来问起这事，我可是通知过你们了。

暖暖的眉头一下子缩紧了：啥时候？

下个月，你们倒不必准备啥，不过是到时候去投张票罢了。

暖暖直直地盯住詹石磴，在心里冷笑了一声：姓詹的，你还想糊弄俺们，让俺们只是投张票，然后你好继续当主任？想得倒好！只要有一点点可能，我都不会再让你当这主任了！狗东西，你的官运也该到头了！不要俺们准备啥，俺们当然要准备，俺们一定要准备把你选下来！咱们走着瞧！暖暖没再说别的，只是转身就走了……

33

晚饭暖暖吃得心不在焉，刚一放下碗，她就朝开田喊了一句：他爹，你来一下。边说边朝睡屋里走。开田以为暖暖是问今日的收入，进屋就兴冲冲地说：五千五，顶咱们过去种一年半的地。

我不是问钱，是说权的事。权？啥权？开田很意外。

你想不想真当村主任？

开田笑了：想自然是想，哪个男人不想当官？每去求一回詹石磴，他每折腾咱一回，我就想一回，老子要真当了主任，也要发发威哩！可这是你想想就能成的？谁会叫咱去当主任？詹石磴能让给咱？

下个月就要重新选主任了。

重新选还不是重新让詹石磴当？上次选不是那样？人家乡上县上都有人，这年头，你朝中无人能做官？

村主任是全村人投票选的，村里人不投他票，就是上边有人想让他当，他也当不成！

这村里他们詹姓人家比你们楚姓和俺们旷姓人家加在一起还要多些，姓詹的人家会投咱的票？再说，他平日张牙舞爪的，把好多人都吓破了胆，谁敢不投他的票去惹恼他？咱还是别做那梦吧！

那可说不定。詹石磴当主任这些年，是没欺负过姓詹的人家，可也没给姓詹的人家带来多少福，村里好多姓詹的人家照样穷得丁当响，不是已经有几家姓詹的来朝咱借过钱？真正沾了詹石磴光的人家，也就是他的弟弟妹妹家，叔叔堂哥堂弟家。

这倒也是。开田搔了搔头。

所以我想，事在人为，这是个机会，过了这个村可就没这个店了，你无论如何也要争它一回，真要当上了主任，咱就再也不用受他詹石磴的气了。再说，这也是让你们老旷家荣耀的事，你们旷家过去有人当过官吗?

没,听爹说,俺们旷家人多少辈子都是种地,八成是祖坟没有选到官脉上,冒不了那股紫烟。

咱甭信那个,咱就试着争一争。

可一想到要和詹石磴争这主任,我就心里有些发慌。

呸,没出息!慌啥?他能吃了你?瞧你还是个男子汉哩!暖暖故意撇了撇嘴:要不就让詹大同用劁猪刀把你那俩蛋子割了它,别当男人了!

只要你愿意守活寡,你就割吧!开田笑着装出要去解裤带的样子。

去!暖暖朝开田的前胸上轻捶了一下,还笑?人家跟你说正事哩!

好,好,说正事,那就按你说的办,咱争它一回,只是争不到了,你可别埋怨我没本领,别夜里赌气不让我上你的身子。

嗨,一说都说歪了!咱只要决定争,就一定要想法争到它!暖暖扬起手,在床帮上猛地拍了一掌。我已经想了,从明儿个起,咱一定要为村里的人们多做些事,好让他们知道,咱们是能为他们带来福气的人!

你吹吧,咱又没权,能做啥事?

可咱现在手里已经有了些钱,有钱就也可以做事。

做啥?花自己的钱?

做咱眼下能做的事,头一桩,把村里几家最穷的人家的儿女,不管他是姓詹还是姓楚,从每家各招聘一个到咱的公司里做事,好让他能领到工钱以补贴家用,咱的楚地居里刚好也需要再添几个端饭和洗换床单被罩打扫房子的人。

中,这事好办。

第二桩,在码头附近和村边,用木板搭几个卖杂货的小棚子,外表要好看些,这花不了几个钱,搭好后,让眼下在村边和码头上露天摆小货摊卖烟酒山货土产的人家，免费搬进去卖货，这样，他们不再受风刮日晒的苦，肯定会感激咱们。

这倒也行，只是要花点钱。

失小抓大，懂么？再说，这也是咱吸引游客的一招，让游客们看看，咱这儿的一切都整整齐齐规规矩矩。

成。

第三桩，游客们不是喜欢看秋收的景致吗？愿意采摘么？你告诉麻四哥，让几个导游有目的地把游客们带到几户姓詹的穷户家的地里，让游客们去帮忙采摘顺便买些他们家种出的东西，他们肯定会对咱感激不尽。

这倒是。

第四桩，买点小学生用的铅笔、像皮、文具盒和作业本，顶多花几百块钱，给全庄每个有小学生的人家送去一份，告诉他们这是资助娃娃读书的，并说明以后咱旷家有钱了，会扩大到资助初中生，给全庄每个初中生交一年的学费。

谁去送？

你自己呀！这可是你和村里人拉近感情的机会！

好吧。还有吗？

还有一桩，就是哪天来多了客人，咱介绍他们去村里几户房子宽畅的人家吃住，让那些人家也能得些食宿费，这样，他们肯定对咱感激不尽。再就是咱俩过几天抽空去一趟凌岩寺，去烧烧香拜拜佛，求佛祖保佑你能被选上。

佛祖懂得这些选官当官的事？开田有些不相信。

应该能懂，佛祖不是能掌管人间的一切吗？……

从第二天起，开田就开始按照暖暖出的那些点子去办，半个多月下来，还真有些效果出来。过去，村里人见了开田，因为知道他手里有钱，同他说话时口气里不是羡慕、巴结就是嫉妒，这一点开田能听出来；如今村里人再见了开田，说话的声调里就有了些真正的敬重和感激。开田把自己的这种感觉跟暖暖说了，暖暖笑道：咱要的就是这种结果。我也仔细观察了，过去，好多人见你头一句话总是笑着叫：开田，你狗日的又赚了不少钱吧？现在，好多人见你头一句话总是很亲热地问一句：开田，忙着哩？别小看这两句不同的话，它证明你在村里很多人的心里不再是一个和自己无关的富人。这个头开得好。

开得好有啥用？听说乡里管选举的人来了，就住在詹石磴的家里，詹石磴天天陪他吃饭喝酒，詹石磴也已放出风来，说乡里提出的村主任候选人还是他。

不管谁提候选人，也不管提谁当候选人，投票总是得要咱楚王庄里的人来投，乡上县上的人不敢去替咱村里人投票。我前天悄悄打电话问了乡政府那个看大门的大哥，据他说，选主任主要是看票数，谁得的票数多谁就当。因了这个，你先别担心让詹石磴当候选人，你不当候选人，只要投你票的人多，你也会当上主任。要紧的是得让更多的人知道，你当了主任后，给村里人带来的好处会比詹石磴多！

那依你的想法接下来咱该咋办？开田瞪大了眼问。

我想了，你就用一张大白纸，把你当了主任后想为大家办的实事用毛笔写出来，贴到村委会的墙上去，让村里人都知道你上台后愿为大伙办啥事。

咱能为村里人办哪些事？开田搔着头发：我还从来没想过哩。

那你就仔细想想，要当主任，就得多动脑子。

得让每户人家一年的收入有些增加。开田揪着耳朵试探地说。

对，最好有个数字，好让全村人一看就明白。我的想法，你要真当了主任，让每户人家一年的收入增添三到五百块，行吧？暖暖笑望住开田。

我日，那得有法子才行！

我朝住在咱楚地居里的一些游客打听过，他们说，咱这里出产的红薯，可以运到东岸的粉丝厂里去卖，价钱比在西岸每斤贵二分；咱这儿出的鸭蛋、尖椒、山楂、木耳和花椒，要是运到东岸的城市里卖，也能卖出比西岸差不多高一倍的价钱。到时候你组织专门的人按高出西岸但低于东岸的价钱来收购，然后用船运到东岸的城里去卖，村里的人多赚了钱，收购的人也赚了钱，这不是一个法子？还有，我听北京来的一个游客说，咱这儿家前屋后种的那种辛夷树，既可美化院子供观赏，又是药用植物和香料植物，它的花蕾里含有桉精油、木兰素等好多种东西，既可入药治病，又可做香水，说是东岸有一座城里已经建了一个做香水的厂子，专门收辛夷花蕾，我记得黑豆叔就去东岸卖过这东西，詹石磴家靠卖这辛夷花蕾也赚过不少钱，你要是当上主任，就去问问清楚，同人家厂里说好，回来号召各家都在房前屋后种辛夷树，这种树长得快，种下去第二第三年就能采到花蕾，到时候家家卖花蕾不也能赚些钱？我还听一个天津人说，如今城里人时兴吃野菜，咱后山上的野菜还少么？到时候让大家得空就上山采野菜，然后晒干了卖，不又是一个赚钱的法子？

嗨，你倒是比我知道的还多。

你得用耳朵多听这些城里来的人的话呀，他们见多识广，咱在接待他们吃住的同时，还得从他们身上学点能处才对！

中，有你这几个主意，我就敢在纸上写那个保证了，我就写：爷爷奶奶大伯大娘叔叔婶婶哥哥嫂嫂姐姐妹妹弟弟们，你们要是选了我旷开田当主任，我保证让每家每户每年的收入，在现有的基础上多出三百到五百块钱。

应该这样写，这才像个男子汉！

那就写，我这就去买张大纸和毛笔！……

34

旷开田的竞选保证是正午时分在村委会的山墙上贴出来的，这事立刻轰动了整个楚王庄。人们纷纷端着饭碗走到那里去看，有的人看完很惊奇，叫：我靠，这年头还兴这个？有的人看完很高兴，用筷子敲着碗沿叫：好，开田这小子有种，敢跟詹主任去比个高低！还有的人看完很紧张，走到旷家门上悄声对暖暖说：得小心人家对你们下手！暖暖只是笑笑，不说话。一个叫保贵的老伯看完跑过来对开田低了声说：冲这几百块钱，我这一票是你的了！青葱嫂看完啥话也没说，只是对暖暖伸了伸大拇指。詹石磴那天正在家里招待乡上来的干部喝酒，等他知道这件事跑去看时已是半下午了，他看完惊在那儿，半晌没动。他连任这么多届主任，这是第一次有人出来要和他争，怒气开始从他胸腔的各个角落向胸口聚，只听他朝着那张白纸吼出了一句：充你娘的啥球能?！跟着，抬手就要去墙上撕那张纸。恰好暖暖这时从不远处经过，看见詹石磴的动作就叫了一句：撕俺们贴的东西好像不妥当吧？那上边说的又不是你的事，贴的地方又不在你家墙上，你凭啥撕？詹石磴被噎愣在那儿，他知道旷开田写这东西不算违犯选举规定，自己去撕是没道理的，便只好停手转身恶狠狠地对暖暖叫：想跟我争主任，也不想想自己能吃几碗干饭，能盛几碗几碟？真他娘的不知天高地厚！暖暖故意笑着：那你就更不该去撕了，你把这看作是开田同你开的玩笑不就行了？

詹石磴只好悻悻地向村委会办公室走了。

眼见得选举的日期临近，暖暖就在晚饭后拉了丹根去村里那些生活穷困的人家里串门，去了也不说选举的事，只拉些家常话，说说娃娃说说庄稼说说鸡鸭，替对方出些挣钱的主意，直说得那家人心里热乎乎的。暖暖就用这个法子，又让不少人倾向了开田这边。

正式选举的头一天上午，暖暖对开田说：咱该去一趟凌岩寺了，求求佛祖保佑你能被选上。开田自然说行，就买了些香裱和供物去了。进得庙门，看见那棵古老的银杏树，暖暖不由得想起了小时候和娘来进香时，围着这树干同开田捉迷藏的情景，哦，转眼间已经是多少年过去，那时啥也不懂的娃娃，如今竟要为当主任来求佛祖了。在大殿里摆好供物烧完香裱叩完头许了愿出来，刚好看见须发皆白的天心师傅，暖暖忙上前鞠了一躬说：师傅好。天心老师傅边双手合十还礼边迷眼想了一刹，这才记起了暖暖和开田，笑道：许久不见二位施主了，瞧你们的气色和神情，想必是衣食无忧了。暖暖一笑，忙问自己关切的事情：师傅，这求官的事，佛祖管吧？天心师傅捻须一笑：俗界中人，求官的太多了，官位上摆的好东西也太多，佛祖就是想成全，也不可能令人人如意。依老僧之见，这做官的事，要看各人的造化，而造化又常常弄人，焉知做官就是好事？……

暖暖被说得糊里糊涂，可也不好再问，心想，反正已上过供烧过香了，佛祖又不糊涂，应该是能看明白的。当下告别了天心师傅，就回家了。刚到家，便听说晚上要在村委会门前开村民大会，说是为了第二天的投票不出问题，先要把投票开票的过程演示一遍让大家看看。

暖暖和开田吃罢饭来到会场，只见人已黑压压坐了一片。会由乡上来监督选举的老陶主持。老陶先介绍了乡上提名让詹石磴当候选人的原因，跟着随便挑出十四个村民，给他们发了选票，告诉了写票投票的方法，然后就让他们写票投票。因为是演示，詹石磴显然没有在意，只是脸露笑容地坐在那儿。暖暖和开田却有些紧张，担心这演示会给村人带来暗示，对明天的正式投票带来影响。那十四个随便被挑出来的人把票投进票箱之后，便开始演示开票的过程，结果出来后，只听那老陶宣布：选举结果是，詹石磴六票,旷开田七票,楚心耿一票。

人群刷地静了下来。暖暖紧绷的一颗心一下子放松了,开田在暗中捏了捏她的手,两人无言地对视了一眼。她再抬眼去看詹石磴时,只见他的脸已在灯光里阴沉下来,正慢慢地划着火柴点烟。老陶这时还在说明:整个选举过程就是这样的,大家明天就照了这样做,今晚这些参加演示的人,在写票时都是对的,你不同意乡上提出的候选人,可以再写一个自己愿意选的人的名字……

暖暖和开田回到家时,丹根已在开田娘怀里睡了,暖暖抱过丹根,一边给丹根脱着衣裳,一边给开田说:咱不能高兴得太早,这十四个人里咱只多一票,要是正式投,票数还不知道会咋着变化。再说,詹石磴从演示中看出了不利他的苗头,今晚肯定会找很多人去拉票。

那咱咋办?开田紧张起来。

百全和东升这两家很容易被詹石磴拉过去,按说咱俩该分头去看看,可还是算了吧,万一让詹石磴碰见,还不知他会咋样造谣哩——暖暖的话音未落,院门外突然响起了詹石磴的声音:开田,你出来一下!开田和暖暖闻声一愣,开田看了一眼暖暖,暖暖示意他应声出去,随即,自己也悄步跟了过去。

主任,你叫我?

开田,我想问你一句话,詹石磴的声音一反平常变得低而柔和:你是不是真想当主任?

哦?啊……开田慌得急忙抬手搔头,他显然没想到对方会问得这样直白。悄悄站在院门后偷听的暖暖也一怔。

你要是真想当了,我就退出来,让你当,咱弟兄俩争着没意思,不论是你当还是我当,咱都会互相照应的,对吧?当初你盖这楚地居,还不是我支持的?如果你只是想玩玩,最好明天选举前还是跟大伙说一声,你不愿当,以免选票分散。

这——

站在门后的暖暖一下子就听明白了詹石磴的意思，好你个姓詹的，还敢用这个法子来逼俺们，只见她呼地一下迈出门槛，带了笑说：是詹主任呀，开田他只是玩玩，他哪敢跟你去争主任呀，打死他他也不敢呐。再说了，你是乡上提的候选人，谁还敢不投你的票？你刚才说的我也听见了，行，就让开田明天在选举前跟大家说，他不愿当主任。

开田不解地看了暖暖一眼。

这就好。詹石磴高兴地笑着，我这回要再当上主任，保证会全力支持你们办南水美景旅游公司，这点你们一定要放心，你们有钱了，我这个主任也有了政绩也光荣，对吧？好了，你们歇息，我回了。

詹石磴刚一转身，暖暖就倏地把牙咬起，挨刀的东西，到这会儿还在想着骗俺们！开田急急地把暖暖拉进院门，低了声问：真的不参选了？暖暖无语，只示意开田插好院门，直到进了卧房，暖暖才又开口说：他骗咱们，咱们为啥就不能骗骗他？

你是说咱明天照样参选？

当然！

他要是明天真的又被选上了那可咋办？

那咱们就低价卖了楚地居里的这些房子，然后带上老人们和丹根，去外地打工吧。

开田沉默了，半晌之后才又低声道：要不，咱就真的不参选了，咱要骗了他而他又当选了，后果太可怕。那咱就和他成死对头了，他必定会想法子整垮咱们。你想想，到那时真要走的话，咱得搀着老的背着小的到外边打工，那会容易？咱好歹已经干到今天这一步，已经有了这个家底，就是让詹石磴再当主任，咱和他没有太大的仇，他也不至于朝咱死下狠手，顶多是继续给小鞋穿，他总不能不让咱办公司吧？只要有公司在，咱还怕啥？暖暖长叹了一声：我何尝不知道这样稳妥？可我实在不想受他的气了，再说，他把咱这个村子也折腾得太穷了，我不想再看着村里总是这个穷样子，既然有了这个机会，咱就争一争，实在争不到手，咱只好认命，可有了这个机会不争，我实在不甘心！

那好吧。开田点了头。

咱就争这一回！……

35

暖暖这夜的觉睡得十分糟糕，先是怎么也睡不着，不停地在心里问自己：你这样办对么？万一争不来可咋整？真的把楚地居卖了？真要带着全家人外出打工？两个老人能经得起折腾？开田以后会不会埋怨自己？后来总算迷迷糊糊睡着，又陷进了一个可怕的梦里：她和开田带着公公婆婆还有丹根坐在一条船上向丹湖东岸走，突然湖里起了大风，风刮得船左右大幅度地摇晃，船板一块一块地开裂，湖水呼呼地朝舱里涌着……

她哇的惊叫一声坐了起来。

正打着鼾的开田被惊了一下，翻个身又沉沉睡去。暖暖抹了一把额头上的冷汗，又慢慢躺了下去，可她再也没有睡着，就那么睁着眼直到天亮。

刚吃过早饭，村里招呼人们开选举大会的钟声就敲响了。因为这两天在楚地居里住的游客不多，暖暖昨天就给公司里的所有员工说好今天上午放假半天，让大家参加投票。听到钟声，青葱嫂大声招呼着让员工们跟她一起向会场走。暖暖感激地看了一眼青葱嫂，她相信，这些员工只要参加投票，是会把票投给开田的。

暖暖和开田一起向会场里走，临出门前，暖暖看了开田一眼，她自然看出了他内心的紧张和不安，于是便拍了一下他的肩，用平日的语调说：放精神点，别像去刑场似的。开田这才身子一振，走出了院门。

离着会场还有几十步时，暖暖突然听到了一声喊：婶子。她先以为是喊别人，仍迈着步，及至又听到一声：暖暖婶子。她才扭过头，看见是詹石磴的大女儿润润正站在路边看定自己，就有些诧异地问：是叫我？润润含笑点头，并向她招招手。她一边向润润走过去一边在心上惊奇：她和这润润素无往来，这个时候喊我干啥？她记得平日和这姑娘在村道上碰见，至多是点点头，连话都很少说，她对这姑娘的了解只限于知道她在聚香街上的高中住校读书，是詹石磴的掌上明珠，其他的一概不知。有事，润润？

我爹在那边站着，他说有句话要和你讲。润润指了一下不远处的一个墙角。

暖暖的一个嘴角一斜，差点要把一个冷笑放出来。詹石磴，你也太可怜了吧，为这事连女儿都用上了！可一想润润可能啥都不知道，让这孩子看自己的冷笑会伤了她，就又使劲把那个冷笑收回去了。暖暖朝开田挥了一下手：你先去。然后就随润润向那个墙角走。刚看见詹石磴，润润就说了一句：婶子，你们聊，我先过去了。

暖暖就直直地朝詹石磴看过去。

暖暖，好妹妹，那桩事没有变化吧？穿着一身新衣裳的詹石磴，眼神竟有些可怜巴巴，腰也哈了下来。

啥事？暖暖故意装着没听明白。她倏然间记起，这是詹石磴这些年来对自己说话最客气的一回。

就是开田不参选的事。

没变呀！

没变就好，没变就好。詹石磴点着头：你一定要再给开田说说，让他在会前做个不参选的说明。事成之后，你们放心，我一定报答你们！我保证让你们的南水美景公司有个大的发展。

那我就先走了？

中，中，你先走。詹石磴客气地挥挥手，一副唯恐对方生气的样子。

暖暖一边向会场上走一边在心里叫:詹石磴,就冲你迷官迷到这一步,老天爷要是有眼,他也不该再让你当上主任!

是她爹找你吧?暖暖来到开田身边时,开田悄了声问。

暖暖点点头,轻了声说:还是那件事,不让你参选。

狗日的!

暖暖仰脸朝天上看去,今天的天气不错,湛蓝的天上只有几小片白云,那几小片白云也很快被风扯成了缕,像杨絮一样地向天边飞。佛祖、天神,没有了云彩的遮挡,你们更应该能看清楚,俺们争这个主任只为了不受欺负,你们要是主持公道,就不能再让那个姓詹的如了意!……

是乡干部老陶的声音把暖暖的目光又拉回到了会场上的。老陶再次讲了选举的意义,讲了乡上推荐詹石磴当候选人的原因,讲了选举的规矩和纪律,然后面向会场问:还有人要说什么吗?

闹嚷嚷的会场一下子安静了下来。

在发票之前,谁有话说都可以说!老陶再次强调。

暖暖立刻感觉到坐在老陶身边的詹石磴的目光朝自己和开田放了过来,感觉到了那目光在抓挠自己的身子。暖暖装着一无所知,只把双眼扭向了丹湖,湖面上有一只渔船在缓慢移动,有几只野鸭在绕船游着,在水面上划出几道好看的水痕。

有没有要说的?想说什么都行!提出自己看法的,发表声明的,都行!老陶还在启发着。暖暖由此听出来,詹石磴不让开田参选的事,老陶心里是知道的。

会场一直沉默着。暖暖猜得出,詹石磴这会儿一定对自己和开田恨得咬牙切齿。大约是实在不能再这样没有缘由地等下去,老陶只好宣布:既是大家都没有要说的,那就发选票吧……

接下来暖暖的心就一直在揪着,她明白这次和詹石磴彻底撕开脸后,如果开田选不上,自己一家就真的要准备出外打工了。一想到真有可能卖掉楚地居外出打工,她的心就一阵阵刺疼,过去的多少努力都要白费了?!也许当初开田的主意是对的,不参选,还让詹石磴当主任,与他软磨软抗也能过下去……她填好选票投进票箱之后,没有再与开田和别人打招呼,就一个人向湖边走去。下边的事情就是等,等待那个难以预料的结果出来。她明白詹石磴现在也在等,但愿他等到的是一场空。

碧绿的湖面上来往的船只多了起来,有一条渔船正在起网,四周有十几只白色的水鸟在绕船边飞边叫,一定是渔人逮到了什么让水鸟们感兴趣的鱼,要不然它们对渔人不会这样亲热。啥事情都不会无缘无故,就像现在的自己,自己不在热闹的会场而来到这没有人影的湖边,是因为害怕听到那个结果,她担心一旦那结果不是自己想要的,她会当场流泪的,那就太丢人了。她一边望着湖水一边在侧耳倾听着会场那边的动静,喧闹声已经停下,大概投票已经完毕,该唱票了……

她在湖边蹲下来,凝了神去看地上的葛麻草,看葛麻草的茎和芽,看草茎上的节,她想用这个办法转移自己对会场的注意力,她是想听又怕听到那声宣布。岸边的水里突然响了一声,是鱼,是那些习惯在岸边活动的鱼,她一边判断一边伸了头去看,果然,是一个脊背发黑的草鱼在岸边觅食,鱼可能没想到这会儿岸上会有人在看它,游得不慌不忙自在惬意,尾巴和翅一摆一摆,捕过鱼的暖暖在看到鱼的那一瞬间,本能地想去摸东西要来一次袭击,可就在这时,身后的会场里有一阵掌声传来,她的身子一抖:结果出来了?!她不由自主地回身去望,她看见青葱嫂飞快地向她跑过来,她揪紧了胸前的衣服。

暖暖,暖暖——

暖暖屏住了气息。

选上了——开田选上了——

轰的一声,一直坠在她心上的那坨东西碎裂了,她仿佛看见那些碎片在向下落着,她感到了一阵从未有过的轻松,她的双脚先是向上跳了一下,随后就软软地坐了下去,她听见自己的泪珠子也跟着掉到了地上……

她记不起自己是怎么回到家的,她只记得到家时看到乡上的老陶正坐在那儿对开田说着什么,记得有好多村里人挤在院中,记得麻老四和九鼎手里举着酒杯……

坤　卷

第一章　金

36

暖暖第二天起得很晚，多少天的紧张和焦虑都化成了疲劳，加上开田和她昨夜里都高兴，把那件事做了一遍又一遍，使得她彻底放纵了自己的睡眠，直睡到了日上三竿。

婆婆把早饭给她温在锅里，她去吃时婆婆告诉她开田去了村委会。她点了头后继续吃着，这是多少天来她吃得最香的一顿饭，她突然意识到，一个人知道自己不会再受欺负，这种感觉真好。丹根平日难得看见妈妈饭后面露笑容地悠然坐在那儿，这会儿看见后忙跑过来钻进妈的怀里，想重新摸索着去吃那早被断掉了的奶，开田娘看见，慌得朝孙子叫：几岁了？还要去吃奶？羞不羞?！心情特别好的暖暖没有像往日那样去呵斥拒绝儿子，而是笑看着丹根掀起自己的衣襟把一个奶头塞进了嘴里。婆婆因此对暖暖嗔道：你要再惯他，他就会上房揭瓦了！暖暖对婆婆笑笑，她今天的好心情使她听到任何抱怨都不会生气。

开田中午回来时说乡上通知他后天去乡政府开会。去呗，能去乡上开会可是桩光荣的事，过去詹石磴去乡上开会时都是一脸的得意。暖暖笑道。开田扯着自己的衣襟吞吐着：我就穿这身衣服去？这身衣服咋了？暖暖一时没听明白。你没看詹石磴平日去乡上开会，穿得都是支支棱棱的，我这身衣裳，去到会上还不要遭人笑话?！暖暖这才明白开田是想做身像样的衣裳，就说：这还不好办？等后晌咱俩一起去村里的刘家裁缝铺里，他们那儿有现成的布，手艺又好，让刘裁缝给你做身好衣裳，赶上你去开会不就行了？开田点头笑笑说：中！

吃过午饭，把丹根交到婆婆手上，暖暖就领着开田去了刘家裁缝铺里，那刘裁缝见是新上任的主任来了，亲热得很，又是让座又是端茶，听说开田想做衣裳，又忙把家里存着的几样布料抱过来让开田和暖暖挑。暖暖挑了一种浅色布料，开田摇头说不好，说你没看电视上，但凡是当官的，穿的衣裳都是深颜色的。暖暖说行，就要了一种藏青色的料子。刘裁缝问衣裳做啥样式，暖暖说做成夹克的样子就行了，开田又摇头道：还是做成西服吧，现在西服才是官服，你没见电视里那些大官，穿的不都是西服？暖暖听罢笑起来：中，中，就做成官服！……

第二天天黑前，刘裁缝把西服按时送了来，暖暖立时喊开田过来试穿，开田穿上还算合身，在院子里挺胸抬头地走了一遭，问暖暖：像不像一个主任的样子？暖暖笑了，说：像，像……

开田在乡上开了两天的会，他那天傍晚骑着自行车从聚香街上回来时，暖暖正在楚地居门前安顿几个晚来的游客，游客们进院之后，暖暖扭头才看见开田嘴上叼着烟卷手上推着自行车站在身后，先说了一声：回来了。跟着又咦了一声问：你不是没有烟瘾么？咋又吸上了？开田笑答：在乡上开会时，别的主任们都吸烟，就咱不吸，显得太老鳖一，所以就吸上了。暖暖有些不高兴：这你倒学得快！

不学不行嘛，你总得像个主任的样子，别人才认你呀！开田摊着手……

为了让开田全心当好主任，暖暖把公司的事都揽到了自己身上，从在东岸做广告吸引游客，到在楚地居里安排游客食宿，到引导游客们去楚长城、凌岩寺和湖心区里游览，都由她自己来操持安排，常常是从早一直忙到晚上。

开田上任半月之后，暖暖问他当主任有啥感受。开田想了想说：就是心里觉着荣耀，家家人见了你都争着同你打招呼说话，那股亲热劲过去没有见过。暖暖说：要紧的是得给村里人办点正事，把你当初竞选时应许大家的事儿一桩一桩落实，不枉了大伙选你当主任。开田点头道：这你放心，咱既然当了主任，就要当出个样子，我眼下就在琢磨增加每户收入的事，正打算派人外出联系花椒和辣椒外销……

这天晚上，眼看快到了睡觉时分还不见开田回来吃晚饭，暖暖就有些着急，以为他在为村上的公事忙碌，一股心疼倏地生起：再忙也要吃饭呐！正想放下丹根去村委会里找开田，却忽见黑豆叔搀着开田踉踉跄跄地进了院门，暖暖先还以为开田是得了啥子急病，待迎上前一闻开田身上那股浓烈的酒味，才知他是喝醉了。天，这是在哪儿喝成了这个样子？暖暖惊道。她知道开田平日并不馋酒，偶有陪客的机会，也只是喝几盅作罢，还没有过喝醉的时候。是在我那儿喝的，今儿个高兴，俺叔侄俩就喝得有点多了。黑豆叔忙解释着。暖暖听罢暗暗吃惊，她知道黑豆叔孩子多家里穷得厉害，一向是没钱请人喝酒的，开田怎么会到他家喝酒了？暖暖当下也不好多问什么，搀过开田让黑豆叔走了。开田醉得连床都上不了，身子直往地上出溜，暖暖费了好大的劲才算把他弄上床，他躺在那儿还在含混地叫：喝……喝……天快亮时开田才算醒了，暖暖喂他喝了一碗开水，这才问他为何去黑豆叔家喝酒。开田说：他想要块宅基地盖房子好给大儿子娶媳妇，这样大的事，他不请顿酒能行？按说他该送礼的，咱当初朝詹石磴要宅基地不是还送了礼了？暖暖不认识似的瞪住开田问：他家那样穷，你能忍心在他家喝酒？开田笑了：再穷还能管不了一顿酒饭？不过黑豆婶的炒菜手艺也确实太差了，那几个下酒菜的味道比你平日炒的菜相错太远。以后不能再这样喝了！暖暖语调里露出明显的不高兴。好吧，可是总不喝恐怕也不行，人家会认为你这主任当得太窝囊，连顿酒都混不来，日子久了会看轻你的！暖暖有些着恼：这是谁说的屁话？开田道：你没听乡上的人说嘛，就是去到纪委会，该喝不喝也不对……

37

有一天晚饭刚吃过，青葱嫂匆匆找到暖暖说：住在楚地居的一个男游客提出要见公司老板。暖暖有些意外：是不满意咱的饭食？青葱嫂摇头：好像不是。是有特殊的游览要求？青葱嫂又摇头：好像也不是。暖暖就说：走，去看看。那男的有四十来岁，穿的西服皮鞋板板正正干干净净，一副精明能干的样子，那阵子正站在楚地居门口凝神看着远处的湖面，听见暖暖的脚步声，回头看定暖暖问：你就是老板？

暖暖点点头：你有事就请说吧。她模糊记起来，这人好像来楚地居住过几回了，有时还在村里转来转去。

你是高中毕业？他审视地看着暖暖问，一副居高临下的样子。

是。暖暖对他问话的口气有点反感：你为何要了解这个？

是高中生我们就基本上可以对话了。他怜悯地笑笑：你发没发现你们的村子正在没落？

没落？

我在你们的村子里做了个调查，你们村里已经有四十来个青壮年村民外出打工，已经有十一小块坡地撂荒，人在减少，地在变荒，这不是没落这是什么？

哦，你是在说这个。暖暖叹了口气：人人都想去城市里落脚挣钱，这有啥办法？

是呀，我们的国家正在进行城市化，这种现象在城市化过程中难以避免，可我们一定要明白，中国是个地广人多的大国，再怎么城市化也不可能没有农村，倘是有一天真的没有了农村，大批农地被荒弃，田园风光被破坏，那就是我们民族的悲哀。

暖暖的心被他的话拨动了一下，她感到对他的一丝好感正从胸腔里的什么地方生出来。

欧洲现在就在后悔。

欧洲？

你在高中学过地理，应该知道欧洲的吧？

暖暖没有应声，她的脸上掠过一丝不快，这个人的话音里怎么总有一股教训人的味道？还有他那副居高临下的样子，让人讨厌。

欧洲的城市化就造成了农村的衰败，结果他们那儿的田园风光正在消失，农村的人口在迅速老化和减少，农地也在很快地荒原化和野生化，很多地方将变回野生地，现在他们开始担心，也许在不久的将来，田园风光在欧洲将会成为回忆。

暖暖默默地看着他，一时猜不透这个人究竟想要说啥。

土地的野生化表面看对环境有利，其实恰恰相反。欧洲有一个明显的例子，那就是位于希腊古城伯罗奔尼撒东部山上的普拉斯托斯镇。该镇过去住有一千多人，人们都下田耕作，青草满地，果园遍布，牛羊满山，现在却只剩下十几个老人，泥土任由雨水冲走，草长不成，果园废掉，到处都是干巴巴的灌木群，夏天时常爆发野火，生态变得很单调。欧洲环境局的专家彼得森说：一旦什么都被灌木遮盖起来，你便会失掉草原生态，所有的花、草本植物、雀鸟和蝴蝶就此消失，一个新树林没长够几百年，品种是多不起来的。因此，欧盟意识到生态多元的重要，开始补贴农民每年的荒地刈草，以防土地彻底野生化。

你能否把你想说的话直接说出来。暖暖有点急起来，她手里还有很多事要去办，她可不想去管欧洲的事。

什么事都要先说理论，有理论才能指导行动，明白？他依旧不慌不忙。

暖暖苦笑:那你就继续说吧。

你们这儿的没落只是出现了端倪,还没有造成严重后果,我同时也注意到了你们这儿有着得天独厚的发展条件,看看这清澈的湖水,满山的绿树,遍地的青草,拴在村边的牛、驴、羊,还有你们这安静的村子,相对原始的耕作方法,楚国的文化遗存,古老的处理食物的方法,比如你们村里的石碾、石磨、土灶等等,使这儿具有了被看的价值。

被看的价值?

对。如今,农村在对国家的经济贡献上,已经谈上有多大价值,一个乡村能不能引起人们的重视,就看它有没有被看的价值,换句话说,就是看它有没有游览的价值,有,它就可能发展并且热闹起来;没有,它就可能衰败并且荒寂下去。

哦?

你们楚王庄是一个值得让人来看且会让人放松身心的地方啊!

暖暖勉力一笑:俺们成年论辈子地住在这里,倒也没觉出它有啥子好。

那人笑道:你们是身在福中不知福呀,实话告诉你,我已经来你们楚王庄三次了,我第一次是来看楚长城、凌岩寺和湖中的烟雾,后两次我在你们村里做了几个专题小调查,刚才说的那只是一个,我还调查了解到你们村里九十岁以上的老人就有三十七位,他们的物质生活条件都很一般,能活这样大的岁数,主要就得益于这里的好水、好地、好吃食和好空气。

是吗?暖暖听到这里兴趣来了,我还没去细数俺们村里有多少高寿老人哩,你倒弄清楚了?!

那人点头道:我找你就是想告诉你,你们这儿可是一个让城里人度假休息的绝好地方,完全可以扭转没落衰败之势,转而发展成为一个著名旅游胜地,从而使村子人丁兴旺很快发达起来。

真的?

你们的村子需要一个拯救者!

拯救者?

这个拯救者要有对世界发展大势的全面了解,要有对环境的独特认识,要有丰富的旅游学知识,要有开创精神,现在这个拯救者来了。

他在哪?暖暖被这个说话喜欢云遮雾罩的人逗笑了。

他就是我,我想来拯救你们的村子!

你怎么拯救?暖暖忍住笑。

通过快速发展旅游业来拯救你们的村子,这也是西方挽救农村的一条经验。西方开始乡村旅游是在上世纪六十年代,最早起源于西班牙,七十年代后,乡村旅游在美国和加拿大进入快速成长期。法国的普罗旺斯,意大利的皮德蒙特,英国的肯特郡,都是通过发展旅游业而使那里原本开始衰败的农村又兴旺起来。意大利塞萨诺的圣斯特凡诺村,在上个世纪初有 1700 名村民,可后来因为受城市的吸引村民逐渐进城,最后只剩下了 124 人。所幸有一名瑞典投资者对此地美景感兴趣,把村里的一个地段买下,还把一群中世纪建筑改建为酒店,令这小村成为阿布鲁佐省的重要景点之一,每天都有好多游人到此游览,也吸引了一些人在此定居。意大利还有一个名叫加贡扎亦的山村,曾一度荒弃,可后来得到一位意大利伯爵的帮助,现在已变成一个豪华的温泉旅游乡村。

我们也已经在发展旅游业了。暖暖提醒他了一句。

可你们这种发展起步太低进步太慢,你看看你们这楚地居,建得多么低档,房间里连卫生间都没有,客人夜里上厕所,还得起床穿衣去外边,这不行!这你就接待不了那些特别有钱的游客 ,也就赚不到大钱。

那些有大钱的人物真的愿上俺们这小地方?暖暖听他说到这

里，不由得认真起来。

你以为他们愿上哪里？外国？差不多都已经去烦了，而且那终不是可以久待的地方；有名的风景区，也早已看腻了。他们现在最喜欢的休息地方，就是这种水清山绿人少空气好的尚未过度开发的地方，你们这里，向东是一望无际的丹湖，向西向南向北都是无边绵延的大山，牛羊点缀在绿树碧草间，田畴散落在湖畔山坡上，渔船帆影飘隐在白水碧波里，环境中既有着人类活动的美好影响又带有一股原始自然味道，最适宜人安定心神。

那依你的心思，俺们该咋办？暖暖已渐渐有了和这人说下去的兴致，尽管她不喜欢他那种自以为是满脸要拯救别人的做派。

抓紧再盖点高档度假屋。这些度假屋的外部和你们村里的房子一样，保持民居的外观，可内里的设备都是现代化的，要有高档卧具，要有抽水马桶，要有淋浴设备，要有娱乐用品，要有书房，要让城里人住下就不想走了。

俺们哪有那样多的钱来盖这种房子？暖暖吃惊了。

如果有人愿意给你投资呢？

你是说有人愿和我们一起来盖这种房子？

对呀，别人出钱，你们出地来盖，然后共同经营，所得利润按六四分成。

谁？谁会舍得把钱给俺们盖房子？

我！行吗？那人笑看着暖暖，目光依然是居高临下的。

你？真的？暖暖这一回没有生气，只是把眼瞪得很大，这个自命不凡的男人看上去不像是富人，是一个喜欢吹牛皮的？

看我不像个有钱人，对吧？那人边说边掏出一张名片朝暖暖递过来：来，咱们认识一下，敝人薛传薪，省城五洲旅游公司负责项目开发的经理。你叫——

楚暖暖。俺们的公司叫南水美景旅游公司，公司的总经理是俺娃娃他爹旷开田。

那我要同你们公司谈合作的事,须找旷总了?

可以就跟我谈。暖暖看定他:薛总,我想知道一下,你要投资建度假屋的话,大概能投多少钱?她想即刻就摸摸他的底。

首批不可能多了,毕竟这是一条新的旅游线路,我们要慢慢来,建的房子多了就可能闲置。

能有十万块钱?暖暖怀着希望,只要有十万快钱,就可以建几间不错的房子。

薛传薪笑了:十万块钱够干什么?我下午去你们村靠近后山的那片堆了乱石的空地上看了,差不多可以盖五十间房子。

五十间?暖暖猛吸一口气,那得多少钱?

三百万。连盖带装修再加配套和环境整治,在这个偏僻地方这个数差不多够了……

暖暖定定地看着对方的嘴,她已经听不见对方在说什么了,她被"三百万"这个数字惊呆了,长这么大,她第一次听说钱是可以用这样大的数字来计算的。三百万,他怎么可能有这样多的钱?他怎么愿把这样多的钱投到俺楚王庄这个偏远的地方?这可能么?……暖暖忘记了自己是怎样和对方告别的,怎样回到了自己的睡屋里,她的脑子里全是三百万这个数字,三百万的钱会把我的这间睡屋都堆满吧?……

38

直到第二天早上睡醒,暖暖才算彻底平静下来,她才仔细地给开田说了一遍。昨天夜里开田回来得太晚,加上她需要先在心里把这件事的可信性想透,所以没有立刻给开田说。经过大半夜的思索,她觉得这件事即使是一个骗局自己的公司也不会损失什么,他不把钱拿过来,咱就不盖新房子;盖了新房子他不继续拿钱,咱就不装修;装修好接待客人赚了钱,他要不给咱分成,咱就扣了他的房子,反正他在咱的地面上做事。开田听了也不大相信,说谁会把三百万扔到咱这个偏远的地方?如今的骗子可是多,咱要多加小心,别再出一回类似假锄草剂的事。不过最后他对暖暖说:这事由你来看着办,反正咱村边靠后山的那块空地是在荒着,听老辈人说当年兴吃食堂时,咱村里的大食堂就在那儿盖着,说食堂里的炊事员常在夜里听到一种女人的哭音,人们都觉着那地方不适合做家宅,食堂停办后就再没人愿去盖屋,后来食堂塌了,那块地就也荒了;你就和他谈谈,咱只出土地,别的不出,他愿投钱,就来;不愿,就罢……

和薛传薪的合作意向是第三天上午谈成的。暖暖没想到对方那样痛快,看来薛传薪是认定这楚王庄能让他挣到钱了。意向中说定,五洲旅游公司和南水美景旅游公司合作经营楚王庄新的旅游度假屋;五洲公司负责投资三百万建设新的旅游度假房舍,包括房内装修和室内木器家具与电器;南水美景公司负责提供建设新设施所需的土地;然后合作经营,经营利润按六比四的比例分成,五洲旅游公司得六,南水美景公司得四。意向合同签完字后,暖暖仍有些不相信这会是真的,她在心里安慰自己,全当是做了一个梦,根本没有这回事。直到半月之后,薛传薪带着正式的合同书和一百万的现金支票及两位工程师又来到楚王庄,而且开始在聚香街上定购水泥、沙子和木材时,暖暖才确信这是真的,才开始忙着补办土地手续的事。开田说:办啥手续,先盖,盖好了再说,现在楚王庄的事是咱说了算。暖暖摇头道:动几百万盖几十间房子,用的又是村里的土地,这是大事,你一个人做主会带来无穷后患的。这件事得先向乡上报告,征得乡上的同意;然后要开村民会,说清土地的用途和咱买这些土地使用权的年限和价钱,咱家的公司正式把地的使用权买过来。开田有些不耐烦,说,我是主任,这点荒地的使用权我还不能做主?暖暖瞪他一眼道:你说这话的口气和当初詹石磴的口气很相似,村里的土地你凭啥一个人就能做主?开田听暖暖这样说，只好改变态度：那好，那就依你之意先去乡上汇报。

开田到底是当了主任，暖暖和他来到了乡政府里，没费啥劲就见到了新任的成乡长。开田把来意说了一遍，成乡长听罢也很意外，说：你们那个村子能引来三百万的资金可是件大事，这也是转移农村剩余劳力增加村民收入的一个机会，中，我同意你们使用村边荒地，你们村子离湖水的距离允许盖这种房屋，符合国家的环保规定，至于土地价钱嘛，就照目前乡上使用集体土地的规定，按一亩一万元的标准交，使用期五十年，但要给全体村民说明……

那片荒地经丈量是十二亩三分，量的时候，暖暖特意让有病的村支书和村委会另外几个干部与村里几位有威信的老人到场监督作证。之后，暖暖又当着全村人的面，把自家八万九千元的购地款和三万四千元的欠条交到了村会计的手里，欠条上注明：一年之内还清。这八万九千元，是暖暖和开田的几乎全部积蓄了。交了钱和欠条之后暖暖才意识到，这其实也是自家迄今为止最大的一笔投入，也是一笔赌注。这个项目，只能成功，不能失败，一旦失败，不仅过去的辛劳都打了水漂，而且又要过那种债务压头的日子。

新项目被薛传新取名为赏心苑。由于有薛传新的细致安排和开田的支持，赏心苑的建设很是顺利，图纸、材料和建筑工人都由薛传新提供和安排，暖暖只需在村里招些小工。每个小工每天管饭之外另给六块钱，日收入六块钱在楚王庄已经很有吸引力了，人们争着来干。小工的工钱也算在那三百万元里。暖暖另外给薛传薪在楚地居里提供一间客房作为他住宿的地方，不收钱。

暖暖发现，这个薛传薪说话虽有些夸夸其谈，干起事来倒是能脚踏实地。办啥事怎么办弄得头头是道，什么人干什么活安排得清清楚楚。

料备齐之后开始挖地基，谁也没有想到，地基开挖之后竟有了惊奇的发现。

按薛传薪的要求,地基一定要打结实,因此挖地基坑时就挖得深些。就在挖第一排房子的地基坑时,一个小工的铁锹砰的一声,碰到了一个坚硬的东西,听声音不像是石块,那小伙子就仔细地把土拨开,这才发现原来土下埋的是一个长满绿锈的铜器,身个挺大。他喊了一声:快来看!众人就全围了过来,大家看了一阵,都觉惊奇,便相帮着把那铜器挖了出来。好家伙,那铜器足有半人高,好重好重。在不远处商量事情的薛传薪和暖暖扭脸看见,也急忙跑了过来。薛传薪只看了一眼就叫道:嗬,这是青铜鼎呀,老天,这可是宝物呐!这个地方怎么会有这东西?暖暖对这东西不懂,便轻了声问:它还有用?用处大哩,这是文物,值钱着哩!最初发现鼎的小伙子一听说它值钱,急忙声明:这可是俺挖到的。薛传薪笑了,说:不管是谁挖到的,但凡是文物,就都是国家的,不过国家最后拿走时会奖励你!大家先挖第二排房子的地基,暖暖你去给县上的文化局打个电话,让他们派人来看看。众人就继续去忙自己的。

五洲公司这时已出钱在楚地居安上了电话,暖暖回到楚地居在电话里给县上文化局的人说了事情经过后,想着这种有关文物的事谭老伯说不定也感兴趣,就给老人也拨了个电话,果然,老人一听就惊喜异常,说:我立马就动身过去看看。

县文化局的三个人是当天下午来的,他们来后用小刷子仔细刷去鼎上粘的泥土,在鼎的四周发现了一些饰纹,其中两侧上还有一些模模糊糊的文字。三个人当下断言:这是珍贵文物无疑,但属哪个年代尚待进一步认定。谭老伯是第二天后晌到的,这时鼎已被抬到了楚地居里,谭老伯上前先仔细看了鼎,连说:怪了,怪了。之后又去了鼎出土的地方,说:这四周应该还有东西,你们再挖挖试试看。薛传薪怕耽误工程进度,有些犹豫,可暖暖对谭老伯的话自然不会不听,当下便让那些小工继续挖,果然,没有挖出多远,就又挖出了一些大小不等的方形铜块,谭老伯拿起来喜极地说:这是编钟，珍贵呀！小工们见果真又挖出了东西，劲头大起来，又再向四周挖开去，竟又挖出了不少编磬、甬钟、陶瓶、陶罐、陶钵、陶香炉。这让所有的人都惊奇起来，问谭老伯怎么知道还有这些东西，谭老伯边仔细地观察着那些出土的器物，边说道：出土的那只鼎的铭文证明，它是一只楚鼎，而且不是寻常的楚鼎，是楚王宫里的用物，你们若细看就能发现，在它的四个角上，都有一个类似饰纹的“王”字，这个字可不是随便用的。在这样一个偏僻的地方，怎么会有王宫里的用物？这使我怀疑此地曾举行过什么与王室有关的仪式，而只要是举行过什么庄重的仪式，留下来的器物就不会只是一个，所以我就让你们继续朝四周挖。你们看，挖出的这些编钟上，也都有一个模模糊糊的“王”字。暖暖和众人闻言都围上前看，果然，每片编钟上都能看清一个颇像“王”字古时写法的凸起。薛传薪上前看后，和暖暖交换了一个惊奇的眼神。

谭老伯，依你看来，这地方在楚时究竟举行过什么和王宫有关的仪式？暖暖忍不住问。

这个眼下还说不清楚，谭老伯摇了摇头：需要做进一步的考证。

再展开范围挖一挖，说不定地下还有东西。薛传薪这时不知为何竟来了兴致。

小工们见薛传薪发了话，就又挖了起来，然而把那十二亩三分地几乎翻挖了一遍，除了一些类似灰烬的黑土之外，没再挖出新的东西。

咱们还是抓紧时间打地基盖房子吧。暖暖催着薛传薪。别急，等谭老伯他们的考证结论出来之后再说。薛传薪这时倒不急了。

省文物局和南府市文物局的人都是第二天晚饭后赶到的。谭老伯和他们在发掘现场及楚地居里一直研究分析了三天，虽然都认为这是楚王宫里的用物，但对它们铸造和烧制的准确年代，对它们为何会出现在这里，最终也没有得出结论。

第三天晚饭后，薛传薪让暖暖把谭老伯约到丹湖岸边，笑着问老人：老伯，我知道你们还没能对那批文物做出结论，可你能不能先对我们说说你个人对那批文物来历的看法？

这个嘛——谭老伯犹豫了一刹：你们为何这样急于知道我的看法？

暖暖看了一眼薛传薪，她也不知道他何以这样急切。

因为这关乎着我们下一步的决定，我们原来已经定下要在这块地上建一处度假屋，我们如果知道了你的看法，说不定会对原来的设计做些调整。

好吧，我就说说我的看法，其实只是一些猜测，而且这些猜测严格说和虚构几乎一样，是我为了说明这些王宫器物为何会出现在这里而虚构的一个故事，没有任何考古学上的意义。

虚构的故事我们也愿听听。薛传薪有些迫不及待。

想必你们都知道，楚国最早的首都在丹阳，这个丹阳的位置在考古界还有争论，有说它在今天的湖北秭归，但我始终认为，丹阳就是离这里几十里地的今天的丹阳，在丹水和淅水的交汇处。直到楚武王之后的楚文王，才把都城由丹阳迁到郢，也就是今天的江陵县北纪南城。如果我的说法成立，那楚国的早期都城丹阳离你们楚王庄就很近，我据此猜测，住在丹阳都城的楚文王也就是楚王赀，说不定和这楚王庄有些关系。

咦？暖暖瞪大了眼睛。

我做过调查，你们这个村庄里楚为大姓，多少代来一直没有姓王的人家，照说该起名楚家庄，可竟以楚王庄命名，这也有点让人奇怪，也加深了我的这种猜测。当然，一个村庄的命名原因可能是多样的。

据民间传说，楚王赀是其父和一个民女所生的儿子。我因此就这样设想：他的父亲当初在丹阳宫中处理大事的间隙，常会短时间地外出游玩散心，在一个闷热的夏季，老楚王为了寻找清凉，带一些随从来到了这个当时还可能不叫楚王庄的村子。在这个幽静的傍湖村庄里，他既寻到了清凉，消除了因处理军国大事而引起的身体上的疲劳，也意外地发现了一个美貌姑娘，并和她度起了良宵，获得了无数的欢乐。当他返回丹阳宫之后，他听说那姑娘怀了他的孩子，于是便把那位姑娘接进了宫中。那位被接进宫中的姑娘怀的孩子，叫赀，长大后就即位做了楚王，这时，他母亲的村人为了纪念这桩喜事，便把村庄改了名叫楚王庄。

暖暖笑了：谭老伯，你可真会编故事。

让老伯说下去！薛传薪说。

这应该是公元前六百多年的事。后来楚王赀因内部和外部的原因决定迁都。正式迁都的时间到来后，楚王赀在丹阳宫前举行了庄重的故都告别仪式，尔后带领他的文武官员和宫中成员，携带着各样宫中用物，登船沿水路南行。船队行至这楚王庄附近时，他想起了他已辞世的母亲，想起了母亲的故里。他原本就因为离开丹阳故都心中难受，此时心里更是一揪。于是便下令船队暂时停驶靠岸，他下船来到了楚王庄里，命人在村头搭起一个简单的祭棚，并让人从船上拿下了宫中所用的鼎和各种祭祀所用的器物，还让宫中乐师带着编钟等乐器下船，他要在这里再举行一个小的祭祀告别仪式……

这故事编得好！薛传薪听得眉开眼笑。

可惜它是编的，要是有史料证明它是真的那该多好！谭老伯叹了口气说。

这可不必难受，古人的事弄不弄得清楚有啥要紧？暖暖安慰着老人。

你编的这个故事也有用处！薛传薪这时异常高兴。

有什么用处？暖暖和谭老伯都惊奇了。

如果你们去过山西阳城，看过清代康熙年间的文渊阁大学士兼吏部尚书陈廷敬的故居,就会明白我的话了。薛传薪笑道,在陈廷敬的故居前,如今每天都有一场大型表演,表演的内容就是根据传说来的:康熙皇帝带着皇家仪仗来看望居家的陈廷敬,陈廷敬领着全家人迎出相府大门。每次表演总有百多村人换上清代服装参加。就是因为这场表演有意思,所以吸引了四方很多游人。由此我想到,我们也完全可以把谭老伯编的故事变成一场表演来吸引更多的游客。

嗬!暖暖有些听明白了。

怎么表演?谭老伯还是觉着奇怪。

我们把楚鼎和编钟、陶器这些文物出土的地方保留下来,在它的上边搭建个棚子予以保护。另在旁边建一座楚时的祭祀棚子,棚子里摆好仿制的楚鼎、楚国编钟、编磬和楚国陶器,然后让一帮楚王庄的村人,穿上楚时的服装,扮成楚王贵和他的文武官员及宫中成员,让他们在这儿煞有介事地举行祭祀和告别仪式,之后再上船南行。这种表演必会引起游人们的兴致,从而引来更多的游客。

你倒是有商业头脑!谭老伯笑了,用我编的故事赚钱,得付我版权费哩。

行,你以后再来楚王庄,可免费住在这赏心苑,就算我们付你版权费了。

暖暖这时也高兴地说:要真是这样做,村里人在农闲时也可挣一份钱了。

咱们做旅游业的,就是要想尽法子把游客吸引来,这吸引游客的手段,可以是各种各样,明白?好了,咱说干就干,薛传薪挥了一下手:我这就回省城让工程师修改原来的设计图纸……

39

这一回,暖暖是真有些佩服薛传薪了,他的脑袋的确机灵无比且随时都准备赚钱,所有的赚钱机会看来都不能从他眼前溜走。

薛传薪由郑州回来是在一星期之后。这时,省、地、县上的文物工作人员已带着出土的文物走了,谭老伯也已回了北京。他带回的新图纸减少了一排接待客人的房子,却新添了两个别致的棚式建筑:一个是保护文物出土之处的棚子,叫出土棚;一个是一座楚时样式的举行祭祀和告别仪式的棚子,叫离别棚。

施工重新开始了。

每天的早饭后,暖暖安排好在楚地居里食宿的游客的游览事宜后,就到赏心苑的工地上看看,她对建筑这个行当一窍不通,可她能看出工人们是不是在尽力做事,能看出工人们是不是在浪费材料,她的批评常常很准,令薛传薪也很惊奇,说:你是一个很好的监工。

由于是平房和棚子,施工不复杂,所以只用了不到一个月的时间,主体建筑就完工了。望着这片崭新的房子,暖暖一颗悬着的心落了地。到此已不必再担心投入的钱打水漂了,它们已变成房子站立在了这里。也是到这时,她才算最后相信薛传薪是真要在这儿做旅游事业。主体建筑完工的那天晚上,她让开田把薛传薪请到家里,亲自做了几个菜让他们两个喝了一场。席中,暖暖端一杯酒上前敬薛传薪时由衷地说:薛大哥,你是一个真干事的人,俺佩服!

你等着吧,我说过我是来拯救你们的,总有一天,我会让你们这没落凋敝的楚王庄,变化成一个游人如织的兴旺名镇。薛传薪的语调又变得不可一世,眼神又变得居高临下了。暖暖笑笑,心想,也许有本领的人都是这样?

接下来的装修暖暖更不懂了,那些墙砖、地板、石膏线、板材、涂料、灯具,都是用船由东岸运过来的,暖暖只是在北京打工时见过,根本没想到它们还会出现在楚王庄。随后开始安放的电器和木器家具,也都是由南府市甚至是由省城运来的,什么微波炉、电熨斗、小冰箱、组合柜、小转椅、贵妃床、电暖器、健身器、地毯等等，那真让暖暖开眼界，城市里的好东西都拉来了。赏心苑的屋子在装修，院子在整修的过程中，村里人也都新奇地来看，人们看完后都是大受震动。麻老四惊叹道：我的爷爷呀，真没想到咱楚王庄还能整出这样的地方，这不是和电影上看到的那些院子和屋子一样了？九鼎叹道：和人家这院子这屋子相比，俺家住的那院子那房子真就像个狗窝了！天福爷看后说：日他个奶奶，老说人死后上天堂上天堂，我看人死了来这个地方就成，这就是天堂，这是我一生中看过的最漂亮的地方！……

赏心苑的装修快结束的时候，薛传薪找到暖暖和开田说：我们接下来得做开业的准备了，这准备之一，就是在村里挑上二十五个姑娘和十五个小伙子，送到省城去学习。

这么多人，学啥子？暖暖挺意外。

学习接待客人的知识。

那还用学？暖暖笑了，不就是端茶送水扫地叠被？还用得学？俺们楚地居里的服务员，谁也没学就干起来了。

楚地居接待的是一般游客，对服务员可以不做严格要求，可赏心苑里接待的都是重要客人，服务人员必须经过严格培训。这二十五个姑娘，其中三个要在总台服务，她们要懂得使用电脑给客人办理住宿手续；五个要在餐厅服务，她们要懂得怎样摆餐具怎样请客人点菜怎样有礼貌地上菜；十二个要做客房服务，要懂得客房里所有电器的操作，要学会爱惜地毯和木器家具的保养；两个在洗衣房工作，要学会使用洗衣机和熨烫衣服；一个在美发室工作，要懂得洗理剪染的手艺；两个要做保洁工作，要打扫院子的卫生，要学会垃圾分类和使用垃圾处理器，我已经问了，你们这里靠近丹湖，上边怕污染水质，连生活垃圾都是不许乱倒的。十五个小伙子中，十个人要做保安，一人当队长，其余九人要三个一组轮流站岗巡逻，确保客人的人身安全和赏心苑财产安全；三个人要在厨房协助厨师做饭,要学会简单的做饭手艺;一个人要当电工,要懂得处理电灯不亮等电路上的小毛病;另一个人要当花工,学会把苑内的所有绿地和花木都管理好。你说这些不去学习能行?

暖暖听得有些发呆,她根本没想到工作要分得这样细,要照这样分的话,不学咋能行?暖暖笑了一下说:薛大哥,没想到管赏心苑和管楚地居有这样多的不同,就按你说的做,我先招人,然后让他们跟你去省城学习。

楚王庄和南北几个村庄里没有出去打工的小伙子和姑娘们,听说暖暖要招人到赏心苑做事,每月都领工资,当天就挤满了暖暖家的院子,有的还由自己的爹娘领着来,都希望能被暖暖挑上。暖暖想,到赏心苑打工能领到现钱,应该先照顾楚王庄一些家境困难的人家,这也算是对他们的一个帮助,于是就既挑些上过初中高中人貌相好看的,也挑些家境不好识字不多但人机灵的。人挑好的第二天,暖暖把这四十个年轻人集中起来,让薛传薪挨个看了一遍,他点头表示满意,说:到底是水土好,不论是姑娘还是小伙,长得都能入人的眼睛。你们回去做好出门的准备,咱们三天后出发去省城学习二十天,往返旅费和在省城的食宿费及学习费用,都由赏心苑来掏。众人高兴得嗷的一声四散了。

你也得做好出门的准备。薛传薪转对暖暖说。

我?我做好准备干啥?暖暖惊得一双眸子一闪。

咱们双方签订的合同上规定,我们是共同经营,既然你家先生在当村主任,没有时间从事经营,那今后真正在这儿负责和我们共同经营的,只能是你了,因此你也必须去省城学学怎样当经理!

我也要去学?

去屎吧,俺们家里还有娃子。站在一旁的开田这时开口表示反对。再说了,经理就是领导,没听说领导还要学习的。

你们既然和我们五洲公司签了合同,就要按合同办事,你们作为一方经理,若不懂成本核算不懂税率计算不懂员工管理,那我们还能赚住钱？你们有孩子可以请人来照看嘛！你们又想赚钱又不想付出，那怎么可以？薛传薪的脸阴了下来。

嗨，这事当初你可没说清楚！开田也不高兴了，你叫俺老婆离开俺和娃子，一个人去省城？丹根闹人了咋办？我想她了咋办？夜里我一个人睡？这太不合情理了！

就二十天时间嘛！薛传薪笑起来了，这都忍不住？

好了！我去学，学学咋样当一个正正规规的经理！暖暖弯腰抱起丹根，先亲了一下儿子的脸颊，后拍了一下儿子的屁股说：夜里跟奶奶睡……

40

暖暖领着四十个招聘来的年轻人走进省城中原大酒店时正值华灯初放，店内五彩缤纷的灯光，窗外连绵不断的车流，四周热闹喧嚷的市声，让暖暖一下子想起了当初打工时见识过的北京城，在这一瞬间，她再一次感受到了城市对自己的吸引力，做一个城市人真好呀！她回望了一下她领来的这群年轻人，注意到他们每个人的眼中都蓄满了惊奇、惊喜和惊疑，像煞了当年初进北京城时的自己。

大堂里的客人们都把目光扭向了他们这群乡下打扮的人，暖暖从那些目光里看到了意外、鄙夷和好奇。看啥子?！俺们是同你们一样的人，只是因为上天让俺们生在了乡村楚王庄，才使得俺们同你们有了分别，要是你们的爹娘把你们生在楚王庄，你们就会和俺们一个样！

这是我们五洲旅游公司下属的一家四星级饭店，你们就在这儿学习。薛传薪交代。暖暖点头说：好。心里却有些发虚：我带来的这些姑娘和小伙子们在这儿学习能行么？晚饭后，薛传薪让几个酒店的服务生抱来了四十一套酒店男女员工的藏青色制服，给每个人发了一套。暖暖问清了酒店员工洗澡的地方,带大家过去后说:每个人都要洗一个澡,换上干净内衣之后再穿制服。我知道你们中有些人身上有虱子,从今天起,咱要向人家城里人学,隔两天洗一次澡,把有虱子的内衣用开水烫一回,决不能把虱子染到酒店的制服上,这身制服是你们的招牌,将来是要带回赏心苑穿的,人人都要爱惜!

暖暖在北京打工时知道洗澡的程序,洗得麻利,洗完澡换上制服等在那里。这时薛传薪走过来惊叹道:嗬,你换了制服,像换了一个人一样,分明还是个年轻姑娘嘛!暖暖被夸得有些不好意思,笑着:哪还年轻吆,都是娃娃他妈了!心里却道:人是衣,马是鞍,乡下人穿上好衣裳也是会好看的!待她带来的那些姑娘和小伙子们都洗完澡穿上制服出来,暖暖按当初打工时学来的规矩,让大家排成两队,自己站在队前说:咱们来到省城,不管到酒店的哪个服务岗位上学习,都不能做丢人现眼的事,不能让别人看轻咱楚王庄的人!……

第二天早饭后,按预先的分工,薛传薪让酒店各岗位上的头头来把学员分别领走,然后才领着暖暖向酒店的经理室走去。暖暖感到了一丝紧张,便在心里安慰自己:怕啥子?天底下没有学不会的东西!你已经管过了楚地居,这儿无非是管得更严一些罢了。

负责教暖暖的是酒店的一个女副总经理,薛传薪叫她韩姐,暖暖就也叫她韩姐了。这位韩姐当着薛传薪的面,对暖暖很客气,可当薛传薪交代完一走,她的脸色立马就变了,对暖暖满眼的不耐与不屑,说:四星级的饭店管理,二十天是学不会的!暖暖一听这口气,就知道此人是那种只对有钱人恭敬的货色,和这种人打交道,你要装出有钱的样子才行。她在北京打工时见过不少经理,知道他们也大都是聘来的,她断定对方不会是这家饭店的所有者之一,所以便软中带硬地说:薛姐,我来学二十天并不是为了管理像中原大酒店这样的四星级饭店,而是为了管好自家的一片度假屋,也许某一天,我还会聘请薛姐去给我当经理哩！那薛姐一听暖暖说自己有一片度假屋,先是一怔,继而态度就又一变,含了笑说:其实饭店管理,说到底就是为了让客人住得好、吃得好、玩得好,没有特别难学的东西。咱们今天就从前厅部的管理操作规范说起……

暖暖知道这是一个难得的学习机会,当初在北京打工时一心想学门本领,可到底也没找到机会,现在机会送到了面前,应该紧紧抓住。她耐心地听韩姐讲解,仔细地观察韩姐处理事情的技巧,认真地在本子上记下各项须死记的东西,细心地体会那些规范、制度、程序、准则得以制定的道理。这是一个她从未接触过的天地,她虽然管过楚地居,可那种粗糙的管理根本不能和这种科学的管理相比,这里一个工作人员的语言技巧,就分体态语言和表述语言两种,在体态语言上,要求表现出精神、含蓄和亲切;在表述语言上,要求在语音、语调、语气、语速和语句五个方面给予注意。这让她觉得新奇而有意思,因此越学越有兴趣和兴致,除了韩姐教给她的,她还去街上的书店里买来了《现代宾馆饭店管理操作规范》来读,主动找前厅部经理了解礼宾服务、行李服务、总台接待服务和前台收银应注意的各种问题;找客房部经理了解客房管理中常见问题的处理;找餐厅部经理了解餐厅和厨房的管理技巧;找康乐部经理请教开展哪些康乐项目最好;找财务部经理学习内部结算、稽核和现金控制的办法;找保安部经理请教意外情况的处置主意……那位韩姐见暖暖学得如此如饥似渴,不由得由衷地夸赞道:你是我带过的最好的学生！全省各地的宾馆饭店每年都有人来跟我学习,但像你这样踏实认真学东西的人,少见！暖暖笑答:我这也是没有办法,学不好,管理度假屋赚不来钱,亏的还是我自己……

二十天转眼就要过去,最后两天,由薛传薪带着韩姐、暖暖和饭店的一帮部门经理,对暖暖带来的四十个年轻人按所分岗位逐个进行了考核。还行,尽管有人对自己的业务还很不熟练,但都算通过了考核。行,他们回去就可以上岗了。薛传薪满意地说。暖暖松了一口气:总算没有丢脸。

临走的前一天晚上,暖暖正在收拾东西,薛传薪拎着个提袋来了,暖暖以为他带的是什么学习材料,待他掏出来之后,才看清是一身漂亮的女裙服。来,试试合不合身。

谁?我?暖暖吃了一惊。

不是你还有谁?薛传薪笑了:专门给你买的。

不,不。暖暖急忙摆着手,在北京打工时暖暖就知道,女人不能随便收男人的礼物,收了,就会有麻烦出来。拿回去给你家嫂子穿吧,我家里有。

怎么,害怕我对你有不轨之心?说实话,你身上是有股带了点野性的魅力,我也确实对你动过心,要不是我们在合伙做生意,我可能会生办法把你弄到手的,可现在我们既然成了合伙人,那样的事就不能做了,做了之后我们就不好再做生意,不好算账,明白?!

暖暖的脸一下子红得像熟透的柿子了,她没想到他会这样直白地说话。把我弄到手?说得这么轻巧这么有把握?你以为你是谁?你以为我是什么人?不过想到他一向说话好居高临下自以为是,也就原谅他了,只笑着说:我是真的不需要,请拿回去给嫂子穿吧,我有裙子。

这是特意给你买的,既是对你勤奋好学的奖励,也是对你这个赏心苑副总经理的贿赂,说贿赂,是因为我们俩日后就要经常在一起做事,常在一起,便难免有看法不一意见不合的时候,真要遇到那种情况,希望你以我们赚钱的大局为重,多支持我,和我保持一致。来,拿住吧。

暖暖只好伸手接过衣服,同时笑着说:放心吧,薛大哥,你是总经理,又比我见多识广,我当然会听你的……

楚王庄小码头上的人依旧不多,暖暖领着四十个身穿板正制服的年轻人上岸之后,最先看见的麻老四竟没有认出他们是谁,只是瞪大眼新奇地看着他们,直到暖暖叫了他一声四哥,他才看清,才惊叫了一声:嗬,是暖暖你们呐!我还以为是来了啥子队伍哩。在码头上卖杂货的夕川惊奇地叫:我个娘呀,你们出去这样短的时间可就全变了样了!暖暖让大家排成两队,整齐地向赏心苑走,村里的大人娃娃相继围了过来,都是一脸的新鲜。那一刻,暖暖忽然间在心里明白,人经过训练,是可以改变的,二十天前,我领走的是一群年轻农民,经过中原大酒店的培训,现在,我领回到是两队年轻的员工。下一步,我也该对在楚地居做事的人进行一回培训。在赏心苑门口,暖暖照薛传薪的要求宣布:明天早饭后八点,都准时到这儿上班,现在解散,各回各家。

四十个年轻人解散之后,能听见村子的各处都响着笑声和惊叹,暖暖一边往家里走一边感到,有一股自豪渐渐升上了心头:这些笑声都是我们旷家带来的!暖暖进院时,婆婆正在择菜,丹根爬在奶奶的漆头上正用菜叶逗弄着家里养的那只长耳朵白兔,听见脚步响,婆婆抬头问她找谁,还是丹根眼尖,一下子认出了她,一边喊着妈妈一边向她跑来。她张开手臂,把儿子紧紧地搂在了怀里……

开田从村委会回来已是晚饭时分了,暖暖故意没脱制服,她要让他看看自己穿制服的模样。果然,开田看见她呆了一刹,然后走过来悄声在她耳边说:我以为是谁家的姑娘走错门了,原来是我的老婆,嘿,我这下身立马就有动静了,真恨不得现在就把你抱到床上!去!暖暖脸红着抬手捣了一下他的胸脯……

41

为了自己能全心在赏心苑上班,暖暖让青葱嫂替她照应楚地居的所有事项,说明把青葱嫂每月的工钱提升到八百元。青葱嫂很感动,说:妹子,就凭你看得起我这个一头高粱花的嫂子,你不提升工钱嫂子也愿替你做!不是你办这楚地居,嫂子我整天种地,到现在怕还不知道啥叫旅馆哩！你只管在赏心苑那边忙，这边的事我会全力替你做……

暖暖和那四十个年轻人在赏心苑上班的第三天，由五洲旅游公司公关部招徕的首批客人，就入住到了苑里。首批客人一共六家，这是暖暖自从办起楚地居以来见过的最讲究最气派的游人，每家人平均占五间房子，两口子占两间的大卧房和一间客厅，孩子占一间卧房，保姆占一间卧房。有三家还带了宠物狗来，狗也要占一间。薛传薪给每间房的定价是五百元，每家人仅一天的房费就达两三千元。好家伙，这些人可真是花钱似流水呀！暖暖问薛传薪是不是已给他们说清了房价，薛传薪笑道：怎么？担心他们付不起钱？告诉你，他们都是些赚大钱的老板，哪个人一天的进账都是几十万元，他们还在乎咱这几千元的房费？放心吧你，咱们赏心苑赚的就是这些人的钱！

这些人吃饭也特别讲究，点明要吃山珍湖味。薛传薪把菜价定得吓人，一盆山拳菜炖土鸡要到八十元，一盆红辣椒烧丹湖鲤鱼要到九十元，一盘湖虾要到一百零八元，一盘山牛菌炖湖鳖要到二百八十元，可那些人点起菜来眼都不眨，每家人一顿饭都要吃上五六道菜。这一顿饭的赚头可是很大，身为半个主人，多赚钱了暖暖当然高兴，可她心里还是有些愧疚，那些菜原本是不值那么多钱的。薛传薪听暖暖说到愧疚，淡淡一笑说：你这心肠如何做得大生意？记住，衡量一个生意人是否成功，是看他赚了多少钱而不是看他的心肠如何；咱们提供的这些菜都没有受过任何污染，他们在城里根本吃不到，当然应该多要钱！

这六家人第二天要游楚长城，而且提出中午在山上野餐。薛传薪说安排野餐当然可以，只是因为带食物上山很困难，费用挺高，那些人就问多少钱可以安排一顿，薛传薪说每人得三百元。那些人听了就笑，说：安排吧，三百元就三百元！因为是赏心苑的首批客人首次出游，为了不出意外让客人满意，暖暖决定由她和麻老四亲自担任导游。麻老四经过这些日子的历练，说起楚长城的来历和传说滚瓜溜熟，暖暖和他一前一后领着这批客人缓步向后山上走。走到半山腰时，一个男人和暖暖搭话，问起这楚长城发现的经过，暖暖就向他说起当初谭老伯来考察的情况，说着说着就落到了后边，这时那男人忽然一笑，打断了暖暖的介绍小声说：妹妹，你长得可是很有韵味，你的胸脯特别美！我敢说你的胸围是那些女影星都没法比的！

暖暖被这猝不及防的调逗话弄得一愣，一时竟不知道该怎样回口，只说了一句：你……

你们这儿的水土真好，看看你的皮肤，细嫩得城里的女人都比不上，说实话，我真想找机会触摸一下！还有你那双嘴唇，小巧柔润得让人直流口水，我太想亲它们一回！还有你的臀部，丰满又秀美，我太想感受一下它们的弹性了！

暖暖气得血一下子涌到了脸上。还有这样不要脸的男人？她这时才明白，对方是故意借和她搭话落到后边的。

如果你答应，我会安排和你独处的时间，当然，会有丰厚的报酬——

暖暖心里的那个恼啊，她真想高声骂他几句，什么臭男人，以为你有几个钱就不得了了？就能随意欺负女人了？可她知道，这是赏心苑的第一批客人，她不能因小失大，于是就忍了气努力一笑，低声道：你不怕你的妻子知道？不怕我去告诉她？说完，不待对方回话，就快步向前赶上了人群。那天剩下的时间和此后的几天里，她再没给过那人一点和自己独处的机会。中午那些人吃着厨师特意送上来的三百元一份的野餐时，暖暖尽管知道薛传薪要价太离谱，可她心里却没有了歉疚，应该让这些人多付些钱，不然，他们的钱越多，他们就会越觉得自己可以为所欲为……

为了延长这批人在赏心苑住留的时间，薛传薪精心安排了游览项目，第一天只看楚长城；第二天只看凌岩寺；第三天只看“出土棚”和“离别棚”，薛传薪专门讲解楚时文物出土的经过，直讲了有两个小时，然后又让他们看文物的复制品，一件一件地仔细看；第四天才看湖心三角的奇异烟雾；第五天安排男客湖边垂钓，安排女客上山采山菌；第六天安排他们到农田体验农活并到农家采购绿色粮食。六家人在赏心苑里整整住了六天。暖暖不得不佩服薛传薪留客的本领。六家人临走时，全都是欢天喜地的样子。

这批客人走后，暖暖让财务室简单算了一下毛收入，将近八万。天呀！仅仅六天时间，这真是一个惊人的数字！照这个速度，当初投入的钱很快就可以收回来。更让暖暖意外的是，首批客人刚走，第二批客人二十多位可就又来了，这是一批更年轻的富人，说是一家大公司的中层管理人员，都没带孩子，有男有女，好像全没结婚，因为每人都要了一间房子。这批人爱唱爱玩爱跳舞，几乎每天晚上都要唱歌跳舞到半夜，再就是打扑克下象棋打麻将。他们的游览活动只能从午后一点开始安排，他们除了看原有的景点，又自选了很多活动，比如去南山里的古象沟探险，去北山的森林里寻看奇树，去山坡上拣有奇特花纹的石头，去丹湖里亲手撒网捕鱼，自己动手蒸红薯煮玉米，找村里的孩子们和老人们照合影像，什么花样都玩。薛传薪告诉暖暖，想法满足他们的一切要求，只要能延长他们的住留时间就成。暖暖能不明白？

第二批客人住了七天，他们走时暖暖才知道，这七天是他们的公司专门为中层管理人员安排的假期。这批客人又为赏心苑留下了近九万元的收入。暖暖高兴地对薛传薪说：你的本领真行，能拉来这样多的有钱客人。薛传薪笑道：这不是我一人的本领大，是因为我们公司的营销部有很强的营销能力，他们先分析市场，选定营销的客户对象，然后采用信函推销和上门推销的方式招徕客人……

第三批客人只有两个，但薛传薪对他们的重视程度却比对前两批客人高出许多，除了亲自坐船去东岸迎接外，还专门交代暖暖:加强保安,确保万无一失;对外佯称内部装修,不再接待任何客人;客人来后直接入住,不登记姓名,不收钱;不准任何非本苑工作人员入内!

吃饭也不收钱?暖暖很是意外,那咱们不是要赔钱了?

我们这是在经商,赔钱的买卖能做吗?薛传薪看定暖暖笑着。

不收钱怎么还可能赚?暖暖如坠五里雾中……

两个客人是半后晌时到的,一位是个近六十岁的男人,戴着一副大墨镜,根本看不清他的面孔;另一位是一个二十来岁的姑娘,人长得俏丽无比,从发型到衣饰都极为讲究。薛传薪亲自将他们领入一套两边是卧室中间是客厅的房间,亲自为他们倒水。暖暖猜这一老一少可能是父女。吃晚饭时薛传薪让暖暖亲自把菜谱递给他们请他们点菜,让暖暖意外的是,就连吃饭时那男的也没摘墨镜。

晚上回家时暖暖把这事说给了开田,开田也觉到了奇怪:哪有两个人就占了那么大一所赏心苑?罢罢,反正咱听薛总的,最后能让咱赚钱就行。开田平日忙村上的事,很少去赏心苑。

那两位客人十分安静,大部分时间就呆在他们的房间里,偶尔到院里走走,也是很快就又回到屋里。暖暖问他们愿不愿去看看楚长城,女的回话说谢谢,说我们主要是想休息。有天晚饭后,那女的对薛传薪说他们想到湖边去走走,薛传薪忙让暖暖带着两个保安跟在后边。不要到他们身边去,跟在他们身后就行了。薛传薪交代着。暖暖点头后领着两个保安员不远不近地跟着他们。那阵子村里人都已经准备睡觉了,四周很静,一片月牙吊在夜空,把湖面和湖畔都照得迷迷蒙蒙。那一男一女就沿着湖边慢慢走着,除了湖水轻触岸边的声响,就是他们低低的话音,暖暖听不清他们说的什么,但不时能听见女的发出吃吃的笑声,能感觉到他们非常亲密。真是一对奇怪的父女。暖暖在心里想道。

似乎没过多久,那片月牙便掉落到了地上,很快,星星们便倾巢而出，将天空挤得密不透风，那女的好像是突然发现了那些星星，惊叫道：看呐，这么多的星星！那男的这时显然也很高兴，便放开了声音感叹：多美呀！这才是未经污染的夜空，它让人心境澄明，宠辱皆忘呐！两个人仰天看了一阵夜空，尔后在岸边坐下，男的招手让暖暖过去，暖暖注意到他此时已摘了墨镜，可惜天太黑，看不清他的面孔。他蔼声问道：姑娘，你们这儿有没有关于屈原的传说？屈原？暖暖一愣。就是端午节吃粽子划龙舟纪念的那个屈原。暖暖猛地想起九鼎和谭老伯当初说的那些有关屈原的事情，便答道：说是屈原当年来过我们这一带的。是的，我也相信他来过这里，这里是楚族的发祥地，当秦军压境的时候，他作为重臣，不来前线看看是说不过去的，说不定他的一些诗，就是在这里写下的。那男的自语着。暖暖想起游人们说起的屈原《国殇》诗的事，有心说出来，可又怕说错，便没再开口。

想一想，假如古今的地形没有大的改变的话，屈原在夜晚走在这湖边，一边想着前方的战事一边想着后方的朝政，他会是怎样一副心境？那男的这时喃喃说着。好了好了，不说古人，我们说点高兴的事。女的这时拍了一下男人的头……

两个人那晚回到赏心苑时已是小半夜了，薛传薪还等在门口，看着薛传薪陪他们进屋之后暖暖才回家。到家开田和丹根已经睡着，暖暖上床后却久久没有阖眼，她在想那女的用手拍那男子头部的动作，那动作似乎不是一个女儿应该做的……

那一男一女走后没有多久，就又来了一批人，把四十多间房子全住满了。这批人好像全是官员，他们彼此互称着处长、主任、厅长，做事都很规矩，游览的日程也安排得清清楚楚，一切都照日程表上的安排进行。这批人住了五天，每天仅房费赏心苑就收入两万多块钱。他们结账走的那天，薛传薪悄声问暖暖：怎么样？我们没有赔钱吧？暖暖忽然间有些明白他的话意，问道：你是说没有前几天那一男一女，就不会有这批人入住？就没有这些人的大方付账？薛传薪笑了一下，说：行，我们的楚总开始学会思考，懂得把事情联系起来去看了……

紧跟着来的一批客人更令暖暖意外。那是一个午后，薛传薪让暖暖和他一起去湖边码头迎接一批客人，而且对她诡秘地笑笑说：对这批人可要特别小心侍候。她以为又是身份需要保密的人物，不想待船靠岸后才大吃一惊：来的竟全是碧眼金发的外国人。天爷呀，俺楚王庄还能吸引来外国人？暖暖慌得不知如何是好，一时不知该怎样招呼，只见薛传薪不慌不忙地迎上前用英语说着：哈唠。不防那些外国人中倒有会说中国话的，其中一个高个子男人过来朝暖暖点头致意：女士，你好！暖暖脸红着也忙回了个：你好！

外国人到来的消息迅速传遍了楚王庄，村人们纷纷跑过来看热闹，连一些老人也拄了拐杖赶过来。在小码头通赏心苑的路两边，一时站满了村里人。楚王庄这是第一次有外国人来，人们都感到了新奇，麻老四挤到最前边，直盯着一个女人的胸脯看，待人家走远之后大声感叹着：看看人家外国女人的奶子，那真教有看头，像老母鸡啄米一样直点头，而且个头大，一个顶俺老婆两个，摸起来那肯定也有个摸头！摸你奶奶那个脚！他的话音刚落，一只耳朵就被他老婆揪住了，疼得他杀猪一样惨叫一声，众人哄的一声就都笑了……

暖暖后来才知道，这批外国人是在省城几所大学任教的欧洲人，是五洲旅游公司联系他们来看楚长城的。暖暖第二天领他们上山时，先还担心他们弄不懂楚国是怎么回事，没想到她开口没解说几句楚长城的砌筑工艺，那位名叫哈特的先生就用稍显生硬的中国话说：楚国的工艺水平，在建筑领域表现得不是很明显，主要表现在青铜冶炼、丝织和髹漆上。这让暖暖很是吃惊，他一个外国人，对中国几千年前的楚国的事情还这样清楚？后来她找了个机会，笑着问他：你对楚国还知道什么？哈特很认真地说道：我知道楚人有独特的风俗，他们相信自己是日神的后裔，是火神的嫡嗣，所以服色尚赤,方位尚东,而且崇巫;我还知道楚国从楚宵敖起到楚哀王被秦灭掉,历经五百余年,五百多年间楚国出过很多有名的人物,其中最著名的人物是出在楚怀王也就是楚王槐时期的屈原,这已是楚国的衰落期了。我读过屈原的长诗《天问》,开头的几句我现在还记得:

曰:遂古之初,谁传道之?
上下未形,何以考之?
冥昭瞢暗,谁能极之?
冯翼惟象,何以识之?
明明暗暗,惟时何为?
阴阳三合,何本何化?
……

暖暖听得懵懵懂懂,心里除对对方生了敬意之外,还有了惭愧,自己是楚人的后裔,对楚时的情况哪有这个外国人知道得多?看来真得好好读点书了,要不以后有游人问楚国的事,问屈原的诗,自己一问三不知,那不太丢人了?这批外国人还没走,暖暖就挤时间去聚香街书店买了一本《中国简史》和一本《楚辞选译》来读。

赏心苑开业之后的顺利大出暖暖的意外,不过是一个来月的时间,就有二三十万的收入了。暖暖掐算了一下,照这个赚钱速度,也就是年把时间,自家和五洲公司当初的所有投入就会回收过来,到下一个年度,就是净赚了。这和自己过去经营楚地居真是有天壤之别。到底五洲是大公司,经营起来有办法。暖暖在心里庆幸自家和五洲旅游公司的合作,庆幸遇见了薛传薪这个有眼光的人。一想到持续经营下去的美好远景,暖暖就禁不住高兴得想笑出声,我们旷家到底找对了致富的路子,照这样发展下去,俺丹根这一代,是再不用受苦了。

暖暖走路的步子都比过去变得轻快了。

42

落雨了。被微风吹斜了的细雨飘飘摇摇,像过了筛子的米粒一样落到屋瓦、树叶、路面上,溅出一种轻微的声响。赏心苑还住有四个客人,这样的天游客出不了门,暖暖有些焦心,该怎么安排他们的活动呢?上山、进寺、下湖、采摘都不行,让他们一整天就憋在屋里?还好,四个客人早饭后提出去看雨中的丹湖,暖暖就急忙找了四把伞交给他们,然后自己也撑了伞领他们向湖边走去。

在下雨的时候来到湖边静静地看湖,暖暖平日难得有这样的心情和时间,今天一站到湖边暖暖才觉得,这雨中的丹湖还真值得一看:万千的雨点争先恐后地跳进湖里,在水面上激起大大小小的水纹和水花,那模样像煞了许多鱼在拥挤着争抢鱼食;整个湖面变得朦胧一片,偶有一只小船从湖面上划过,身影变得模模糊糊,就如在月色下看物,给人一种虚无缥缈的感觉;有一些没有来得及撤走的水鸟,在湖面上顶风冒雨地飞,让人觉得它们惊慌而无助。四个游客撑伞沿湖畔缓步向前走着,边走边说着什么,暖暖跟在他们后面,唯恐他们心里对这安静的雨中丹湖失望。还好,她听到了他们的笑声,听见他们说要作同题诗比赛,题目就叫《雨中丹湖》,暖暖的心里这才有些高兴起来。

半上午的时候,薛传薪派人把暖暖从湖边找回,说:咱们现在就开始筹划做第二件大事。暖暖一愣:第二件大事?薛传薪一笑:你是不是忘了咱们当初盖的那个棚子?说罢朝位于赏心苑前排房子中间的那个“离别棚”一指。暖暖这才有些明白,问:咋样筹划?

头一步,是先把“离别棚”里要摆的东西定下来。我想了,这棚里要用木板搭一个祭台,祭台要搭得简单朴拙,台子上摆好出土的楚鼎、编钟和各样陶器的仿制品,再摆上香炉,燃上香,摆一些祭祀用的吃食的蜡制品。

这好办。暖暖点头。

第二步,是把表演的内容定下来。我想了,表演分四场:一场是“船来”,楚文王也就是楚王赀和王后及他的随从乘坐的船,排成一队在号角和竹哨声中由湖里向岸边驶来。楚时的船肯定不大且简陋,但这个船队要有气势,要把船装饰出一种楚国味道。要让游人看出一种奇特。接下来一场是“上岸”,船队靠岸后,先是武士们上岸,把湖边到离别棚的道路警戒起来,接着是楚王赀和皇后及他们的随从在楚乐声中下船向离别棚走。要让游人看出楚王仪仗的威武。跟着一场是“仪式”,楚王赀和他的皇后在音乐声中走进离别棚里焚香跪拜,众随从全都跪下,楚王赀口中念念有词。要让游人看出离别仪式的肃穆与庄重。之后是“离去”,楚王赀和皇后及随从三步一回头地向湖边走,上船后,又一次地在船边跪下与母亲的故里告别,船就在这时缓缓驶去。要让游人看出一种不得不离别的伤感。

暖暖有些意外地看定薛传薪:你想得可是真细,内行得像一个导演,行,就照你说的这样办。

第三步,是把表演的人定下来。我想了,这种表演没有台词,只是穿上楚时的服装做规定的几个动作,所以不需用专业演员,就用你们村里的人,大姑娘、小伙子,中年男女都可参加,小伙子可扮武士、武将,中年男子可扮文官,年轻姑娘可扮王后、嫔妃,中年妇女可扮宫女。这样,咱每次付费不用太高,村里人也因此有些收入。每次表演的时间也就一个小时,不会耽误大家干别的。而且也不是每天都表演,一周只表演一回。人由你去定!

总共需用多少人?暖暖问。

八十个。人多了才显得有气派!

好吧。

第四步,是把表演用的服装、道具、船准备好。除了参加表演的人员由你定外，剩下的都由我去办。

暖暖松了一口气……

村里人听说赏心苑要聘人搞表演，初时全不敢报名，詹大同笑着说：老天，咱一个劁猪和种庄稼的汉子，啥时弄过这玩意？去丢丑呀！后听说每人每参加一次，能得十块钱。这让不少人动心了：十块钱能买一斤多猪肉包饺子吃哩。再后来薛传薪让赏心苑的保安们做过一次示范，原来演武将和武士的，不过是穿上武将和武士的衣裳，戴上帽子，在腰里挎一把剑，来回在湖边和离别棚之间走那么两趟，没有啥难的，这才有人报了名。一开始报名的，多是已经在为楚地居和赏心苑做事的年轻人，后来逐渐才有中年男女报了名。麻老四对这种能挣钱的事自然不甘落后，让暖暖把他和他老婆的名字都写上，九鼎开玩笑地问他想演啥角色，他说就演楚文王吧，让我也过一回当皇帝的瘾，咱做梦都想当皇帝，一直没有这个机会，这表演虽是假的，可好歹也是个机会。九鼎和站在一旁的薛传薪都笑了，薛传薪说：恐怕不太合适。九鼎更是一语说明：你他奶奶的也不撒泡尿照照自己，你一个麻子能当楚文王嘛！皇帝能是一个麻子?！那就当一个文官吧，宰相什么的，最好官职大些，让我也能指挥些人，威风威风。好，好，就让你演最大的文官，站在文官队伍的最前列。暖暖笑着答应。九鼎又一本正经地问麻四嫂想演啥子角色，四嫂说：还不是演麻老四的老婆嘛，他当啥官，我就是啥官的老婆。麻老四一听急了，叫：那不行，大官的老婆都叫夫人而且年轻漂亮，她哪行？让她去演宫女就成，我这大官的夫人起码要比她水灵滋润吧?！四嫂一听火了，跑过去照老四的屁股上踢了一脚骂：好你个狗东西，刚一当官你可就想把我甩了?！……

招聘参演人员和分配角色，让楚王庄热闹了起来。青葱嫂也找到暖暖不好意思地说：能不能让你长林哥也去演个小角色，把那十块钱挣回来。暖暖知道长林哥的一只胳臂断了，干啥都使不上劲，有心回绝，又于心不忍，低头想了一阵问青葱嫂：只不知长林哥独臂划船行不行？青葱嫂说行，他一只胳臂啥都能干。暖暖道：那就让他负责划楚王赀坐的那艘船……

经过几天的比较搭配，人员最后总算凑齐了，可让谁演楚王赀合适？暖暖却有些拿不定主意。后来薛传薪说：最好是让开田来演，他是村主任，他要演楚王赀，指挥起别人来别人也愿意听从。暖暖想想也是，便在一个晚饭时分和开田说了这事，开田一听急忙摆手后退着叫：开啥子玩笑？我啥时干过这个？想让我出丑啊？！

过去没干过，现在就不能干了？

不干，不干！开田决绝地摆着手。

你想不想让咱的南水美景公司赚大钱吧？暖暖瞪住开田：想了，你就大着胆子去演，其实有啥好演的？不过是穿上楚王赀的衣裳来回走那么两趟，和小时候伙伴们过家家还不是一个样？咱这样做的目的，还不是为了让更多的游客来咱赏心苑和楚地居里吃住吗？这是一玩一笑的事，看把你吓成啥样？办南水美景公司可不是我一个人的事，你啥事都不管不问不做能行？村里那样多的人都来帮忙，你倒不干了？！

不是我不干，开田见暖暖话中带了气，急忙解释：楚王赀我听都没听说过，你让我咋去演他？

楚王赀是楚国的国王，后上尊号叫楚文王，是一个说一不二说一句话众人都得听的人物，怎么演的事你只管放心，薛传薪说他专门去省上请个导演来教大伙，啥时候练好了再让游客们看。

不搞这表演就不行吗？开田一脸不满。

这是在进一步开发旅游资源，不搞当然行，可不搞就不可能吸引更多的游人，咱们不是想赚更多的钱嘛！何况这不是咱南水公司一家的事，是人家五洲公司薛传薪提出要搞的。

我的天，去演楚文王，我做梦都没想到过，纯粹是赶着鸭子上架！

那就上一回架吧。暖暖笑了……

服装、道具在省城全部做好是在半个月之后了。薛传薪在把服装和道具运到楚王庄时,带来了一位电视剧导演。楚国的船则是在沿湖的村子买来后,改了装饰的,都不大,但摆在一起倒是挺威风,颇有看头。准备工作全部做好的那天早饭后,薛传薪让暖暖把报名参加表演的人全部集合到赏心苑门前,由导演根据每人扮演的角色,发给相应的衣帽,然后告诉大家怎样穿戴好。八十个穿上楚时衣帽的人站在那里,那真是一个新鲜和奇特的景观,人们互相看看,全都禁不住笑了,笑声把树上的鸟都惊飞了。暖暖帮着开田把分给他的楚王赀的衣帽穿戴上,开田苦着脸说:热球得人受不了,真是给我找罪受。暖暖小声警告他:你这可是在为自家做事情,总比你顶着大太阳种地好受些!楚王赀的那身衣帽设计得确实威风气派,开田全部穿好之后,暖暖一看忍不住笑着叫:嗬,还真有些皇帝的样子哩!穿了一身文官衣裳的麻老四这时凑过来羡慕地说:开田,咱俩要是能换换多好,我若能穿上你这身衣裳,定会让别人刮目相看!可惜我的命孬,就是演戏,也还得当你的属臣,听你的指挥!

接下来导演开始在薛传薪和暖暖的协助下排练。由于暖暖预先宣布过,谁要是不认真排练,不听导演的招呼,就不给他发当天的十元劳务费,所以大家都很认真,加上每个人要做的动作很简单,所以没有三个回合,就都做得很像样子了。导演很高兴,说:照这样再练几回,下一周就可以正式向游人表演了。

也是巧,几天后,有一个武汉的旅游团和一个山西的旅游团相继来到赏心苑住下,楚地居里也住了不少散客。暖暖想让客人们多留一天,就向薛传薪提议,在游客们要走的那一天,来一次《离别》表演,试试效果,听听反应。薛传薪和导演商量后表示同意。

前一天晚上,暖暖就让客房的服务员们通知每个游客,说次日上午有一场精彩的楚国情景剧《离别》表演。一些游客没有在意,照样整理着东西预备翌日早饭后离去。第二天早饭后班船上客前，按照导演的交代，站在赏心苑的暖暖将挂在长竹竿上的一面黄旗在空中来回一挥，只见原本隐在丹湖近岸一片芦苇丛中的“楚国船队”成蛇形呼地驶了出来，那些被装饰成楚时样子的小船上站满了“楚人”，每只船上都有男人在用陶制或角制乐器吹一种呜呜的声音，还有的吹的是竹哨。一时间，呜呜声和嘘嘘声震动着人们的耳朵，引起了游人们的兴致，原本提着行李准备上船离去的游客也纷纷跑了过来。就在这呜呜和嘘嘘声中，“楚国船队”靠了岸，先是有三十个持青铜古剑的武士嗖嗖地跳上岸，成两队飞快地朝“离别棚”这边跑来，眨眼之间，武士们便分两排等距离地持剑站在了道路两旁。这时，呜呜声和嘘嘘声骤然停止，代之而起的是由架在树上的几只喇叭发出的优美楚乐，在这同时，站在船上的“楚王赀”和他的王后及随从开始离船登岸，缓步向离别棚走来。各种服饰的官员、随从令游人们啧啧称奇，威武的仪仗也让游人们瞪大了眼睛。在“离别棚”前，只见“楚王赀”在王后和一些官员的簇拥下，绕棚一周，此时喇叭里的音乐一变而为沉郁幽长，紧跟着，就见“楚王赀”和他的官员及随从刷地面北跪了下去。吾母吾祖：儿今迁都，实不得已，人虽离去，心系此地，他日返回，再来拜祭……喇叭里随即响起“楚王赀”伤感的声音……

游人们和闻声赶来的村里人都看得津津有味，待众“楚人”跪拜结束，起身返船离去时，四周响起了热烈的掌声……

很多原计划要走的游人错过了班船，没有离去。

表演成功了。看来这个吸引游人的主意是对的！暖暖和薛传薪及导演相互看了一眼，三个人都面露满意。暖暖高兴地朝开田走过去，在开田肩上拍了一下说：演得不孬！她的话音刚落，只听麻老四拿腔捏调地叫：哪里来的胆大村妇，竟敢拍我楚王肩膀？来人，把她拿下！也穿了演出官服的九鼎这时笑道：你这个奸臣真是瞎了眼，连王后都不认得了？麻老四这时指了一下一旁演王后的年轻媳妇悠悠说：王后就站在楚王身边，你这个胆大狗官竟敢胡说，来人呀，给我统统拿下！众人闻言，就都笑得前仰后合，演王后的那个悠悠笑得都靠在了开田身上……

43

自此后，这个离别表演就成了楚王庄吸引游人的一个重要手段。人们一传十十传百，四周好多县市的人都知道了楚王庄有精彩的楚国情景剧表演。很多人就为了看这项表演而来了楚王庄。一时间，游人骤增。原来暖暖和薛传薪商定的是一周表演一回，后来应游人要求，改成了三天表演一回。参加演出的人为了多得劳务费，也乐意这样演。反正地里的活很容易干完，干这件事也有乐趣，参演的人都干得很有兴致。

先上来不愿参加表演的开田，慢慢竟对演楚王赀积极起来。开始几回表演，都是暖暖催他去的，他表演时也有点放不开，有时还用村委会开会等借口推托着不想去，但演了五六回之后，他就变主动了，再逢了要表演的日子，他总是早早地就把楚王赀的服饰穿戴好，来到表演现场等着其他人。有时村委会确实需要开会，他便把会安排在没有表演的时间开。而且表演起来也越来越认真，不仅自己的动作做得很到位，旁边的人有谁不认真，他也会很生气，喝令他们“干事就要有个干事的样子”。他的表现令暖暖和薛传薪及导演都很满意。导演问他演楚王赀有什么感受，他想了想说：就是心里觉着很快活，眼见得那么多的人都簇拥着你，都对你毕恭毕敬，无人敢对你说半个不字，他们都是你的臣民，你可以随意处置他们，这让人心里特别顺畅、高兴。导演见人们的表演都已上路，就拿了劳务费回了省城。这之后，逢了表演，指挥者就成了暖暖和薛传薪。有一天表演时，麻老四站错了位置，在改正错误的慌乱中又不小心撞了一下开田，照说开田不吭声就能把这个错误掩饰过去，不想他突然将眼一瞪，怒喝了一声：来人，把他给我拿下！

众人闻声都惊住了,因为原定的表演内容里根本没有这个拿人的安排,连站在一旁的薛传薪和暖暖也目瞪口呆,演武士的小伙子们先愣在那儿,后见开田一直瞪着他们,就只好持剑上前将麻老四"押离"了现场。演出刚一结束,暖暖就跑过来埋怨开田:你怎能乱改演出内容?她本以为开田会认错道歉的,不想开田倒棱起眼生气地回道:一个下臣撞了我,我为何不能叫人把他拿下?!跟在暖暖身后的薛传薪闻言笑了,说:好,主任是完全进到角色里了,演出中这叫入戏!特别难得,应该表扬,不能埋怨。麻老四这时走过来开玩笑说:看来以后我得小心了,要不,楚王一怒,说不定会把我的头给砍球了!众人听得哈哈大笑起来,但开田自始至终脸都阴着。

随着演出场次的增多,开田是演得越来越自如了。举手,投足,眼神,面色,完全像一个手握生杀大权的楚王了。不仅薛传薪觉得他演得好,连游人们也都夸他演得像一个国王了。听到人们夸赞开田,暖暖先上来也很高兴,回到家笑着对开田说:真没想到,你还有表演的才能,是个演员的料。可后来发生的一件事,让暖暖心里有了一种异样的感觉。那是一天晚上,村里一个男子为超生孩子罚款的事,来找开田求助,开田对人家有些待理不理,语气生硬地把人家打发走了。那男子走后,暖暖说:你不该那个样子待人家,冷言冷语地,哪像个村主任?开田一听火了,高叫道:你还敢抱怨我了?!暖暖一听也恼了,说:我为啥就不能抱怨你了?你怎么就不能让人抱怨了?你以为你是谁?是国王么?!开田就又吼道:在楚王庄,我是主任,是最高的官,我就是王!这最后一个字,让暖暖的心一激灵,使她忽然记起,在他没演楚王赀之前,在他们结婚之后,开田是从没有和她这样高腔大嗓吵过架的,他这是怎么了?……

这天晚上的争吵过后,再见到开田穿戴上楚王赀的衣帽,在表演队伍里威风凛凛满脸得意地走着时,暖暖的心里就有些高兴不起来了。不过看着这表演吸引的游客越来越多,她就强使自己高兴起来。

有天傍晚时分,村里把每家的户主集中到村委会门前,商量给附近小学捐款盖校舍的事,暖暖从赏心苑下班路过那儿,就也站下听起来。大部分人的意见是凡有孩子上学的人家,每家捐一百二十元,也有提出捐一百元的,还有提出捐一百三十元的。最后开田说:照我说的办,每家一百六十六元,这数字吉利!众人一听,先是静了一刹,随后有两个主张捐一百三十元的人站起来说:主任,一百六十六有些太多了,你别看多这三十来元,在俺们看可不是个小数哩!暖暖以为开田这时会解释一下他为何决定捐一百六十六元,没想到他直盯住那两个人冷厉地问道:在这楚王庄,是我说了算还是你们说了算?!那两个人被噎得半晌没说话,众人见开田冷言厉色的,也没谁敢再张嘴,会就在无言中散了。暖暖那刻看住开田,忽然有种不认识似的感觉。

几天后的一个中午,暖暖在家刚做好饭,忽见开田骑着一辆崭新的两轮摩托轰隆隆地驶进了院子。你会骑摩托了?暖暖很惊奇。这东西好学,只要会骑自行车,半个小时就可以开它了。开田下车,熟练地把摩托支好。谁家的新车?暖暖上前摸着浑身发光的摩托。我的呀!你的?你啥时买的?暖暖更吃惊了。到乡上开会,别的村支书和主任都骑的是摩托,唯有咱骑的是自行车,太丢人,我就和支书商量了一下,买了两辆,他一辆我一辆。用村里的公款?暖暖眼瞪大了。那还能用私人的钱?我当村主任办公事,就不该像别的主任一样骑个摩托?暖暖沉默了一刹,说:村里的那点钱还不都是各家集起来的,大伙眼都在看着,你就那样舍得花?不怕别人背后戳你脊梁骨?你要真想骑摩托咱自己买嘛,咱又不是拿不出这点钱。

嗨,我怎么办啥事你都要啰嗦?开田瞪住暖暖:是我当主任还是你当主任?是我知道该怎么做还是你知道该怎么做?你比我还能?!

暖暖被问愣在了那儿,半晌才叹了一句:看来,以后我在家里就不用再说话了……

44

楚国情景剧表演的名声越传越开,来楚王庄旅游的人也日渐增多。随着游人的增多,聚香街和邻近几个乡镇上的小商小贩包括县城和南府城里的商贩们就也闻声赶了过来,或是在村口、码头和赏心苑、楚地居门前摆起小摊兜售自己的东西,或是在楚王庄找个人家租间房子当门面做起了生意。初来的多是一些卖吃食的商贩,卖菱角的,卖干湖虾的,卖地菌的,卖木耳的,卖芦根的,卖金针菜的,卖拳菜的,卖煎凉粉的,卖糊辣汤的,卖锅盔的;接着来的是一些卖各种用物玩物的商贩,卖独山玉器的,卖镇平丝毯的,卖淅川银器的,卖六味地黄丸的,卖奇石的,卖膏药的,卖竹编筐篓的,卖晒干的野花的,卖字画的,卖金枪不倒药的;跟着来的是唱坠子书的,唱豫剧折子戏的,玩猴的,演杂技的,吹唢呐的,拉小提琴的……一时间,楚王庄变得热闹非凡人口大增。薛传薪对暖暖骄傲地说:怎么样,是我止住了你们楚王庄的没落,挽救了你们吧?!暖暖看着这热闹景象当然高兴,笑道:好,好,你是救楚王庄的功臣。

照这样发展,楚王庄要不了多久就会变成一座大镇子,说不定,还能变成一座小型新城。薛传薪挥着胳臂比画着。

但愿吧。暖暖也开玩笑地说:到那时,我就让村里人用石头为你雕个像,竖在村口让人们看。

现在不是有一种“国父”的说法么,将来,我就是你们楚王庄的“庄父”。

暖暖听了这话觉得不太顺耳,就岔开了话题,说:薛总,我还有一个想法,就是待下一步资金周转开了,我们在村里的那条南北主路两侧，投资建一些楚时风格的店铺作坊，这些店铺作坊，可请北京像谭老伯那样的对楚国历史有研究的专家参与设计，要展示楚地先祖们真实的生活情景；也鼓励路两旁的村民们参与这事，逐步将这条路改造成一条有着浓郁楚味的小街。这样，各地游客来到咱楚王庄后，吃住有赏心苑和楚地居，游览有楚长城、凌岩寺和湖心迷魂区，采摘有田里的各样庄稼和山上的多种野菜，观赏有楚时的离别表演，闲逛有这楚国小街，这就可以大大增加他们的兴致，延长他们的居留时间；更重要的是，有了这条小街，有了那些店铺作坊，就需要大量的扮成楚国百姓的人来管理照应，这就可以把俺楚王庄更多的人吸纳到旅游业中来，使他们除种庄稼之外，又多了一项收入，这也算为俺全村人造点福了。

嗬，你倒是善于替别人着想。薛传薪笑了：即使我们有了资金，你这主意也不可取，既费事又赚不了多少钱，日后真要大干，我想就在赏心苑附近再盖它十几座两层欧式小楼，每座楼前后都有一个院子，有自己的活动空间，专门用来接待高级官员和明星大款，一座小楼出租一天收它个两千多元。

哦？

当然，小楼的外观要雅致，最好请欧洲的建筑设计名家来设计，要让人一看就能被吸引住。

可哪有那么多的土地让你盖房？暖暖吃惊了，村里的宅基地都已分完，村外就是庄稼地，你能把楼盖到天上？

车到山前必有路，现在还没必要操心这个，我们先把眼前的事情做好再说……

有天傍晚，暖暖在湖边接一批刚到的游客，正好九鼎所驾的游船靠了岸，他现在是受雇于赏心苑，专为赏心苑拉游客去湖心三角迷魂区游览，九鼎喊了声：嫂子，有件事要给你报告。暖暖一听笑道：说吧，啥事这样郑重？我想雇人开个鱼宴馆，咱丹湖出鱼，游人们又爱吃鱼，我想开个小馆子专门做鱼卖给游客们吃。做鱼又不用请厨师,俺那口子惠玉就会做,谁愿吃鱼头就给他蒸鱼头,谁爱吃鱼块咱给他炸鱼块,谁爱吃鱼肚咱给炖五香鱼肚,谁爱喝鱼汤咱给他熬酸辣鱼汤,谁爱吃鱼尾咱给他红烧鱼尾,干烧鲫鱼,辣煮黄刺鳜,焦炸白鱼条,吃啥鱼都成,咋样做都行,你说这事能不能办?暖暖听罢高兴地点头:好呀,这才是扬咱丹湖之长哩,湖里啥鱼没有?咱农家做鱼的啥法子没有?这可是个赚钱的主意,干吧,我支持,需要我帮啥忙?九鼎笑了:忙倒不需要帮,房子就用俺自家的房子,锅就用自家的锅,无非是用木头做几张桌子罢了,就是需要你给主任说一声,让他准许俺们干这个,当然,这游船我还会继续驾,鱼宴馆主要由惠玉来办,让她弟弟来帮忙做杂活。成!你开田哥那儿我来说,不过如今办这种事不需要先得到主任的允许,你就开始张落吧,开张的时候我来贺喜!

九鼎的小"鱼宴馆"开张后还真的生意兴隆,游人们常三五成群地来尝鲜,四张小桌子旁总是坐得满满的。暖暖几次去看,都见惠玉姐弟俩忙得满头是汗。九鼎在赏心苑歇班不出船的时候,只要地里没有农活,就也在馆子里忙。暖暖有次对九鼎开玩笑道:你把我楚地居和赏心苑两个餐厅里的客人都拉过来了,该赔我们钱了!九鼎赶忙求饶:你和开田哥拔根汗毛比我的腰都粗,就让我从你们的碗边抠俩米粒吧……

麻老四最初看见九鼎开鱼宴馆,还笑话他异想天开,说:大城市的人啥鱼没吃过,会来吃你老婆做的鱼?你老婆的手香还是奶子香?能把客人吸引来?及至看见小鱼馆里的吃客不断,九鼎两口子不停地收钱找钱,才眼红了,才懊悔地叫:奶奶呀,我咋没有早想起这个赚钱的主意呢?!又过了段日子,见九鼎用赚来的钱买了个彩色电视机,麻老四心里越加痒得难受,于是便找到暖暖说:我也想让你嫂子开个鱼宴馆,行吧?暖暖一听笑道:赚钱的路子多着哩,干吗都往一条道上挤?你真要也开个鱼宴馆,和九鼎你们免不了要为争食客去怄气,依我看,你该让嫂子开个莲子羹店,咱丹湖的莲子多出名，让她用丹湖莲子加上咱这儿的白木耳，再买点冰糖，用丹湖里的藕磨些粉，每天熬些莲子羹，一小碗卖它两块钱，保准游客们会争着喝，四处跑的游客多会上火，不会卖不出去。麻老四边听边点头说：有道理，有道理，还是暖暖你的脑子好使，这个点子值得一试。没过多久，麻老四家的莲子羹店可就在自家面临村路的那间房子里开业了，麻四嫂做羹，麻四哥的侄女给客人端送，没有桌子，只有十几个小凳子放在门前。麻老四白天照样给南水美景公司当导游，晚上来帮老婆的忙。还真如当初暖暖说的那样，不少游客在外边游览一天回来，喜欢先来喝碗莲子羹败败火气，再去楚地居和赏心苑里的餐厅点菜吃饭。四嫂有时一天能卖出五十多碗，扣去各项开支，能净落三十多块钱哩。这使得麻老四两口子眉开眼笑，为了感激暖暖当初的点拨，麻老四几次要请暖暖过去喝莲子羹，暖暖知道他们家赚个钱不易，笑着回绝说：我记住你许下的这笔账，赶哪天我上火了，一定过去喝他个肚子圆……

黑豆叔过去采药卖药，虽能赚些钱，但不多，这会儿看见九鼎和麻老四开店赚钱挺快，就也动心了，找到暖暖说：暖暖呀，人家都在赚钱，你也替老叔我想个主意吧，我也开个小饭店赚钱，行吧？暖暖笑道：行自然是行，只是你家婶子年纪大了，你又不会做饭，开饭店怕不是你们的长处；我倒有另一个赚钱的主意，不知你愿不愿干？啥？黑豆叔急迫地问。在你家的责任地里种些黄瓜、西红柿、豆角、茄子、丝瓜等等便于采摘的蔬菜，再种点你熟悉的柴胡、丹参、五味子、木瓜、何首乌等常用的中药材，把它变成一个采摘园。采摘园？黑豆叔不明白。暖暖于是就给他讲了京郊老百姓办采摘园赚钱的情况，说：当初我和开田就想过办采摘园的事，后来因为他当了主任我当了经理，这件事就没办成，你只要把采摘园办起来，我以后保证把游客们领到你的采摘园里，保准你会赚钱！中，中，暖暖的话叔信，你能把楚地居和赏心苑办得这样红火，说明你有眼光，叔明年春天就照你说的去做……

不知不觉间,天就又有些凉起来。随着凉意越来越浓,来西岸旅游的人明显地少了。这天,赏心苑没住客人,暖暖难得地闲下来,就在家洗了一阵衣裳,又把公公婆婆的睡房和几间屋子收拾了一遍,这才缓步向前院的楚地居走去。她听青葱嫂说明天午后会有十来个开封的旅客要来住楚地居,她想去看看他们的安排,自从她到赏心苑上班之后,这边的事都是青葱嫂在打理,她想去问问青葱嫂有没有啥难办的事情。出了院门没走多远,忽然听到一声恶狠狠地低喊:楚暖暖!这反常的声音令她一惊,急忙转身循声望去,只见一个手拄拐杖的瘦削老头,正站在不远处一脸怒色地看着她。暖暖很意外,诧异地问道:你是叫我么?

呸!我还能是叫狗?对方恶狠狠地一顿拐杖。

就是对方这声呸让暖暖一下子认出他原来是詹石磴。在认出詹石磴的那一瞬间,暖暖心中生出了真正的惊骇:詹石磴怎会变成了这个样子?他怎么能变成了这个样子?和过去相比完全是两个人了,已经彻底是个老头了!他过去的那份强壮和威风咋能忽然间都没了?自从詹石磴下台之后,暖暖这还是第一次见到他,中间,她听人说他病了,她当然不会关心他得了啥病病了多长时间,现在看来,他是真的得了重病,可实在没想到他会因疾病变成了这个样子。老天,人变得可是真快呀!

你叫我有事?暖暖感到自己的心中生出了一丝不忍:他的病会不会是因为下台而得上的?要是那样,自己是有些责任的。

没事我还会来见你这个贱货?!话是从詹石磴的牙缝里蹦出来的。

这冷厉的话像风一样,立刻吹走了暖暖心中刚生出的那丝不忍,她很快地转过身打算继续走路,现在没必要怕他了,他已经和自己一样,也是一个平头百姓,他已经没有权力要求自己必须站住。可随即,她又改变了主意,她站住没动,她慢慢转回身想看看詹石磴这样恶狠狠的叫她究竟是要干啥子。

你这个贱女人,你骗了我！你答应过我会让旷开田不参选的！詹石磴朝暖暖走过来,瞪大的双眼里满布红丝,眼神是恶狠狠的。

暖暖笑了,那是一种掺了怜悯的胜利者的笑,你原来还在为此耿耿于怀！于是平静地说道:你凭啥要求他不参选？谁给你的这种权力？俺们凭啥就该按你说的去做?！暖暖望着满眼凶气的詹石磴,又加了一句:你该想开一点,村主任凭啥就该让你一直当下去？

贱货！我过去还真没看出你的心眼这样多！

那你就好好看看吧！你以为你过去可以任意欺负的人都是傻瓜？他们都甘愿被你欺负？

你不要高兴得太早！

我高兴了你能怎么着？暖暖被对方的威吓激怒了:你还想让俺们像过去一样在你面前流眼泪？像过去一样在你面前低三下四地哀求？做梦去吧！那样的事不会再发生了。

你等着吧,会有你流眼泪的时候！

你甭想！

甭想？詹石磴的眼里闪过一丝冷酷的笑意。我只问你一句话:我当初睡你的事你告诉过旷开田吗？你和我让他做王八的事他知道吗？

你这个狗——？暖暖被这猛然而来的羞辱气蒙了。

我估计你没敢告诉他,你一直把他蒙在鼓里,对吧？那么好,就由我来告诉他,同意吗？詹石磴的脸因为激动而抽搐着,让我们来看看他的反应,你不是想高兴吗？

畜生！暖暖整个身子因为愤怒都在发抖了。

该让咱们的旷主任知道他老婆当年和詹主任睡觉时的那份自愿和快活了！该让旷开田知道他老婆和詹石磴睡觉时心里那个美哟！

你个猪——气愤使得暖暖低头想去地上拣块砖或石头朝詹石

磴砸去,可惜眼前的地上什么也没有,她只得转身去找,待她终于找到一块石头直起腰时,发现詹石磴已经没了影了。

狗——暖暖恨极地叫了一声,眼泪随即涌了出来。就在这当儿,她看见青葱嫂由前院走过来,便又急忙抬手擦去了眼泪。

暖暖,拿块石头做啥？青葱嫂笑问。

看见了一条狗！暖暖悻悻地把手中的石头扔掉,跟着转身问:接待的事都准备好了吗？

差不多了,还有几桩事要同你商量。青葱嫂不紧不慢地说着,暖暖努力去听,却啥也没听到心里去。詹石磴的那些话不仅一下子毁掉了她的好心情,让她重新忆起了过去那些痛苦,还让她立刻沉浸到了新的不安之中。詹石磴真要把过去那些事给开田说了,开田会有啥子反应？看来这事当初就应该给开田说明,不应该瞒他,现在倒成了詹石磴手中的把柄,姓詹的,真没想到这世上还有你这样无耻的人,你欺负了人,还要再把它作为害对方的把柄……

那天上午剩下的时间,暖暖什么也没做成,她只是在心里不停地想着这件事:这可怎么好？先给开田说？可开田一定会问,这样久了,你为啥这会儿才说？等着开田来问？那会不会更糟糕?！天哪,刚以为今后的日子会好起来,没想到詹石磴又来翻腾这事,狗东西,我真想杀了你！杀了你！

开田回来吃午饭时,暖暖小心地看了看他的脸,还好,一切如常,看来詹石磴还没有来得及给他讲。饭后,暖暖鼓足勇气说了一句:开田,我想给你说桩事。开田显然以为她是要说公司里的事,忙摆手道:我后晌要去乡上开会,咱家和公司里的事,你就多操心吧。

第二天,赏心苑那边又来了十几个游客,这批客人不是五洲公司营销部介绍来的,而是自己找上门的散客。客人虽人数不多,安排起来还挺麻烦,有人只想看楚长城,有人只想看水,有人只想看离别表演和凌岩寺,而且互相不能通融,暖暖费了挺大的劲,才算把各项游览的事情安排好。这样一忙，就让暖暖暂时把詹石磴说的那件事忘到了脑后。晚饭前回到家，看到丹根欢笑着朝她扑过来，她差不多完全忘掉了詹石磴。直到看见开田黑着脸进了院，暖暖还以为是村上有啥事惹了开田生气，还笑着对丹根说了一句：看看你爹脸上的那些黑云彩，去把它扯下来。

丹根就高兴地扑到爹的腿前叫：爹——

滚！开田猛地搡了一下儿子，猝不及防的小丹根一屁股坐在了地上，哇地一声哭起来。

吃枪药了？丹根的奶奶朝儿子不满地瞪了一眼，赶上前扶起孙子。愣在那儿的暖暖这时才猛地明白，詹石磴已经动过手了，姓詹的，你个黑心烂肝的东西，你存心不让人过安稳日子！

砰！进到睡屋的开田这时又摔了一件东西，是碗还是丹根喝水的杯子？开田娘闻声吃惊地看了一眼儿媳，自语道：他这是中的哪门子邪？暖暖啥也没说，只是起身缓步向睡屋里走去，该来的还是来了！来吧！这一刻，她反而变得异常冷静。詹石磴，你可真是够狠的！

你不想问问出了啥事么？开田听见暖暖进屋后冷森森地叫了一句，手攥住一把椅子的扶手，手背上有青筋凸着。

暖暖无语，只是默看着开田的背影，等着他说下去。

开田转身把一张折成条状的纸朝暖暖扔过来。暖暖慢慢打开一看，只见上边写着：旷开田，我知道你现在当了主任很高兴，那我就再告诉你一件值得高兴的事：老子睡过你的老婆，而且是她自愿脱光的！你可以回去问问她的感觉！底下署着詹石磴的名字。

一团金星在暖暖的眼前一闪，她的身子摇晃了一下。

这是不是真的？开田扭头恨恨瞪住暖暖，牙在咬着。

你说呢？暖暖被开田的那种目光刺恼了。

你自己做的事我咋知道？开田吼了一声。

吼声还能再大点吗？暖暖的声音也一下子变得很冷。

你管我的吼声大小干啥？你只管把你做没做这事说出来！开田的声音更高了。

你只问我做没做这事？暖暖的声音也高了，一股巨大的委屈涌到了心里。

你还想让我问什么？问你当时有多快活？问你呻唤了没有——

呸！暖暖的眉毛竖起来了。

你只说你做没做过这事！给我干脆点！

做了。暖暖突然很斩截地说。

啪！开田嗖的抡过来一巴掌，同时低吼了一声：真是个贱货！我估摸这事就是真的，要不他詹石磴敢署上名字这样写?！暖暖被这猛然一击弄得朝一旁趔趄了几步。但她很快又站定了身子，一边任凭鲜血由嘴角下流一边直直地看定开田冷笑着：挺有劲的，不再打几下?！暖暖的这种态度彻底激怒了开田，只见他猛地朝暖暖扑过来，抓住暖暖的身子就捶打起来，边打边叫：你竟敢叫老子丢这人?！暖暖自始至终没有抬手防护，更没有反抗还手，就那样任凭开田捶打着，正在院里哄丹根不哭的开田娘听到响声不对，跑进门一看，一边朝儿子惊叫着：你个狗东西疯了?！一边扑过去保护儿媳，开田这时才住了手。

暖暖已是满脸的血了。但她既没哭也没骂，甚至也没抬手去擦脸上的血，只是将身子倚在背后的墙上，努力让自己站着，目光冰冷地瞪住开田，牙紧紧咬着。

你个狗娃子发啥疯？你凭啥打人？暖暖也忙了一天才刚刚回家……开田娘边心疼地叫着边拿起门后孙子的一只鞋，朝儿子肩头上抡打过去。开田只好气咻咻地向门外走了。

暖暖，孩子，暖儿，你别跟他个犟驴一般见识，娘知道是他不对，娘一定给你出气！开田娘这时走到暖暖身前，一边擦着她脸上的血一边劝慰着。暖暖仍然啥也没说，只是拨开婆婆的手走到床前,抓了几件衣裳抱在怀里,然后向门外走去。

暖暖,你要去哪儿?婆婆慌了,上前扯住儿媳的衣袖:饭已经做好了,你忙了一天,先吃点东西,你别跟他执气,他跟他爹一样,都是些炮仗脾气,你原谅他,我让他晚点跟你低头认错——暖暖无言地挣开婆婆的手,头也不回地走出了门去。丹根还在院里哭,可暖暖只是看了他一眼,就又走出了院门。旷开田,你打呀!打呀!我现在才知道你原来是这样一个东西!

暖暖当晚就住在楚地居的一个房间里。她把门插上,静静地躺在床上,她听见了婆婆的脚步声和她的喊声,也听见了丹根的哭声,可她一概没理,她一动不动地躺在那儿,一边感受着身体的疼痛,一边在心里痛楚地回忆开田捶打她时的凶样。这是我此生第一次挨打,打我的竟然是你旷开田?!你觉得你受了伤害?旷开田,你受了伤害?!……

第二天早上天不亮她就起床去了赏心苑。值班的保安员看见她进来有些诧异:这样早,暖暖姐?暖暖点头含混地应了一句:有点急事。在赏心苑,薛传薪给暖暖留有一间办公室,可她平日很少用,至多是进去坐一下,现在,暖暖打开这间办公室,进去梳洗了一阵,把自己收拾得和平日一样。员工们吃早饭时,她也去了,大家看见她都略略有些意外,薛传薪问:咋不在家里吃?暖暖努力一笑说:家里的饭吃腻了,来换换口味。

这天上午新来了一批游客,暖暖忙着接待,中午快吃饭时分,婆婆带着丹根来了。保安员把奶孙俩径直领到暖暖的办公室里,婆婆一见暖暖就说:我已经把开田那个狗东西骂了一顿,为你解了气,你可不要跟他一般见识,回家吃晌午饭吧。暖暖说:娘,你快领丹根回去,我这儿有事,饭就在这里吃。婆婆见她声音平静,以为她已消了气,就带着丹根回去了。可晚饭暖暖还是在赏心苑和值班的员工们一块吃的,她依旧吃得很少,那股气还憋在心里:旷开田,你竟敢打我?竟能打我?你为啥不问问我为何那样做?为啥不问问？詹石磴，你已经不是人了，你是畜生，你污辱了人还要再来害人，你还有没有一点点良心？我真恨不得杀了你！老天爷要是有眼，佛祖要是能看见，湖神要是知道，他们就该让你得到报应！

天黑之后，她让一个负责客房卫生的姑娘去楚地居找青葱嫂，从那儿抱来了一副铺盖，她决定就睡在这边的办公室里。铺盖抱来不久，开田娘就又赶了过来，低声劝着：暖暖，哪能不回家睡呢？丹根夜里要是闹人咋办？暖暖说：娘，你回吧，我想睡在这里想想我遇到的事，丹根要是闹人，不是还有他会打人的爹么？！老人看劝不动儿媳，只好叹口气，转身慢慢往家走。薛传薪看暖暖要睡在赏心苑，就笑着过来说：是和开田主任生气了吧？要我说呀，这开田主任傻哩，和这样漂亮的媳妇生什么气？不怕她跟别的男人跑了呀？！去！暖暖被他说笑了。

第二天早饭后，是规定的离别表演时间，暖暖原本是不想出去再摇黄旗示意表演开始的，可怕别人看出她和开田生了气，又只好出去做了她该做的动作。表演开始后，暖暖瞥见开田被众人簇拥着由湖边走过来时，一脸的冰冷，眼中甚至还带了股肃杀之气，暖暖看得不由得打了个冷颤：狗东西，你倒越演越像个叫人害怕的真楚王了！

一连几天，暖暖都没回家吃住。这期间，青葱嫂和九鼎的媳妇惠玉都来看过她劝过她，两个人全不知道她和开田为啥生气，但都劝她回家吃住，两个人轮着说：小两口打架不记仇嘛，你俩夜里往一起一抱，啥气不能消了？可暖暖始终没点头答应回去。他旷开田打了人，就这样罢了？我这会儿要是回去，不是助长了他的气焰？不是让他以为，打了也就打了？！不过一连几天不回去，暖暖也确实想家，担心丹根能不能吃好睡好，担心公公的病，担心婆婆受不了家务的劳累，还有楚地居里的事，全让青葱嫂操心也不行，有些事情只有自己来下决心才成。暖暖这时心里想，只要他旷开田来认声错，说我不该对你动手，自己就立马回去。可开田一直没有出现。后来那几天,暖暖已变得非常留意人的脚步声,她心里开始期望从中能听出开田的脚步响,可是没有,一直都没有。旷开田,你的心可是真硬,你打了人还能一点错都不认?!这个时候,暖暖开始去想,自己在这件事上也有责任,如果早把詹石磴逼迫自己的事给开田说了,他也许不至于生这样大的气,这种事由詹石磴给他说,对开田的心肯定是个刺伤,作为男人,他发一发脾气也不是啥不得了的。这样一想,她心里的那股火气就渐渐熄了,就有了回家的念头。

这天快晌午时分,暖暖借口找青葱嫂合计事情,回了一趟楚地居,她想,在那儿不管碰上谁,只要对方再劝自己回家,自己就可以就阶下脚,顺势回家了。令她没想到的是,她走到距楚地居大门十来步远的时候,忽听院子里边传出了开田的快活笑声:哈哈,你这个悠悠,可是会给我戴高帽子!暖暖闻声一愣,不由得停了脚:悠悠咋会在这儿?暖暖知道悠悠这个年轻媳妇平时好吃懒做,常爱和男人们搅缠在一起打情骂俏,传说嫁来楚王庄前就已经打过两回胎了。当初那个导演挑出悠悠来演楚王赀的王后角色时,暖暖心里就多少有些别扭,不过因为那是表演给游客看,暖暖也就没说什么,这会儿忽然听见她和开田在这楚地居里笑着说话,就不由得吃惊了。

我这咋是给你戴高帽?我这是说的实话!悠悠那分明带了献媚的声音又响起来:自从你上任后,咱楚王庄确实是天格外蓝水格外清,家家的钱袋子都当啷当啷地响起来,连狗的叫声都比过去威风了许多,大伙都说,没有你,楚王庄就不会有美好的明天!

好了好了,直说找我有啥事吧?这是开田带笑的声音。

俺就是想再要三间房的宅基地……暖暖不想再听下去,转身刚要走,青葱嫂这时恰好出来了,看见暖暖,急忙上前扯住暖暖的胳臂说:哎呀,好妹妹,都到这里了,还不快回家看看丹根?我每回看见那娃娃,都听他在哭着要找你哩。说到这儿,转向院中喊:旷主任，快来迎暖暖回家呀！院中的说笑声这才停止了。暖暖扭头朝院里扫了开田一眼，见他脸上的笑容还没消退，心里就又有些难受：自己没在家，他倒是高兴着哩，满脸都是笑纹！可她实在不想放弃这个回家的机会，就在青葱嫂的拉扯下，半推半就地向后边家里走了。进了院门，一看见儿子丹根朝自己扑过来，暖暖的眼泪就刷地涌出眼眶了……

这场风波就这样算是结束了。外人看来，旷家的日子又恢复了正常，但暖暖知道，如今的日子其实和过去已经不太一样了。由于开田到最后也没有认一句错，暖暖心里一直结着一个疙瘩。开田呢，很少再同暖暖主动说话，而且脾气也越来越大，动不动就发火，有时是对其他村人发，有时是对参加离别表演的人发，有时是对小丹根发。暖暖也没再理他，只是照常去赏心苑上班，到楚地居帮青葱嫂处理有关事情。到了责任地里有活要干的时候，两个人也会一前一后地去到责任地里，暖暖是亲手干起来，开田则是从村里叫几个庄稼把式来帮着做，自己去别人家的地块里做着检查。

到了晚上，开田常常回来得很晚，他不是在这家吃请就是在那家吃请，有时回来，也是上床倒头就睡。两个人在一起亲热的事差不多没有，开田很少再碰暖暖，有天夜里他喝了些酒回来，满嘴酒气地上了床，一句话不说伸手就去扳暖暖的身子，暖暖尽管心里很不高兴，可也没有表示出来，让他随意去做，可那种感觉真不好，就像在做一件活，没有任何乐趣可言。暖暖觉得，有了这一次还不如没有这一次……

暖暖觉得日子变得没滋味了，可没滋味的日子也得过呀。她每天只是按惯性去上班做事，心里再没有快乐可言。人们不仅很少听到她的笑声，连她的话声都很少听到了。所幸这时下雪了，随着第一场大雪的到来，游人完全绝了迹。按照往年的惯例，暖暖关了楚地居。薛传薪这时也关了赏心苑开始结账。薛传薪在回省城过年之前，把当初旷家投到赏心苑里的那十二万三千块本金退到了暖暖手里,笑着说:本钱已经捞回来了,明年就要净赚了,好好过个年,咱们明年再大干!……

拿到那些钱,暖暖心里略略得到了宽慰,一年多的辛苦到底没有白费。她把当初借村里的那三万四千元还给了村会计,拿回了借条。把剩下的八万九千元连同楚地居里这一年赚的三万来块钱,一沓一沓全摆在了褥子下。晚上开田回来要上床睡觉时,暖暖没有说话,只是用手止住他上床,掀开了褥子让他看。开田把那些钱一沓一沓看了一遍,说了声:睡吧。

钱就压在他们的身下。开田很快打起了呼噜,暖暖却久久没有睡着……

大年初一上午,开田朝暖暖要赏心苑大门的钥匙,暖暖不由得问了句:干啥?演一场《离别》,热闹热闹。暖暖很惊奇:又没有一个游人,演给谁看?自己看呗!这表演不一定非要别人看不可。说着就拿着钥匙喊邻院的麻老四去通知参演的人们。麻老四很不情愿地隔了院墙叫:我的主任哎,你不是演上瘾了吧?这大过年的,你不好好在家陪老人娃娃还有弟妹好好乐和乐和,去演啥尿《离别》?

你懂个啥?人一表演起来心里就会快活,村子里也显得热闹,快去喊人吧!开田不高兴地说。

那人们演出的劳务费谁出?薛传薪总经理可是回省城过年了。老四提醒道。

干一点事情就想要钱?今天这场演出是我这个主任让演的,没钱发,可平日参演的每个人都得参加,谁敢不来,我以后就加他的摊派款!

麻老四一听这个,哪敢违抗,只能点头说:中,中,我这就去喊人,你是我的主任又是我的老板还是我的国王,我是你的村民又是你的雇员还是你的下臣,咱服从就是。

这大年初一的《离别》表演哪有观众?村里人已经看过无数

次表演了，谁还有来看的兴致？连一向喜欢看热闹的娃娃们也只顾玩自己的鞭炮，少有人跑过来。所有的参演者都显得无精打采，独有开田演得兴致勃勃。暖暖站在稍远处不解地看着，不知道开田这是兴从何来……

45

先是丹湖岸边的薄冰慢慢消去，继是后山上的积雪逐渐化尽，再是湖边的草地渐渐露出了一些青芽，后是一些山桃树孕了红蕾，跟着便是远徙了的鸟儿返回了山林，春天，到底耐不住寂寞，又袅娜着来到了丹湖西岸。

楚王庄的人们又开始为春种忙碌了。山脚湖畔的地块里，家家都在栽红薯、栽辣椒、栽茄子、栽韭菜，要不就是点包谷、种南瓜、撒菜籽，一年之计在于春，人们唯恐错过季节，晚睡早起的忙着。在这全村人最忙的时候，旷家人却还保持着原来的生活节奏，按时起床，照时吃饭，一副不急不忙的样子。这其中的原因，是开田和暖暖把自家的责任地转借给了詹同方一家种。这主意是暖暖出的，暖暖说咱们要忙楚地居和赏心苑的事，地里的活常会耽误，再说，种地也赚不了啥钱，还不如把地借给别家种，咱也好腾出手全心把旅游的事办好，反正只要手里有钱，买粮食和菜也都方便，如今的粮和菜都很贱，卖不出钱，咱只要多接待几个游客，买粮买菜的钱就有了。开田原本对种庄稼就兴趣不大，过去学会种庄稼的手艺是迫于生活的压力，自从当了主任后，就根本不想再在种庄稼上费心，听了暖暖的话，自然同意。暖暖和詹同方签的合同是借种合同：旷家自愿把地借给詹同方种；种地所得归詹家所有，同时负担上级随土地亩数而来的各样摊派；旷家随时可以把地收归自己耕种。

没有了土地，暖暖觉到了一种轻松，再不用去操心风大风小雨多雨少,再不用起早贪黑遭风刮日晒雨淋。看来,不离开楚王庄也能摆脱土地的牵累。

在村人们忙着春种的时候,暖暖轻轻松松地打开了楚地居和赏心苑的大门,着人打扫收拾,准备接待游人了。

这个春天赏心苑接待的第一拨客人,是来自南方的两个富豪和他们的家人,这是暖暖第一次见识这种豪富们的生活。两位富豪一位姓储,薛传薪叫他储老板;一位姓苟,薛传薪喊他苟老板。两人都有四十多岁,他们的夫人却都是二十多岁的少妇,两位夫人抱来的孩子也都才一两岁。两个三口之家都分别带着四个保镖和两个保姆。这两家人是由省城五洲公司专门派人送过来的。储老板进了赏心苑问的第一件事是:你们这儿都有什么好吃的?薛传薪示意暖暖做番介绍,暖暖便说:俺们这儿是南北气候的过渡地带,好吃的东西太多了,所有南方有的蔬菜和水果在这儿都可以生长,由此往北就不长了;所有北方的蔬菜和水果在这儿也都可以生长,由此往南就不长了,所以你们想吃啥蔬菜和水果都能满足。储老板摇头道:蔬菜水果没啥稀奇的,到处都有,我问的是只你在你们这儿才可以吃到的好东西。暖暖这时又答:俺们这儿有山有湖,这好吃的东西就藏在山上和湖里,老百姓叫山珍湖珍。储老板这才来了兴致,问:山珍湖珍中以什么东西为最珍贵?暖暖答:山珍中以花点猴头那种山菌最珍贵,湖珍中以黑肚湖鲶那种鱼为最珍贵。那储老板立刻点头说:今晚就吃这花点猴头和黑肚湖鲶吧。暖暖刚要去吩咐厨房准备这两道菜,不想那位储夫人又开口问道:这两样东西怎么个吃法呀?是干烧呢还是煲汤?要是煲汤的话,至少要煲上四个小时,可不能马虎应付,另外还要加上六道凉菜和八道热菜……暖暖让厨房按他们的要求把晚饭准备好,正要开饭时,那位苟老板又问:我们在什么地方吃呢?暖暖被问得一愣,答:在餐厅呀。在餐厅吃没有味道。苟老板摇头道,最好能在湖边吃,边吃边看湖上渔船归岸的景致才有意思,我们来你们这儿就是想吹吹山风闻闻湖味。薛传薪听罢立刻命人在湖畔搭了个简易帐篷,把餐桌摆到了帐篷里……

这顿饭直吃到月上柳梢,两家人在湖边有说有笑还让他们带来的四个年轻保姆唱了歌。吸引得村里的人都跑过来看。赏心苑几乎所有的人都跑前跑后地忙个不停。不过最后收费时薛传薪也没客气,饭费和服务费加在一起收了一万八千八,惊得暖暖张大了嘴,她原以为那两家人会嫌收得太贵闹起来的,不想储老板连眉头都没皱一皱,打了个响指便让他的一个保镖付了款。

这两家人住到第三天,便说他们吃够了山珍和湖珍,要换换口味。薛传薪问他们想吃啥,那位荀老板说:我这两天已就吃的问题在你们这儿作了一个调查,你们这儿的山鼠个头很大,可以尝尝;另外你们南山溪里的娃娃鱼可是非常出名,我们也想尝个新鲜。暖暖听见吓了一跳,忙回道:俺们这儿的人从来没吃过山鼠,那东西脏,厨师也不会做那东西;至于娃娃鱼,那可是政府禁止逮的东西,没谁敢吃。不想那人听罢笑道:越是没人吃过的东西,我们才越愿尝尝它的味道;越是禁止吃的东西,证明它越是值得吃。这山鼠你把它的皮一剥,内脏掏出,和红烧兔肉一样的红烧它就行;那娃娃鱼政府不让公开逮,你们可以派人悄悄地逮嘛,我们出高价就是!

既然你们一定要吃山鼠,我们可以派人去给你们逮;但娃娃鱼是决不能逮的,那是国家明令保护的东西,逮了就会犯法。暖暖耐着性子解释,她真没想到这两家人在吃上会如此动脑筋。

别把事情说得那样严重,储老板呵呵笑了:事在人为嘛,什么样的法其实都是可以避开的,我们在商场上混的人,哪一天不跟这样那样的法律打交道?可我们从来就没让法咬住过,比如说税法吧,哪个经商的人没逃过税?不逃税怎么能赚钱?逮娃娃鱼的事你们完全可以悄悄地进行嘛,这种鱼不是晚上爱叫容易逮吗?你们就找两个逮鱼能手晚上去逮,谁能知道?谁会在晚上去山沟里看管一条小溪？这样吧，一只娃娃鱼我给你们一万五，你们也能有些赚头，如何？

暖暖刚想摇头拒绝，不料薛传薪却已抢先应道：好吧，你们要几条？

最少四条，六条最好。苟老板举起手指头。

你们先付五万，余下的钱待把娃娃鱼捉到之后再付吧。

暖暖吃惊了，定定地看着薛传薪手上捏着的钱。那两个老板刚一出门，暖暖就朝薛传薪叫开了：你咋能答应他们？你怎么能收他们的钱？

薛传薪没有说话，只是拨了开田的电话说：旷主任，你过来一下。之后才转向暖暖压低了声音道：甭那么高声大气的喊叫，有钱赚咱为啥不赚？咱傻呀？六条鱼就是九万块，九万块是容易挣来的？

可挣这钱犯法你知道吗？暖暖的话音未落，开田进门了，薛传薪转向开田简捷地把事情说了一遍，然后把手上的五万块钱朝开田手上一扔，问：这九万你说咱们是挣还是不挣？你是村主任，我听你的。

挣！凭啥不挣？开田一点也没犹豫，边把钱往薛传薪的桌子上放边点头应许：我这就去找逮鱼的人！

开田，你是真想犯法呀？暖暖扯住了开田的胳臂。

好了好了，这桩事你不用管，由我和薛总来办。开田边说边把暖暖拉出了薛传薪的房间。暖暖气得猛然甩手回了家，边走边说：旷开田，出事了你可要自己负责！明给你讲，这笔卖鱼钱永远不准你带回家，我看见它们会恶心！暖暖回家就睡下了，而且一连两天没有到赏心苑上班。待她再上班时，那两个老板和他们的夫人孩子还有保镖、保姆都已经走了。总台值班的姑娘告诉暖暖：那位储老板临走时很高兴，说他们两家在赏心苑吃得非常满意非常开心，他还给了厨师三百块钱小费。暖暖听罢什么也没说，只是深长地叹了一口气……

随着天气的逐渐转暖，来丹湖西岸旅游的客人日益多起来。有散客也有团体客人，有预先联系的也有自己找来的。游客中有钱的，就住赏心苑；钱少的，就住楚地居。这天赏心苑里入住了一伙中青年男游客，有八个人，暖暖安排他们住下之后已是晚饭时分，刚吃了饭，他们中一个中年男子就叫住暖暖说：老板，我们今天又是坐车又是坐船的都很累，你叫来八个按摩的姑娘，让她们分别到我们的房间里服务！暖暖一怔：按摩？对呀，就按你们的标准收费！

我们这儿没有按摩的。暖暖如实回答。

怎会没有按摩的？我刚才吃饭时看见你的女服务员都很漂亮嘛，深山出俊鸟，真没想到你们这儿的姑娘还都有模有样！

姑娘漂亮和按摩有啥关系？暖暖吃惊了，她们都没学过按摩，根本不懂按摩。她解释着。

嗨，你这个老板，你是真不懂还是装不懂？那男的怪异地笑着叫。他的话音刚落，跟他同来的那些人就哄的一声笑开了。

暖暖被笑得莫名其妙，不知道自己说错了什么，一时怔在那儿。

我知道你这是假装不懂在和我们讲价，那人这时又笑道：你明说吧，一个姑娘一个钟多少钱？陪一夜又是多少钱？咱们干脆明人不说暗话，把价钱先讲清楚。

暖暖这才隐隐约约听明白了他们是要什么，血立时就聚到了她的脸上。她还从没遇见过这事哩，还有这样的男人？

你不好意思说，我替你先说个价：一个钟五十块可以了吧？陪一夜三百块怎么样？眼下城里也差不多是这个价了！你要再提价就有点不够意思了。

呸！暖暖的眉毛竖起来了：回去跟你姐姐跟你妹妹讲价吧！

那男的和他的伙伴们都被暖暖的态度吓愣在那儿，脸上的笑容全飞得没了踪影,他们大概还没有遇见过这样的老板。

不想住这儿就给我滚！暖暖对那些人朝门外一指厉声喝道。闻声赶来的薛传薪这时进屋,一边把暖暖向外推一边对那些人含了笑点头道歉:对不住对不住！我们楚总刚才多喝了点酒……我没喝酒！暖暖边被往外推着还在边叫着。

薛传薪把暖暖推到办公室后就冷了脸道:你身为副总怎敢这样对待客人？我们做度假生意的,游客是我们的上帝知道不？你这样对客人又吼又骂的,以后谁还敢住我们赏心苑？一个度假地的声誉,常常是靠游客们的口口相传形成的,你得罪了这八个人,就会有八张嘴在外边不停地说我们的坏话,这比一张报纸都厉害,明白吗？

可他们怎敢这样朝我要女人？暖暖还是满腹气愤,不过声音低下来了,她心里知道薛传薪说得有道理,所有关于饭店经营的书上都告诉经营者,不管遇到什么情况,都不能对顾客发火。

游客有提任何要求的权利,你也有拒绝的权利,但你没有对客人使横吼叫的权利,你可以和颜悦色的解释咱没有按摩服务,没有陪夜的姑娘,不就行了?！你刚才那副样子,哪像个赏心苑的副总经理,分明是一个村里吵架的妇女嘛！

好,好,算我错了。暖暖不好意思起来,想起刚才自己的那副样子,的确和村里那些为琐事吵嘴的嫂子、婶子和奶奶们没啥不同,自己如今是在经商,不能再像普通的村妇那样行事。

走吧,和我一起去向他们道个歉。薛传薪抬手示意。

还要道歉？暖暖不太情愿。

道歉是为了迅速消除影响,要不然,这些客人明天要求退房怎么办？这在旅游饭店业的管理上叫做不放走一个客人,你今天不经心放走一个客人,明天就可能流失十个客人。你当初在省城中原大酒店学的东西全忘了？

中,我去。暖暖只好点头,跟在薛传薪的身后向那几个客人的住屋走去。那些人还聚在一处,见薛传薪和暖暖进来,都停了说话,很意外地看着他们。薛传薪先开口:我们楚总经理刚才因为其他事情,心情不太好,所以对诸位有些失礼,她现在要向大家表示歉意。暖暖低声说:对不住,刚才我不该对你们那样说话,请多原谅。没事,没事,那伙男人中的一个荡笑着说:其实楚总经理发脾气的样子特招人喜欢,杏眼一瞪,柳眉一竖,胸脯这么一挺,屁股这样一扭,可真有乡间少妇的野性味道!暖暖听他的话又有点不正经,眼不由得又想瞪起来,吓得薛传薪急忙把她拉了出来……

这件事过去没有多久,就又发生了一件类似的事,三个住进赏心苑的年轻小伙在晚饭之后打电话到总台,说要三个姑娘到他们房间陪他们喝酒,陪酒费每人一百元。值班的姑娘把这事报告给了暖暖,暖暖一听就有些不高兴:你们要喝酒就在你们自己的房间喝吧,还要姑娘来陪,这是哪里的规矩?她有心回绝,可怕薛传薪埋怨她不会经营得罪客人,只好勉强说:告诉他们一会儿去。暖暖把客房的女服务员们叫到一起,问她们中有谁平时喝过酒,姑娘们大都摇头说没有喝过,说自己的爹娘管得严,根本不让喝,只有其中一个叫响响的姑娘,说她小时候爹每次喝酒时,总用筷子蘸一点抹到她的嘴里,她觉得喝酒没啥了不起,她自信能喝一点。暖暖说:好,响响,就由你领着两个姑娘一起去陪几个客人喝酒,他们给的钱就算你们自己的,但要尽量不喝,实在没办法了喝一点点,可一定不能喝醉,身为姑娘家,喝醉了那可是丢咱楚王庄的人。响响就说行,然后便领着另外两个姑娘跟在暖暖身后向那三个小伙的住屋走去。进了屋,见他们在小桌上已摆好了酒和几样简单的下酒菜,暖暖先开口说:俺们赏心苑的姑娘,平日爹娘管得紧,都不会喝酒,更没有陪生人喝酒的习惯,今天你们既是已经张开口了,我就让她们三个来,但请一定不要灌她们酒。那三个人就高兴地说:你放心你放心,这样好的姑娘,你心疼我们也心疼。

暖暖离开客人的屋子,又处理了几件事正准备回家歇息,忽见响响她们三个姑娘惊叫着披头散发衣衫不整地从那几个客人的房子里跑了出来，暖暖见状急忙把她们拉到一边小声问是出了啥事，那响响就含了泪说：他们坏，不仅逼俺们喝酒，还硬要亲嘴，把手伸到俺们的衣服里，还想把人压到床上……暖暖一听，火冒三丈，好你们这些胆大妄为的东西，在我们楚王庄还敢如此欺负人！这不是流氓这是啥子？当即就咚咚地跑过去踢开了门，朝那几个还在喝酒说笑的年轻人吼道：你们这些流氓无赖，竟敢欺负我赏心苑的姑娘，滚，现在就给我滚出赏心苑，俺们不接待你们这些狗客人！那三个小伙子被吼愣在那儿，其中一个低了声解释：俺们付了钱，她们就该允许俺们动点手！放屁！暖暖越发生气了，正要继续骂下去，闻声赶来的薛传薪急忙把她拉到了办公室里。薛传薪冷着脸说：你这样凶蛮，咋还像个经理？我过去怎么给你讲的？要微笑待客，可你摸摸你脸上看有没有点笑纹?！天这样晚了要赶走客人，全国的旅馆饭店也没有先例，传出去了谁还敢来咱赏心苑住宿？你是想让咱赏心苑垮台呀？告诉你，五洲旅游总公司的老板每天都在电话上问我经营的情况，你不是想砸我和你自己的饭碗吧？可暖暖不服气，问：那依你之见就让他们欺负咱的姑娘？当然不是，这种陪酒的事只要两相情愿就行，姑娘们不情愿，他们硬逼是不对，看来，在如今的情势下，要想吸引客人，要想延长游客在咱赏心苑住宿的时间，咱们得想办法补上这些服务项目。想啥办法？难道还要专门找些姑娘来陪酒么？暖暖瞪大了眼。薛传薪叹口气，说：这件事不用你管，我来办吧。

暖暖听了薛传薪这话，心中暗暗一笑：不用我管，你能在这楚王庄找到别的姑娘？在这楚王庄，相信你的人有相信我的人多?！这件事过去几天没见薛传薪有啥动静，暖暖就估计他只是说说而已。

每个月的下旬，薛传薪都要回省城五洲公司办事顺便看望家人，这是他们五洲公司给他安排的。谁也没想到，他再次从省城回来时，会真的带来了六个穿得花枝招展的姑娘。那六个姑娘的服饰与楚王庄的姑娘们的穿戴相差太远，以至于她们在村边码头上岸时，所有看见她们的楚王庄人都惊得张大了嘴巴。六个姑娘一律穿的是颜色鲜艳的短裙，每个人都露着两条长长的白腿；她们的上衣胸口那儿开口都很低，奶沟子全看得很清；每个人都化了妆，两片嘴唇滴溜溜红；一人拉着一个提箱，还都有一个带襻的皮袋子挎在肩上。姑娘们嘻嘻哈哈地跟着薛传薪身后向赏心苑走，就像一个戏班子，引得男人们都把目光定到了她们身上。暖暖当时正在赏心苑的总台前对几个服务员交代事情，看见薛传薪领着这几个陌生姑娘进来，也吃了一惊，她先以为是他带来了一批女游客，直到薛传薪把她们安排在员工宿舍住下后，暖暖才意识到什么，上前问：她们是——？薛传薪笑笑答：这就是我在省城专为咱赏心苑招的负责按摩和陪酒的姑娘，她们的工资与咱们的客房服务员一样，客人额外给的钱，算她们自己的。她们每人每应招为客人服务一次，我们就收一百元钱。暖暖哦了一声，没有再说什么，原以为不会有姑娘愿干这个，没想到还真有愿干这个的人。

在今天这个日益现代化的社会里，我们搞旅游业的，要想迅速赚到钱，必须开展更多的人性化的服务项目，明白？薛传薪看定暖暖问道。

暖暖的眉头轻微地一皱，她有点厌烦听他问这个“明白”，那种教训人的味儿实在太浓……

就是从这天开始，赏心苑发生了重要的变化。

第一个变化是赏心苑每天的收入明显增加。过去，赏心苑的收入主要是房费、餐费和导游费，现在又加上了一项六个姑娘的服务费。暖暖一开始没有在意这项收费，以为靠它赚不了多少钱，没想到事情的发展大出她的意料，六个姑娘平均每天应招为客人服务两次，不是陪酒就是按摩，每次的服务费收一百元，这一天就是一千二百元，一月下来便是三万六千来元，而发给六个姑娘的工资,每人每月五百元,加起来才三千元,仅这一项服务,赏心苑一月就多收三万来元。暖暖心里暗暗对薛传薪生出了新的佩服:到底是你脑子好使,不再投任何资金就能收来现钱!

赏心苑的第二个变化是入住的男客人很少再有怨言。过去,尽管暖暖努力督促各岗位上的服务人员尽心做事,可每到晚上,还总是有男客不是对这不满就是对那不屑,发出各种各样的抱怨。自从这六个姑娘来后,这类事情很少再发生,而且客房里总是有笑声传出来,这也让暖暖很感意外。

再一个变化是一些原本住在楚地居的男游客,在听说赏心苑里有按摩和陪酒的姑娘后,又特意提出换到赏心苑来住,宁可多花些住宿费。这让暖暖很是不解:对于男人来说,按摩和陪酒就那么重要?

还有一个变化发生在开田身上。过去,开田都是在离别表演结束后,进赏心苑喝杯茶就走了。偶尔也问问收支情况,但时间都很短,苑里的事情多是暖暖和薛传薪两人来办。出了詹石磴写纸条子那件事后,开田和暖暖说话少了,来赏心苑也更少了,有时一表演完离别节目就走了。可自从来了这六个按摩和陪酒的姑娘后,开田来赏心苑的次数逐渐多起来,有时一天能来两次,来了常要问薛传薪那几个姑娘的服务情况,有时和薛传薪钻到屋里会说笑半天,这让暖暖也有些高兴,开田作为家长和村主任,多来赏心苑总是好事。

更大的变化发生于在赏心苑做事的那些楚王庄的姑娘们身上。楚王庄的姑娘们原来对那六个由省城来的外地姑娘只是感到新奇,觉得她们的穿着特别,做的事情特别,个别的甚至对她们所做的事有些看不起,觉得那不是正经人干的。可慢慢的,她们有些嫉妒起来,嫉妒的缘由是那六个姑娘的收入高,虽然六个姑娘的工资和她们一样多,可她们有客人给的小费。起初,楚王庄的姑娘们以为所谓小费,不过是几块钱而已,可有一次当她们问其中一个叫蕾蕾的姑娘，客人一次能给多少小费时，那蕾蕾笑笑答：没有一定的标准，客人高兴了，一百元也给过，通常是三十元，最少的也要给二十元。这让问的姑娘们很是吃惊，她们立刻在心里算起了账，按最少的数字算，每个客人给二十元，一天为两个客人服务，这就是四十元，一月下来不就一千多元了？再加上工资，近两千元了！天呐，她们做的事情又不累，收入竟这样高？姑娘们的心里就不平衡起来。那六个姑娘因为收入多，在吃穿上就放得开手脚，经常去赏心苑里的小卖部里买零嘴吃，话梅啦，巧克力啦，蛋黄派了，这些原本是准备卖给有钱的客人吃的，她们倒随意吃起来。她们还常轮换着搭上去聚香街买菜买肉的厨房师傅的三轮摩托车，到街上买些花花绿绿的衣裳和高跟皮鞋回来穿，惹得在赏心苑做事的那些楚王庄的姑娘都生了羡慕之心。有一次响响就悄悄问蕾蕾：能不能教教我咋样按摩，让我也多挣点钱？那蕾蕾笑笑悄声说：这事情好学得很，关键看你有没有胆量。胆量？响响来了兴趣，胆量我可有，啥事也吓不住我！蕾蕾说，既是这样，下次我再为客人按摩时，你站在一边看着，保你看一遍就能学会！真的？那我可要谢谢你了！响响高兴地说。

第二天晚饭后，那蕾蕾去为一个客人按摩前，过来悄悄给响响说：你跟我一起去吧。那阵子响响已经下班，就点点头跟在蕾蕾身后去了客人住的房间。客人是一个中年谢顶男子，一见进来两个姑娘，有些意外，说，我要的是一个呀！蕾蕾说：我这位妹妹是来学习按摩本领的，你只当她没在，不就行了？那人不高兴地嘟囔了一句，就躺在床上让蕾蕾按摩了。只见蕾蕾先是张开两手在那男的头上脸上胡乱按了一阵，之后，就把手转移到了他的胸口和腹部揉起来，那男的这时也就抬起手，去摸蕾蕾的脸，蕾蕾没有闪避，只笑着说：大哥的身子保养得真好，是做官还是当老板？那男人笑起来，一边把手移到蕾蕾的脖子里和肩头上摩挲，一边笑问：你觉得当官好还是当老板好？蕾蕾就笑着：都好呀，当官有权，当老板有钱,有权就能换来钱,有钱就能买来权,全比俺们这些做按摩的好!嗨,你这姑娘倒是聪明!那男的说着,已把手挪到了蕾蕾的胸口上,一下子攥住了蕾蕾的一只奶子。在一旁看着的响响心里一惊:这人咋会这样流氓?!她以为蕾蕾要发火了,却不想蕾蕾一笑说:大哥,奶子可不是随便摸的,摸一只要十五块钱哩。说完,就把身子一闪,让那男子的手空了。十五就十五呗,你以为我付不起了?!那男的就起身立马从钱包里摸出了一张五十元的票子塞到了蕾蕾手里。蕾蕾淡然一笑,把钱装进衣袋,这才又弯下腰把胸脯亮在了那男人眼前。那男的这时已有些迫不及待,两只手猛地抬起攥住了蕾蕾的两个奶子。响响看得脸红肤热心惊肉跳起来,蕾蕾倒若无其事地继续着自己的按摩动作。那男的呼吸越来越急,手想把蕾蕾的身子往自己的身上拉,只见蕾蕾这时把对方一推,笑着说:按摩结束。随后,就向门口走来,响响一见,急忙先拉开门跑了出来。咋样,明白了吧?蕾蕾把响响拉到一个墙角低声问。其实按摩根本不需要学的,就是想法让男人高兴,让他自愿掏钱给你,陪酒也一样,男人们喝了酒还不是喜欢动手动脚?让他动呗,最后他不会不给小费的。响响还没听完,脸已羞得发烧烫手了……

这件事让响响的心咚咚跳了半晌,夜里也没有睡好,她从来没想到女的也可以这样挣钱。做这样的事不是不要脸皮了么?让她们的爹娘知道,那还得了?让她们的对象知道了,还会和她们结婚成家?这样做时间久了会不出事吗?响响想了几天,心里还是乱,就在一个晚饭时分把暖暖悄悄叫到一旁,说了她了解到的情况。暖暖听罢也吃了一惊,她根本没想到那六个姑娘是这样为客人服务的。自她们来到赏心苑后,暖暖一直没有过细了解更没有看过她们为客人服务的过程,在她的内心里,总觉得她们是薛传薪招来的,又是从省城来的,见过大世面,做事肯定不会出啥毛病;再说,薛传薪也没有要她管她们的事,薛传薪是赏心苑的正老总,你一个副老总何必去管正老总办的事?何况暖暖确实很忙,除了赏心苑的事还有楚地居里的事要操心，这样，她就一直蒙在鼓里。如今听响响一说，她才真正急了，下决心把她们的服务内容真正弄清，要真像响响说的那样，那还得了？得赶紧制止。

平日，暖暖都是回家吃晚饭的，而且吃过晚饭就不再来赏心苑了，夜里的事情都是薛传薪来处理的。这天晚饭后，暖暖借口有事又来了一趟赏心苑，在知道六个姑娘已分别应游客之邀去客人房间服务之后，她拿了一把客房服务员的万能钥匙，轻手轻脚去打开了其中一个住套间的客人的房门。客人正躺在里间的床上由一个姑娘给他按摩，暖暖隔了通里间门缝向里看去，果然和响响说的一样，暖暖看得心惊肉跳又满腔气愤，原来这些姑娘干的是这个，这哪里是按摩？分明是靠色相赚钱嘛！她刚想退出来去找薛传薪，忽见床上那男的猛地翻身把按摩的姑娘压在了身下，暖暖心头一震，以为那姑娘会呼救的，她当下决定，只要那姑娘呼喊一声，她就冲进去解救并让保安把那男的扭送到乡派出所里。可令她没想到的是，那姑娘反而咯咯地笑了起来，低了声说：大哥，你慌什么？价钱还没讲好哩……暖暖满面羞红咬了牙轻步退出屋子，转身快步去推开了薛传薪的屋门。你没回去？正在灯下看书的薛传薪放下书问。

你知道你从省城带来的那六个姑娘是咋样为客人服务的吗？暖暖两眼直盯住薛传薪。

薛传薪的眼珠一个惊跳：怎么了，不就是按摩和陪酒吗？

知道她们是咋样给男人按摩的吗？

薛传薪笑了：我是老总，还用管那么细呀?！按摩是一门手艺，主要是疏通人的经络促使人血脉通畅，你我不必去学的，也不需要去操心。

要不要我领你去看看？暖暖仍然直盯住对方，她想弄清楚他是不是也像她一样被蒙在鼓里。

看那干啥呀！只要客人按规定给我们交钱，不提出意见，我们就不必去过问,你还嫌咱们的事少么?我们应该把精力用在招徕游客上。

我觉得这事咱们必须得管了!你知道她们在干啥?她们在丢我们赏心苑的脸!在败坏楚王庄的风气。

有那样严重?薛传薪仍在笑着,眼里却是不以为然。甭把小事说成大事,自找烦恼。

你不信你可以找个她们正在按摩的房间去看看,我从来没想到她们是这样干的,我一直以为她们是在按你的要求,真的在为客人做按摩服务——

你有点太认真了。薛传薪打断了暖暖的话,有些事是不能管那么细的,我们开赏心苑是为了赚钱,只要有钱可赚,就行,至于那些两相情愿的事,管它干什么?咱吃饱没事干了?有些事得睁一只眼闭一只眼,明白?

这么说,她们所做的事,你是原来就知道的了?暖暖的眼中有了火苗,对方的话有点证实了她的怀疑。

我怎么可能知道?薛传薪急忙摆手,我又没去看她们咋样按摩,好吧,你既然觉得她们的做法不好,我就去了解了解,你先回去歇息,咱们明天再商量,行吗?

暖暖就扭身回了家。开田那时已经脱衣上床躺下,看见暖暖进屋,也没说话,翻个身兀自睡了,自从詹石磴写了那个纸条后,两个人就一直是这样。暖暖见开田那个冷淡劲,本不想跟他说话的,可今天发现的事儿太大,不跟开田说暖暖心里憋不住,她于是就伸手推了推开田气呼呼地说:赏心苑要出事了!

哦?开田翻过身来,看住她,等她继续说。

你知道薛传薪弄来的那六个姑娘是咋样给客人按摩的吗?

开田没说话,只是依旧看着她,眼中却已没了听下去的兴致,张嘴打了个长长的哈欠。

简直是丢人,是用色相逗引男人掏钱。暖暖话里夹着气愤。

开田咳了一声，然后不高不低地问：她们来后，赏心苑的客人是少了还是多了？赚钱是多了还是少了？经营效益是好了还是差了？

钱当然是多了，可——

可啥子？开田的声音一下子冷起来，只要赚钱多了就行嘛，赏心苑赚钱多了，咱分的就多，咱还管那样多事干吗？咱没别的事干了？咱开赏心苑不就是为了赚钱么？难道开赏心苑还有别的目的？

可钱也不能这样赚呀!？这事要是传出去，你脸上有光？村里人会咋说？

好了，别管脸上有没有光，先睡吧，赶明儿再说。开田说罢，一翻身就又去睡了。暖暖没想到开田也是这个态度，气哼哼地在床帮上坐了一阵，这才慢慢抬手去脱衣躺下……

第二天天刚亮，暖暖还在给丹根穿衣裳，赏心苑的一个保安来喊开田，说是薛总找主任有事。开田随之就同那个保安走了。平日薛传薪有事，都是差人来喊暖暖过去，这会儿直接来喊开田，让暖暖有些意外，她估摸是为了那些按摩姑娘的事。也好，你俩先商量吧，这事你们早晚得经过我，为了咱赏心苑的清白名声，那六个姑娘必须走人！丹湖水的干净要保证，赏心苑的清白也要保证！

吃过早饭暖暖去赏心苑上班时，薛传薪把她叫到了自己的办公室里，开田那时还没走，也坐在那儿慢悠悠地吸着香烟。薛传薪笑道：赏心苑自开业到现在，在我们的共同努力下，尤其是在暖暖的精心操持下，效益不错，可以说，暖暖是赏心苑的功臣！

暖暖没有说话，等着他的下文，她估计他叫她来不单单是为了表扬她。

暖暖，有一件事要给你说明，我们总公司要求各子公司都要进一步加强管理，对于合作经营的项目，要求合作方参与经营的，必须是其第一责任人，鉴于此，我们要请旷开田主任亲自参与赏心苑的经营。薛传薪说得有些小心翼翼。

好呀！他要参与经营，我就轻松了。暖暖笑道。

既是这样，从今天起，你就不必来赏心苑上班了，明白？薛传薪含了笑紧跟着说。

暖暖听到这里，心里才咯噔一声，才算真的明白对方刚才那番话的含意，原来是不想让我在这儿干了。他何以要这样做？是我做事出了错？还是因为那六个姑娘的事？好像是后者，很像，因为昨天他还没有要我走的意思，前几天还说过对我的管理很满意的话。我是为了赏心苑着想，他就如此不能容人。也好，不在赏心苑干了我也就不必再操那份心了。

刚好咱楚地居也要你去操心，以后你就在那边干，赏心苑这里，既是他们要求我常来，我就来吧，好在村委会里的事情如今也已理顺，不要再操多大的心。开田这时开了口，话音里含有些解劝的意思。

好呀，那我就走了。暖暖说罢转身就走，她怕走慢一点，心里的那股气愤和委屈会使她的眼泪涌出来，她可不想让薛传薪看见自己的眼泪。她原先对薛传薪的印象一直不错，没想到他出手会如此狠，仅仅为了那六个姑娘！嗬，你这个男人！

暖暖那天没有立即回家和楚地居，而是来到了丹湖岸边，慢慢地沿着湖边走着，她要让自己的心平静下来。不时地，她会回头看一眼赏心苑那片房子，从最初谈合同到发展成今天的样子，赏心苑让她付出了多少心血，现在突然离开，她心里真有一种没着没落的感觉。不过，它还是属于旷家的，你只是暂时不管理而已，开田在那里管着和你在那里管着还不是一个样?！你不是一直觉着累，这样不正好可以歇歇了？

暖暖嫂子，今儿个咋有空在这儿闲逛？近处猛地响起一声招呼，暖暖抬头一看，才知已走到了九鼎家的责任地头前，九鼎正在由地板车上向地里撒粪。

你今天咋没有去公司上班？暖暖问。

今天该我歇班，就来地里干点活。九鼎笑着，又道：你是个大忙人，平日可是难得见你来这湖边闲逛——

心里烦哪，就出来走走。暖暖努力一笑。

你心里还会烦哪？你现在是每天都往兜里揣进几百元，叫俺们看着，你过的都是天堂里的日子，烦啥呀？该天天吃锅盔馍喝卧龙黄酒哼小曲才对哩。

一家不知一家呀，九鼎。

嫂子，我一直在想，这老天爷为啥单对你们家这样照应呢？开田哥当了主任，你开店又发了，在咱楚王庄，你们家可是不得了哩，成了首富！

啥首富呀，不过是有个零花钱罢了。九鼎，你要是有啥需要嫂子帮忙的，你尽管说。

那自然，哎，嫂子，有件事不知当问不当问？九鼎的脸上露了一点犹豫。

啥事，问呗，跟我你还吞吞吐吐？暖暖催着，九鼎在她最困难的时候帮过她，她一直在记着这份情，她也知道九鼎家的日子这两年过得不好，超生过一个儿子，总挨罚，有心想帮帮他，她让他媳妇惠玉去楚地居里做饭，也是帮他们的意思。

听说赏心苑里来了几个按摩的女人？

是呀，你也知道了？暖暖没有感到意外，那几个姑娘常穿得花枝招展地在村里走，人们能不知道？

说是那几个女人也卖身，是婊子？

暖暖的脸刷一下红了个透，好像自己受了污辱似的叫：九鼎，你胡说个啥？人家是做正经按摩和陪酒生意的，这种事在城里都是常见的，咋到你嘴里会成了这？咋说得这样噎人和难听？

九鼎一看暖暖变脸失色地生了气，忙不迭地赔着笑说：对不住对不住，嫂子，既是没有这回事，就算了。算我没问行吧？你可别生气,你如今是主任夫人,气坏了你主任要找俺算账可咋办?

暖暖虽是嘴上硬得厉害,把对方吓住了,可她心里却慌得很,看来,村里也已有人知道了这件事,这要是在村里传开那可是太糟糕。你给我说,九鼎,你刚才这话是听谁说的?

嘿嘿,算了,算了,算我没问,中了吧?九鼎笑着讨饶。

给我透个实话,你是听谁说的?让嫂子我心里也好有个底。暖暖让自己的声音平静下来。

是听棰子说的。棰子在你们赏心苑当保安,有天晚上睡觉时分,他突然听见一个男住客在房子里和一个女的吵闹,他就敲门进去想问问是咋着回事,结果进去后才看清,和住客吵闹的那个女的是做按摩的,他就劝那按摩的赶紧走,不要影响住客歇息,不想那女的哭了,说那男的打了炮才给五十元,明摆着是欺负人,边哭还边拿出一张五十块的票子和一个用过的避孕套让棰子看,棰子大吃一惊,他这才知道那些按摩的女人还干这事……

暖暖感到自己的脸越来越热,她不用查对,就知道那些话是真的。她几乎不敢抬头去看九鼎,那阵子地上要是有个裂缝,她都想钻进去,天哪,丢人,在你眼皮底下出了这事,真丢人!之后她是咋样和九鼎告别的,她已经忘记了,她只记得她从湖边刚一回家,就躺下了。她是又生气又自责:我为啥就对她们那样放心呢?我为啥早不去了解清楚呢?村里人知道了这种事情,会咋样说自己?……

吃午饭时开田回来了,刚一听到他的脚步声暖暖就起身下了床,她对丹根说:叫你爹进来。丹根跑到外屋把开田刚一拉进来,暖暖劈头一句话就是:把她们赶走!

把谁赶走?开田有些懵里懵懂。

那六个按摩的。

不是说赏心苑那边的事不用你操心了吗?开田皱起了眉头。

可她们依旧在坏咱们的声誉,只要赏心苑里有咱们的股份,她们做的事情别人就会记到咱们的身上！你想抹都抹不掉。

我看你是想多了，谁都知道赏心苑主要是人家五洲公司盖起来的，人家又有人在这儿当经理，咱只是帮人家管一些琐碎事情，分点红，咱操那样多的心干啥？那六个按摩的姑娘是薛经理从省城带来的，咱把人家赶走，薛经理会咋样想？道理上能说得通？得罪了五洲公司，有咱的好？这种事你假装不知道就行，干吗那样认真?!

你是这样想？暖暖瞪住开田：出事了咋办？

能出啥事？一个愿给人按摩，一个想被人按摩，都是两相情愿的事，能出多大的事？就是有点动手动脚，只要他俩不说，谁知道？再说，真要出了事，五洲那边有薛传薪，咱这边有我，也不会要你操心，薛经理不是说过不让你管赏心苑那边的事了吗？你今后就在这边把楚地居里的事管好就成。好了，吃饭吧。开田说完就有几分不耐地向灶屋那边走了。暖暖越发生气，叫道：好，好，算我多吃萝卜淡操心，从今往后，赏心苑就是出了天大的事我也不会再问一句！说完，就又赌气地躺下蒙头睡了。

第二章　火

46

暖暖是第二天早饭后才去楚地居的，青葱嫂一听说暖暖今后不再去赏心苑上班，就在楚地居这边管事时，舒口气高兴地说：好，这下子我这心就放松了，你不知道呐，有些原本定下住咱楚地居的客人，一听说赏心苑里有按摩的姑娘，就又搬那边住了，你让我经管这楚地居，我留不住客人可是咋办？心里老揪着哩！暖暖说：没事，咱不靠那个，客人少就少赚一点，又不等这点钱吃饭。

在和城里宾馆没有两样的赏心苑住惯了，再回到楚地居，暖暖一下子感到这里的条件确实太差。过去没有赏心苑时，看着楚地居各样还都挺好，现在两下一比，差距就比出来了。看来，要想吸引游客，应该对楚地居做些改建和改变。好在现在家里有钱，暖暖想拿出一部分钱来办这些事。

暖暖办的第一桩事是给每间客房加一个卫生间。过去，客人夜里上厕所，都是穿上衣裳跑到院子外边，这对城里人来说太不习惯。楚地居是平房，加个卫生间不是多难。暖暖先让工匠们在院子外边埋好管道，然后在每间客房后边盖半间小屋做卫生间，在客房的后墙上开个门相通就行了。

第二桩事是在楚地居院里搭了一座大棚子，里边摆了桌椅和沙发，又设了个柜台，让一个雇来的姑娘卖些日用杂品和茶水，还放了一个电视机，客人们可以在里边吃零嘴、喝茶、啦呱、看电视。

第三桩事是楚地居的房前屋后和院中的空地上，像赏心苑那样全种上花花草草。这三桩事一办，楚地居就像个样了。可暖暖并没提高食宿费，每个客人连住带吃，一天仍交一百元。来住下的客人都说，在这偏远的西岸乡下，花一百元就能住上这样的房子，吃上这样的饭菜，真合算……

暖暖如今只管楚地居里的事，对赏心苑那边甚至连看都不看一眼。即使他们在表演离别节目时，暖暖也不看一眼。薛传薪的所作所为太让她伤心，本来是一起创业的，仅仅因为自己对一件事有不同看法，就立马赶自己走了，心可是真狠，做的可是真绝！

这天中午，暖暖吃了饭正想躺在床上睡会儿午觉，忽见青葱嫂慌慌地跑进院问：暖暖，你知道赏心苑要扩建的事吗？暖暖摇头答：没有，没人给我说，不给我说更好，我何必去操那样多的心？你也别管，这事与你更没关系。嗨呀，与我关系大着哩！青葱嫂着急地拍着大腿，你知道他们是咋样扩建的么？要把俺家的院子和俺们院子旁那块种黄豆的责任田，还有九鼎、占坤、詹同方他们三家的院子和责任地都圈进去！哦？暖暖吃惊了，圈那样大的地方？是呀，今上午薛传薪和开田已经去和你长林哥说了，要俺们准备扒房搬家，一间房给俺们补六百块钱，到村南新划出的一块宅基地上再盖新房，你说六百块钱能盖起一间新房？这不是天大的事吗？住了多少辈子的老宅子哪能说搬就搬？再说，院子旁边那块责任田，有三亩多哩，那可是块长庄稼的好地，这些年俺们一直在施肥收拾，把这块好地占了，俺们以后咋办？说是给俺们一亩五千块的补偿，补偿费吃完了可怎么好？有地是年年都有收入的事呀！

暖暖听罢也吃了一惊，说：青葱嫂，你别着急，他们要扩建赏心苑的事我真是一点都不知道；我这就去给你问问！暖暖说罢起身，将丹根塞到青葱嫂怀里，就快步出了门。

开田和薛传薪正在赏心苑的餐厅小雅间里喝酒，暖暖推开门时，两个人正在满脸欢喜地碰杯，听见门响，大约以为是服务的姑娘们来上菜，也没扭脸，只听薛传薪说：来，为咱们赏心苑的扩大，再干一杯！开田说：地的事你只管放心，包在我——

放心个屁！暖暖打断了开田的表态。薛传薪和开田这才扭过脸来，薛传薪急忙起身让着：来，来，暖暖，来得早不如来得巧，我们刚把酒摆上，你可就到了，快，先坐下喝一杯。开田的脸则在阴着，大约是为暖暖刚才打断了他的话不高兴。赏心苑是真的要扩大？暖暖没坐，只是站到他们面前问。

这是我和旷主任一起做的决定。薛传薪只在嘴角含些笑说，我想你一定看到了，四面八方的游客正在涌来，楚王庄正在成为一个新的旅游胜地，它的楚文化遗存，它的寺院建筑，它的湖烟之谜，它的碧水青山，它的农家生活场景，都引发了城里人的观览兴趣，可以说，楚王庄的开发前景不可限量，未来，会有大批的金钱等着我们去把它搂到怀里。而我们眼下的接待能力还不行，高档房间太少，消费项目不多，很多游客的钱还没有消费掉就又走了。因此，我们一定要尽快对赏心苑进行扩建，除了扩建客房之外，我们还要建网球场，建大型舞厅等。这和我们五洲公司的发展战略也相符合，眼下，很多旅游公司都在城市里苦心经营，可我们五洲公司把目光转向农村，我们认为城市因为同一化其观览的价值正在逐渐变小，全中国大小城市的建设正在趋向千篇一律，城市的各种房屋看上去都大同小异，看一座城市就可大致知道其他城市的格局，而农村因为其变化太慢反而保留了自己的独特韵味，大批的金子埋在农村的土层下边，正等待我们去夺取！我把扩建赏心苑的计划向我们五洲的总裁一汇报，立马得到了批准。这也是为了更快地拯救没落中的楚王庄，为了老百姓——

别说得那样好听，你扩建可以，但不能扒村里人的宅院，更不能占耕地！暖暖冷了脸说，农村人盖所房子不容易，常常是花了一辈子的积蓄，你给他六百元让他扒了重新盖，他咋能盖得起？再就是责任田，那是他生活的依靠，你只给几千元就把它占了，他们把钱花完以后可靠啥过日子?

嗬,你既不叫扒宅院也不叫占耕地,你让我们怎么扩建?将房子盖到天上?薛传薪不由得站起叫了起来。

村里不是还有空地嘛!

可那些空地和赏心苑根本连不到一起,你让我怎么办?

我过去给你说过,你要真想扩大投资可以建一条楚味小街,那样就沿着村中的南北大路两边建,既不占人宅院也不占人耕地,多好!再说,办啥事都有个度,眼下赏心苑和楚地居的这个规模,既接待了游人,又不影响村里人的生活,咱们既赚了钱,村民们也都受了益,要是发展过了度,就会影响到村里人的正常日子,弄得鸡飞狗跳的,那样有啥好?你就真敢保证游客的数量会越来越多?城里人的游兴是在不断变化的,新开发的景点也越来越多,咱这个地方毕竟交通不便,不能把事情想得太乐观——

好了,你少说一点!开田冷冷打断了暖暖的话,对旅游这行当你还有人家薛总懂得的多?明摆着的,游人是越来越多,眼看有钱摆在那儿咱为何不划拉来到怀里?扩!

暖暖一听这话,脸也拉了下来:我不管你扩不扩,可你们要是因为扩建赏心苑去扒青葱嫂和九鼎他们几家的房子,去占他们的耕地,那可不行!

暖暖你这不是胳臂肘向外拐么,扩建后赚了更多的钱也是咱们两家分呀,又不是我们五洲公司一家拿走。薛传薪摊着手,你的脑子好像不如过去活泛了嘛!

我这不是胳臂肘向外拐,我这是在给别的人家留活路,钱当然我也喜欢,赚多了我也高兴,可不能因为咱赚钱就断了别人家的活路,那会遭人戳脊梁骨落骂名的!青葱嫂家一直生活困难,她根本没有能力再去扒房起屋地折腾一遍。

行了行了!开田不耐烦地朝暖暖挥着手。

你们反正不能扒别人家的房子占别人家的耕地!暖暖再次

强调。

这就不讲理了嘛，不扒房子不占耕地我可怎么扩建？你就这样对待我这个楚王庄的拯救者？我告诉你，古今中外的拯救者一向都是手拿武器的，拯救在某种意义上就意味着占领，你们要想被拯救，就要接受我的占领！当然，我的武器不是枪炮，是人民币，是资本！明白？薛传薪有些急起来。

你急啥子？开田示意薛传薪坐下来，在楚王庄又不是她说了算，按咱们原来的计划办！

暖暖的眼瞪了起来叫：旷开田，我把丑话给你说到前头，你要真敢扒别人的房子占别人的地，我跟你没完！

开田不再说话，只是端起酒杯兀自喝了起来……

暖暖那天回到楚地居给青葱嫂说：你别着急，不管他们谁去让你扒房腾地，你都不要答应，我晾他们没人敢强行去扒你的房子！青葱嫂听了这话才有些放心了，说：我赶紧回去给你长林哥说一句，好让他也放宽心，他中午一听到让扒房的消息就气得不吃饭了。

青葱嫂走后，暖暖坐下歇了一阵，正想去院子里洗丹根的衣裳，忽又见麻四嫂抹着眼泪哽咽着进了院门，暖暖诧异地急忙起身迎上前问：咋了四嫂，出了啥事？

那个猪……猪……麻四嫂一下子哭出了声。

谁家的猪？猪咋了？暖暖听得莫名其妙。

就是麻老四那个猪！四嫂这才算说清了。

四哥咋会惹你生气了？暖暖笑着问，她知道这两口子平日断不了小吵小闹，估摸又是为些柴米油盐的琐事生气，就急忙递个椅子让她坐下。

这个月你给他发了导游费后，他推三阻四地不想给我，后来我要得急了，他给了我三百六十块，说这个月你只给他发这么多，我当时就不信，你过去明明说好给他每月五百的，不会只给他三百六,我相信你不会赖他这点钱。我知道他给自己留下了一百四十元,可我当时没再多说,我想悄悄弄清他攒钱干啥,就注意留心他的行踪,你知道我最后发现了啥?

啥?暖暖被麻四嫂的认真神态逗笑了。不就一百四十块钱嘛,值当的?你得让他有点买烟买酒的私房钱。

我发现他没事就往赏心苑跑。

去赏心苑有啥了?他这导游员是两下里有团都要带的,我过去在那儿主事时,也让他去带过旅游团,再说,他在离别节目里演着重臣,在赏心苑那边有不少熟人,他可能是过去找熟人啦呱哩。暖暖依旧含笑劝着。

是呀,我一开始也像你这样想,以为他是找熟人玩呐,可昨天晚饭后,我看见他又去了赏心苑,恰好他舅那时骑车来找他有事,我就去赏心苑里找他,你猜猜我最后在哪里找到的?

在哪儿?暖暖一下子意识到了什么,笑容没了。

在一间没有住游客的房间里。我去问那个值班的姑娘,见没见俺娃他爹在哪间房里,她摇头说没看见。我就一间房一间房地挨着找,最后在没有住客人的19号房子里听见了他和一个姑娘的说笑声,我有些奇怪,谁家的姑娘会和他在这儿说笑?我上前推门,门在插着,我当时心里就一咯噔:一男一女在屋里把门插着说笑,这是想干啥?我就绕到后窗那儿找个窗帘缝向里看,你估估我看见了啥?

暖暖没有说话,脸却先红了,她已经猜到四嫂看见的是啥了。

一个不是咱村的姑娘,赤了上身骑在他的身上,他正在眉开眼笑地晃人家哪,那个猪呀!猪呀!……四嫂又哭了起来。

暖暖上前拍着四嫂的肩膀。四嫂就又嘤嘤地哭着说:我当时不敢惊动他们,我怕我一喊叫,人都围过来咋办?咱丢不起那人呀!我就在赏心苑的大门外边,找了个暗处站那里等。一直等到他出来,你不知道他当时那个狗样子,他快活呀,哼着小曲出来的,我几步上前就抓住了他的脖领子，照他脸上就是一巴掌。他当时以为我不知道他做的事，凶着哩，朝我吼道：你这憨女人，你是想干啥？我咬了牙朝他叫：你狗东西做的好事！走，咱见了你舅之后再说清楚！他嘴犟着哩，说：见我舅我也不怕，我又没做啥错事。我没再理他，到了家见了他舅，我对着他舅说：让你外甥说说他刚才在赏心苑19号房子里做的事情，他要是再不说，我就讲讲我看到的场面！狗东西一见我这样点他，知道我发现了他的把戏，慌得直朝我使眼色，用眼睛求我给他留个面子。我心软了，算没有当面揭他的丑，一直到今天早饭后他舅走了，他才向我跪着老实承认，他把那一百四十块钱全花在了那个按摩姑娘身上，他说他听说那些按摩姑娘只要给钱啥事都肯做，他就暗中动了心了，他说他觉着那些按摩姑娘浪得让他心里直动弹，他说他总想尝尝按摩的味。他是预先给那个按摩姑娘说好的，把一百块钱给她交到服务台，四十块钱交给姑娘本人。一百四十块呀！够称多少盐灌多少香油呐，他一会儿可就全花在了那个贱货身上！暖暖，你得给嫂子做主啊，你得把赏心苑里那几个贱货全都赶走，要不然麻老四说不定还会去找她们，猫知道了腥处它会忍不住再过去的！俺们的家境你也知道，咋能经得起这种折腾?！……

在麻四嫂哭诉的时候，暖暖真觉得自己的脸没处放了。天呀，出这种丑事，自己是应该负责哩！早应该弄清她们是在干啥事，自己真傻呀！竟然完全相信了她们。现在咋办？薛传薪不让自己再插手赏心苑的管理，想赶她们走也不行了。只有让开田处置这事了。送走麻四嫂后，暖暖坐在那儿生了好一阵闷气，唉，自己当初真是大意，竟没弄清那些姑娘的真实身份，没有动手把她们赶走。

眼看到了吃晚饭时间开田还没回来，暖暖就有些着急，以为她又要在赏心苑吃了，便打了一个电话过去，要他今晚回来吃，她是想即刻把麻老四家出的事告诉开田，让他立马催薛传薪把那六个按摩的姑娘赶走。不想那边总台值班的姑娘说：旷主任去村委会了。暖暖心里着急，就出门向村委会走去。

暗夜早已压上了屋顶，村委会院里没有别人，除了树上归鸦的鸣叫，院子里一片安静。暖暖一看见那间门上写了“主任”两字的屋子，心里立马就有些不好受，不由得忆起了过去詹石磴对她所做的那些事来。不过想到现在坐在那屋里的是开田，她又舒了口气。她看见那门上没锁，就过去推了推，没想到门是从里边插着的。开田，是我，开门！暖暖喊了一声，心上不免生了点奇怪：这个时候插上门干啥？屋里传来一阵响动，随后门栓迟迟疑疑地拉开了，暖暖没想别的，哐啷一声就推开门闯了进去，进屋后才发现，屋里除了开田，还有悠悠。暖暖一下子瞪大了眼睛。

嫂子，你来得正好，我来找主任说宅基地的事时，正遇到他头疼，我就让他躺在床上，给他按摩了一阵，现在你来了，还是你来给他按吧。

你别说，悠悠还真从赏心苑那些懂按摩的姑娘那里学到了本领，给我按了这一阵，我觉着头疼好多了。开田这时不自然地笑道。

是吗？那就继续让悠悠给你按吧。暖暖依然笑意盈脸，声音中也没露出任何不快。其实，暖暖这样的聪明人，还能看不明白？一男一女关到屋子里按啥摩？何况那悠悠衬衫上的扣子都在慌乱中扣错了。以暖暖心里的那股气恨劲，她是真想大骂大吵一场的，旷开田，你竟也敢做这种事了?！你个杂种！可暖暖也清楚，眼下闹开，她手上并没有实实在在的证据，两个人肯定都要狡赖，罢罢罢，咱也向四嫂学学，先沉住气。

嫂子，我家里还有事，先走了。悠悠说罢，慌不择路地就向门外走，在门口，脚还绊了一下门槛，使得她踉跄了几步。暖暖眼闭了一刹，使劲把要冲出口的吼骂咽到了肚里。

咋，找我有事？开田见悠悠走了，神情自然些了，就看着暖暖问。

没事,我是从这门前过,顺便拐进来看看。暖暖轻描淡写地说。此刻她已经心乱如麻气恨满腔了,哪还有心情和他说赏心苑的事,和自己遇到的情况相比,麻四嫂的苦痛已经算不得什么了,麻四哥不就是让女的按摩了一回么?而旷开田和悠悠,怕已不只是按摩的事了。

暖暖那天回家后,装得像没有发生任何事情一样,正常地处理着楚地居里和家里的各样事情,开田的爹和娘都没有看出暖暖的心里其实已和起了大风的丹湖水面一样,波翻浪涌了。这件事我一定要弄清楚,如果他们真的只是按摩按摩,那就警告他们一声作罢;倘如真的是已到了那一步,那就别怪我不客气了!尽管暖暖已经觉得他们十有八九是已走到了那一步,可她的内心里还是希望那不是真的。

自这一天起,暖暖表面上和过去一样,暗地里却在仔细观察开田的一举一动。凡开田去村委开会或办事时,暖暖都要悄悄去看一回。就是他们表演《离别》节目时,她也要悄悄去观察一下。她现在觉得,开田和悠悠两个人一定是在演那个《离别》节目时慢慢挂上的,开田演楚王赀,悠悠演赀的王后,俩人经常在一起,把假的就弄成真的了。嗨,当初真不该答应薛传薪上演那个吸引游人的破节目。不过一连好多次,暖暖都没发现什么,即使在表演中,也没有发现两个人眉目传情。但这并没消除暖暖的疑心,她估计他们是受了惊,便决定给他们创造一个条件,如果有了这个条件他们还没啥不正常的,暖暖就打算丢了这份怀疑作罢。

这天早上吃早饭时,暖暖对开田说,长沙来了几个研究屈原的人在咱楚地居住着,想去后山看看楚长城,顺便看有没有屈原在这一带活动的遗迹,要我亲自陪他们上去,估计回来就天黑了。开田哦了一声,说:去吧,留心听听他们都说些啥,咱们以后也好向别的游客学说。暖暖点点头,就走了。

其实暖暖那天只把那几个研究屈原的人送到后山坡上,就又返回了村里，进了占坤叔开的小茶馆。占坤叔当初开这茶馆还是暖暖给他建议的，暖暖当时说：占坤叔，来咱楚王庄的游客这样多，喝茶的人肯定也不会少了，你要是开个茶馆，保准能赚钱，水就用丹湖水，茶就用南山上的大叶茶，木柴家里又有，花不了多少本钱。占坤叔一听有道理，就动手干了起来，这不，眼下每天赚三十来块钱还是很轻松的。占坤叔这会儿一看见暖暖进了他的茶馆门，忙不迭地迎上去叫：嗨呀，暖暖，你可是稀客！暖暖笑着：叔，早就说来你这茶馆里坐坐，一直没得着空，刚才把一帮游客送上了后山坡，趁他们在山上玩的功夫，来你这儿歇歇。快坐快坐，我给你泡上一碗茶，你慢慢喝。占坤叔忙着提水拿茶叶：暖暖呐，你可是咱村里第一能干的人，又是楚地居又是赏心苑，一月都赚多少钱呀，让人眼气哩！暖暖一边笑着说：叔说过头了，不过是赚个日子宽裕些；一边拿目光在村委会的院门前晃，坐在这里，刚好把村委会的院门看得清清楚楚。

暖暖就这样喝着茶，一边心不在焉地应和着占坤叔的话，一边等待着。她今天一定要等出一个结果，不管那结果是什么。约摸快晌午时分，才见开田晃晃悠悠地由远处走来，暖暖不动声色地看着他掏钥匙开院门，心里却在紧张地猜：悠悠会来么？在她的内心深处，她实在不想看见悠悠出现，她希望自己对他们的怀疑是错的。然而，没有多久，悠悠竟真的出现了。在看见悠悠的第一眼，暖暖就陡然觉得自己的心一沉，一团搅和了不安和愤恨的东西开始堵在了胸口处。

暖暖要交茶钱，占坤叔不让，暖暖就没再多推让，出了茶馆便向村委会走去。她感觉到自己的身子在抖，她朝自己无声地喝了一句：你抖啥子？又不是你做了坏事，该见的你早晚得见！她轻步向用黑墨写有“主任”两字的那扇门靠近，同时去衣兜里摸出了她早就配好的一把钥匙。她先小心地推了推门，确认门是锁着的。她开门的动作十分麻利，以至于屋里的人要做出反应是来不及的。

她轰隆一声把门推开，她看见了她早就估计到的场面，她惊奇自己的冷静，她没有扑过去，只是站在那儿冷笑了一声。床上的两个人僵在那儿，悠悠的两条腿还在向天举着，一刹过后才想起去抓衣服，他们是那样的慌乱，以至于衣服怎么也穿不到身上。呸！她朝地上吐了一口。暖暖嫂子……我……悠悠带了哭音想说点啥。

滚！暖暖怒不可遏地叫了一声。

悠悠几乎是连滚带爬地跑了出去。

旷开田，你还有啥说的？暖暖咬了牙问。

还有啥说的，你都看见了。开田这时已经穿好了衣裳，脸上是一副死猪不怕开水烫的样子。

你当初想娶我时是咋说的？

开田搔着头发，一副沉入回想的样子。

想起来了？火苗分明要从暖暖的眼里喷出来了。

娃子都这样大了，当初说的话还能记住？开田分明是想笑一下，可因了刚才的惊吓，笑容已经全藏起来了，他竟没能把它们调到脸上。

你个狗！驴！畜生！暖暖终于没有忍住怒气，抓起门后的一个笤帚朝开田砸过去。开田闪了一下头，笤帚砸到了墙上，发出咚地一响。

你当初给我说你一辈子都会对我好，再不会看一眼别的女人，你……暖暖因为伤心和气噎说不下去了。

薛总给我说过，如今这种事在城市里多了去了！他还说眼下是个多情的年代——

说那放屁！

真的，他说眼下城里有权的男人，没有几个没情人的！

因为这你就也去学？别人要去吃屎你也去吃？你个畜生！

赏心苑里的《离别》节目也是你同意让演的，那里边的楚王贵不是有好多女人?！开田的声音有点理直气壮。

嗬,你敢跟楚王赀比了?!暖暖被这话惊住。

楚王赀是一国之王,我是一村之王,不过是大王小王之分,可都是王吧?!

王你奶奶的狗屁!暖暖又顺手拿起门后的一个洗脸瓷盆朝开田砸了过去,脸盆最后落到地上,哐哐啷啷地响了好一阵。你不知道丢脸,还在自夸哩!你是王?你也想当王?!说,咋办吧?!

还能咋办?我不和悠悠来往了呗。

就这?暖暖向前逼了几步。

不就这还能咋办?开田摊了摊手。

离婚!你做下这等丢人的事,还想让我跟你过?没门!暖暖说完转身就要走。

甭拿离婚吓唬我,做丢人事的又不是我一个人!开田这时也起了高腔。

暖暖闻声霍地扭过了脸:你想说啥?做丢人事的还有谁?

是谁谁明白。开田把眼扭开。

你说清楚!旷开田,你有话就说清楚!暖暖又冲到开田面前:还有谁做丢人的事了?

你!这可是你逼我说的。

我做啥丢人的事了?你说!你今天不给我说清楚我就把全村人都叫来!

你跟詹石磴睡觉那是光宗耀祖的事?那是该披红挂花的事?那不丢脸?你甭给我装正经!咱俩如今是谁也不亏欠谁!扯平了!

你……说那混账……混账!……暖暖分明是想向开田身上扑的,可一阵气噎引起的晕眩裹住了她,使她还没来得及迈开步,就一下子向地上倒去……

47

暖暖醒过来时发现自己已经躺在了家里床上，婆婆正坐在床前心疼地看着她，丹根爬在床头流着泪，村里梅家药铺的梅老大夫正把着她的脉，青葱嫂和麻四嫂还有惠玉也都站在屋里。她眨眼想了一阵，才想起在村委会里发生的事情，泪水便顺着眼角涌了出来。

她这是伤心过度引起的短暂休克，歇息歇息让心情平静下来就会好的，药我看就不必吃了。梅老大夫边这样说着边站起身。开田娘见状忙喊着：开田，送送你梅大伯。一听到开田的名字，暖暖就闭上了眼睛，她再也不想看见他，连听见他的名字都觉得难受。

青葱嫂上前用手绢擦着暖暖脸上的眼泪，她虽然不知道发生了啥事，可她明白一定是出了大事，而且是跟开田有关的，要不然，暖暖不会这样伤心。暖暖，先吃点东西吧，你到现在还没吃晚饭哩。暖暖摇摇头，翻个身把脸朝向墙壁，抽噎着说：你们都回吧。

青葱嫂和麻四嫂还有惠玉相互看了一眼，默默走了出去。婆婆又站了一阵，见暖暖一直无语，也只好给暖暖掖好被角，说：根他妈，那你就睡吧。说罢拉上丹根也走了。当屋里没人之后，暖暖挣扎着从床上坐起身，去床头柜子里翻找自己的衣裳。婆婆听见响动，又紧忙跑进来说：暖暖，你先躺下歇着，想换哪件衣裳我给你找。暖暖说：娘，我不是要换衣裳，我是要回娘家，我和你儿子是没法过下去了，我要和他离婚！

哎呀，孩子，你这是说啥气话？咋能提到离婚？你俩之间究竟出了啥事，你给娘说说，娘给你出气！

你让他说，他做的事他最清楚！

开田，你进来！开田娘扭身朝外喊，半晌之后，开田才手指间夹着一根香烟迈着四方步慢腾腾地走进来,脸上是一副神定气闲的样子。你又做了啥事惹暖暖生气?开田娘瞪住儿子。

开田显然很不高兴,啪的一声把手指间的烟在桌子上拍灭,尔后又把烟扔到了墙角里,斜瞥住暖暖说:咋,你还没完没了了?!

暖暖啥话没再说,只是把刚才翻出来的几件衣裳往胳臂下一夹,拼力下了床,摇摇晃晃地要向门口走。婆婆急忙上前扶住说:暖暖,你先消消气,开田,你还不快过来扶住暖暖,你个狗东西眼瞎了?!

可开田没动,开田抱着膀子站到那儿,眼故意不往暖暖这边看。丹根这当儿端着一杯水进来了,一看妈妈的样子,把杯子朝地上一放,奔过来就抱住了妈妈的腿叫:妈,我不让你走!

娘,你不用拦我,你拦也拦不住的。暖暖平静地对开田娘说,我这次一定要和你儿子离婚,我这也是为他好,我俩离了婚他才好放心去和悠悠过,要不然他整天偷偷摸摸的,多难受!

啊?!悠悠?老人吃惊了。开田,这是真的?你敢做下这事?你敢跟悠悠混?天呐,都是一个村里的人,你不怕丢人现眼呀?!你个不要脸的东西!

你们喊吧,喊吧!开田这时一跺脚,转身就向门口走,可刚到门口,他又猛地站住了,原来他爹旷包谷拄着双拐出现在了门外。爹,你?!

旷包谷铁青着脸,没有理会儿子,拼力拄着拐杖进了屋,进屋就对暖暖说:丹根他妈,咱们家的日子现在才好过些了,你们可不能自己又无事生非,让别人看笑话。你说开田和悠悠混,是听人说的还是自己猜的?你就信?

我既没听别人说也没靠自己猜,我是当场看到的,就在村委会的屋子里,我把他们就堵在床上,你让他说说这是不是真的!

开田爹把眼睛扭向了儿子,没有再问啥,只是拿眼瞪住他。开田没有和爹对视,拿眼看着墙角的一张蛛网,把目光躲开了。

呼的一声，谁也没想到，老人会突然挥起一根拐杖向儿子砸去，这一下砸得太猛太重太猝不及防，开田一下子被砸倒在地，在这同时，老人也因为用力过大，向地上扑去。开田娘一时不知去扶谁好，张着手哭起来了，不过最后她选择了去扶丈夫。丹根这时也被吓得哇哇大哭，把妈的腿抱得更紧了。

开田趁娘哭的当儿，很快地爬起身，几步走出了门去。

暖暖自然没有走成，看见公公婆婆伤心欲绝的样子，她实在下不了走的决心。她知道她要坚持一走，两个老人就都要躺到病床上去。再就是小丹根的样子，两只手死死地抱住她的一条腿往床边推，两只泪眼瞪着她，分明是也不让她走。她在原地呆站了一刹，长长地叹了口气，软软坐到了身后的床帮上……

开田这天晚上没有回来睡，暖暖也几乎一夜没有合眼。她躺在床上，两眼瞪着屋顶，往日的生活画面就在屋顶上开始不停地闪着：在凌岩寺和开田的初次相识，村边湖畔的玩耍，上小学路上的互相关切，初中时的若即若离，开田辍学时的分别，正式相恋，结婚，生下丹根，锄草剂的事，还债，盖楚地居，规划赏心苑……每看见一幅画面，她的心都疼一下，也跟着软一点，两个人之间有那么多的东西连在一起，能一下子把它们全切断？可不切断又能怎么办？饶恕他？就饶他这一次？人都免不了犯错，只要他以后能改。可饶了他你不觉着委屈？你以后还愿意跟他睡在一起？……

暖暖第二天又躺了一天也又想了一天。离吗？走吗？她不停地问自己。一想到走，一想到要离开这个生活了几年每个角落都熟悉的院子，一想到要离开她自结婚后就一直在细心操持的家，她都感到了一股彻心的疼。那么就等等再看？看他能不能真和悠悠断了，他要真断了，就饶了他这一次，就忘了这件事，仍旧过日子。一直到第三天早上，想得已极度疲乏的暖暖最后下定了决心，暂不提离，等等看。也是在这天的早饭后，两腿发软的暖暖坚持着去了楚地居，青葱嫂看见暖暖过来，忙扶她坐下。暖暖说：嫂子，你知道旷开田这个狗东西做下了啥事么？青葱嫂将头点点，叹了口气，她早已从村里人嘴里知道了事情的经过。你说我嫁到他们旷家这几年做错了什么？我整天辛辛苦苦操持这个家，他竟然用这个来回报我，他还有没有点良心?! 青葱嫂拍拍暖暖的肩道：说实话，嫂子也没想到，男人的心呐，猜不透。实话说要没有你，他旷开田今天能过啥日子？可他不知足呀！不过你也别太生气，我听我奶奶说过，成了家的男人在男女这事上都是吃着碗里看着锅里，没有个够，而且爱图新鲜，总觉得别人的老婆好……

开田一连几天没有回家，听麻四嫂说，他就住在赏心苑的办公室里。住吧，你有本领就一直住下去。暖暖估计，他可能也在想怎么办，想吧，你好好想想，我等着你的决定！开田后来是选择在一个晚饭后回来的，那阵子暖暖正在灶屋里刷锅洗碗，他进院后啥话也没说，就径直去了睡屋，他娘看见后瞪了他一眼，他也没话。待暖暖在灶屋里忙完来到睡屋时，他已经脱衣上床躺下了。暖暖在床边站了许久，看着开田面墙躺着的样子，几次想返身出去，可到底也没能下了决心挪步，她最后轻叹了一声，伸手拉灭了灯，也上床躺下，只是小心不让自己的身子挨着他。

就是从这一晚开始，旷家的日子再次回复了正常。

暖暖仍像过去那样每天去楚地居里忙，不过她一直在留心开田和悠悠的关系，还好，那悠悠大概也怕暖暖把事情闹大，辞了在赏心苑表演离别节目的差事，和丈夫一起去南府打工了。暖暖的心这才渐渐有些安定下来，开始像过去那样平心静气。

又过了些天，开田有次去乡上开会，回来时给暖暖买了件衬衣，那件衬衣的样式和颜色实在说不上好，可暖暖知道他这是想和好的表示，就很认真地穿上，算是领了他的心意。想想当初没结婚时收到他送的衬衣的那股高兴劲，暖暖在心里感叹，已真是两个天地两种感觉了！这之后的一个晚上，当开田试探着把手朝她胸口伸过来时，她咬紧牙没有反感地推开他的手，而是默然忍受着他的抚弄,直到他又上了身子,可她自始至终再没有体会到一点点快感,她只有一种厌恶和受折磨的感觉。她只是在开田的喘息声中在心里祈求:天神呀,想办法帮帮我,让我还像过去那样爱他吧……

48

仲春是丹湖西岸最美的时候,此时,所有春季该开的花都开了,所有的草也都长成了模样,所有的树都绿了身躯,所有的鸟都亮开了歌喉,蝴蝶开始翻飞,蜜蜂开始忙碌,蜻蜓开始在芦苇间穿梭,蚂蚱开始在芭茅叶子上蹦跳,五色瓢虫开始舞蹈,青蛙开始在夜里鸣叫……

丹根早上一起床,就向妈妈提出要求,早饭后带他去湖边看青蛙。暖暖当时为了哄他快穿衣裳,就随口答应了,没想到早饭后丹根就扯了她的手,坚决要去湖边。暖暖没法,只好向青葱嫂交代了上午要办的几件事情,然后随儿子向湖边走去。她边走边想,自己平日里总是忙,很少陪儿子去玩一回,今上午就全当给自己放假了,痛痛快快地玩半天。

平日里因怕出落水意外,暖暖给丹根下过死命令:没有大人带,决不许独自到湖边去玩,否则就要用柳条抽屁股。难得到湖边玩闹的丹根,今天到了湖边就像解了缰绳的马驹子,又跑又跳又叫的,快活极了。母子俩在湖边跑闹了一阵,丹根才想起找青蛙的事,便拉了妈妈的手,轻步在靠近水边的草丛里寻。这个时辰,不是青蛙们欢叫鸣唱的时候,它们大都缩在草丛里不动,只有少数的青蛙在忘情低叫,不过它们都很机警,稍一听到暖暖和丹根他们母子的脚步声,就扑通一声跳进了水里,伸长两腿快速地朝深水里游去,这使得一心想找到青蛙的丹根,不得不一次又一次地发出充满遗憾的叫声。娘俩直走出几百米,才在一处被几丛芦苇环绕着的水边,看见了一个没有跳走的青蛙,丹根高兴地刚要伸手去抓,暖暖急忙攥住了他的手,悄了声说:那是一个当了妈妈的青蛙。跟着用手指了一下旁边的水洼,只见那水洼里有一群很小的蝌蚪正在游上游下。丹根惊住,瞪大了两眼盯住那些蝌蚪轻声问:它们都是那个大青蛙的孩子?暖暖含笑点头:是的。那你为何只有我一个孩子?丹根紧接着又问。暖暖笑了,她拍了拍儿子的头说:因为人和青蛙不一样,人通常一次只能生一个孩子。那为何不能像青蛙一样多生?多生了我不是会有许多哥哥姐姐弟弟妹妹?丹根继续问道。暖暖被儿子逗得咯咯咯地笑开了,那个青蛙妈妈在暖暖的笑声里跳到了远处,但仍警惕地看着这边。

笑啥子哪?背后猛地传来娘的声音,暖暖扭头一看,原来是娘搀着奶奶站在他们身后。暖暖很是意外,忙起身拉了丹根走到她们身边问:你们怎么也来到了这儿?娘含了笑说:你奶奶想你爷爷了,非要来坟上烧纸不可,让她一个人来我不放心,我就跟来了。快叫老外婆!暖暖对了丹根说。丹根看了一眼老外婆,扭捏了一下,叫了一声:老外婆。奶奶听罢这声喊叫,裂开又掉了一颗牙的嘴笑了,说:行,我也算是活到四代同堂了,日后死了,也有重外孙给我送终烧纸,该知足了。奶奶咋净说不吉利的话?丹根还等着你参加他的婚礼哩,等着你抱他的孩子呢!暖暖上前扶住奶奶,同时喊丹根:快,扶住你老外婆,咱们一起去坟上给你老外爷烧纸。

老少四个人便缓步向不远处楚家的祖坟上走去。阳光和暖而澄澈,祖坟上的五个坟包都被阳光温煦地照着,微风轻抚着坟包上的青草,有几只蝴蝶在环绕着坟包飞着。那些蝴蝶,会不会就是先祖们的魂灵?各位前辈,暖暖整天在忙着过日子,很少来看你们,得请你们多原谅了。暖暖在爷爷的坟前把火纸点燃,然后分送到老爷爷、老奶奶和曾老爷爷及曾老奶奶的坟前。对这五个前辈,暖暖一个也没有见过,可他们的坟包让她再次意识到,自己的根就深扎在这丹湖岸边,自己是这块土地的一个子孙。奶奶在爷爷的坟前坐下，一边望着火纸燃飞的纸灰和轻烟，一边用手轻拍着坟头上的土。娘搂着丹根默默地站在那儿。四周很静，听得见远处湖水呼吸的响动。暖暖看着奶奶微闭的眼睛，估计她是在用这种方法对爷爷问候，在爷爷死去这么多年之后，奶奶还愿意蹒跚着来到坟上看他，想必她和爷爷的感情很好，他们当年一定爱得很深。暖暖试图去想像年轻的奶奶和年轻的爷爷走在这丹湖岸边的情景，可那想像中的情景在暖暖的脑子里总是很模糊。假如自己和开田老了，假如自己走在开田的前头，开田会来坟上看自己么？想到这儿，暖暖突然打了个寒噤，是不是如今的人们，已经不会像过去的人们那样爱了……

从祖坟上往回走时，暖暖忍不住问奶奶：爷爷当初对你好么？奶奶似乎笑了一下：你爷爷脾气不好，动不动就要朝我吼，可他心眼好，知道心疼我，贫贱夫妻嘛，都知道相互体贴。爷爷有没有背着你和——

和啥？奶奶扭脸看定暖暖。

和别的女人相好。暖暖终于鼓足勇气问出了这个问题。

憨女子，你咋能这样胡问?！走在一旁的娘朝暖暖瞪一眼嗔道，想惹你奶奶生气？

让她问吧，怕啥？奶奶倒依旧脸带笑容。据我所知，你爷爷没有过这事，男人生外心，得有条件，要么有权，要么有钱，要么有势，要么有闲，这些他一个也不占，他去哪里找个相好?！他整天得忙家里的吃穿，家庭这副担子都压得他抬不起头来，他还有那个闲心闲钱闲情闲力？哪一家在这方面出事，就说明那一家的日子过出个样来了。

暖暖的心一动：可不，自己一家的日子是有些像样了！

你问这个干啥？奶奶这时开始反问她了。

不干啥呀，只是随便问问。暖暖没想到奶奶会反问自己，脸立时红了，眼里有了些慌乱。

是在小心开田吧？你不说我也猜得着，知孙女莫如奶奶呀，不过也确实该小心了，他如今手上有权，权虽说不大，但确实是权。权这个东西奶奶虽没玩过，可见别人玩过，它可是最容易和女人搅到一起的，因为权它发着光啊，不仅男人喜欢把它捧到手里，女人也常会像飞蛾扑火一样被它吸住，你小点心有好处。老辈子人说过，权它会晃动人的心，多有能耐的人，都会被权那个东西晃晕乎，咱开田过去又没碰过它，得小心！小心他被晃晕乎了，忘记自己是谁了。

暖暖被奶奶说得又心跳起来……

49

收罢麦种上秋庄稼之后，天也就一天比一天热了。随着天气的一天比一天变热，来楚王庄避暑的游人也就日益增多。这天中午，暖暖和青葱嫂及三个服务员，正在楚地居的客房里为刚住下的一批游客挂蚊帐，忽见青葱嫂的女儿大明匆匆进到屋里喊：娘，爹让你快回去，人家让咱们给腾房子腾地。青葱嫂一听，扔下手中的活，对暖暖说了一句：我回去看看。就跑了出去。暖暖一听是腾房子腾地的事，估计和赏心苑有关系，就也有些挂心起来，决定过去看看。

暖暖赶到青葱嫂家门前时，看见青葱嫂、长林哥和九鼎还有另外几家人，正在和赏心苑里薛传薪从省城带来的那个韩会计争执着，只听九鼎说：你给这点钱就想让俺们扒房子腾地？不想让俺们活了？没门！那韩会计冷笑着：还想再提价呀？你们也太贪得无厌了，我告诉你们，日期一旦到了，你们不搬也得搬！暖暖听了这话面色一沉，上前对韩会计说：小韩，谁给你的权力在这儿吓唬人？这房子是他们住了多少年的房子，这地是他们种了多少年的地，你们凭啥说扒就要扒，说拿走就要拿走?！韩会计见是暖暖，忙苦笑着说:这事是薛总和旷主任定下来的,我只是奉他们的命令来催一下,你要是有啥想法,请去直接给他俩讲,反正这地,上边是已经批准让征了。暖暖冷脸说道:不管是谁批准让征的,村民们想不通,你们就不能来硬的!韩会计闻言摊了摊手,扭身走了。青葱嫂和九鼎他们这时就一齐围到暖暖身边说:兴亏你来了,要不然他还要凶哩。暖暖就宽慰大家,说:甭怕他们,上边说过不让随便占耕地,他们要敢胡来,就告他们!众人听了,才放心嘘了一口气。青葱嫂说:暖暖,这事恐怕还需要你去给开田和薛传薪经理说通,要不然,他们还会催的。暖暖点点头答应:行。

暖暖本打算在吃午饭时给开田再说说这征地的事,可开田没回来吃饭,暖暖估计他在赏心苑吃,心想,就等晚上再说吧。吃了午饭,又来了几个游人,暖暖刚把他们送进客房,忽听外边响起了一阵哭喊声,她出门一看,原来是黑豆叔的女儿萝萝正哭着向丹湖边跑,她的娘在后边慌慌地喊着:萝儿……萝儿……咋着回事?暖暖问了一句。可萝萝娘没有停下脚步,只顾追着女儿喊:萝萝,你给我站住!青葱嫂这时也已出来,看着仍在向湖边奔跑的萝萝,急急地说:不好,那姑娘怕是要跳湖!一句话提醒了暖暖,她的心一悸,萝萝跑的架势可真是带了点决绝的样子,于是就忙转身也向湖边跑去。

青葱嫂的判断还真是准,暖暖没有跑出几步,只见已奔到岸边的萝萝纵身一跃,就跳到了湖里,追在萝萝身后的萝萝娘凄厉地叫了一声,扑倒在了岸上。暖暖的心一沉,无声地叫了一句:这个傻姑娘!她先是短暂地停了一刹步子,跟着便又飞一样地向湖边跑去。

看来萝萝是抱了要死的决心跳的湖,因为她跳下去的这个地方湖水最深,而且水下怪石多,人跳下去最容易出危险。暖暖跑到岸边,三两下踢掉鞋,扯去衬衣,也急忙下了湖。暖暖的水性在楚王庄的女人中是最好的,只见她先是观察了一下水纹,随后就猛地潜入水底，眨眼功夫，就抓着萝萝的后衣领把她拉出了水面。这时，青葱嫂和惠玉还有另外几个赶来的人，也都下水急忙相帮着把萝萝弄上了岸。还好，萝萝尚未喝进太多的水，暖暖把她平放到地上，摇了她一阵，她便慢慢醒了过来。萝萝睁眼看见人们围着她，哇地一声又哭开了。

暖暖和青葱嫂把萝萝就近搀进了楚地居，给她另换了一身干衣裳，让她躺在那儿歇一阵，这才把不停抹泪的萝萝娘拉到另一间屋子问萝萝寻死的原因。萝萝娘迟疑了好一阵，才算哽咽着开口说：我看你俩的心肠都好，就实话给你们说吧，这事全怨赏心苑呀！暖暖闻言吃了一惊：这是咋说的？萝萝跳湖咋能和赏心苑扯上关系？萝萝娘止住泪叹了口气说：赏心苑不是有姑娘靠按摩挣钱吗？这事让村里的姑娘们知道后，慢慢就有人也动心了，悄悄地在晚上换上干净衣裳，去赏心苑给城里的游客们按摩，得的钱和赏心苑对半分。俺萝萝在外边打工挣不了多少钱，她爹就让她回来干活，她回来后还一直在想挣钱的事，她知道家里穷，知道她爹想翻修房子可手中没钱，听说到赏心苑按摩可以赚钱，就也背着俺们偷偷去干上了这个。我晓得她常在晚饭后换上新衣裳出去，可没有在意，总觉得孩子已经大了，该谈对象了，别管得太多。没想到她就出了事，她从前几天开始不停地恶心呕吐，她爹催我领她去梅家药铺看病，梅老大夫号罢脉把我悄悄拉到一边说：萝萝是怀了孩子。我当时就被吓懵在那儿，她才十八岁，还没说好婆家哩，你说这不是惊天霹雷么？回到家我拧着她身上的肉问是咋着回事，她这才哭着给我说了她晚上悄悄去赏心苑给人按摩挣钱的事，把挣的钱拿出来给了我，天呀，那些城里人可真是坏透了啊！朝俺这不懂事的姑娘下手。这样大的事我可咋着办呐？我知道她爹脾气不好，一听准要气炸肺，我想了一天一夜直想到今天中午，还是觉着不能不给她爹说，果然，她爹一听，脸就气青了，当即便拎了棍子去打，我拦不住，他把萝萝打得满地滚，萝萝也是没有办法，就想跳湖寻死作罢……

暖暖听得惊在那儿半晌没动，薛传薪、旷开田，这就是你们那样做的后果呀！青葱嫂这时叹了一句：造孽啊！

婶子，既是这样，我负责给你们出气，赏心苑那边我去同他们理论，决不能再让他们害咱村的姑娘。你先领萝萝回去，和黑豆叔商量一个悄悄给萝萝打胎的法子，把事情遮掩过去。暖暖交代道。萝萝娘拉住暖暖的手说：婶子信你，萝萝的事可千万不能让外人知道，她青葱嫂，你们可要替萝萝保住密，要不，她以后可咋找人成家呀……

和萝萝娘说罢，暖暖才又过去看萝萝，萝萝哭着说：暖暖姐，你不该救我的，让我死了才好。暖暖温言细语地劝道：傻姑娘，你爹娘把你养这样大，你还没来得及孝敬他们哩就想死了？你死了他们还不要哭死？遇一点事先想到死，那可不算有志气……暖暖在劝解萝萝的过程中了解到，村里已经有五六个姑娘在悄悄地做按摩挣钱的事，她们都是在晚饭后借口找女伴玩离开家，趁着夜暗跑去赏心苑，让总台服务员给找想按摩的游客，挣的钱对半分给赏心苑。她们一开始只是用刚学到的简单按摩手法给游客按摩，后来为了多挣钱，就也慢慢答应了游客们的其他要求，萝萝说，村里的雪花姑娘已经被传染上了脏病，下体整日痒得要命，她只好偷偷跑到聚香街上去买药擦……

暖暖心里那个气哟，她真想立马去到赏心苑同薛传薪和开田大吵一顿，让他们知道事情已变得多么糟糕，要他们赶紧动手制止这事的发展。可她后来想想，还是先同开田谈谈，争得他的同意后再找薛传薪，要不然，薛传薪怕是不会理会自己。

暖暖做晚饭时，两股火气就已在胸里乱窜，一股是关于扒房征地的，一股是关于萝萝的，这使她在切菜时用的劲就分外大些，只听菜刀在案板上嘭嘭嘭地乱响，婆婆从这声响中听出儿媳妇心里有气，以为暖暖是嫌她没有先动手做饭，就过来说：暖暖，我来做，你忙了一天,去歇歇吧。暖暖明白婆婆误解了自己,叹口气道:我这不是生你的气,我是在为赏心苑的名声着急。

晚饭做好,侍候着俩老人和丹根吃罢,还没见开田回来,暖暖就有些急起来,正要去打电话,一个邻居过来说旷主任让捎个口信,他今晚要在赏心苑和薛经理商量事情,晚饭不回来吃了。暖暖气得猛踢了一脚面前的椅子,结果脚被撞得生疼生疼,使得她吸了几口冷气。

眼见得到了睡觉时分开田还没回来,暖暖就担心他会再睡到赏心苑里不回家,这段日子,开田睡在赏心苑不回家的夜晚可是越来越多了。她于是就决定去赏心苑里找开田,不论你们商量啥事情,这个时候也该商量完了!

暖暖进赏心苑可是熟门熟路,门口的保安看见她急忙点头致意,总台的值班姑娘看见她紧忙迎过来问好。我找俺丹根他爹。她径直向她原来的办公室走去,她知道那房子如今是开田在赏心苑的办公室兼睡屋。

暖暖姐——值班的姑娘这时慌慌地拉住了她。

咋了?有事?

不,不,没……有,你先坐这儿,我去给你把主任叫来。

还用你去叫?暖暖一怔,姑娘的慌张和吞吐让她顿时起了疑心,开田是不是有啥不想让我知道的事?她不仅没有停步,相反还加快了步子,同时去衣袋里摸出了她原来的那把钥匙,到门口后猛地插进钥匙推开了门。

屋里没有开灯,可黑暗并没能阻止暖暖的目光,她看得很清,在她原先睡过的那张单人床上,有两个人惊慌地坐起了身子,同时响起开田的一声惊问:谁?!

暖暖没有应声,暖暖只是啪的一下拉亮了灯。开田一眼瞥见暖暖,惊得急忙去抓衣裳,暖暖认出,他身边那个不慌不忙穿着衣服的姑娘,是薛传薪从省城带来的那六个姑娘中的一个。暖暖没有哭喊叫骂,甚至没有再说话,只是定定地看着他们穿衣服。先穿好衣服的开田一时不知该说啥,只是满脸尴尬地站在那儿。直到那个姑娘也穿完衣服走出门去,暖暖才淡声问了一句:楚王,这是你的第几个女人?

我…嘿嘿……开田难堪地一笑。

别担心,我不会难为你的。暖暖说得缓慢而平静:照说,你这也不算多,应该是三宫六院七十二妃,对吧?!

嘿嘿……开田只能回以一笑。

明天,咱俩去聚香街把离婚手续办了,也省得你再和别的女人睡觉时担心我来找你。你放心,我能想开,电视上都演过了,皇帝们全是愿跟哪个女人睡就跟哪个女人睡。暖暖说完,转身就走,开田张嘴似乎想喊一声,但终没有声音出来。他随后跟着出了赏心苑大门,在门外站了一阵,直直看着暖暖的背影消失在了黑暗中。

暖暖一直在努力平静地走,她知道他在身后看着她,决不能让他看出自己在难受,直到走到了丹湖岸边,直到确信四周再无一个人,暖暖才一下子蹲到了地上,发出了伤心至极的低泣。这就是你自己找的男人!这就是你坚信无比的爱情!这就是你的下场!这就是你得到的报答!楚暖暖,你还能去怨谁?去怨谁呀?全是你自己选择的……

暖暖那晚在湖边直哭到半夜,才渐渐平静下来。天阴得很重,所有的星星全没了踪影,四周黑得十分彻底,暖暖就坐在黑暗中一动不动。这一顿大哭,把她心中的所有委屈和愤懑都发泄了出来,她觉得心里轻松了不少。她又在湖边默坐了许久,把和开田结婚的前前后后全想了一遍,最后想到明天的离婚,反使她长吁了一口气,罢罢罢,长痛不如短痛,再不能犹豫拖延,就彻底了断了吧。

第二天早饭时分,开田回来了。暖暖没有再说啥,一家人平平静静地吃完了早饭。早饭后,暖暖让丹根把开田叫进睡房,又把丹根支使出去,这才声色不动地说:离婚的协议,我想了一下,有这样几条:家里的存钱,咱俩对半分;家里的老房子,我一间不要;咱们投资的赏心苑归你,盖的楚地居归我;南水美景公司的其他事情我也都不再插手,其他方面的收入也都归你;丹根在谁那里吃住都行,他日后的学费咱俩分摊。你看行不行?开田似乎是迟疑了一下,点头说:行。接下来暖暖就铺纸把协议写了下来,一式两份,两个人都签了名字。这之后暖暖又说:走吧,去办手续。开田咳了一声,清了清嗓子,分明是想说点啥,可还是没有说出什么。两个人一前一后出院门时,开田的爹娘根本不知道家里已经出了大事,开田娘还追出院门对暖暖交代:记住称二斤盐回来。暖暖点头,暖暖在心里说:娘,以后你再秤盐,就要给你儿子说了!

两个人那天在聚香街办手续也十分顺利,这种双方协商好不哭不闹的离婚让婚姻登记人员很是高兴,三下五去二地就给他们办完了全套手续。开田是主任又是远近闻名的企业家,办离婚手续的人认识他,边把离婚证递到开田手上边笑着说:旷主任,你们这是我今年办的第三桩离婚手续哩,听说城里人如今参加婚礼已不兴祝新人白头到老了,看来咱们乡下也快该这样办了……暖暖和开田两人重新走到街上时,暖暖只说了一句:我去买点东西。之后就径直走了,再没有回头看开田一眼。

返回楚王庄那九里山路暖暖是一个人推着自行车走的,她慢吞吞地迈着步,这条倚山傍湖铺满寂静的小路让她想起了许多往事。几年前她决定和开田相好的时候,两个人曾一起骑着自行车到聚香街上赶集买东西,那时的情景还历历在目,那时的开田是那样让人觉得可以信任和依靠,那时想的是和爹娘他们一样白头到老,没料到转眼之间就全变了……

暖暖是在丹湖一个湖湾的芭茅丛里直坐到天黑时才进村的,她不想在天尚亮时进村,害怕人们碰见后问她去聚香街干啥。还好,从村边直到进旷家院门,没有碰到别人,省去了痛苦的回答。她把在街上称的二斤盐递给婆婆后,就进屋去收拾自己的东西。

婆婆喊她吃晚饭时，她过来吃了一点，婆婆问她开田为啥又不回来吃饭，暖暖努力一笑，说：娘，这事你得去问他了，我和他今天已经正式离婚，我俩之间已经没有任何关系了，他的事我无权再问。开田娘惊得手中的筷子一下子落了地，直看住暖暖声发颤地问：你说这可是当真？暖暖就从衣袋里掏出那张离婚证朝老人递了过去……

暖暖在开田爹娘的哭声里抱着自己的东西走出了门。丹根懵懵懂懂地跟在妈妈的身后走着，他只知道要和妈妈去楚地居里睡觉，不理解爷爷奶奶为何流泪，爹和妈妈又没有吵嘴，妈妈在晚饭后出门又不是第一回。爷爷，奶奶，天亮一起床我就回来看你们！他扭头冲着屋里喊道。

暖暖在楚地居的一间客房里把丹根哄睡之后，一个人呆坐在黑暗里，两眼木然地盯着窗外的夜空。今夜的天上空空荡荡，既无月也无星，只有厚厚的云彩，看着看着，她突然间觉得心里也空落得厉害，几年间辛辛苦苦建起来的家，现在一下子没了，今后，自己就是一个离了婚的单身女人了，日子怎会过成了这样？我在哪点做错了？……

青葱嫂第二天早上来上班，听值班的服务员说暖暖昨晚睡在一间客房里，以为暖暖又是在朝开田使赌气，就赶紧走了过来。暖暖那阵子刚洗过脸，两只眼还红着，正给丹根穿着衣裳。青葱嫂就含了笑说：小两口昨晚又拌嘴了？暖暖假装轻松地一笑，把离婚证掏出来在青葱嫂眼前一晃说：没有小两口了，从今后就只有旷主任和楚暖暖了。青葱嫂抓过离婚证一看大惊失色道：你傻呀？这会儿怎能和他离婚？他现在既是村主任又是赏心苑的副老总，有权又有钱，不少女人正想往他身上贴哩，你可好，不哭不闹就把自己的位置腾出来了？这不正好让那些女人趁了心？

让她们趁心吧，谁愿跟他谁跟他，反正我是不跟了。暖暖正待说下去，忽听赏心苑那边传来一阵熟悉的音乐声，她抬头看了一眼日历才记起，今天是赏心苑里表演《离别》节目的日子。青葱嫂说：我昨天吃晚饭时已通知过住在咱楚地居的游客，今日在赏心苑有楚国的离别表演，谁愿看就去看。跟着又问：你和开田这一离婚，今天谁去演楚王赀？开田想必不会有心情演了。说着向窗口走过去，片刻后忽然惊叫了一声：他倒是想得开！暖暖闻声向窗外瞥了一眼，果然看见开田又穿戴着楚王赀的衣饰在众人的簇拥下兴冲冲地走着。旷开田，好好当你的楚王，争取再多找几个女人……

吃过午饭，暖暖拉着丹根向娘家走去，她决定把离婚的事给爹娘和奶奶说一声。她知道这件事是不可能瞒下去的，与其让老人们从别人嘴里听说，还不如自己告诉他们。刚好，爹娘、奶奶和妹妹都在家里，看见她和丹根回来都很高兴。娘正坐在门口做着针线活，这时停了针线拉住暖暖的手问：忙么？你的脸色咋有些不太好？累的？听到这温暖的问话，暖暖的眼圈一热，差点要流出泪来，她急忙使劲把眼泪又憋了回去。这两天楚地居住的游客多些，忙得没有睡好。她含混地答。还是人家开田有眼光，能干。暖暖爹这时开口道，他修了这楚地居和赏心苑之后，你们坐在家里，也会有人送钱来，我呀，当初愣是没看出他的长处，还不想让他当我的女婿哩，还是暖暖看人准！暖暖的心被爹的这些话揪了一下，我看人准吗？当初要真是不那样决绝地跟开田结婚，那自己今天的日子会是啥样呢？我那时为啥一定要走这条路？为啥?!

姐，没想到姐夫还有表演的天分，妹妹这当儿接口说，他演的楚文王还真有那么个意思，我看过几回，他那步态，那眼神，那脸色，威风凛凛，耀武扬威，傲视众人，唯我独尊，不可一世，像个帝王的样子。

要在以往，听到妹妹这样赞扬开田，她是会高兴和自豪的，可这会儿，她的心里只能更苦更难受。

你爹我在楚王庄，这些年一直是当老鳖一，总让人看不起，现在有了开田这个当主任的女婿,才算扬眉吐气了,爹这辈子虽没儿子,可有了这个女婿——

奶奶,爹,娘,有件事我想告诉你们。暖暖急忙拦住爹的话头,她怕爹会说出更多赞扬开田的话,那样她就会更尴尬,更不好开口。

啥事?说呗。是要我替你们照看丹根?暖暖娘转身把外孙揽到怀里亲了一下:又长高了,想外婆吗?你爷爷奶奶他们身子骨还好吧?你爹——

我说出来你们可不要着急。暖暖先做了点铺垫。

说吧,你这孩子,咋会吞吞吐吐的?奶奶扬起手中的拐杖,敲了敲暖暖的小腿肚。还是个经理哩,瞧这个说话的别扭样子,和过去大户人家的丫头似的!

我和开田离婚了。

啥?!爹、娘和妹妹几乎同时叫了一句,只有奶奶没叫,奶奶满头的白发哆嗦了一下,只是瞪住她,按在膝盖上的手在发颤。你胡说个啥?娃子都有了,还要离婚?娘惊得脸都白了。

是他要离的?爹咬着牙问。是因为他当了主任?有了钱?

不是,是我要离的。暖暖低了头说。

你疯了?你一个女子有了娃子,你还敢提出离婚?你以为离婚荣耀呀?!咱楚家多少代哪出过离婚的人?爹吼了起来。

我觉得没法过了,就干脆——

啥叫没法过了?你离了婚就有法过了?你离婚不嫌丢人?咱楚家庄有几个女人敢自己提出离婚了?爹是气极了,手使劲地拍着旁边的一把椅子。

让暖暖说说缘由。奶奶这时顿了顿拐杖,打断了爹的训斥。

暖暖的脸红了,低了头嗫嚅着:他有别的女人……

奶奶咳了一声,奶奶说:我估摸着就是这回事,他娃子当了主任,是咱们楚王庄的王了;他娃子有了钱,是咱们楚王庄的首富了;

他娃子不用下地干活,是咱楚王庄的大闲人了,自然就要玩这个了,猜得着的,只是没想到这样快!

你是听说还是——娘的脸也红了,她没好意思问得更直白,这种事当妈的也真是不好问出口。

是亲眼看见……暖暖低下了头去。

你应该忍哪!奶奶叹了口气,过去的那些皇帝们不都是有很多女人,你让赏心苑排的那个离别戏,里边的楚王身后,不是跟着一大群女人?那他的皇后不是都忍了?皇后难道心里就乐意?

可我不想忍!也忍不下去!

你们这一离婚,让我在楚王庄还咋有脸见人?爹还在发怒。

离婚没有啥丢人的。暖暖顶了一句。

放屁!楚长顺猛地站起身吼道:你不丢人我丢人!离婚难道脸上还有光了?滚!快给我滚!他指了一下院门。丹根这时被吓得哇一声哭起来。暖暖明白一时半刻要让老人们接受这件事不容易,就起身含了泪拉着丹根朝院门走去……

第三章　火

50

暖暖不事声张地和开田离婚不仅她的爹娘不理解，楚王庄的人也都很意外和吃惊。几乎所有的人都认为暖暖这是在犯傻。麻老四知道后找到暖暖很庄重地说：妹子，麻哥我受过你的恩，你当初让我当导游，让我迈过了穷坎，腰里也揣上了些钱，在这个当口我自然站在你的立场说话，快想办法和开田复婚吧，他现在是要权有权，要钱有钱，你只要不离婚，你在楚王庄的位置和外国人相比，那是总统夫人；和咱中国古时候比，那就是皇后！暖暖听罢努力一笑，说：四哥，暖暖谢谢你的关心，人各有志，暖暖不想当啥子皇后，只想过一份平常日子……

暖暖和开田的离婚像他们当初的结婚一样，在挺长的日子里一直是村里人议论的话题，不过随着时间的延续，还是渐渐远离了人们的嘴唇。

暖暖的生活再次归于平静。她现在就住在楚地居里，每天要做的事情就是安排在楚地居食宿的游客们出游。为了把住宿环境搞好，她领着青葱嫂和雇来的其他几个服务员，在空余时间，对楚地居门前一个过去装土肥的大坑进行了开挖，然后借来一部抽水机从丹湖抽了水放进去，弄成了一个水塘，之后又在水塘里栽了荷花，在塘岸四周放些小凳和小桌，供外出游览了一天的游人们在晚饭后坐在那儿小憩。

楚地居和开田家只是前后院，可暖暖一次也没有再进旷家院子，她知道旷家院里的一切都会勾起她的回忆，她怕她看见那院里的东西会伤心。丹根虽然从大人们的嘴里已经知道娘和爹离了婚，可他并不能理解离婚的意义，照样像过去那样向他爷爷奶奶那里跑，暖暖并不拦他，每一次看见他手里拿着奶奶给他的吃食从旷家院里跑出来，暖暖都会轻轻地叹口气。有一个中午，开田娘包了饺子，先让丹根吃过，又亲自来喊暖暖过去吃，暖暖不去，老人就端一碗径送了过来。暖暖没法，只好接过来坐那儿吃。开田娘这时说：丹根他妈，你在俺们老两口眼里，还是俺们的儿媳。暖暖一听这话，泪水顿时就下来了。

自从离婚后，暖暖没有再和开田见面，所有可能见面的机会都被暖暖回避了。她只是远远地看见他在召开村民大会，在挥舞着胳臂讲话；看见他骑着摩托去乡上开会，嘴上叼着香烟一副悠然自得的样子；看见他在赏心苑门前和薛传薪聊天，两个人笑得前仰后合；看见他穿了楚王赀的衣服，在一本正经地表演楚时的离别情景。听青葱嫂说，开田最近又和一个刚嫁来楚王庄的新媳妇打得火热，暖暖听罢笑笑：这事和自己已经没有关系了，让他们热吧。

有天中午，暖暖去梅家药铺为丹根拿感冒药，在药铺门口，正巧碰上了拄着拐杖由里向外走的詹石磴，暖暖当时本能地一闪身子，她可不想同他搭话。没想到詹石瞪看见她倒停下了步子，眯了眼带着讪笑喘息着叫：那不是旷主任的老婆吗？吆，越来越漂亮了！暖暖装没听见，不理他，继续朝药铺里走。不料那詹石磴并没罢休，而是望着暖暖的背影冷笑道：贱货，一心想当主任的老婆，可你有那福分吗？被蹬了吧？这下子心里美了?！你他娘的就守寡吧，看着别人跟主任睡，早点气死吧！暖暖被这些话激得满腔是火，她本想冲过去骂他一通，可想想那会惹来很多看热闹的人，就咬牙忍下了。药铺里的梅老大夫自然听明白了詹石磴那是在骂谁，也看出了暖暖眼中的怒色，于是就低了声对暖暖说：犯不着跟一个病人生气，他已经有轻度中风症状了，腿脚都已不太灵便，我担心他的病还会再恶化下去，多原谅他吧。暖暖没有说话，只是把一口气缓缓吐了出来，在心里叫：詹石磴，我不跟你吵，上天会看清你做的事的。梅老大夫这时边给暖暖拿药边又说：人呐，犯不着为一点权呀利呀的事就生气记仇的，能活多长时间？到最后还不都是躺进土里，说不定几十年几百年后，两个人的坟被风刮雨淋的一平，后人们再犁地种庄稼，会把两人的骨灰都掺搅在一处，谁还去给你分清楚？暖暖再舒一口气，笑了，说：老伯讲得对……

那天往家走时，暖暖觉出心里的气是已经消了。她希望自己能心境平静地过日子，总是气鼓鼓地，保不准哪天就会落下病，不防就在当天晚饭后，就又出了一件令她着恼生气的事。

那天晚饭后，暖暖在楚地居门前和一个游客说话，忽见萝萝在她娘的搀扶下由码头那边走过来，自然就想起萝萝出的那事，忙迎过去低了声问：事情办好了？萝萝娘叹口气微声说：办是办了，可萝萝这是去鬼门关走了一趟，差点就回不来了，你看看她瘦的那个样子。暖暖借着微弱的天光看了看萝萝，小姑娘果然是面色发青身形瘦了一圈，倚在她娘的身上，分明是随时会倒下去的样子。暖暖的心一疼，说道：咋就成了这个样子？萝萝娘幽幽地说：是托一个熟人找的郎中，那人其实并没本领，结果造成萝萝出血太多，差一点就没命了，唉，这都是赏心苑造的孽啊……暖暖听着，免不了又想起薛传薪领来的那几个按摩女，一切都是从她们身上开的头，想着想着，心里的火便又呼呼烧了起来。送走那母女后，暖暖当即就朝赏心苑走去。进了赏心苑大门，径去推开了薛传薪的办公室。薛传薪正在看电视，见暖暖一脸怒容地站在门外，忙笑着让道：嗨呀，暖暖，你可是稀客，快请进呐。暖暖进屋的头一句话就是：你们差点就要害死人了，知道不?！这是从何说起？薛传薪的笑容一下子没了。暖暖于是便把萝萝的事说了一遍。薛传薪听罢脸上现了一丝嘲讽道：暖暖，你可不能把这些破事都往赏心苑头上安，第一，我们不承认她来赏心苑给游客按摩过；第二，我们不承认她是在赏心苑怀的孕！你应该知道，能让那姑娘怀孕的地方可是多了，不能把这些事都往赏心苑头上堆。

这事还能是假的？要不，咱们去找证人？暖暖的两眼瞪圆了。

找啥证人？薛传薪嗬嗬笑了，你说，你想叫我们怎么做吧？

禁止这些乱七八糟的事情，像当初那样做旅游生意。

你呀，死心眼！赏心苑目前的经营效益挺好，很赚钱，随便乱改赚钱少了咋办？薛传薪笑着拿起电话，拨了一串号码，然后对着话筒说了一句：你过来一下。

暖暖以为他是在叫他的手下，要交代禁止“按摩”的事，没料到不久之后推门进来的竟会是旷开田。暖暖的脸立时就不好看了。开田显然没想到暖暖会站在薛传薪的屋里，也是一愣。

不用我来为二位作介绍了吧？薛传薪依旧笑着：旷主任，暖暖说有个叫萝萝的姑娘在咱们赏心苑出了点事，希望我们在经营上做些改变。

出了啥事？开田这时已经恢复了自如，去一旁大大咧咧坐到沙发上，点着了烟。

怀了孕。薛传薪代答，紧跟着又说：可我觉着能让一个姑娘怀孕的地方实在是多，怎么就一定说是在咱们赏心苑哩？也许就在田野里，也或许是在山坡上。

是呀，这种事你不要管！开田转向暖暖说。

我觉着我该管！暖暖没看开田，只是盯住薛传薪说。

这样吧，我还有点事要去处理，你就和旷主任谈吧，他既是我们的副总又是楚王庄的主任，有完全的权力处理赏心苑的事情。薛传薪说罢，起身就拉门走了。

嗨，你?！暖暖想拦住薛传薪，可已经来不及了。

甭管这些小事，好好经营楚地居吧。开田这时开口道。

啥叫小事？暖暖闻言扭头瞪住开田：你知道么，萝萝差点为这事丢了命,她娘领她到外地去做的,出血很多!

那还不是怨她不小心?她要小心了,让对方戴上套,能出这种事?

呸!你还有脸说套?你们要不准在赏心苑里做这种事,她一个十八岁的姑娘会出这事?你还要报怨她,你还有没有一点良心?

她可以不来嘛!谁去请她了?开田的脸也冷了起来,将手中的烟扔到了地上。

可你们开了这个头,她想挣钱。

是嘛,归根结低还是怨她自己。

是你们诱她学坏的。

我看你还是管好自己的事,你和赏心苑已经没有关系了,你赚你的钱,这边赚这边的钱,管这边的闲事干啥?走吧,你!开田很不耐烦地站起身。

旷开田,这事我管定了!暖暖被对方的态度惹恼了。

你怎么管?你管了有谁会去听?开田冷笑着:别不知天高地厚了,你以为你是谁?老老实实做自己的生意吧。

你以为你一个村主任做的事别人就管不了了?暖暖也冷笑着说,你别忘了,你这个主任是大家选的,大家可以选上你,也可以选下你!你应该算算日子,主任的换届选举马上就要开始了。

你甭拿选举来吓唬我,我不是詹石磴,你别想像当初赶他一样把我赶下来。告诉你,我既然当上了这个主任,知道了当主任的好处,我就要当下去!你要想在楚王庄继续住下来,想在这个地盘上做事,就不要和我做对!否则,你会后悔的!

嗬,旷开田,你学会威胁人了?长进很快嘛!暖暖讥讽地笑了。

我不是威胁,是在正告你,眼下在楚王庄,哪一个人同我说话不是恭恭敬敬小心翼翼?只有你敢用这样的口气跟我说话,我所以容许你这样,是看在你是我儿子的妈的分上,你可不要得寸进尺忘乎所以，惹我生气！

我该咋样做才不会惹你生气？像楚王赀的宫女围在他身边一样，也每天跟在你的后边，看着你的脸色办事，时时问安，不停地喊万岁？！

该咋做你自己想想，你现在已经不是我的老婆，没有特权，不受保护！

好，谢谢你的提醒，我想特别问一句，我要惹你生气了你会咋样办我？让你宫中的御林军抓起我？杀了我？或者把我打入冷宫毒死我？

咱们可以走着瞧！

中，我就走着瞧！暖暖说罢猛地转身走出门去。

51

这次的经历让暖暖意识到，要想让赏心苑改变经营路子，要想让赏心苑不扒青葱嫂他们几家的房子不占他们几家的耕地，不把旷开田手中的主任权力夺下来是很难办到的。薛传薪所以有恃无恐，就是因为有主任旷开田的支持。她现在才开始后悔，当初不该让旷开田当主任的，他要不当主任，说不定自己的生活就不会是今天的样子，唉，当初真是鬼迷了心窍。也就是在这天晚上，暖暖下定了要把旷开田拉下主任位子的决心。

暖暖知道，村里的不少妇女都对赏心苑招来那些按摩女心存不满，也有一些做父母的因担心女儿跟着学坏而对赏心苑生有怨气，她断定，主任换届选举时，这些人的票都不会再投给旷开田。她唯一担心的事情是，那些不投给旷开田的票最后会投给谁，如果没有一个确定的对象，票一分散，说不定旷开田得的票还会最多。所以在主任换届选举前一个来月，暖暖就悄悄去说服九鼎参加主任竞选，告诉他只有当了主任，才好阻止赏心苑占他家的宅地和耕地。九鼎一开始不敢参加，怕弄不好会遭到旷开田的报复，暖暖讲了很多道理也讲了获胜的把握，九鼎这才同意参选。之后，暖暖又教他挨家去串门联络感情，对别人说清自己参选的缘由……

主任选举的前几天，暖暖让青葱嫂暗中去做了一些人家的工作，还像上次力推开田那样，让九鼎用几张大红纸写了他的"当选承诺"，贴在了村委会办公室的山墙上。其中有一条承诺最引人眼睛：保护楚王庄的清白之身，不许别人来玷污。

暖暖相信人们能看懂。

选举开始的那天早晨，暖暖和青葱嫂、九鼎进行选前的最后一次评估，三个人掐算了一下九鼎可以拿到的票数，确信开田必败无异。当暖暖向选举会场走时，甚至已在心里想像出了旷开田听到选举结果后的沮丧之态。旷开田，接受现实吧，你早该下来了，学会重新当一个村民，但愿你不会像詹石磴那样生一场大病……

但最后开票的结果却令暖暖和九鼎还有青葱嫂目瞪口呆：旷开田几乎得到了百分之九十五的票。

旷开田连任。当乡上主持选举的干部宣布完结果，掌声响起的时候，暖暖脸上的惊疑还没有褪去。这怎么可能？

咋样？没有想到吧？暖暖起身离开会场时，旷开田走过来春风满面地问。

暖暖回头狠狠瞪了旷开田一眼，没有理他。

想不想知道我获胜的原因？

你用的手段保准不会光彩！暖暖满脸鄙夷。

这世上的人从来都是只看事情的结果，只要你胜利了，他们就会为你鼓掌，谁还会去细问你获胜的经过？细问你使用的手段？从今天起往后三年，在楚王庄说话算数的，仍然是我而不是别人，更不会是你！

呸！

败了就要承认，不要这样发脾气。你知道你这回败在啥地方？

败在你低估了权和钱扭结到一处所生出的力气。三年前你和我所以能打败詹石磴，是因为他只有权没有钱，这一次你所以没有打败我，是因为我背后站着一个资金雄厚的五洲公司！明白？只要有五洲公司支持我，三年后的下一次选举你也甭想把我打败，明白?！好了，咱们不说选举，说说你和九鼎的事情。

我和九鼎有啥事情？暖暖眼瞪圆了。

就别在我们面前装了，你这么尽力地想让他当主任，还不是因为和他好上了？这年头，这种事我理解，男女之间嘛，何况他又年轻——

暖暖呼地张开手朝对方的嘴巴抓去，吓得开田急退了几步。

旷开田，你要再胡说我可要撕你的嘴！暖暖怒不可遏地叫，你以为别人都像你?！

好，好，咱不说这个，咱说今后的事情。开田沉下脸道：我觉着你以后完全可以不管别人的闲事，只一心把楚地居里的旅游生意做好就行，这年头，不就是为个挣钱？你只要把钱挣到手了，想买啥就买啥，想咋享受就咋享受，不就中了？有啥需要我帮忙的，你只管说。

你是想让我对你和薛传薪做的那些烂脏事不管不问？暖暖的眼中露了讥讽。

啥叫烂脏事，不就是开展个按摩服务项目嘛，不就是扩建赏心苑要占几家人的宅子和耕地嘛！薛总说，城市里还有专门培养按摩人员的学校，城里人认为，肌肉紧张是精神压力的首要症状，神经紧张，是从肌肉紧张开始的，因此，进行全身按摩有利于人的身子不得病。再说，赏心苑的扩建关系到楚王庄今后的发展，乡里都热情支持痛快批准了，你能拦得住吗？你是谁？要不要我提醒你记住自己的身份?！

你说的这种按摩和你们赏心苑现在搞的按摩根本不是一回事！你说的发展也不是村里老百姓喜欢的发展，这是损人利己的发展。

按摩的事就算有些不同，薛总说这种事在城市里的宾馆饭店也多的是，大家都睁一只眼闭一只眼，你何必那样认真？再说了，你就是去管去问能有个啥结果？谁会去听你的？你应该明白，在楚王庄，没有我发话，啥事都是不能改的！

你一个主任就想一手遮天？

遮不全起码也能遮上一大半。开田自豪地笑着。

你别忘记了，在你的上边，还有乡长、县长！

那白搭，俗话说县官不如现管，我在管着楚王庄，我在楚王庄就要说话算数，乡长、县长来了，我可以照他说的办，可他终是要走的，他一走，还不是要照我的主意办?！所以呀，你甭想和我打别劲，那样，吃亏的只会是你！信不信？

我还真不信这个邪！

那你就去试试，你可以去找乡长、县长，看他们能把我怎么样了，我是村里人选上来的，又不是他们任命的！再说了，你可以去找乡长、县长，我和五洲公司也可以去找，我们去找恐怕比你去找还要管用，五洲公司有钱，你懂不懂？

暖暖被气得当天的午饭和晚饭都没有吃好，天黑之后，她正坐在那儿生闷气，突然听见赏心苑那边响起了几声尖叫，跟着就有人们的跑动声，忙碌一天正在沉入安静的村子在这阵声响过后一下子喧闹起来，猪叫狗吠人喊驴鸣的，暖暖诧异地走出屋子问还没回家的青葱嫂：咋着回事？青葱嫂也懵懵懂懂地说：不知道，只见好多人在往赏心苑跑，那边好像是出了事，你闻闻，从那边飘过来一股好难闻的臭味。暖暖仔细一闻，可不是，好臭好臭。这是啥味？她的话音未落，就听赏心苑那边有人高叫：快报警！

走，去看看！暖暖和青葱嫂快步向赏心苑走去，越近那臭味越浓，两人更是奇怪，直到走到赏心苑院墙前才看清，原来是有人在赏心苑的院墙外边倒了一圈大粪，村里好多人正捂了鼻子站那儿看热闹。薛传薪也捂了鼻子在指挥保安们用铁锨把大粪铲走,旷开田则正站在那儿怒骂:这是哪个狗日的活得不耐烦了,竟敢搞这种破坏?!警察马上就到,我看你狗日的能往哪儿跑?……暖暖拉住一个从脸前跑过的赏心苑的保安员,问是咋着回事,那保安员喘吁吁地答:事发前,我们一个巡逻的保安闻到了一股臭味,跟着看见几个人影提着篮子在往这院墙边倒东西,他刚想过来看看,有几位在湖边散步晚回来的游客,脚上就踩到了这东西,臭得他们尖叫起来……

暖暖听得差一点笑出声了。不用说,这一定是对赏心苑有意见的人干的。这可真是个歪点子!不过薛传薪、旷开田,你们也该想想,别人为啥会这样对你!就在人们都还站那儿议论的当儿,三辆摩托车载着几个派出所的警察和一条警犬来了,警察们跳下摩托车就用绳子把倒大粪的地方围了起来。青葱嫂拉了暖暖的手轻声说:咱走吧。

暖暖那天晚上许久都没有睡着,赏心苑的院墙和院墙前的大粪一直在她眼前晃,赏心苑刚建好时村里多少人跑去参观称赞,没想到现在竟会出这样的事,真是丢人!……

第二天早上,暖暖还没有起床,就听到有女人的哭喊声响起,她有些奇怪,谁家大清早的就吵开架了?待到下床出门一看,就见两个警察把村里的小石匠魏良和另外两个小伙子用手铐铐了,正把他们朝三辆摩托车里塞,魏良的妈跟在后边又哭又喊:可怜可怜我的娃呀!……暖暖惊问也站在门前的邻居麻四嫂:咋会把小石匠铐了?麻四嫂走过来低声说:昨夜里来的警察们不是带来了一条警狗吗?那东西鼻子灵着哩!是警犬。暖暖纠正道。对对,叫警犬。麻四嫂把声音压得更低:听说那警犬对人身上的味闻得特清楚,一闻两闻,可就朝小石匠家走去了,一直走到小石匠家的院子里。警察们这就立马把小石匠抓了起来,小石匠先上来死活不承认,后来看见警察从他家里搜出了装大粪的篮子,才算把事情认下了，把同伙说出来了。天爷爷，谁能想到这些老实巴交的小伙子，会做出这样的孬事。

为啥？他们这样做是为个啥？暖暖问，她记得小石匠魏良是个好脾气的与人无争的孩子。

四嫂的声音十分低微：三个人都不说，警察问到最后，魏良才露了一句：为三个姑娘雪恨出气！

哦？暖暖的心一震：三个姑娘？

萝萝你知道吧？黑豆叔的闺女，我也是刚听人说，这小石匠早就暗中和萝萝好上了，很可能他是为了萝萝，只不知萝萝和赏心苑结下了啥恨啥仇。也不晓得那两个小伙是和哪俩闺女好。

暖暖霍然间明白了原因，她没有再去听四嫂的话，而是向被铐的小石匠他们三个小伙子看去，三个人被捆在摩托车上，头仰着，脖子梗着，一副不屈的样子。这当儿旷开田走到了他们面前骂道：好你们几个兔崽子，小小年纪，竟敢做下这样的坏事?！告诉你们，这是犯法！边骂边上前打了小石匠一个耳光，几个警察急忙把开田拉开，然后驾起摩托驶走了。你还有脸哭？开田这时转向跌坐在地上大声哭泣的小石匠的娘吼道：你看看你养了个啥样的儿子，干出这种说不出口的事，把屎倒在人家旅馆门口，不是个流氓?！暖暖见状，无言地走过去搀起小石匠的娘，向她家走去。

暖暖见小石匠的娘哭得伤心，便安慰道：派出所至多是关他几天，教育教育他，不会有啥不得了的处置，你只管放心……正说着，青葱嫂匆匆走进来道：暖暖，糟了，九鼎已经招来开田的报复，开田说九鼎家的船有安全隐患，不准他以后再拉赏心苑的游客去湖里游览；还说他的参演态度不好，不准他以后再参加"离别"表演，这就断了九鼎的两个挣钱路子。

暖暖眼里闪过一丝鄙夷，随后黑了脸说：告诉九鼎，以后住在楚地居的游客，下湖游览时坐他的船。

还有，赏心苑的韩会计午饭时又去通知俺们几家，说下个月底必须搬完家,不然到时候他们会强行扒屋,而且说他们要征的那些耕地收过秋后也不准再整地,他们很快就要扩建赏心苑了。

暖暖的牙咬了起来,说:我这就去给乡上打电话反映他们的所作所为。她回到楚地居自己的屋子就拨起了电话,他先拨了乡政府传达室的电话,找到了那位老传达,由他那里问清了乡长办公室的电话号码,然后就拨。可电话接通她刚说了一句:是乡长吧?我是楚王庄的楚暖暖——对方就啪地扣上了电话,接着拨,就再也没人接了。看来想靠电话告状不行,那就去乡上找乡长当面告!暖暖下定了决心,便开始作准备。旷开田,我就不信告不倒你,你已经完全不像一个主任了,你已经不管你的村民的吃和住了,既是这样,你不该再当主任,我就不信上边会不管你的这些行为!

52

暖暖是第二天早饭后骑车去乡上的。来到乡政府门口,暖暖不由得想起了当年为救开田来这里拦住乡长喊冤的事,天呐,真是世事难料,不过几年时间,事情就又翻了回来,有谁会想到我又为状告开田来到了这儿?

暖暖靠旅游致富在乡上已有些名气,乡政府里的有些人认识她,所以她如今想见乡长已不像过去那样难了,她在乡政府门口刚站下不久,老传达还没留意到她,院里就有人叫:嗨,那不是南水美景公司的楚经理么?快请进,请进。暖暖进门说了想见乡长的话,那人立刻就领她去了乡长的办公室。

乡长也已不是过去的那个,见了暖暖很客气,问她眼下的生意可好,游客多不多,收入怎么样。暖暖就把楚地居生意上的事简单说了几句,之后,就转向了正题,把赏心苑的薛传薪和旷开田做的那些事全说了出来。暖暖原以为乡长听罢会很生气,会立马差人去调查处理,不想乡长听完叹口气说:暖暖同志,你和开田主任办起楚地居和赏心苑，开发咱们丹湖西岸的旅游资源，是一种既富己又富村的举动，我都支持；开田他们扩建赏心苑，是做大做强企业的需要，因此乡上特意给批了地；你们如今搞竞争，也是市场经济发展的要求，但一定要记住，这种竞争不要以打倒对方为目的！

原本坐那儿静听着的暖暖这时皱起了眉头，忙开口问：乡长，你说这话是啥意思？

乡长笑笑：实话给你说，早在几天前，你们旷主任和五洲公司的薛总就来找过我，说你的楚地居和他们的赏心苑因为生意竞争的事，有了些矛盾，他们估计你会来告他们的状。

原来如此。你信他们的话？暖暖的眉尾跳起来了。

乡长依旧笑着：我哪，只希望你们在生意上动脑筋，别在告状上花精力，你告我我告你的，不好，这就叫内耗。

那我是只在告状上花精力了？

乡长的脸上掠过一丝不快，他显然很少听过这种咄咄逼人的问话，但声音还如刚才：咱们农村找到一个致富的路子不易，即使这路子有些毛病，也不要大惊小怪，你们楚王庄过去可是穷得厉害，现在有了赏心苑，多好的事情，要珍惜！

暖暖的脸色冷了起来，只见她呼地站起身，说：乡长，既然你认为我来反映情况是不珍惜赏心苑，那你就忙吧。说罢就径直走了出去，再没有回头看愣在那儿的乡长一眼。她明白旷开田和薛传薪已经给乡长灌了很多他们的道理，再在这儿说下去也是白费力气。她气鼓鼓地站在乡政府大门外，在心里叫道：去县上！

一辆摩托车这时突突地开到了她身边，她先还没有在意，仍在想自己下一步的计划，直到听见一声：楚总，要去县上么？她才扭过脸来，才看清骑摩托车的原来是薛传薪由省上带到赏心苑里的那个韩会计。小韩，你怎么知道我要去县上？暖暖挺惊奇。

旷主任和我们薛总早估计到了，说你到乡上告状告不赢，肯定会去县里，所以派我在这里等候着照应你。你看你是坐我的摩托车还是坐长途汽车,你要想坐我的摩托的话,咱们现在就可以走,天黑前你说不定就可以见到县上的领导!

滚!暖暖怒喝了一句,她根本没想到他们竟会派人跟踪她,这么说,他们早就断定自己在乡上告不赢了,县上他们大约也预作了准备,咋着办?去还是不去?去!我不信你们还能把县上的领导也拉到你们那一边!

暖暖是第二天中午坐公共汽车赶到县城的,她匆匆在一家饭店吃了碗面条,就去了县政府大院,她有心在大门口拦住县长,可她既不认识县长也不认识县长的车,无奈只好去传达室,向传达员提出想见县长的愿望。传达员听罢冷冷说道:县长很忙,不可能接待每个来访的人,要是谁想见他就可以见,他也就没法工作了,你若是有事,可以去来访接待室给他们说说,他们会给县长反映的。暖暖至此明白,要按正常规矩,她是别想见到县长的,要见,必须想其他的办法。她站在传达室门口想了半天,想起了县文化局的那个小曹,当初为楚长城的事,和他有过一面之交,后来为那些出土的文物,又有过交往,干脆,找他去!

找小曹倒没费多少力气,而且那个小曹还是个愿意帮忙的人,听她说了要见县长的原因,当即表态:没问题,我来给你联系,只是这种事直接找到分管旅游的副县长最有力,你就是找到正县长他也会让你再找分管的副县长去。暖暖点头说行,就找分管的副县长。那小曹真是卖力,亲自领着暖暖跑了几个地方,最后总算从一个会议室里把分管旅游的副县长找了出来。副县长看来很忙,在听暖暖说情况时眼中露着不耐,待听完之后,用审视的目光看了一阵暖暖,这才开口说:已经有人来告诉我了,说你和旷开田主任原来是夫妻;离了婚的夫妻往往会对对方有意见,可最好别把这种意见带到生意场里,影响你们正常的生意竞争。暖暖一听这话急了,忙问:县长这话是啥意思?是不是认为我反映赏心苑的事情是因为对旷开田不满?那副县长脸色顿时有些不好看了,说:我只是一个善意的提醒，好了，你反映的情况我已经记下，我会调查处理的，你先回去吧……

暖暖这时已经明白，薛传薪和旷开田早把工作做到了副县长这里，看来，这事在县上怕是难有结果了。告别了副县长出来，小曹宽慰她：既是副县长这样说了，你就先回去等等。她点点头，对小曹表示了谢意，就去找了一家旅社住下，预备第二天去市里再告。我就不信，你们能把各级都买通了。

在旅社里吃过晚饭，暖暖给青葱嫂拨了个电话，一是想问问这两天的游客入住情况；二是想知道丹根闹不闹人，临走时，她把丹根托付给了青葱嫂照应。不想电话刚一拨通，青葱嫂就慌慌地叫道：暖暖，你赶紧回来，咱楚地居出大事了！暖暖一惊，忙问出了啥事，青葱嫂说：住在咱楚地居的游客中有两个人昨天拉了肚子，旷主任知道后就来咱厨房检查，说咱楚地居的饮食卫生不达标，要咱们立刻停止营业，今天早上，原本住在咱楚地居的游客就都住进了赏心苑，主任还派人来给咱的厨房上贴了封条。暖暖一听，脸当时就气青了，好你个东西，竟敢这样对我下手?！她对着话筒沉声交代：你先在家里等着，我明天一早就赶回去。

第二天早上，暖暖出了旅社刚要向车站走，一眼瞥见赏心苑的那个韩会计骑着摩托停在街对面，她明白他还在跟着自己，就噔噔地走过去，咬了牙讥讽地叫：辛苦了韩会计，可别跟丢了我！那韩会计尴尬地笑笑，发动车一溜烟跑了……

暖暖回到楚王庄已是午后了，楚地居门前反常地不见一个人影，空旷的院子里也只有丹根一个人在玩，听见她进院的响动，青葱嫂忙从屋里迎出来说：主任刚刚又派人来把厨房上贴的封条撕了，说经查，那两个拉肚子的人不是食物中毒，让咱们继续营业，可还营啥业？游客早被他们吓跑了，都住到了赏心苑里。暖暖怒不可遏地转身就去了赏心苑。

开田和薛传薪正在薛传薪的办公室里悠闲地喝茶聊天，暖暖哐一声推开门时,两个人都没怎么吃惊,好像已经知道她会来似的,开田扭过头来看着暖暖,淡声问:有事?

凭啥封我的厨房?暖暖压住满腔的气愤。

哦,那也是为你好。开田不慌不忙地说:楚地居突然出现两个拉肚子的游客,不能不让人担心是食物中毒,咱们办旅游的,最怕出这事,我让人封了厨房,也是为了一旦是食物中毒好追查责任,这不,待梅家药铺一确定那两个游客不是食物中毒,我立马就让人把封条撕了。

你这是在故意毁我楚地居的声誉坏我楚地居的生意!暖暖吼道。

你扣这个帽子可是大了点,旷开田倒没生气,依旧皮笑肉不笑地说:我是村主任,我对村里的饮食安全负有责任,要真是出了食物中毒的事我不管不问,那上边日后肯定要找我的麻烦,对吧?咱得既对游客也对上级负责!

真实的原因是你怕我在上边告你,想用这一手把我拉回来,我过去真还没有看出你肚子里会有这样多的坏水!暖暖直瞪住开田恨声道。

我提醒你记住,你是在跟村主任说话!嘴里给我干净点!旷开田的面色阴沉下来。

喝水,喝水。薛传薪这时递一杯水过来。暖暖没接,暖暖继续带了鄙夷说:嗬,主任!多大的官?!想叫我说话干净点,你们做事为啥不先干净点?

我过去警告过你,不要跟我作对,看来你是把我的警告当耳旁风了,我再说一遍,你要再这样四处乱告状,搅得我和村委会不安生,你可能就要倒大霉了!不信你可以试试!我过去是看在丹根的面上才没有对你下狠手!

嗬,这么说你对我还是有关照的?滚吧,我不要你的关照,你下手吧!你以为你一威胁我就怕你了?!把你的手段都使出来,我倒是想看看！暖暖喊。

啪！开田踢翻了一把椅子。

嗵,暖暖踹倒了一个凳子……

53

这回“食物中毒”事件,对楚地居造成的影响是足有半月时间没有游客入住。眼下是旅游旺季,半月没人住可是损失不小。如今暖暖已不再种地,全部的收入就靠楚地居了,她每月又要给青葱嫂他们几个雇来的人开工钱,所以她不敢大意,紧忙对楚地居的声誉进行挽救。

暖暖先是带着青葱嫂他们几个雇来的人在楚地居里大搞卫生,对过去没有注意的脏处进行了清理,然后又在大门口竖起了一块广告牌,牌上写着:餐具、厨具顿顿消毒,保证吃得干净;睡具、用具日日更换、擦拭,保证住得舒适。暖暖还亲自到码头迎接游客并带他们先到楚地居参观后办入住手续。经过一些日子的努力,游客们才又恢复了对楚地居的信任。

这件事让暖暖意识到了,旅游这门生意的生命力其实很脆弱,做这门生意一旦声誉受损,收入立刻就可能断绝。这也使她第一次对来自赏心苑的破坏生出了恐惧,万一旷开田和薛传薪对楚地居的声誉下了狠手,自己要一下子翻不了身可怎么好？倘是一下子没了收入,自己和丹根还有爹娘和奶奶他们的生活咋办？青葱嫂他们不也就没了工作？罢,罢,不要因小失大,咱不告状了,就让薛传薪和旷开田去放胆做吧,反正与自己没有关系。

可能是看暖暖没有再出门告状,旷开田和薛传薪也没对楚地居再有什么动作。两下一时相安无事。赏心苑的热闹仍如往常,“离别”表演坚持三日一次;靠按摩挣钱的女子有增无减,有钱的男游客们争相入住;薛传薪还在赏心苑旁边盖了一个酒吧和一个舞厅,从省城又带了一些穿短裙的小姐来做服务员,里边也是音响喧天生意兴隆。

楚地居还坚持着原来的经营办法,主要接待普通的游客食宿,同时负责几个景点的导游。为了吸引游客,暖暖请了几个聚香街上的艺人,于晚饭后在楚地居门前的荷花池旁唱河南坠子和豫剧折子戏,游客们也挺喜欢,常常是端了一杯茶坐那儿很有兴致地看。楚地居的赚头虽没有赏心苑大,但因为这类普通的游客人多,收入倒也可观。

一天晚饭后,暖暖正陪着一伙游客坐在荷花池旁听河南坠子,忽见在赏心苑当客房服务员的响响姑娘抹着眼泪朝她走过来,她急忙起身迎过去轻了声问:响响,出了啥事?响响一听她问,泪珠子越发抹不完了。暖暖估计这姑娘是遇到啥委屈的事了,就拉她进了楚地居自己的住屋,扶她坐下,又给她倒了一杯水,才又问:是啥事给姐我说说。那响响方哽咽着骂:他们不是人!

谁?

姓薛的还有旷主任!

暖暖的心一沉:又是他们。他们对你做了啥事?无故扣了你工钱?

不是。响响摇着头,低而急切地说:今天午后,赏心苑八号房里住进了一个姓梁的老年男人,好像是一个官,薛传薪和旷主任对他都是毕恭毕敬的,我去给那姓梁的房间送水时,那姓梁的先是盯住我看,后又问我多大年纪,找没找对象结没结婚,我说我才十九岁对像还没定下哩。他听了就笑笑说:好。我当时不知他这个好是指啥,也没有在意。刚才吃过晚饭,薛传薪让我去他办公室里,说有话要给我交代,我便紧忙去了,进屋一看,旷主任也坐在那儿。我问找我有啥事,薛传薪笑笑说,响响,你愿不愿挣一大笔钱?我愣了一下答,当然愿了,只是去哪里挣?旷主任就开口说,也不用去别处,就在咱赏心苑里。我以为是让我干啥力气活哩,就答,行呀，只要是我能做的。薛传薪说，这活儿一点都不重，就是去陪陪八号房里的那位客人。我问陪他做啥，旷主任说，啦啦呱了，介绍介绍咱楚王庄的土特产了，客人要让你帮助做啥你便做啥就行了，事情过去，你到薛总这儿来领五千元。我一听吓了一跳，五千元？那是多大的数字！我以为他们是同我开玩笑，就说，真要能一下子挣五千元，还会轮到我了？薛传薪就拉开抽屉拿出厚厚的一沓钱朝我递过来，说，你要不信，这会儿就可以把钱先拿去！我一见他这样，忙说：好，好，我先去做事情，待事后再来领钱。我当时那个高兴呀，能一下子挣到这样多的钱，我爹娘他们该会为我自豪的！我三蹦两跳地去了八号房子，进屋就问那个男人，让我做啥事，你只管说吧！那人笑着问我，他们都给你说好了？我点点头，还没来得及开口，他就指了一下床说，那就上去脱吧。我一听惊住了：脱？脱啥？当然是脱衣服了，先让我好好看看你，我今天一见你就喜欢上了你，你身上的那股清纯气息是我没有见过的，我看过之后我们——我一听这才明白那五千块是咋着回事，心里那个气呀，原来是让我做这个，你们可真是瞎了眼！我转身就朝门口走，没想到去拉门时，门竟被从外边锁上了，我扯了几次都没有扯开，这当儿，那男人就朝我走过来，一下子抱住了我，又是摸我又是亲我，还把我的衣服撩开，狠劲噙住我的奶……我推也推不开他，就喊来人呐——，我的喊声一大，薛传薪才从外边把门打开，那人方松开我，我边扯衣襟边跑出来，看见旷主任和薛传薪两个人都站在门外，脸全阴沉着，旷主任对我气哼哼地说，你既是不听话，就别在赏心苑干了，回去种地吧……

这还是一个人做的事么？暖暖听得心头火起。

我恨他们！响响又抽噎起来。

我这就给你报警，让警察来收拾他们！暖暖边说边伸手要拿电话，响响看见，忙过去把电话按住带了哭音说：暖暖姐，警察一来，就糟了，他们肯定要把我叫去问话，那就会把事情闹开，让人们都知道，咱丢不起那人，万一事情传到我爹娘耳里，说我被人摸过亲过还被噙过奶，不知要把他们气成啥样。暖暖闻言只好放下电话，问：那你想咋办？

我想来你这儿干活，他们那边即使让我再去干，我也不敢干了。

暖暖叹口气点点头道：那你从明天起，就来楚地居干吧……送走了响响姑娘，暖暖心里的火气还在翻滚：旷开田，对自己一个村里的姑娘你都想使坏心，你说你还有一点村主任的样子么?！她几次起身想去赏心苑朝旷开田和薛传薪骂上一顿，后担心给响响带来麻烦，才压下了那股冲动。

54

楚地居固定的导游员只有麻老四一个，游客多太忙时，暖暖和青葱嫂就亲自上。当初暖暖离开赏心苑时，曾问过麻老四是想留在赏心苑还是跟她回楚地居，留在赏心苑每月挣的钱肯定要多些，可麻老四想了一阵后说：我还是到楚地居吧，我最初当导游是在楚地居，是你教给我了这个挣钱本领，咱不能忘恩。暖暖当时笑道：啥恩不恩的，你干活挣钱，凭的是自己的本领。当然，楚地居这边没活的时候，暖暖也允许他去赏心苑干，而且每次表演《离别》那十块钱，暖暖也鼓励他去挣。

有天早饭后，住在楚到居的游客们都做好了去看楚长城的准备，可就是不见麻老四这个导游来。暖暖就有些着急，前一天晚上已经通知过他呀！她忙亲自去邻院麻家门口喊：四哥，快点呀！应声出来的不是四哥却是四嫂，只见四嫂黑着脸对暖暖说：他死了！死了？暖暖先是一惊，后看四嫂的样子，知道是两口子又生了气，忙低声问：他能不能坚持去带游客上山？还上山哩，连去茅厕都走不动了！四嫂气恨恨地答。暖暖一听这话，明白麻老四是得了急病而且不轻,就先回去安排青葱嫂带游客上山,之后才又赶过来细问四嫂:四哥究竟得了啥病?叫梅老大夫来看过没有?四嫂这时方抹起了眼泪,边哭边说:暖暖妹子,你也不是外人,嫂子就给你实话说了吧,麻老四他不是人呐,上回我发现他去赏心苑按摩找女人之后,我不是跟他闹了一顿吗?他当时给我跪下赌咒发誓说他再不去了,我也信了他,没想到他还在偷偷地去呀,这不,老天爷报应他说瞎话,让他染上了脏病。他得病后也不敢给我说,又不敢去找大夫看,只是偷偷地找偏方自己摆治,结果越来越重,那个东西肿得厉害,前些天他还能坚持着走路,只是两腿一别一别腰弯着,我还问过他走路咋是这个姿势,他仍旧瞒哄我,从昨天夜里开始,重起来了,撒尿时疼得他猪一样哼哼叫,而且走不成路了,连蛋包子都肿了,这会儿还躺在床上不能动。听四嫂这么一说,暖暖才回想起,麻老四这几天走路是把腰弯着。作孽呀,赏心苑!暖暖心里又来了气,可她知道这个时候不能再说别的,治病要紧!就隔了窗户对睡在屋里的麻老四说:四哥,事到如今,再瞒也没用了,我这就去给你把梅老大夫叫过来。窗户里随即传出麻老四浸了羞惭的声音:妹子,得这病丢脸呐,你可千万别对外人说,麻烦你给梅老大夫也先交代一句,让他替我保着密,你们的大德大恩,俺以后会报答的!四嫂这时就撇撇嘴,对暖暖说:这个鳖能着哩,一遇着难坎他就给你说甜话,灌蜜语,过了难坎他就又忘了。言罢便又转向屋里叫:给你治好后,你好再去赏心苑找女人快活!屋里就又传出麻老四夹带了哭音的话:娃他娘,你声音就不能放低点?你想让全庄的人都知道?你给我留点做人的面子吧!暖暖拍拍四嫂的手说:消消气,治病要紧,我去叫梅老大夫。

那天梅老大夫来看了麻老四的病后摇着头说:要再拖两天,就麻烦了,你这个东西怕就没用了。老四一边疼得咧嘴一边惊问道:啥叫没用?梅老大夫叹口气:就是你这个东西再也硬不起来,成废物了。老四大惊失色叫了一句:我的天!陪着暖暖站在外间的四嫂闻言这时发恨道:让他那个东西成了废物才好,他就再也不能去赏心苑找女人浪摆了!暖暖低声劝着四嫂:别使气了,真要成废物了苦的还不是你?!四嫂这时就抽抽噎噎地哭开了:天爷爷呀,你说人咋就成了这样?……

梅老大夫那天给麻老四看完病出来,先交代四嫂:头一条,按时给他清洗上药按时让他吃药;第二条,你们分床睡,各自的衣被不要搅缠在一起,娃娃的衣被更不能同他的接触;第三条,你自己也去诊所里一趟,让我老伴也给你做个检查,该吃药就要尽早吃药。之后又摇着头对暖暖说:村里这样的病人已有三个,你能不能对开田主任他们说说,这种事该管管了,要不,传染开了,夫妻间吵嘴打架闹离婚是小事,怕是对生娃娃都有影响哩!暖暖不由得把牙咬了说:梅老伯,你放心,会有人管这事的!

暖暖心里那个气哟,她真想第二天就去市里状告旷开田和薛传薪,可她明白,只要自己一动身,他们就会知道,就又会派人跟踪自己派人去抹平这事,而且很可能对楚地居下手。得想一个不惊动他们的办法,她想了一夜,决定用写信的法子告状,这样可以做到神不知鬼不觉,让他们无法提前应对。下了决心之后,她用了差不多一夜的时间,给市里和省上的领导以及公安局、检察院、法院写了八封信,然后让青葱嫂以买菜买肉为名,去了一趟聚香街,在街上的邮电所里全用挂号信发了出去。

信发出后,暖暖就开始一边做着楚地居里的事一边等待消息,她想,这八封信只要有一封信起了作用就行。

有天晚上,暖暖正在给丹根脱衣准备上床睡觉,忽听有警车呜呜叫着开到了村里,她一愣:这个时候来警车干啥?就跑出院门去看,只见有三辆警车相继停在了赏心苑门前,一些警察从车里跳下冲进了赏心苑大门。暖暖的心中猛一喜,断定是自己的那些告状信起了作用。旷开田、薛传薪,你以为就没人管你们了?你们就等着受惩罚吧!她轻步向赏心苑走近些,瞪大眼睛看着赏心苑门口的一切。邻居们这时也都被警车的叫声惊出了屋，默站在自家门口看着赏心苑里的动静。麻四嫂这时出了自家院门，凑着远处的灯光看见暖暖，忙悄步走过来微声说：老天爷总算开眼了！

按暖暖的猜想，肯定会有人被当场抓住，可令暖暖意外的是，那些冲进赏心苑的警察没过不久就又相继出来了，而且没见他们抓一个人。在警察们出来不久，旷开田和薛传新也出来了，他俩不但没有丝毫惊慌，反倒都叼着烟卷脸露微笑。暖暖感到自己的心在慢慢下沉。这时，又见其中一个警官握了握旷开田和薛传薪的手，很客气地说：抱歉抱歉，打搅了你们的营业，让游客们也受惊了，请原谅请原谅……

暖暖在黑暗中看得目瞪口呆：这是怎么了？他们竟然没有发现问题？她心中刚刚涌起的那些喜悦霍然消失，代之而起的是一股巨大的失望。他们眼瞎了吗？那些按摩女人还能藏到哪里？麻四嫂也在一边轻声嘟囔。

暖暖只能默然看着那些警车重又开出村庄，沿着丹湖边的那条土路，摇摇晃晃地朝聚香街的方向开去。她站在那儿屏了息久久没动，直到一道手电光亮朝她扫过来，她才扭过头去看来人。

我估计你还没睡。在手电筒的光亮之后，响起了旷开田的声音。

麻四嫂和站在四周黑暗中的邻居们一听是村主任，都急忙走开了，暖暖没有理会他，转身也要走，却不防旷开田猛叫了一声：站住！

干啥？暖暖回过头来冷声反问。

你都看见了吧？公安局的人来搜查后一无所获，而且向我们道了歉。

呸！

警察们所以突然来搜查，我们知道是你的功劳，可结果怎么样？获胜的是我们！你看了今晚的情况就应该明白，告我们的状是不可能赢的！我也可以给你说句实话，五洲公司在各级各方面都有人，什么好消息坏消息我们都会预先知道！

暖暖什么话也没再说，只是转身就走。

我再一次警告你！背后传来开田的声音……

55

暖暖这天晚上的觉睡得断断续续，旷开田的那些警告不时在她的耳旁响起：五洲公司在各级各方面都有人……她明白他这话不是假的，一个实力雄厚的公司在各级政府里拉拢住几个人是完全可能的，那么继续告状还有没有意义？还告吗？……

暖暖没有起床吃早饭，就那么昏昏沉沉地躺在床上，她觉得浑身都提不起劲来，直到青葱嫂隔着窗户告诉她：北京那个谭老伯来了。她才急忙起身穿起衣裳来，边穿衣边在心上诧异：没听他说要来呀？

谭老伯还像往常那样瘦，头发也全白了，可精神依然很好，一看见暖暖就高声笑道：来了不速之客，打搅你了吧？暖暖忙上前扶老人坐下说：你来俺们高兴都还高兴不过来哩，哪会是打搅？之后就紧忙倒茶。

我这次是去南方开一个学术会议，返京途中顺道来看看你们，我前些天从报纸上看到一条消息，说你们这儿的丛林坳发现了楚国的平民墓葬群，我也想看看，隔段日子不来这古楚之地，我还是蛮想念的。怎么样，来看楚长城的人多吗？

多，凡来丹湖西岸的人，都要去看看长城，你今天要是想上去的话，我陪你。暖暖笑着，老人的到来让她暂时忘掉了不快。她对谭老伯一直怀着一分深深的感激，正是谭老伯对楚长城的发现改变了她的生活。

好哇，先去看看长城那个老朋友，然后再去看平民墓。谭老伯高兴地站起了身子……

就是在去楚长城的山路上，在边走边聊中，谭老伯知道了暖暖已经离婚的事，老人当时吃了一惊，说：嗬，都说现在京城的离婚风刮得很盛，没想到这股风还刮到了你们丹湖西岸，能不能告诉我你们离婚的原因？暖暖脸红着简捷地说了一遍，老人听罢没有作声，只默默地走路，半晌之后才叹口气说：人生路上是什么事情都可能发生的，多经历一点未必都是坏事；开田的所作所为，依我看叫忘乎所以；这世上能让人忘乎所以的东西很多，其中最厉害的就是权力，因为权力里边含有几种能使人发晕的东西，比如强制别人顺从、服从，巨大的经济利益，掌握重要的社会资源等等；人一忘乎所以，往往就不知道天高地厚，就不会再管控自己的欲望，就会放纵；而欲望这个东西，没有它，人就不成为人，全放纵，也有可能使人变异为非人；人不忘乎所以，就会懂得把自己的各种欲望调整到社会容忍的程度……

暖暖默然听着，知道谭老伯这是在安慰自己。

我是研究历史的，我知道中国历朝历代有多少因权力而忘乎所以的人，也知道有多少人想对权力加以制约，但要制约权力，谈何容易，它首先需要执掌权力的人有一种超越世俗利益的眼光，自愿制定一些包括限制自己手中权力的制度，唉，可惜……

暖暖见自己的事使谭老伯的心情沉重起来，忙强颜笑道：老伯，咱不谈这个，咱说点快活的事，我听说你要写一本关于楚长城的书，是真的吗？

正在写着呐，只是不知啥时能完工。哎，对了，我这次来，除了旧地重游之外，还有一个小任务，就是把我新近了解到的一个导致楚文王赀迁都的民间故事告诉你们，为你们的导游员增添一点解说内容。

嗬，什么故事？暖暖来了兴趣。

过去说到楚王赀迁都的原因，一般都说两条：一条是楚的版图在向南向东南扩大，赀觉得都城偏离版图中心太远；一个是离当时的周王室距离太近，赀有一种被威胁感。前不久我在一本民间传说书上新发现了一个故事，说赀当时生活奢靡，在一次游乐中发现手下一个武将的女人长得美妙无比，当下就动了淫心，此后就常借故传唤其进宫伴他淫乐，那武将表面上自是不敢表示不满，甚至常主动将女人送到宫中，暗地里却仇恨满腔并准备反叛，他悄悄联络很多不满朝政的文官武将，包括宫中人员。不想就在起事前，消息泄露，楚王赀大惊失色，迅速派人抓捕镇压，因卷入此事者众，赀一下子杀掉了数百人。这起反叛虽被镇压下去，可因杀人太多，每个被杀者都与活着的人有着千丝万缕的联系，故赀知道他在都城里人们心中引起的怨恨已经很深，也是因此，他失去了安全感，总觉得都城里到处都有想索他命的人，致使他常常因为心中惊惧而不能在夜间安睡，这，促成他最终下了迁都的决心。

还有这种说法？

这其实也是一个关于忘乎所以的故事，楚王赀不忘乎所以，就不会去夺属将的女人。当然，这故事与历史真实究竟相错多远，很难考证。不过，让你的导游员讲给游客们听听，说不定能给游人增点兴致。

那倒是的，我接待这么多批游客，有一个发现，就是你一讲和景观有关的故事，他们就特别感兴趣……

陪谭老伯看完楚长城下来，天已黑了。晚饭后安顿谭老伯睡下，暖暖正也想洗洗歇息，青葱嫂忽然过来把一条头巾和一顶帽子递到她的手上，说：这是禾禾妹子后晌送过来的，头巾是给你的，帽子是给丹根的，禾禾讲这两样东西都是你爹给买的。暖暖一听这话，就知道爹心里对她离婚的事算是想通了。当下就想回娘家看看，这么多日子没有回去，她心里也想老人们。随即便去灶上把买来预备给游客们吃的牛肉、猪肉各砍了一块装在篮子里，又拎了一只鸡，拉上丹根就向家里走了。

爹和娘都在家里，娘在用竹篾修补蒸馍的锅盖，爹在吸烟，奶奶已经睡下。娘的气色还好，看见他们娘俩，忙放下手上的东西起身，去一个筐子里摸出两个猕猴桃递到丹根手里说：东院你七奶奶送来让我尝尝的，刚好给你赶上了，吃吧。那丹根哪还客气，张嘴就啃起来。暖暖爹就笑了，说：瞧这吃相，将来长大会是个大肚汉子。看爹的样子，是气已经消了，暖暖的心里也轻松起来，就坐下来跟老人们拉着家常。话题不断地换，但都说得挺投机，其间，娘说了一句：你总这样一个人拉扯着娃娃过日子恐怕不行，要是碰见有合适的人，可以再成个家。暖暖知道这个话题敏感，弄不好又会惹爹生气，就轻描淡写地回道：我眼下还不愿去想这件事……

暖暖这晚离开娘家，已很晚了。丹根哈欠连天地跟在妈妈的身边走，没走多远，两只眼就想闭上。暖暖笑道：看，看，遇到瞌睡虫了吧？说着，就蹲下身把儿子背在了背上。暖暖背着儿子正摇晃着走，忽见前边有两个人抬了个小竹床走过来，就问：谁呀？

是俺们，暖暖姐。伴着回话，抬床的两个人走近来，暖暖凑着月光才看清，他们是赏心苑的两个保安，当初，还是暖暖领他们去省城接受培训的。

你们抬的这是——

是詹石磴。

詹石磴？暖暖吃了一惊，她低头仔细一看，可不，正是詹石磴，月光下只见他仰躺在小竹床上，眼睛睁得很大地看着她。

他这是怎么了？暖暖记起，自从上次在梅家药铺，他拄着拐杖对她说了那番令她气愤的话后，她就再没有见过他。

他得了脑中风，除了右手能动之外，两腿和左手都已不能动了，而且不会说话，整天躺在床上吃喝拉撒，把他家里的钱都花空了，不过，他脑子还很正常，咱们说的话他都能听得一清二楚。一个保安忙着解释。

呦?！暖暖定睛去看詹石磴，果然发现他瞪着自己的双眸里满是鄙夷和仇恨。暖暖在心里怒道:你这个东西,都病成这样了,还在仇恨别人。你们这是把他往哪儿抬?

旷主任让把他抬到赏心苑去。一个保安答。

这么晚了,抬到赏心苑干啥?暖暖很意外。

不知道,说是让他去看一出戏。

戏?啥戏?暖暖惊奇了,她想不到旷开田还有这个好心肠。

不清楚,主任只让俺们来抬他。

他愿去?暖暖又看了一眼詹石磴,发现他一脸愤怒,好像是为她拦住了他。

主任说,詹石磴只要答应去看戏,就给他一百块钱,我们刚说了条件,掏出钱,他就用他那只能动的手在纸上写了个愿字,他现在很缺钱,他家里的所有东西都因为看病卖完了,他老婆已经拉着儿子回娘家住了,现在只有他女儿润润在跟着他,照料他。

嗬,詹石磴,你竟走到了这一步。暖暖怜悯地看了詹石磴一眼,这真是报应啊,当初你是多么不可一世多么霸道,好像天底下只有你一个说了才算,想不到今天你会变成个连走路都要靠人的人。她发现他还在恶狠狠地看着自己,忙挥挥手让他们走了。

回到楚地居把丹根放到床上睡下之后,暖暖不由得又想起了詹石磴,詹石磴在月光下躺在竹床上的样子是那样深刻地印在了她的脑子里,原来时间可以把人变成这样,詹石磴,你大概从来没想过自己会变成这样吧?想起詹石磴,很自然地,又想到了旷开田,他这个时候把詹石磴抬到赏心苑是要他看什么戏?没听说赏心苑来了剧团呀?再说,就是赏心苑来了剧团,旷开田会好心到自己掏一百块钱来请詹石磴看戏?暖暖知道,自从詹石磴把侮辱她的事告知旷开田之后,他是一直在恨着詹石磴的呀!想着想着,心里的疑团就越来越大,旷开田让保安把詹石磴抬去究竟是要干啥?

心中越来越浓的怀疑让暖暖不由自主地走出了楚地居,白天热闹的楚王庄此刻显得十分静谧,只偶尔从什么地方传来一声猫叫狗吠。当暖暖发现自己是在向赏心苑走去时,她停下了步子,在心里向自己叫:你这是干什么?你还对旷开田和詹石磴他们两人的事情感兴趣?你还愿去管他们的闲事?可事情是太蹊跷了,一个人花一百元在这夜静时分请自己恨着的另一个人去看戏,这不是太奇怪了吗?想弄清事情真相的强烈的好奇感,使得暖暖又向赏心苑挪动了步子。

赏心苑门口依然灯火通明,当班的保安自然也认识暖暖,看见她忙迎过来轻声问:暖暖姐有事?

詹石磴刚刚被抬进去了?

那保安点点头:刚被抬进了最后一排房子,在三号房。

抬他来真是为了看戏?暖暖问。

那保安环顾了一下四周,见确无别人之后才压低了声音说:我也是刚听说的,给你讲了千万别说出去,要不我的饭碗可能就保不住了。詹石磴不是病得厉害么,总需要钱看病,可他家里已经没有钱了,他老婆都已经绝望得离开他了,他的女儿润润倒很孝顺,为了筹钱给他爹看病,就每晚来到赏心苑给客人按摩脚,她学了个按摩脚的本领,给人按一回能挣三块钱,不过那姑娘只是给客人按摩脚,并不做别的事。昨天晚上从南方来了个有钱的老板,那人晚饭时分在润润进大门时看见了她,觉得润润非常漂亮,当时就找到润润说,要是她晚上答应让他给她按摩的话,就会得到很大一笔钱,那男人说的按摩就是做那事,据说润润当时脸红得厉害,没有答应,今天想了一天,晚饭后来告诉总台,说她愿意按那个客人提出的条件办。旷主任让把詹石磴抬来,会不会是因为同情詹石磴,让他借机朝那人多要钱?我也弄不太明白。

暖暖惊得吸了一口冷气。

听说润润已有了婆家,这事要是让她对象或是婆家人知道了,可是糟糕。

润润知道她爹被抬来的事吗?

不知道，她先来的，这会儿应该还在给另外几个客人按摩脚，那个有钱客人喜欢玩麻将，晚饭后一直在玩麻将，给总台说好让润润十一点去他房里。

暖暖抬手看了一下腕上的表，转身就往赏心苑院里走。赏心苑她可是熟门熟路，很快就找到了最后一排房子的三号，上前敲了门。门迟疑一下才打开，暖暖推门进去时方发现，开门的是旷开田。开田显然也没料到来的会是暖暖，吃了一惊：是你？暖暖没理他，只是拿眼在房里扫了一遍，屋里没有别人，只有詹石磴被抬放在一张圈椅里一脸茫然地坐着。屋里只开着一盏壁脚灯，光线很暗。

你把他弄来是想干啥？暖暖眼没看开田，只这样问。她凭本能知道，旷开田不会好心到会去帮助詹石磴，但她又实在猜不出他把詹石磴弄来的目的。

咋？现在你还关心着他？开田冷冷一笑，压低了声音：我把他弄来是想让他看一出戏！

啥戏？

你要想看也可以留下来，戏很好看，保准让你过瘾！开田边说边上前关掉了那盏小灯，屋里一下子彻底黑了下来。

旷开田，詹石磴过去是伤害过我们，可他现在是病人，你可别做伤天害理的事。

咋？你以为我会掐他拧他，我才不傻哩，我不会做犯法的事，我今天就是请他来看戏，而且他来也是自愿的，这有他写的字迹为证。说罢这些他看了一下表，尔后转对詹石磴压着声音说：詹石磴，你当初睡我的女人，你心满意足非常高兴，今天我让你看看别人是咋睡你女儿的，润润不是你的掌上明珠么，不是你的命根子么？你现在就看看吧！他的话音尚未落地，伸手一下子拉开了詹石磴面前的一道帘子，暖暖这才看清，这间房子和隔壁的房子中间的隔墙上，装着一块玻璃，而且玻璃上贴着一层黑膜，造成了这边可以看见那边而那边看不见这边的效果。

暖暖震惊无比地看着旷开田，詹石磴也被惊在那儿。这当儿，只见隔壁的房间里，詹石磴的女儿润润正在明亮的灯光下同一个中年男人说着什么，那男人随即将一沓钱递到润润手上，润润接过去把钱装好，然后动手去解自己的衣扣，能看见润润边解衣扣边流着眼泪。那男的分明嫌她解得太慢，迫不及待地上前扯着润润的衣裳。这边的詹石磴这时气急得呜呜地叫着，身子在圈椅里一扭一扭，那只能动的右手把椅子的扶手拍得啪啪地乱响。暖暖至此才明白旷开田的用心，嗷，旷开田，你竟想出了这个法子折磨他！你可真是——

不要激动，好好看下去，看看别的男人是咋样脱你女儿衣裳的！开田这时附了詹石磴的耳朵带了笑说，你当初脱我老婆衣裳时是不是也这样？

旷开田！暖暖猛地吼了一声，你还是人不？

隔壁的润润和那个男人似乎听到了这声吼叫，几乎同时向这边看了一眼，可他们显然没看出有人在窥视他们，那男的这时上前猛地扯下了润润的上衣，抱起她扔到了床上。

詹石磴呜了一声闭上了眼睛。

闭眼干啥？看呀！开田这时依旧在詹石磴头前冷笑说，你当初——

砰！旷开田的话音突然被玻璃的破碎响声截断，他扭脸看时，只见暖暖挥着一个方凳砸碎了隔墙上的玻璃，同时把手从玻璃破洞里伸过去朝隔壁那个要向润润施暴的男人叫：放开她，你这个狗！

这突然的变故使得那个男的和润润一齐惊得扭过头来。暖暖这时已拉开门奔了出去，片刻后便进了隔壁的房子，一只手里依旧拎着那个砸碎玻璃的方凳。你……你干什么？那脱得只剩一条短裤的男人惊慌地向后退着。她……她是自愿，我和她预先讲好了价钱，只要是处女，准付她六千！滚，你个狗东西，你以为你有钱了就可以随意欺负别人？你知不知道她爹身患重病？你还忍心对她下手？暖暖边朝那人吼着边把润润的外衣披到她身上，同时扶她下床：咱们走，给你爹治病的钱婶子我先借给你……

润润是边哭边被暖暖扶到楚地居的。那天晚上，她就睡在暖暖的床上，向暖暖哭诉了他爹的病情，哭诉了她为给爹治病求告无门的苦处，哭诉了她决定那样做的痛楚，她说她已经预先给她谈的对象说了要卖身的事，请他另找别的姑娘……暖暖一直默默地听着，到润润哭诉完了，才缓缓说：润润，我虽然看不起你爹，气他恨他，可我愿意借钱给你为他看病，我不愿你把自己一生的幸福轻易扔掉，我听说你这个对象是你自己谈的，你对他有感情，既是这样就更不能为钱毁了这段感情……暖暖自始至终没说她爹被抬到赏心苑的事，她知道那更会令润润伤心。第二天早晨送润润走时，暖暖拿出了六千块钱递到润润手上，润润扑通一声跪下了双膝哭着说：婶子，我不知道我们两家过去发生过什么，可我能感觉到你们大人间平时互有恨意，我从来没想到帮助我的会是你……

56

开田是第二天早饭时分来到楚地居的，那阵子暖暖正搂着丹根跟青葱嫂交代事情，忽见开田进来，一愣，以为他是来看丹根的，就松开了丹根，青葱嫂也以为他是看儿子的，就朝丹根叫：丹根，看看是谁来了！丹根扭头看了一眼开田，只叫了一声爹，就又钻进了妈妈的怀里。开田这时肃穆着脸对青葱嫂说：麻烦你领着丹根出去一会，我想单独和他妈说一会话。青葱嫂一听是这，忙起身拉了丹根出去了。

暖暖坐在那里没动，静等着对方开口，她估计他还是为了昨晚的事。

我没想到你还会站在他的立场上为他着想。开田低沉地开了口。

那不叫为他着想,那叫不做伤天害理的事。暖暖没有看他,眼望着墙角说,你要记住,人做的事,上天可是都在看着。

他没做过伤天害理的事?

可我现在不能再看着别人做!不能让别人在我面前做!

觉悟挺高的嘛,听这话起码像个县长了嘛,咱们省长不提你当个县级干部可真是不应该!起码该叫你当个乡上的书记吧?!

你想说啥就快说,甭在这跟我胡啰嗦!暖暖呼地站起了身。

我是想问问,你是不是对詹石磴生了感情?要真是的话——开田脸上的所有地方都密布着嘲讽。

旷开田,你要是来说这个,就立马给我滚!滚!暖暖嗵一声拍响了身旁的桌子。

我来自然不是为了这个,我只是想顺便告诉你,昨晚我让人送詹石磴那个杂种回去时,他哭得像个女人!好了,不说他,我今天来的真正目的,是为了警告你,你鼓动青葱嫂和九鼎他们几家不搬房不腾地,你这是在害他们!

啥意思你明着说,甭来这弯弯绕。暖暖瞪住他。

你仔细想想吧。旷开田说罢,转身就走。

暖暖站在那儿想了一阵,估摸他们是想强行圈地,不过转而一想,谁敢不经人同意把别家的房子扒掉?谅他旷开田和薛传薪没有这个胆量。因此她也就没有在意,早饭后依旧照原来的安排,陪着谭老伯去丛林坳看楚国的平民墓。

由楚王庄到丛林坳总有十里山路,两个人走到时都已是气喘吁吁浑身汗水了。暖暖前些天听村里人说过这儿发现了好多楚墓,但没往心里去,她可没心来管几千年前的事,今天陪谭老伯来,也只是为了让老人高兴。古墓尚未挖掘完毕,还有几个考古人员正在墓地上小心地刨着土。谭老伯先是高兴地围着古墓群看,然后就和那几个挖掘考古人员攀谈起来，那几个考古人员一开始并不愿和谭老伯说话，后听他话说得很内行，才和他聊开了。暖暖见他们聊得高兴，而自己又听不懂他们说的那些行话，就起身去附近的山坡上采野菜了。

暖暖那天和谭老伯往回返时，已是半后晌了。尽管中午只是吃了一点暖暖带的烙饼，可谭老伯却毫无疲倦之态，边走边兴奋地对暖暖说：这三十多座楚国平民墓的发现，为楚始都丹阳在此地提供了有力的证据，也证明这些年我坚持的看法有道理。这些墓地和楚长城以及你们楚王庄出土的那些祭器，都在支持我的观点，这使我非常高兴……暖暖含笑听着，她虽然不是很理解老人的话，可老人高兴她就也高兴。

从这些平民墓里的陪葬品来看，楚国早期的平民，生活境况很不好，多是陪一个陶壶，个别的陪有一个陶鼎，有些干脆什么东西也没放，足见其活着时日子的艰难。谭老伯又叹息着说。

谭老伯，你现在可以依据这些陪葬品去推测那时人们的生活境况，咱们如今不让土葬，更没有陪葬品，那后人将来怎么推测我们今天的生活境况？暖暖问。

我们今天保存信息的本领和手段很多，这是前人没法比的……

两人边说边走，到村边时天已黄昏，暖暖正要问老人晚上想吃啥饭，却忽听村中传出了吵嚷声，同时看见村里人都在向青葱嫂家的方向跑，狗们大概受了惊，也一齐叫着。出啥事了？暖暖意外地停住步。谭老伯也是一愣。暖暖先是扭头对谭老伯交代：你先回楚地居。之后，就也向青葱嫂家跑过去。

跑近时暖暖才看清，原来是紧邻赏心苑的青葱嫂和九鼎他们几家的房子都被推倒了，九鼎家的小鱼馆也没了影踪，几家人的东西都露天扔在那儿，九鼎家做鱼的锅和桌椅包括几条尚活着的丹湖鲤鱼散了一地；附近几家的责任田里也堆了不少砖头、水泥和沙子。九鼎他们无言地蹲在那里，青葱嫂正坐在那儿伤心地哭诉着：你们还叫不叫人活了？让俺们去哪儿住？……旷开田则站在那儿摊着手说：让你们搬迁的通知早就发了，中间又登门催过几次，可你们一直不当一回事，执意不搬，没办法，人家五洲公司只好这样采取强硬手段，这可是你们逼人家做的。反正征的这些地是上边同意了的，既合法又合理。依我看，你们还是赶紧把这些拆房补偿款和占地补偿费领回去，想办法尽快在村里拨给你们的新宅地上盖房子。边说边挥了挥手中几个装了钱的信封。暖暖顿时想起早上旷开田那番警告，看来，他们是早就做了今天强行拆房占地的准备。她气极地走到旷开田面前，瞪住他问：你今晚让这些人住到哪里？！

可以投亲靠友，先住到亲戚、朋友或邻居家里，然后抓紧盖房，平房盖起来很快，少则十天多则半个月就——

你可真是为赚钱黑了心肠！

哎，楚暖暖，你在这儿捣乱啥？这事与你有何关系？拆了你的房子？占了你的地？开田叫了起来。

我看不惯你们这样欺负人！

这咋叫欺负人？拆迁占地都有补偿——

你那点补偿钱够他们干啥？你心里能不明白？！

反正这完全是依法依理办事——

呸！暖暖没再理会旷开田，径直走到青葱嫂身边，将她扶了起来说：走，先住到我那儿去，九鼎，你们也赶紧去先找个地方住下，天立马就要黑了，再耗在这儿咋办？正说着，忽见九鼎手里拎了块砖头，猛地站起来向旷开田走去。开田见状惊得退了几步叫：九鼎，你想干啥？！

既是你不让俺们活了，那咱们就都别活了！九鼎拎砖头的手背上青筋凸起，好像浑身的力气都集中到了那儿。暖暖看见忙扑上前死死拽住九鼎拎砖的手道：九鼎，你不能胡来，你现在是有理的，一动手你就无理了！快来，四哥，把他拉走！她朝站在一旁的麻老四叫，麻老四就急急跑过来夺下了九鼎手里的砖，推着九鼎朝村里走了。惠玉这当儿已放声哭起来：天爷爷，你睁开眼看看我的小鱼馆呀！……

57

青葱嫂一家四口被暖暖安排住进了楚地居的一间客房里。青葱嫂很不安，含了泪说：暖暖，你的房子是要接待游客的，俺们住一天你就少赚一天的钱。暖暖道：钱是赚不完的，再说，你们现在也已经是游客了。青葱嫂叹口气说：我想明天就去赏心苑把他们给的那点补偿款领回来，吃亏就吃亏吧，先盖两间小房子，有个容身的地方算了，反正胳臂拧不过大腿，咱也拿人家没办法。

他们肯定已经做好了应对你们上告的准备。暖暖沉思着说，不管他，我今晚还要再写告状信，我不信上边的人都会让他们买过去！我上次的告状信不是让公安局搜了他们一回？尽管没起大的作用，可总算吓了他们一场，我这回要给更多的市里和省里的领导写，我不信所有当官的都会袒护他们！

别再给你惹来麻烦，开田可是在盯着你。青葱嫂摇着头。我会小心的，你们快歇了吧。暖暖走出他们的屋子，看见谭老伯还坐在院中的一块石头上，忙走过去问：咋还没歇？

睡不着。老人深长地叹了口气，你们村里出的事我已经听说了，唉，想想我其实也有责任，要是当初我不把楚长城宣传开去，人们不来这古楚地旅游，这些事就不会出了吧？

老伯，这与你哪有关系？！

有的，事情都是相互关联着的。看来，这世上没有只带利不带弊的事情，包括我们先祖留下的物质的和非物质的东西，并不是全能给我们滋养的……

快去歇吧。暖暖不由分说地拉老人去了他住的屋子。

暖暖几乎熬了一夜，写了十几封告状信，第二天一早，让妹妹禾禾借送谭老伯过湖的机会，到丹湖东岸上的邮局里，全用挂号信发了出去。她原本想让谭老伯替她转转告状信的，后想想他也只是一个退了休的研究员，无职无权，把他卷进这不知结果的事情里，说不定会给他带来麻烦，所以最后决定还是自己来办，有啥麻烦全由自己来承担，她不愿让老人再为这事担惊受怕。

赏心苑显然早有准备，扩建的施工队第二天中午可就到了；下午就开始挖地基；第三天，大批的钢筋、木材、砖头、水泥、沙子可就源源不断地运来了。暖暖只能和青葱嫂、九鼎他们无奈地默站在远处看，暖暖知道自己是无法阻止他们了。她现在所能做的，就是在心里盼着自己写的那些告状信，能早日被领导们看到，然后派人来阻止他们。

暖暖在心里默数着告状信寄走的天数，大概是第十一天的傍晚，旷开田忽然又来到了楚地居，正在忙着为游客盛饭的暖暖把头一扭，装作没看见他。旷开田倒没着急，直等到她盛完饭进了自己的屋子，才走过来说：我要让你看一个东西。啥？暖暖可没好语气。开田慢腾腾从衣袋里摸出了一张纸朝暖暖递过来：这是你写的吧?！暖暖瞥了一眼，发现那是她前不久让禾禾寄走的那批告状信中的一封，不由一惊：信怎会到了他的手里？她伸手想去夺过来，可他迅速缩回了手。

想不到它会到了我手里，对吧？旷开田阴沉沉一笑，我告诉过你，不要与我作对，你不听，你以为你本领大，可以把我这个皇帝拉下马，怎么样，现在明白了吧？你跑不出我的手掌心，你想通过告状信把我弄倒，那是异想天开！你低估了我和五洲公司的本领！别说你告到了市里和省里，你就是告到了北京，也没屌用！

暖暖一时无言，她从没想到自己的告状信会落到旷开田手上，这令她震惊，是谁把信又最终转给了他？她想弄清那封信是自己写给谁的，可信紧紧攥在旷开田的手里。

我一再给你说，你不要多管闲事，只做自己的生意，我并不想难为你，我们毕竟做过夫妻，何况我们的儿子丹根还在跟着你，你赚钱多了，对你，对丹根，对你家的老人都有好处，可你一直不听，把我的忠告当耳旁风，执意与我与五洲公司作对，那我就没有办法了，你既然逼着别人朝你动手，就别抱怨了！

旷开田，我敢做就敢当，你动手吧！我倒要看看你能把我怎么样?！老子不偷不抢，不强扒人家房子，不强占人家耕地，不逼人为娼，你还能把我咋着？你以为这楚王庄就是你一个人的天下？你可以称王称霸为所欲为?！

你等着吧！旷开田扔下这句话转身就走。

我等着！暖暖使劲朝外喊了一声。可喊归喊，暖暖的内心还是受到了震动，她的揭发信都是写给上级领导的，可最后竟会落到旷开田的手上，这让她意识到，旷开田和薛传薪在上边的关系的确厉害。这使她开始忧虑楚地居可能遭到的报复。旷开田那天走后，她把青葱嫂找来，交代她在处理楚地居的各项事务时务必处处小心，不要让别人抓到什么把柄。青葱嫂是聪明人，当然知道这话的含意，当时就说：暖暖，你放心，嫂子知道你当初创办这楚地居不易，经营时决不会胡来，咱一切都按规矩办，不会让别人找出毛病。

说话期间，盛夏可就到了。前几年，到丹湖西岸楚王庄旅游的黄金季节是春秋两季，现在由于避暑的人多，楚王庄又依山滨湖温度比别处低出不少，所以盛夏也成了旅游的旺季，一拨又一拨的客人坐船来到楚王庄寻找清凉。暖暖为了吸引游客到楚地居住宿，除了办好原来的楚长城游、湖心三角游、凌岩寺游之外，又开展了夜宿山顶和暮钓湖畔两个项目。她特意买了些小帐篷、睡袋和钓鱼的用具，后山的山顶夜晚很凉快，她就在上边搭了些小帐篷，摆了些睡袋，供那些愿意露宿乘凉的游客用；傍晚的湖边凉风习习，是垂钓的好时机，她就在湖边摆了坐椅和钓竿，供那些喜欢垂钓的游客过瘾。楚地居虽没有“按摩小姐”开展“有色服务”，可也照样生意兴隆。

这天傍晚，楚地居来了几个年轻人，进院刚办完住宿手续，就吵吵着要找麻将牌玩。青葱嫂向他们解释，来楚地居住宿的人，都忙在外出看景点上，少有人玩麻将牌，所以没有准备，请他们原谅。可那几个客人不干，执意要让青葱嫂为他们找麻将牌，说没有麻将牌他们就退房去赏心苑住。青葱嫂问暖暖咋办，暖暖当时没有多想，说：既是客人想玩，你就去附近的杂货铺子给他们买一副来，反正那东西也玩不坏，以后还可以给别的客人玩。青葱嫂就点头说行，拿钱去买了一副麻将牌来，交给了那伙人。

暖暖那天晚上临睡前巡查院子时，听见那伙人还在自己的房间里玩麻将，她当时只在心里感叹了一句：真是兴致高。依旧没想别的，就进屋睡下了。其实，那晚还发生了另外一件事，她也没去细想，晚饭后丹根的奶奶来把丹根领走了，说丹根他爹给他买了一身衣裳等着他去试穿。她那晚因刚来过例假，困乏得很，睡得也很沉，她在被一阵喧哗声惊醒的最初一刻，还以为是哪个游客去湖边散步回来晚了，与看门的保安发生了争执，所以仍旧没在意，翻个身想继续睡去，不想，她的屋门这时突然被擂响了，同时响起了一个粗硬的男人的声音：开门！暖暖残存的睡意被这喊声一下子惊走，她急忙坐起身问：谁？

警察！门外的回答干巴强硬。

警察？暖暖边急急地穿衣边惊奇地自语：半夜三更的，警察来干啥？她下床拉开门一看，只见院里黑糊糊站了不少警察，她吃了一惊，刚要开口问，那个站在她门前的警官先已开了口：有人举报，说你们楚地居长期聚众赌博，我们来一看，果然如此，喏，人、赌具、赌资俱在，你还有什么话说?!

暖暖这时才看清，傍晚入住的那几个要打麻将的年轻人，都双手被铐蹲在院中。这么说是因为他们？暖暖原本悬着的心一下子放了下来,她平静地开口:他们是傍晚才来——

走,跟我们去派出所里说!那警官一挥手,立刻有两个女警察向暖暖走过来。暖暖心里咯噔一下,知道麻烦是真的来了,忙朝闻声赶过来的青葱嫂点了下头说:家里的事你来照应……

乡派出所的警察向暖暖反复追问的是:你容留客人赌博已有多长时间?你收取的抽头是多大?赌客最多时开几桌?提供了什么其他的服务?暖暖一直坚持答道:那几个人是昨晚才来的,这是楚地居第一次有人打麻将牌,她从未向任何一个人收过一分钱的抽头,更没提供过任何方便赌博的服务。审问一直持续到第二天上午,负责审问的警察最后也乏了,向她说了那几个赌客的审问结果,那几个赌客一致承认,他们先后在楚地居赌博三十余次,赌客最多时有四十余人,每人每次向楚地居总台交抽头十五元。暖暖听罢身子打了一个冷颤,脸色也随之骤变,在这之前,她一直以为这是一场误会,她一直相信事情会真相大白,在听了警察转述的那几个年轻人的交代之后,她才真正意识到了事情的严重,才明白事情并不像她想像的那样简单,那些人能口径一致地说这种假话,肯定是预先就串通好的,而如果事情真像他们交代的那样严重,那自己和楚地居不就完了?想到这儿,她不由得出了一身冷汗。我和那些人无冤无仇,他们何以要这样害我?会不会是——

她的心再次一缩。旷开田和薛传薪两个人影随即出现在了她的眼前,在这同时,她觉得她霍然间明白了事情的来龙去脉。在把那几个年轻人同旷开田和薛传薪联系起来以后,全部事情便都能得到合理的解释,天呐,你们竟这样对我下手!

在明白了这些之后,暖暖向警察们提出:既然我和那几个年轻人的说法不一致,你们就应该去寻找旁证,假若我长期在楚地居容留人赌博,假若赌博的规模是那样大,那么楚地居的所有雇员就不可能不知道,邻居们也不可能不听到一点风声,你们完全可以去找那些人问清真相。警察说:这一点我们自然想到了……

暖暖是第四天上午才由聚香街派出所出来的，她急切地向楚王庄走着，焦虑、气恨和缺少睡眠，使得她的面色煞白脚步踉跄。她咬牙低头用最快的速度沿着那条依山傍湖的沙土路向前走着，在离楚王庄不远的地方，她忽然听到前边的路上响起一声温和的问候：施主好！暖暖闻声抬头，才发现是凌岩寺里的天心师傅手提一只小桶站在前边含笑看着自己。师父好。暖暖见状急忙停步回礼，问道：师父这是——

循例来丹湖放生。天心师父晃了晃手中的小桶慢悠悠答道，我见施主走路脚步不稳脸色苍白，是出了什么事情？

满腹委屈的暖暖一听这问话，眼泪止不住地流了下来，于是哽咽着简捷地把旷开田和薛传薪对她所做的事情说了一遍，天心师父听罢叹一口气，缓声说道：以老衲看来，此等事情的根源在于人的欲望，欲无底，望无边；最初唤醒人们欲望的，其实是你，老衲虽在寺院，这一点还是知道的。这唤醒之举，倒也不是不对，只是唤醒了人的欲望之后，该做必要的节制，可你却没有去做，这才出现了此类事情；压抑人的欲望固然不妥，可唤醒人的欲望后任凭施放不予节制，也无益。在我们凌岩寺里，由于你带来了大量游客，使我等靠耕种土地为生的僧人改靠卖门票为生，钱来得容易了，一些年轻徒弟开始学习英语并期望使用手机，这不是坏事，但有一些端倪引起了我们的注意，有人嫌斋饭寡淡，有人嫌僧袍破旧，我们于是给予了提醒。对于你的遭遇，我以为还是看开些，忍一忍，一切都会过去的……

暖暖可不想忍。她告别了天心师父后，急匆匆进了村，最后站在了她的楚地居大门前。楚地居往日的热闹已经没有，门前空无人影，院门上挂着大锁，门槛前靠着一个很大的纸板，纸板上写着：因容留赌博，停业整顿三个月。她长久的盯着那个纸板，在心里叫：旷开田，你到底还是得逞了！看见暖暖回来，青葱嫂忙从一个小侧门里跑出来，一边开着楚地居大门上的锁一边说：你那天刚被带走，旷开田就领着几个人抱着这个停业整顿的纸牌子来了，告诉我天亮停业，已住入的客人午饭前结账离开，再不准接受一个新游客，导游员停止带游客去景点，所雇的游船暂停下湖，不得领人上山露宿，不准带游客去湖边垂钓，门前水塘边的茶座禁止再提供茶水。我只得照他说的办，把一切都停了。暖暖无语，只缓缓迈步进院。

暖暖，我一直都在怀疑那几个打麻将赌博的人的来历，咋会那么巧，他们一来就要麻将牌，一开始打就有人来抓了，人刚抓走可就来让停业了？

暖暖没再顺着这个话题说下去，只轻声问：雇的那些人的工钱还没给人家发吧？

没，我想等你回来了再说。

发吧，按半月的时间发给人家。

中，我这就发——青葱嫂的话音突然被一阵呜呜的号角声打断，两个人不由得一齐扭脸，隔着院墙上的花眼，能看清是赏心苑的《离别》表演又开始了。

现在的游客都集中他们那儿去了，他们新扩建的十几座小楼都已垒了一层，说全是欧洲式的，这回扩建的院子比原来的赏心苑大出好多倍，说有啥子球场，还有看服装模特表演的台子，听说这个新扩建的院子叫观湖馆，昨天又拆了几家人的房子，又占了几亩庄稼地，村里人都是当面不敢说啥，背后里在骂。

暖暖依旧没有说话，只是转身向院门外走去。

你去哪？找旷开田？青葱嫂急忙扯着暖暖的手，含了泪说：妹子，嫂子想劝你咽下这口气，俗话说，退一步天高地阔，我和九鼎他们几家已准备去赏心苑领那些补偿款，吃亏就吃亏吧，站在人家的屋檐下，咱只有低头了。现在看，要告赏心苑和他们作对咱肯定不是对手，听说人家旷开田因为引资成功，已经成了模范主任兼支书，他在乡上县上都吃得开，薛传薪背后的五洲公司又财大气粗，这年头，只要有钱，啥样的关节打不通？你一个女人，能抗过权和钱这两样东西？依嫂子我的想法，咱就认输了，咽下这口气，咱不理他们，咱不告了，咱就停业三个月，三个月后咱安心做咱的生意，俺家和九鼎他们几家的事，你也不必再操心，那是俺们的命，谁让俺们恰好和赏心苑做邻居呢？

暖暖没有回答，暖暖只是朝着赏心苑走去……

58

一看就知道，今天的《离别》表演很顺利，旷开田正在赏心苑门口和几个扮演嫔妃宫女的村中女人说笑，一脸的满足和得意。他从衣袋里抽出了一支香烟，立刻有个保安掏出打火机为他点着了，他长长地吸了一口，开始吐烟圈，他就是在吐烟圈时看见暖暖朝他走了过来。他的双眸一跳，停了吐烟圈，面色肃穆了下来。周围的女人一看暖暖冷着脸走过来，就都紧忙散开了。开田这时假装没看见暖暖，转身进了赏心苑。

暖暖紧跟着走进了旷开田的办公室里，可她没有说话，只是拿双眼死死地盯着对方。开田先也不说话，也拿眼和暖暖对视，可不久终于移开眼睛，淡了声说：咋，找我有事？

姓旷的，你可真歹毒！暖暖咬紧了牙说。我当初真是瞎了眼，竟还会爱上你，不顾一切地要和你结婚。

你这是啥话？我惹你了？我俩如今可是井水不犯河水，你干你的我干我的。你无故来找啥茬？存心想找不自在？

你这个说人话不做人事的东西，你坑害别人，就不怕坏良心？不怕天打五雷轰？！不怕佛祖以后会来找你算账？

你胡说啥？我坑害谁了？开田的眼也瞪起来。你是不是因为楚地居停业整顿对我不满，告诉你，我那是在行使我村主任的责任，再说，你也是咎由自取，谁让你容留别人赌博了？！你不知道容留他人赌博犯法？

你说那是放屁！我留没留人赌博你心里最清楚，那伙玩麻将的人是从哪里来的你也最明白！

你明白了也好，明白了就该懂得别跟我作对！我警告你多次，不要管赏心苑的闲事，不要与我作对，可你执意不听，现在好了，楚地居停业关了门，你一个钱挣不到，心里舒坦了？你被关了几天，身上舒服了？你这回要接受教训的话，三个月以后继续开门营业，倘是不接受教训，我会让你永远不能开门，会让你的楚地居房屋白白烂掉，会让你再去整日种地！你以为我这个村主任是你能对抗得了的？我再次提醒你，世事已经变了，这里如今是我和薛传薪的地面！你只能老老实实，不能乱说乱动！

你这个浑蛋！暖暖被激怒得抓起桌上的一个杯子朝开田砸去，旷开田显然没想到暖暖会朝他动手，他躲闪开那一击之后，猛地扑过来，一边狠踹暖暖一边气歪了脸吼：你这个贱女人，你还敢打我了?！你知道我是谁么？我是主任，是楚王庄的王！老子今天就让你知道知道我这个村王的厉害！暖暖哪经得起他这样踹，只几下就被踹倒在了地上。暖暖倒地之后，旷开田仍觉不解气，又上前没头没脑地踢，暖暖先还想用手抓撕旷开田的脚，渐渐地，就一动不动了。最后，是暖暖口中和身上流出的血才让旷开田从暴怒中冷静下来，他站在那儿喘了一阵粗气，才走到门口朝外边的两个保安喊：来，把楚暖暖这个女人给我抬回她家去！

门外的两个保安进门一看暖暖浑身是血的样子，吓愣在那儿。旷开田这时喝道：还不快动手抬走?！那两个保安这才忙弯腰抬起暖暖向外走。薛传薪其实一直在隔壁听着这屋中的动静，这当儿才出来轻了声问旷开田：不会有事吧？旷开田挥了挥手：能有啥事？这种女人就是欠揍！不打她就煞不了她的威风，她就不知道她是老几了！敢跟老子作对，也不想想你是谁？

麻老四那时正好带着一伙去看楚长城的游客从山上下来，看见暖暖浑身是血地被两个保安抬着走,吃了一惊,忙跑过来问是咋着回事,一个保安吞吞吐吐地说:她和主任生气……麻老四立刻明白是让开田打的,一向怕事的他忍不住叫道:咋能这样打人?不想叫人活了?还有没有王法?!他的声音被站在赏心苑院里的旷开田听见,旷开田立刻奔出门吼道:麻老四,你他娘的乱叫啥子?是不是想让我吊销你的导游证?想让我封了你家的莲子羹店?!不想在楚王庄住了你就给我说明白!麻老四一听这话,不敢再说啥了,只是恨恨踢了一脚面前的一个石子小了声骂:你厉害,你厉害咋不把我的㞗咬了!……

两个保安把暖暖抬进楚地居时,青葱嫂正在院里洗客房里的床单、被罩,她一看暖暖浑身是血的被抬进来,吓得惊叫一声:这是怎么了?那两个保安哪敢回话,把暖暖放到床上转身就走。青葱嫂扑过去把暖暖搂到怀里,含了泪问:暖暖,这是不是他们打的?暖暖只能微弱而含混地低语了一句,旷开田……狗……

青葱嫂听完这句话牙倏地咬紧,泪珠子也跟着下来了:暖暖妹妹,你是为俺们受的连累,我——她再没说别的,只是先跑去梅家药铺把梅老大夫请了来。梅老大夫查验完暖暖的伤情后摇着头叹道:这分明是踹和踢的伤,谁敢下这样的狠手?青葱嫂也不回答,只说:抓紧治吧。梅老大夫又是洗又是擦又是揉又是捏,最后给暖暖涂了满身的药,还开了七副汤药。临走时交代,一定要静养,再不能走动和生气,而且要按时吃药,青葱嫂点点头答:记下了。这之后,她又去把暖暖的娘和奶奶叫来了。暖暖娘一看女儿这样,立马就哭着问:天呀,这是惹了谁了?暖暖的奶奶倒没问,只是长叹一口气道:暖暖是水命,偏偏碰到了土,土还能治不了水?都是命啊!暖暖娘这才有些明白,她抬起脸问青葱嫂:青葱,是姓旷的干的?见青葱嫂点了头,老人呼地转身向门口走去,边走边叫道:我倒是去问问他,凭啥把人打成这样?青葱嫂见状急忙抓住老人的胳臂说:婶子,姓旷的他如今已经不会同人讲理,去了只会给你惹来一肚子气，你要信得过青葱，就让青葱来处理这事吧……

暖暖那些天一直沉在疼痛和昏睡之中，偶尔睁一下眼，都看见青葱嫂坐在她的床旁。她模模糊糊地知道，是青葱嫂一直在照料着她。到第十天上，暖暖才算脱离了那种昏沉状态，把眼睛完全睁开。青葱嫂，让你受累了。暖暖低微地说。青葱嫂握住暖暖的手流着泪道：暖暖，你是为俺们几家的事挨旷开田打的，嫂子我心里难受，我这几天想好了，拆房子和占地的事，咱不告了，咱认输，可他打你的事，不能算完，嫂子一定要给你把这个仇报了！暖暖微微摇着头道：青葱嫂，我和旷开田走到这一步，不仅仅是因为你家的事，你别管，我只要一能走路，我就还去告他，我要亲自去市里、省里，我不信他和薛传薪就能把天全遮住！青葱嫂抹了一下眼泪说：我不想看你再受折磨，他欺人太过，该受惩罚了！暖暖捏捏青葱嫂的手，微弱地说：没有乡上或县里点头，他手里有权，谁敢惩罚他？青葱嫂只冷笑了一声，却并不说话。

这天晚饭时分，暖暖身子倚在床头，正由青葱嫂喂着喝点稀饭，忽见詹石梯背着他哥哥詹石磴径直进了屋子，暖暖和青葱嫂看见吃了一惊，一时都愣在那儿。我哥一定要我背他来见你一面。詹石梯很不自然地说了一句。自从当年暖暖和旷开田结婚之后，他就再没有和暖暖这样面对面说过话。你们想干啥？青葱嫂警惕地护住了暖暖的身子，暖暖现在可是有伤在身！她知道暖暖当初为婚事得罪过詹家，估计这哥俩此时来是不怀好意。暖暖轻轻推开青葱嫂，声音微弱且带了喘息说：我知道他们这会儿来是想要干啥，看我的笑话并挖苦我，我的婚姻得了这个结果使他们很高兴，说吧，我听着！那哥俩却什么也没说，詹石磴是说不出来，詹石梯是低了头把嘴闭着，只有一包东西从詹石磴那只尚能活动的手里掉在了暖暖的床上，之后，那哥俩就像来时那样悄无声息地很快走了出去。暖暖和青葱嫂又是一怔，青葱嫂有些紧张地抓过那包东西打开一看，不由一呆：那原来是一包晒干了的红枣，有一斤多重。

暖暖接过那包红枣直直地看着,眼里就慢慢有泪水渗出来……

半个来月之后,暖暖才算勉强能下床,可走几步路仍是头晕,青葱嫂怕她总躺着不好,就给她削了根木棍,让她拄了在院子里走走。这样又过了几天,暖暖才算能自理生活,只是活动量稍大一点,就喘得厉害。

这天早上,青葱嫂侍候暖暖吃了早饭,扶她在院子里坐了,然后回她家借住的屋子换了一身丈夫演离别时的楚时衣裳过来,说:暖暖妹子,今儿个你长林哥有事出去,要我替他演"离别"里的船工,去把楚王赀拉来再拉走,把那十块工钱挣回来。暖暖笑笑说:去吧,只是你这身衣裳可是男式的。青葱嫂道:男式就男式吧,我今日就来个女扮男装了。说着就向院门口走,在门口,青葱嫂忽又回头说了一句:暖暖,这是嫂子我长这样大头一回演戏,演的又是楚王坐船的船工,我真希望到时候你能站到门口看看我演得咋样,像不像一个楚时的船工。暖暖看青葱嫂一脸的认真,忙努力含笑点头答:中,我待一会一定站到院门外看你的表演。

青葱嫂走后,暖暖在院子里坐了一阵,之后,就想去后边的旷家院子里看看丹根,自打受伤后,她还一次也没见过丹根哩。丹根的爷奶大概知道暖暖是怎么受伤的,怕她向丹根说什么,故一回也没让丹根过来看她。暖暖起身刚走到门口,忽见一个城里打扮的络腮胡子男人来到了门前,她以为是刚来的游客,忙向他解释道:楚地居眼下停业,暂时无法接待,请去赏心苑住宿吧。不想那人倒没停步,径直走到她身边,温和地开口问:你是楚暖暖经理吧?你的身体怎么样?暖暖狐疑地看着他,心中暗道:这是什么人?咋会想起来问候我的身体?她正想开口回问对方的身份,不防院墙那边突然闪出了赏心苑里的那个韩会计,只见他高声向那个络腮胡子男人喊道:是来旅游的吧?快去赏心苑离别亭前看楚国的情景剧离别表演,保你会大开眼界!那游客这时就转身问韩会计:几点开演?马上,快去。韩会计连声催着。络腮胡子男人朝暖暖点点头，便随韩会计走了。

暖暖倚到门框上，回想着刚才那人的问话，心上仍在奇怪，这当儿，呜呜的角号和尖利的竹哨响了，她知道今天的《离别》表演已经开始，她想起青葱嫂要她看表演的交代，便拄着木棍缓缓地走到了院门外边。

这真是一个好天，天空像被人清扫了一遍，干净得没有一点点云彩，瓦蓝瓦蓝的；湖面上也没有一丝丝风，水微波不兴，安宁得像一面巨大的镜子，只倒映着纯净的天空。“楚王”的船队就在这蓝天丽日里由湖湾的芦苇从中飞出，很快地向岸边驶来。暖暖看见了，身着楚时服装的青葱嫂就站在楚王赀所在的那只船的船尾上，正奋力摇着浆。船的飞驶带起了风，风把青葱嫂的衣角掀上掀下，将她由帽子里露出的短发捋左捋右，她迎风摇浆，柔弱的身子也显出了一股英武来。暖暖让自己的目光只定在船尾，丝毫不动，因为她知道，只要目光稍一移动，她就会看见楚王赀的扮演者，看见那个她一想起来心就要疼痛的旷开田，姓旷的，你竟对我下如此狠手，我差一点就要被你踢死了……

“楚王赀”带领随从上岸祭拜的场景暖暖没有再看，那些场景她太熟了，差不多已经刻印到了心里。她此刻不想再看的原因，除了太熟之外，还因为她不想看见旷开田那副耀武扬威的模样。她仍把目光放在青葱嫂摇的那只“王船”上，她看见青葱嫂在“楚王赀”和随从们从船上下完之后，一直蹲到船里忙着什么，偶尔站起身，也是很快又蹲下去，直到“楚王赀”和他的随从又在音乐声中返回到船上。离别的时刻到了，音乐变得低沉起来，船队缓缓离岸，“楚王赀”站在船头朝岸上俯首长揖，随从们一齐在船上跪下朝岸上磕头，青葱嫂又摇动了船。按照往日的演出，接下来船工们只需把船摇进芦苇丛里就行，船队中的其他船工们都是这样办的，独有青葱嫂却继续把船向湖的深处摇。岸上看热闹的人们注意到了这一点，都有些惊奇地看着，暖暖也觉得意外，以为青葱嫂的丈夫长林没有给她交代清楚。暖暖看得很清,船上的"楚王赀"和随从这时都扭头去看青葱嫂,大概是在问她何以改变演出内容,不想就在这时,只见那船忽地左右一晃,突然就散架了,船上的那些人一下子全都落了水,在开田落水时,暖暖看见青葱嫂朝他扑过去。岸上看热闹的楚王庄人见那船散架,倒都没着急,庄上的人全会游泳,谁还在乎落水?暖暖自然也没着急,她只是为青葱嫂担着心,担心旷开田会因青葱嫂出的这个纰漏扣她的工钱。岸上的楚王庄人都静静地注视着事情的发展。看表演的游客们见楚王庄的人都这样放心,就都站那儿看起了热闹。暖暖瞥见,薛传薪也站在那些游客中间,脸上浮了些惶惑。

落水的人都在向岸边游,并渐渐游到了岸边,暖暖用目光在寻找着青葱嫂,她知道青葱嫂的游水本领很好,她应该已游到了岸边,可奇怪,上岸的那些人中却并没有她,暖暖又用目光去找旷开田,上岸的人中也没有他,回头去水中看,水中却再没有了游水的人。暖暖的心忽地悬了起来,天呐!她猛喊了一声,她觉出脑子里发出轰隆一响,忽然记起了青葱嫂说过要替自己报仇的话,想起了青葱嫂这些天的表现,霎时明白了她要自己今天看表演的目的,明白了她是想干啥,暖暖不顾一切地向水边奔去,同时嘶声喊了一句:快去救人——

岸边看热闹的楚王庄人此时显然也意识到了什么,有几个人也慌忙跳上了岸边的船向湖里驰去。

几乎在暖暖喊声落地的同时,远处的水面上漂起了两个人。

不,不——暖暖边叫边扑到了岸边的一条小船上……

旷开田后来被放在牛背上在村里转了几圈,才算把喝进去的水全吐了并清醒过来。青葱嫂虽也吐出了水,却一直处在昏迷中,村里人忙慌慌地用门板把她抬送到了聚香街的医院里。旷开田清醒后被扶进了他在赏心苑的办公室,他闭了眼回忆着自己所遭遇到的事情,满脸愤恨地对薛传薪说:青葱这个贱女人,一落水就扑到了我的身上,死死地抱着我,要不是我把她打晕,她差一点就要害死我了,娘的,好好的船咋就散了架了?我怀疑她是存心搞破坏,从今往后,再不许她和她男人与我们赏心苑有任何来往和绞缠……

第二天早饭后,暖暖拄着木棍出门,她已和九鼎说好,让九鼎用自行车驮她去乡上医院看望青葱嫂。暖暖出了院门刚要坐上九鼎的自行车后座,忽见湖面上有一艘摩托艇呜呜地开到了村边码头上,从艇上随即下来了几个穿便衣的人,那些人风一样地冲进了赏心院的院子,暖暖觉着有些奇怪,赏心苑出了什么急事?就在她站那儿诧异的当儿,猛见旷开田和薛传薪被那几个穿便衣的人戴着手铐拉到了门外,暖暖和九鼎都瞪大两眼惊在了那儿。

你们要干什么?我是楚王庄的主任!你们敢抓我?!旷开田这时高声喊着。那便衣中的一位把一个什么证件向旷开田眼前一放,他竟没再言语。这边的暖暖心中猛然一喜:是警察?!一定是警察,老天爷啊,到底盼到了这一天。暖暖陡觉身上来了力气,拄杖急步向赏心苑门前走去。这当儿,只听薛传薪大声叫着:我是省城五洲公司的高级管理人员,告诉你们,就凭你们这些小警察,还敢跟我来这一套?你们怎么把我拉走的,还要怎么把我送回来,不过到时候可别怪我对你们不客气!

那就随你的便吧!这时从赏心苑院里又走出一个人朗声应道,我倒要看看你有多大本领!说着挥了一下手,那几个便衣便推着旷开田和薛传薪上了摩托艇。暖暖定睛去看答话的那人,不由得骇然瞪大了眼睛:那不是昨天去自家门前问自己身体咋样的那个络腮胡子游人吗?他也是警察?

楚暖暖经理,你好。络腮胡子看见暖暖,忙迎了过来。认识一下,南府市公安局的大胡子小警察。

你?

他的声音突然变低:领导接到你的举报信后,就派我来了,不过我是以游客身份来的，在赏心苑已经住了不少天啦！我现在授权对你宣布，楚地居可以立刻恢复营业……

暖暖只顾去抹眼泪了，既忘记了说话，也忘记了去听对方说话，直到对方上了摩托艇，她才想起去挥手。摩托艇的马达立刻吼了起来，艇随即便调头向东岸驶去，艇身急速拐弯时激起了很高的浪花，长长的浪痕久久没有消失。暖暖那天记得最清的一幅画面是：旷开田站在摩托艇上，满脸惊慌地望着越来越远的楚王庄……

59

楚王庄的楚国一条街正式剪彩开业，是在来年秋天的一个上午。来自四面八方的游客在那个天朗气爽的秋日里，兴奋地跨过两千多年的时间之桥，进入了这条满布着楚地景观的小街，新奇地欣赏着那些带有原始意味的建筑、器物和穿戴了楚时衣饰的男男女女。在一家出卖陶器的小肆前，须发皆白的谭老伯正对着暖暖朗声说道：我的心愿总算经你的手实现了，看看这条街市，就可约略地知道我们先民的生活境况，我高兴呀……暖暖把目光从远处的一伙外国游人身上收回，喃声问道：楚时的商人，是一种什么地位？谭老伯笑答：那时的商贾，已被列为四民之一，所谓商农工贾，不败其业，说的就是那时的情景……

那天剪彩之后的另一件大事，是五十多位来自欧美国家的游客，由楚王庄码头坐上游船去看湖中三角的迷魂烟雾。为了不出纰漏，暖暖决定亲自上船作导游。船至湖心三角区附近停下时，前方碧绿的水面上尚一切正常，仅仅几分钟之后，就如农妇点燃灶膛里的柴草炊烟升起一样，水面上开始有一股烟雾缓缓升起，那烟雾越来越浓越铺面积越大，直把整个湖心三角区全部铺满并开始袅袅升入高空。外国游客们都被这奇异的景观惊住，瞪大眼睛看着。暖暖这时用她刚学到的英语说道：女士们，先生们，请把你们的目光移向烟雾的上部，在那儿，你们会看到你们心中特别想看到的东西。众游客闻言，便都抬眼看去，很快，人们就不断地或用英语或用汉语叫道：我看到了两辆奔驰轿车……我看到了一个巨大的葡萄酒窖……我看到了一座庄园……我看到了一群美女……

暖暖这时也抬眼向烟雾的顶部看去，她过去已经带游客来过多次，在那烟雾上也看见过各种各样有意思的东西，包括羊群、手扶拖拉机、摩托车和一位面目模糊的男子，这一回我会看见什么？她在心里问自己。她注目在烟雾的顶部，眼睛一眨不眨，出现了，影像渐渐清晰起来：那是正向远处走的一队前呼后拥的人，有男有女有仪仗，在队伍中间走着的那个人分明穿戴着楚国皇帝的服饰，像极了旷开田扮演的那个楚王赀……

人影越走越远了……

楚王赀，是你吗？是你就请走远点，走得越远越好……

越远越好……

乙酉岁末完稿于北京